Benjamin Constant

Adolphe
Le Cahier rouge
Cécile

Préface
de Marcel Arland

de l'Académie française

Édition établie
et annotée
par Alfred Roulin

Gallimard

PRÉFACE

Voici une œuvre écrite en quinze jours, puis, de lecture en lecture, traînée pendant neuf ans, une « anecdote », l'aveu d'une faiblesse — et cette centaine de pages ont pris place parmi les chefs-d'œuvre du roman français. Cela tient de la diablerie, sinon du miracle.

Adolphe ne représente que l'une des tendances de notre roman, mais la plus particulière, la moins concevable en toute autre littérature, et qui a trouvé chez Constant une expression exemplaire par sa pureté et sa violence. A la frontière de deux époques, Benjamin Constant a su choisir, dans l'une comme dans l'autre, des éléments durables; les unir, selon sa figure propre et singulière, en une synthèse vivante, et par là échapper au temps.

Il n'est pas d'œuvre en effet qui, plus que celle-là, et dans sa singularité même, apparaisse comme un lieu de rencontre. Adolphe est resté jeune et proche de nous, qui lui découvrons, à chaque génération nouvelle, une figure plus familière. Mais Adolphe reste aussi le dernier chef-d'œuvre du roman classique; il accomplit et épuise une forme, comme Phèdre à l'égard de la tragédie ou les Caractères à l'égard du portrait; de là vient qu'il est un modèle si dangereux.

Roman classique? On ne l'a pas sitôt dit que l'on

*veut se reprendre. Le roman de Benjamin Constant
offre certains caractères que l'on peut croire essentiels à l'art classique. Mais il les isole dans un tel
dépouillement, il les développe avec une telle rigueur, qu'aucune œuvre sans doute n'eût semblé
plus étrange aux lecteurs de Mme de La Fayette. Ce
n'est pas en vain que l'œuvre de Constant succède à
un siècle d'esprit et de critique; autant que les
sermonnaires, les moralistes et les auteurs drama-
tiques du Grand Siècle : Montesquieu est passé par
là, et les salons, les philosophes, les libertins, les
conteurs, et Laclos. Mais enfin, quelque rapproche-
ment que l'on puisse faire, on n'en perçoit que
mieux l'apport personnel de Constant.*

*Il suffit de lire une seule fois Adolphe pour que
sa figure nous reste présente. Qu'on le reprenne, ce
dépouillement, cette rigueur, cette tentative extrême,
cette marche précise et sans jactance sur la corde
raide, c'est toujours une surprise, et c'est un plaisir
plus vif encore si l'on songe que l'œuvre est contem-
poraine de René, de Delphine, de Claire d'Albe, que
tant de clairvoyance et de netteté surgit, avec une
tranquille impudeur, au milieu d'une époque rongée
par l'emphase, la confusion et la sentimentalité.*

*Aucun roman n'est plus nu. On se dit d'abord:
ce n'est pas un roman; plutôt une planche d'anato-
mie mentale, une expérience de dissection. La nature, qui, depuis Rousseau, tendait à prendre en
toute œuvre d'imagination une place prépondérante,
est ici complètement négligée. Rien n'est accordé aux
conventions du genre, ni au divertissement du lecteur. Nulle peinture de mœurs ou de milieu, nulle
description. La scène est dans un salon ou dans une
chambre : à vous de les imaginer, si vous en éprouvez le besoin. Les héros eux-mêmes n'ont pas de
visage : Adolphe est jeune, Ellénore encore belle —
nous ne savons rien d'autre. Et que dire des com-
parses? C'est le ministre, père d'Adolphe, le comte*

de P., protecteur d'Ellénore, un ambassadeur, une amie. Ils ne sont introduits que par une nécessité absolue, non point pour varier l'intérêt, et n'ont de raison que de mieux éclairer le couple central.

L'auteur va plus loin. Il se refuse à tout épisode qui n'illustre pas directement son propos. Il résume d'un mot les événements, fuit l'effet, les tableaux (sinon celui de la mort de l'héroïne; mais nous verrons pourquoi); il méprise le pittoresque, les coups de théâtre, les rebondissements, les jeux du hasard, bref, tout ce qui, et dans les meilleurs romans, tient en suspens l'attention du lecteur. Lui qui, dans Le Cahier rouge, excelle à rapporter des conversations vives et plaisantes, condense ici ses dialogues, au point de n'en livrer que les paroles essentielles ou même de les transposer sous une forme indirecte. La langue enfin est pareillement dépouillée, non pas sèche, mais exacte, nerveuse, sans précipitation, sensible sans impudeur (sinon en quelques phrases d'époque) et d'une élégance naturelle.

Que reste-t-il donc? L'essentiel. Il reste deux personnages vus de l'intérieur, deux caractères, deux âmes dont la présence et la palpitation nous sont d'autant plus étrangement sensibles qu'elles ont dépouillé leur masque accidentel. Mais c'est encore trop dire; de ces deux personnages, l'un, bien vivant pourtant et nettement particularisé, n'est que le plus pur moyen par lequel l'autre s'éprouve et se connaît. Il reste Adolphe.

Adolphe ou la faiblesse, l'hésitation et la velléité, le regret ou le remords. Car c'est à quoi s'applique une armature si rigide. Et, sous l'allure quasi géométrique du livre, rien d'autre, du début à la fin, qu'une convulsion cent fois répétée. A proprement parler, il n'y a pas d'histoire dans Adolphe; il n'y a qu'un état d'âme qui se reproduit à chaque page. De sa première manifestation découle le livre tout entier; et ce livre, on pourrait le deviner déjà, si

*l'on ne se disait que le propre d'un romancier est
de déjouer la prévision.*

*Rien d'autre qu'une convulsion cent fois repro-
duite, sans doute, mais cent fois renouvelée, et qui
garde la même fraîcheur, la même naïveté, et qui
nous déconcerte en dépit de notre attente. Bien
plus, si chaque scène nous apporte une réaction
identique du héros, chaque scène marque un progrès dramatique sur la précédente, par le caractère
de fatalité qu'impose la répétition, par la tension
à chaque scène accrue, et par la menace d'une
explosion plus imminente et plus dangereuse. Ce
n'est pas seulement la finesse de Constant qu'il faut
admirer, mais surtout ce don, qu'il partage avec
Marivaux, de faire, de l'analyse psychologique elle-
même, le premier et presque l'unique ressort roma-
nesque.*

*Ce dépouillement paradoxal qui nous frappait
d'abord ne sert qu'à mieux révéler une intime ri-
chesse; cette géométrie est humaine. Ne devait-on
pas s'y attendre? A travers toute discipline et toute
affabulation, l'âme du livre est l'âme de Constant.
Il écrit, en 1807, dans son Journal intime : « Je vais
commencer un roman qui sera notre histoire. » Qu'il
se fût borné à écrire son histoire, l'œuvre certes
eût été émouvante : il n'est que d'en juger par les
fragments du Journal, que rien ne saurait remplacer. Mais le Constant, qui, de son histoire, veut faire
un roman, n'ignore pas qu'il la doit transposer,
qu'une fidélité absolue priverait son œuvre d'une
vie particulière, et que même c'est en s'écartant
d'une exactitude littérale qu'il donnera de soi le
portrait le plus vrai. Il choisit donc, il élague ou
transforme, il compose. Déjà nous avons vu comment, presque toujours partagé entre deux amours,
ou du moins deux inclinations, deux habitudes, il ne
met en présence de son héros que la seule Ellénore.
Mais Ellénore, c'est Anna Lindsay par la tendresse*

*et la fausse situation; c'est l'orageuse Germaine de
Staël par les combats, l'acharnement et la durée de
la liaison; il n'est pas jusqu'à la touchante Charlotte
de Hardenberg dont on ne puisse retrouver quelques traits en cette figure composite. Crainte et
habileté d'un amant qui tremble que son modèle ne
se reconnaisse? Bien plutôt calcul de romancier qui
veut dresser une figure pathétique, à la fois faible
et passionnée, la plus propre à exercer la triste
fureur d'Adolphe. Et, plus encore, souci d'une vérité
idéale, puisque après tout on peut voir en Ellénore
la parfaite amante de Constant. Rien n'est exact
en ce livre : tout y est vrai.*

Voici donc Benjamin Constant, non point dans
toutes les circonstances de sa vie, mais selon les
lignes profondes de son destin. L'un des hommes
les plus complexes dont la figure nous soit restée,
aussi bien l'un des plus diversement appréciés. Un
homme qui semble hors du temps, comme son roman, ou qui plutôt, du temps, des temps qu'il a
traversés, ne semble avoir retenu que ce qui nourrissait son génie. Un homme libre, d'une liberté
que développe un esprit aigu et souple, dans le
commerce des plus belles intelligences de l'Europe.
Un homme libre, mais presque toujours enchaîné
par les femmes, par le jeu, par des compromissions
politiques. Il maudit ses chaînes; mais vient-il par
hasard à s'en tirer, de nouveau il se précipite à la
servitude. Il ne quitte Mme de Charrière que pour
tomber sous le joug de Mme de Staël, dont il s'arra-
che pour rejoindre une ancienne maîtresse, qu'il
abandonne pour Mme Récamier. Champion du libé-
ralisme, s'il attaque et persifle Napoléon, la défaite
venue il passe à Bernadotte, rallie l'empereur aux
Cent-Jours, accepte deux cent mille francs de Louis-
Philippe. Pendant quinze ans, il travaille à une
apologie du sentiment religieux, lui qui en est si
démuni. Et l'on peut douter de sa sensibilité, qui

*passe d'un extrême à l'autre; mais elle est ombra-
geuse, elle le gêne, il en craint une manifestation
impudique, et donc se ferme, choisit la sécheresse
et même la dureté. Il tremble d'un ridicule, mais
fonce dans les impasses les plus grotesques. Il est
précis et fantasque, ingénu et blasé. Ce qu'il aime,
c'est ce qu'il n'a pas. Un caprice le déchaîne : il
implore, menace, se désespère; l'a-t-il assouvi, quelle
nausée! Le plus bel élan chez lui retombe aussitôt; en amour, ses éternels enchantements ne résis-
tent pas à l'oreiller du matin.*

*« Ma vie, dit-il, n'est au fond nulle part qu'en
moi-même... La solitude sera mon remède. » Mais
seul, il ne l'est, et ne peut l'être jamais. Il méprise
tout et tout le retient. « J'ai des qualités exception-
nelles, dit-il encore, — fierté, générosité, dévouement. » Certes; mais il accepte des situations douteuses, il lésine, se dérobe, s'abaisse. Ah! C'est le
propre de Constant que de ne jamais se sentir
d'accord avec ses actes. Il gémit sur le désordre
de sa vie; mais quel ennui, écrit-il, qu'une vie régulière! Il veut agir, il appelle au combat; mais aussitôt : « La lutte me fatigue, couchons-nous dans la
barque et dormons au milieu de la tempête... Tout
ce que je désire, c'est le repos. » Rêve-t-il de sacrifice? Il constate : « Je ménage les autres, mais je
ne les aime pas. » Il souhaite de s'abandonner naïvement, et toujours quelqu'un en lui regarde la scène,
la juge et ricane.*

*De tant d'irrésolution et d'impuissance, s'il est
le premier à se donner la comédie, c'est une comédie
assez amère, qui le tourmente et l'accable sans jamais
l'assouvir. Avec son long corps maigre, ses cheveux
roux, ses yeux malades, son visage coquet et vieillot
d'adolescent précocement mûri, à tout instant il in-
terroge sa vie; il y assiste dans l'impuissance; rien
ne lui reste entre les mains, « ni le plaisir auquel
on sacrifie sa dignité, ni la dignité à laquelle on*

sacrifie son plaisir ». Ces élans avortés, cet esclavage, cette dispersion, ce vide, il les remâche et
s'en meurtrit; il ne se pardonne pas. Si du moins, de
ses blessures, il pouvait tirer un grand cri! Mais il
est Constant, un esprit averti, un homme qui n'est
pas tout à fait sérieux, ni tout à fait réel, exactement
doué pour constater son mal et pour en souffrir, non
pas pour le combattre ou le chanter. Voilà bien sa
véritable misère. Nous la retrouvons au fond
d'Adolphe, qui en prend, inconsciemment peut-être,
une résonance de tragédie.

*La singulière tragédie! Adolphe est vaincu avant
le combat; il ne lutte pas, il supporte; il n'agit pas,
il se constate; il n'est pas écrasé par une passion,
mais par son inaptitude à toute passion. C'est la tragédie de sa faiblesse. Et l'on comprendra mieux la
nouveauté d'Adolphe si l'on songe que, d'une telle
donnée, n'étaient jamais sorties que des œuvres plaisantes ou satiriques. Non pas que Benjamin Constant
essaie de conférer à la faiblesse une dignité. Son
regard comme son art ne laissent pas de trahir
tout ce qu'il doit à cette vieille lignée de moralistes
qui trouva dans le jansénisme sa discipline la plus
âpre. Cet esprit libre, ce libertin, cet homme sans
morale dans le privé sait où est le mal et rêve au
salut. Il n'est dupe ni de lui-même ni des autres. De
quel œil perçant découvre-t-il sous les plus beaux
fards la tache originelle! Avec quelle aisance! Avec
quelle inquiète avidité! Il ne s'aime pas: de là, cette
lucidité féroce, qui l'empoisonne. Et précisément
Adolphe est aussi la tragédie de la lucidité.*

*D'une double lucidité: celle du héros et celle de
l'auteur, tous deux si intimement unis qu'ils concou-
rent également à donner au livre son plein sens.
Déjà les grands personnages de Racine et le couple*

maudit des Liaisons gardaient en leurs pires égarements une lucidité qui précisait, aggravait et précipitait leur destin. La lucidité d'Adolphe est insé-
parable de sa faiblesse, qu'elle entretient et qu'elle
accuse. Jamais au reste elle ne le pousse à réagir;
elle lui tient lieu d'action et ne sert enfin qu'à
son désenchantement. Elle est presque une maladie.
En quelque situation qu'il se trouve, Adolphe devient
pour lui-même un témoin et un juge. Il nomme les
choses par leur nom secret; il garde dans l'alcôve
la lampe de Psyché. A-t-il un instant cédé à quelque transport du cœur ou des sens, l'instant d'après
c'est comme à une illusion qu'il y songe, et déjà
prêt à s'en punir ou s'en venger. La fameuse apos-
trophe : « Charme de l'amour, qui pourrait vous
peindre!... » n'est rien d'autre que la stricte analyse
d'une illusion.

Mais cette lucidité dans la faiblesse, cette lucidité
qui ronge sa vie est aussi sa détresse et son salut.
Dans son inquiétude, il en fait une assise; elle assure
à sa dispersion une unité profonde, elle devient sa
conscience morale. Par elle, il peut se dire l'homme
le plus vrai de son époque.

Et cette faiblesse même, qu'il déplore et dont il
se donne, Gilles au miroir, le douloureux spectacle,
n'est-ce pour lui qu'un mal, n'est-ce que faiblesse?
« Constant dans la seule inconstance », dit-il. Mais
c'est encore une constance; c'est une façon de préserver ce qu'il porte en lui de secret et d'indépendant. Il l'a toujours préservé. Il est sorti libre des
aventures les plus stupides et les plus dangereuses.
Toute la fougueuse puissance de Mme de Staël ne
l'a pas écrasé. En eût-il été ainsi, s'il eût fait preuve
d'un caractère plus ferme? Il maudit sa prison, mais
il y reste libre. Il sent que la prison est la condition
de sa liberté. La méthode la plus adroitement calcu-
lée l'eût à peine mieux servi. D'échec en échec, il
devient président du Conseil d'Etat et meurt en

*héros national; à travers tous ses reniements, il
garde la même doctrine libérale et, malgré les sub-
sides ou les honneurs, le même franc-parler. L'idée
lui vient un jour, comme « tout travail sérieux est
devenu impossible », de raconter sa vie, et c'est
Adolphe, l'un des plus beaux, le plus vrai des romans
français. Il a pu maudire son destin; mais il l'a
parfaitement accompli.*

Si fort que nous aimions Adolphe et le Journal
intime *(joignez-y, si vous voulez, la correspondance,*
Le Cahier rouge *et quelques essais ou discours), nous
n'en rêvons que mieux aux autres œuvres que Benjamin eût pu écrire. Il vient et s'en va; il nous
laisse sur notre faim. Mais quand, plus d'un siècle
après sa mort, surgit d'entre ses papiers une œuvre
inédite : la belle aventure!*

C'est l'aventure de Cécile, *que Benjamin Constant
écrivit en 1811, cinq ans après* Adolphe. *Cette œuvre
n'est pas un épisode d'*Adolphe, *dont elle diffère
déjà par le ton et par le genre. Que l'auteur en
ait parlé à ses amis comme d'une louange de la
paix et du bonheur, c'est fort possible (l'œuvre
n'était pas écrite de la veille, et Constant l'avait
égarée). Que même, en l'entreprenant, il ait voulu
faire la contrepartie d'*Adolphe, *je le crois volontiers. Il suffit, pour s'en convaincre, de l'épigraphe
qu'il donne à son livre :* Italiam! Italiam! *C'est bien
une Italie, une terre promise, un repos après la
longue tourmente, que Benjamin lui-même appelle
de ses vœux, qu'il croit d'abord apercevoir, et qu'il
entend célébrer en lui donnant le nom de* Cécile.

*Mais pour Constant il ne peut y avoir de paradis
que celui qu'il n'a pas encore atteint. Quand il écrit*
Cécile, *depuis deux ou trois ans il a épousé Charlotte, et ce n'est pas une terre vierge qu'il explore.*

Je crois qu'il ne crierait pas si fort : Italiam! Italiam! *s'il n'avait besoin de s'affirmer, de se convaincre que c'est là l'Italie. Bien plus, je crois que cet enthousiasme comporte certaine amertume et même certaine parodie. S'il ne les comportait pas dans la première intention de l'auteur, elles se révèlent et s'accusent à chaque page. Car enfin qu'est-ce que ce livre dont il voulait faire, peut-être en toute bonne foi, le chant de l'amour légitime et du calme bonheur? C'est l'une des comédies les plus lucides et les plus cruelles que l'on puisse rêver. En vérité, si Benjamin avait résolument entrepris une satire, il n'aurait su trouver des armes plus efficaces.*

L'héroïne de ce récit est la seconde femme de Constant, Charlotte de Hardenberg, qu'il appelle Cécile. Il l'a rencontrée en 1793 à la cour de Brunswick, où il tenait l'emploi de gentilhomme de la Chambre. Constant est alors âgé de vingt-six ans; il a épousé une Allemande, Wilhelmine; il l'a épousée « par faiblesse », dit-il, et « aimée par bonté d'âme plus que par goût ». L'ingrate le trompe avec un prince russe, ce dont il prend assez bien son parti. Mais le spectacle de l'amour donne au spectateur le désir d'aimer. Benjamin regarde autour de lui, et découvre Charlotte-Cécile qui s'ennuie au côté d'un mari volage. Il lui fait une visite et le soir même, par lettre, une « déclaration positive ». Elle lui répond froidement; il s'enflamme; on « négocie » (le mot, vous le pensez bien, est de Constant); elle s'humanise, et l'on décide de divorcer pour se remarier ensemble. Cependant Benjamin respecte la jeune femme : c'est qu'il voit en elle une épouse possible; c'est aussi qu'il craint de s'enchaîner plus étroitement. Là-dessus, il fait un séjour à Lausanne, et ne garde plus de Cécile qu' « un souvenir vague, quoi-

que assez doux ». Revenu à Brunswick, il veut la revoir; elle ne le reçoit pas : il se pique. Elle s'excuse : il reste froid. Elle insiste : il se dérobe. Elle se pique à son tour et veut rompre : il la supplie de le recevoir. Elle s'y prête : il y renonce. Si ce n'est pas là une comédie!...

*

C'est une comédie et la plus singulière. Notre littérature ne manque pas d'écrivains — de Joinville à Jules Renard — qui trouvent dans leur propre spectacle une comédie. Mais l'attitude, le ton, le regard de Constant n'appartiennent qu'à lui. On ne peut avoir plus d'esprit et de lucidité; on ne peut sembler plus nonchalant, plus désinvolte, çà et là plus cynique; et nous sourions, mais nous sommes émus, nous sommes pris, sentant bien l'amertume, la meurtrissure et parfois la détresse qui se cachent sous une telle comédie.

La comédie commence à peine. Elle va côtoyer le drame et soudain la farce, sans jamais quitter ce ton fondamental, mi-figue mi-raisin, mi-plaisant mi-pantelant. A chaque page on peut s'attendre à un éclat, que ce soit de rire ou de douleur; mais rien ne vient : c'est toujours Constant, qui ne cesse de nous séduire et de nous envoûter en suspendant toujours notre attente. Voici Benjamin en proie à Mme de Staël (qu'il nomme Mme de Malbée); Cécile n'est plus qu'un lointain souvenir. Quand il la retrouve à Paris en 1804, elle est devenue l'épouse d'un émigré : Benjamin s'attendrit et sent en lui s'éveiller une attention nouvelle. Une femme qui n'est pas la sienne, une femme si douce, quand on la compare à la dévorante Furie, et une femme malheureuse : que d'attraits pour le sensible Benjamin! Il se laisse aimer; il jure d'aimer, et même il donne des gages de son amour, en prenant pour *maîtresse cette femme qu'il négligeait depuis treize ans.*

C'en est fait : Cécile va divorcer, Cécile divorce; le bonheur est là, calme et légitime. Benjamin revient aussitôt à Mme de Staël. A peine revenu, il veut partir; certes, la conjoncture est grave, pour un homme de cœur et de conscience! C'est alors que Benjamin découvre une solution inespérée : attendre, s'en remettre à la Providence.

Il vient de connaître, à Lausanne, une secte religieuse, celle des Piétistes ou Ames intérieures, qui se réclame de Mme Guyon et (non sans abus) de Fénelon lui-même. Fort irréligieux dans sa jeunesse, Benjamin, depuis quelques années, sentait « au fond du cœur un besoin de croire ». Donc, il s'approche des Ames intérieures et leur expose sa triste aventure; on s'apitoie, on l'endoctrine; il suffit, lui dit-on, de prier et de renoncer à vos propres vouloirs. Benjamin veut bien renoncer, il en aura le courage : mais comment prier, et que demander dans ses prières? — Rien de plus simple : qu'il demande au Ciel, non pas telle chose déterminée, mais la faveur de vouloir ce qui est... Quelques ouvrages de Mme Guyon aidant, Benjamin approche du salut. Jusqu'alors, ce qui faisait son tourment, c'était l'incertitude, le débat, l'incessant effort de choisir et de diriger sa vie. A présent, quoi qu'il advienne, Constant est tranquille : c'est Dieu qui l'a voulu. S'il reste dans les fers de Mme de Staël, c'est que Dieu le veut; s'il écrit à Cécile, Dieu lui en a donné l'inspiration; si dans la même lettre il cache une partie de la vérité, c'est encore Dieu qui tient à cette discrétion. Après cela, doit-il revoir Cécile? Si Dieu veut qu'il la revoie, Dieu « fera en sorte de lui en donner les moyens ».

C'est ainsi que Benjamin pratique en maître les eaux ineffables de l'intériorité.

Il n'est pas de jour que Benjamin n'ait à se louer

de sa pieuse imprévoyance. Mme de Staël décide de passer l'hiver à Vienne : nouveau signe du Ciel — Constant pourra rejoindre Cécile, qui l'attend à Besançon. Il veille au départ de son impétueuse amie, s'en afflige, se livre en toute sécurité aux mouvements de tendresse les plus vrais, et le surlendemain se met en route pour Besançon.

« *Je me souviens encore aujourd'hui de la profonde tristesse dont j'étais accablé en voyageant de Lausanne à Besançon* » : *ainsi débute cette marche au bonheur. Qui pourrait en avoir la moindre surprise? Près de toucher au bonheur, Benjamin ne saurait lui trouver des charmes. A mesure qu'il se rapproche de Cécile, il songe à Mme de Staël : quinze ans de liaison, tant de preuves d'affection données et reçues! Et c'est l'hiver, la route de montagne est difficile : n'y a-t-il pas encore là un avertissement du Ciel? Dans une descente, les harnais se rompent, les chevaux s'emportent, la voiture roule au précipice. Quelle joie, quelle délivrance! C'en est fini avec les incertitudes de la vie, et l'éternité ne sera pas trop longue pour le repos de Benjamin... Hélas! si la voiture verse, le voyageur est indemne. On la répare, on se remet en route et voilà qu'à une lieue de Besançon, en pleine tempête, sur le chemin enneigé, ces deux femmes qui avancent... grand Dieu! C'est bien Cécile avec sa femme de chambre. Constant saute à terre, prend Cécile par la main :* « *La tête vous tourne! Il fallait au moins choisir une autre façon d'aller!* » *Il la presse de monter en voiture; elle se tait, se dérobe, revient à pied, abîmée de fatigue et percée par la pluie. Vous devinez le remords de Constant; mais il sent peser sur lui un arrêt céleste, qui lui ôte toute force de résistance. Que faire? Il recommande au Ciel la malheureuse, et de tout cœur renonce à elle. Tandis qu'il s'achemine de Besançon vers Dole, où doit avoir lieu leur séparation, ils peuvent*

*à peine se parler, ils soupirent, ils pleurent; sou-
dain la jeune femme s'évanouit, puis le délire la
prend et les médecins n'osent répondre de sa vie.
C'est ici que le narrateur abandonne son histoire.*

*

*Pourquoi cet abandon? On peut, me semble-t-il,
lui trouver plus d'une cause. Cécile, disions-nous,
n'est pas un simple épisode d'*Adolphe. *Toutefois, en
écrivant* Adolphe, *Constant avait songé à ce nouveau personnage; en 1807, après avoir lu son roman
à M. de Boufflers, il notait :* « Cette lecture m'a
prouvé que je ne devais pas mêler un autre épisode
de femme à ce que j'ai déjà fait. Ellénore cesserait d'intéresser, et si le héros contractait des de-
devoirs envers une autre et ne les remplissait pas, sa
faiblesse deviendrait odieuse. » *Mais c'est en vain
qu'il fait de Cécile l'héroïne principale de sa nouvelle œuvre : il se heurte aux mêmes difficultés. —
Et c'est en vain qu'il a entrepris de célébrer la quié-
tude amoureuse : l'Italie à chaque page se dérobe; si
par hasard il la frôle, il ne la reconnaît plus; de telle
sorte que cette louange de l'amour et du bonheur
devient un document sur l'impuissance d'aimer et
d'être heureux. Aussi bien, tandis qu'il travaille à son
récit, croit-il encore à l'Italie? Que si même enfin
Constant s'obstinait à nommer Cécile son Italie, quel
médiocre paradis, au regard de l'admirable enfer
qu'il a connu et dont il salue encore les flammes!
Quelques instants avant de suspendre son histoire, Constant nous dit :* « Ballotté par un orage de
pensées contraires, je repassai dans ma mémoire
la longue suite d'inconséquences dont je me suis
rendu coupable; je me reprochai le malheur de deux
femmes, qui, chacune à sa manière, m'aimaient. »
Cécile *vient de rejoindre Adolphe. (Déjà nous le
sentions à la forme que prenait l'œuvre; le dernier*

épisode, par le ton, les péripéties et le décor, est
un véritable épisode de roman.) Constant ne cesse
de se plaindre d'être une victime que pour s'accuser
voluptueusement d'être un bourreau; il l'a fait dans
Adolphe; va-t-il se répéter? Il sait trop bien que la
douce Cécile n'est qu'une pâle figure au prix de
celle d'Ellénore. Il sait aussi que, dans la mesure
où il entendait écrire un récit organisé, ce récit a
souffert de l'effacement qu'il imposait à Mme de
Staël. On ne fait pas de la Furie une comparse;
on ne fait pas de Charlotte une héroïne. En vérité,
il n'y a dans Cécile qu'un seul personnage; c'est
Constant lui-même, et sa présence est si forte qu'elle
en vient à briser l'œuvre qu'il méditait.

*

Mais cette œuvre nous offre ainsi un intérêt nouveau, en ajoutant au témoignage le plus lucide un
document involontaire. C'est ici le triomphe de
l'homme, qui se flattait d'être le plus vrai du monde;
de l'écrivain, qui ne fut jamais d'une élégance plus
sûre; du psychologue et du moraliste enfin, dont le
nonchalant bonheur, presque à chaque phrase, nous
déconcerte.

Voilà Benjamin Constant. Que souhaiter d'autre?
Quelle que soit notre admiration pour le romancier,
le conteur ou l'essayiste, c'est avant tout l'image
de Constant qui nous intéresse et que nous cherchons
en chacun de ses livres. Non pas seulement le portrait, mais le peintre, et leurs rapports, les divers
regards et attitudes, les étapes diverses dans la connaissance intérieure. Je ne sais si un écrivain s'est
jamais mieux proposé à nous, et de façon plus variée.
Reconnaissons le Constant du Journal intime, celui
qui est dans Adolphe, celui qui écrit Adolphe et
celui qui juge Adolphe, celui de la correspondance,
celui du Cahier rouge, et maintenant celui de Cécile.

*Constant ne cesse de s'offrir, et nous ne cessons
de le chercher. Du moins, si une part de lui nous
échappe toujours, croyons-nous bien le sentir : cet
inquiet, cet inconstant, sinon, comme il dit, dans la
seule inconstance; ce sensible, ce meurtri, cet écor-
ché et cet incomparable ironiste; ce sceptique qui
passe le meilleur de son temps à une philosophie
de la religion, cet esprit positif et chimérique, cette
forte tête que vient illuminer Mme Guyon; cet
homme qui dans les fers appelle la liberté, mais
à peine libre court aux fers; cet homme qui sent
la tragédie de son destin, qui en souffre, et qui
en fait une comédie; cet homme entre deux siècles,
cet écrivain entre deux écoles, ce grand déraciné
qui ne se résigne pas à sa condition, cet Européen
d'une Europe qui n'existe pas encore — Benjamin
Constant, dont la seule patrie fut la lucidité.*

                                    Marcel Arland.

Adolphe

PRÉFACE[1]
DE LA SECONDE ÉDITION
OU ESSAI SUR LE CARACTÈRE ET LE RÉSULTAT
MORAL DE L'OUVRAGE

Le succès de ce petit ouvrage nécessitant une seconde édition, j'en profite pour y joindre quelques réflexions sur le caractère et la morale de cette anecdote à laquelle l'attention du public donne une valeur que j'étais loin d'y attacher.

J'ai déjà protesté contre les allusions qu'une malignité qui aspire au mérite de la pénétration, par d'absurdes conjectures, a cru y trouver. Si j'avais donné lieu réellement à des interprétations pareilles, s'il se rencontrait dans mon livre une seule phrase qui pût les autoriser, je me considérerais comme digne d'un blâme rigoureux.

Mais tous ces rapprochements prétendus sont heureusement trop vagues et trop dénués de vérité, pour avoir fait impression. Aussi n'avaient-ils point pris naissance dans la société. Ils étaient l'ouvrage de ces hommes qui, n'étant pas admis dans le monde, l'observent du dehors, avec une curiosité gauche et une vanité blessée, et cherchent à trouver ou à causer du scandale, dans une sphère au-dessus d'eux.

Ce scandale est si vite oublié que j'ai peut-être tort d'en parler ici. Mais j'en ai ressenti une pénible surprise, qui m'a laissé le besoin de répéter qu'aucun des caractères tracés dans *Adolphe* n'a de rapport avec aucun des individus que je connais, que je

n'ai voulu en peindre aucun, ami ou indifférent;
car envers ceux-ci mêmes, je me crois lié par cet
engagement tacite d'égards et de discrétion réciproque, sur lequel la société repose.

Au reste, des écrivains plus célèbres que moi ont
éprouvé le même sort. L'on a prétendu que M. de
Chateaubriand s'était décrit dans René; et la femme
la plus spirituelle de notre siècle, en même temps
qu'elle est la meilleure, Mme de Staël, a été soup-
çonnée, non seulement de s'être peinte dans Delphine et dans Corinne, mais d'avoir tracé de quelques-unes de ses connaissances des portraits sévères;
imputations bien peu méritées; car, assurément, le
génie qui créa Corinne n'avait pas besoin des ressources de la méchanceté, et toute perfidie sociale
est incompatible avec le caractère de Mme de Staël,
ce caractère si noble, si courageux dans la persé-
cution, si fidèle dans l'amitié, si généreux dans le
dévouement.

Cette fureur de reconnaître dans les ouvrages
d'imagination les individus qu'on rencontre dans le
monde, est pour ces ouvrages un véritable fléau.
Elle les dégrade, leur imprime une direction fausse,
détruit leur intérêt et anéantit leur utilité. Chercher
des allusions dans un roman, c'est préférer la tra-
casserie à la nature, et substituer le commérage
à l'observation du cœur humain.

Je pense, je l'avoue, qu'on a pu trouver dans
Adolphe un but plus utile et, si j'ose le dire, plus
relevé.

Je n'ai pas seulement voulu prouver le danger
de ces liens irréguliers, où l'on est d'ordinaire d'autant plus enchaîné qu'on se croit plus libre. Cette
démonstration aurait bien eu son utilité; mais ce
n'était pas là toutefois mon idée principale.

Indépendamment de ces liaisons établies que la
société tolère et condamne, il y a dans la simple
habitude d'emprunter le langage de l'amour, et de se

donner ou de faire naître en d'autres des émotions de cœur passagères, un danger qui n'a pas été suffisamment apprécié jusqu'ici. L'on s'engage dans une route dont on ne saurait prévoir le terme, l'on ne sait ni ce qu'on inspirera, ni ce qu'on s'expose à éprouver. L'on porte en se jouant des coups dont on ne calcule ni la force, ni la réaction sur soi-même; et la blessure qui semble effleurer, peut être incurable.

Les femmes coquettes font déjà beaucoup de mal, bien que les hommes, plus forts, plus distraits du sentiment par des occupations impérieuses, et destinés à servir de centre à ce qui les entoure, n'aient pas au même degré que les femmes, la noble et dangereuse faculté de vivre dans un autre et pour un autre. Mais combien ce manège, qu'au premier coup d'œil on jugerait frivole, devient plus cruel quand il s'exerce sur des êtres faibles, n'ayant de vie réelle que dans le cœur, d'intérêt profond que dans l'affection, sans activité qui les occupe, et sans carrière qui les commande, confiantes par nature, crédules par une excusable vanité, sentant que leur seule existence est de se livrer sans réserve à un protecteur, et entraînées sans cesse à confondre le besoin d'appui et le besoin d'amour!

Je ne parle pas des malheurs positifs qui résultent de liaisons formées et rompues, du bouleversement des situations, de la rigueur des jugements publics et de la malveillance de cette société implacable, qui semble avoir trouvé du plaisir à placer les femmes sur un abîme pour les condamner, si elles y tombent. Ce ne sont là que des maux vulgaires. Je parle de ces souffrances du cœur, de cet étonnement douloureux d'une âme trompée, de cette surprise avec laquelle elle apprend que l'abandon devient un tort, et les sacrifices des crimes aux yeux mêmes de celui qui les reçut. Je parle de cet effroi qui la saisit, quand elle se voit délaissée par celui

qui jurait de la protéger; de cette défiance qui
succède à une confiance si entière, et qui, forcée
à se diriger contre l'être qu'on élevait au-dessus de
tout, s'étend par là même au reste du monde. Je
parle de cette estime refoulée sur elle-même, et qui
ne sait où se placer.

Pour les hommes même, il n'est pas indifférent
de faire ce mal. Presque tous se croient bien plus
mauvais, plus légers qu'ils ne sont. Ils pensent pouvoir rompre avec facilité le lien qu'ils contractent
avec insouciance. Dans le lointain, l'image de la
douleur paraît vague et confuse, telle qu'un nuage
qu'ils traverseront sans peine. Une doctrine de fatuité, tradition funeste, que lègue à la vanité de la
génération qui s'élève la corruption de la génération
qui a vieilli, une ironie devenue triviale, mais qui
séduit l'esprit par des rédactions piquantes, comme
si les rédactions changeaient le fond des choses,
tout ce qu'ils entendent, en un mot, et tout ce
qu'ils disent, semble les armer contre les larmes
qui ne coulent pas encore. Mais lorsque ces larmes
coulent, la nature revient en eux, malgré l'atmosphère factice dont ils s'étaient environnés. Ils sentent qu'un être qui souffre parce qu'il aime est
sacré. Ils sentent que dans leur cœur même qu'ils
ne croyaient pas avoir mis de la partie, se sont
enfoncées les racines du sentiment qu'ils ont inspiré,
et s'ils veulent dompter ce que par habitude ils
nomment faiblesse, il faut qu'ils descendent dans ce
cœur misérable, qu'ils y froissent ce qu'il y a de
généreux, qu'ils y brisent ce qu'il y a de fidèle,
qu'ils y tuent ce qu'il y a de bon. Ils réussissent,
mais en frappant de mort une portion de leur
âme, et ils sortent de ce travail, ayant trompé la
confiance, bravé la sympathie, abusé de la faiblesse,
insulté la morale en la rendant l'excuse de la dureté,
profané toutes les expressions et foulé aux pieds
tous les sentiments. Ils survivent ainsi à leur meil-

leure nature, pervertis par leur victoire ou honteux de cette victoire, si elle ne les a pas pervertis.

Quelques personnes m'ont demandé ce qu'aurait dû faire Adolphe, pour éprouver et causer moins de peine? Sa position et celle d'Ellénore étaient sans ressource, et c'est précisément ce que j'ai voulu. Je l'ai montré tourmenté, parce qu'il n'aimait que faiblement Ellénore; mais il n'eût pas été moins tourmenté, s'il l'eût aimée davantage. Il souffrait par elle, faute de sentiment : avec un sentiment plus passionné, il eût souffert pour elle. La société, désapprobatrice et dédaigneuse, aurait versé tous ses venins sur l'affection que son aveu n'eût pas sanctionnée. C'est ne pas commencer de telles liaisons qu'il faut pour le bonheur de la vie : quand on est entré dans cette route, on n'a plus que le choix des maux.

PRÉFACE
DE LA TROISIÈME ÉDITION

Ce n'est pas sans quelque hésitation que j'ai consenti à la réimpression de ce petit ouvrage, publié il y a dix ans. Sans la presque certitude qu'on voulait en faire une contrefaçon en Belgique, et que cette contrefaçon, comme la plupart de celles que répandent en Allemagne et qu'introduisent en France les contrefacteurs belges, serait grossie d'additions et d'interpolations auxquelles je n'aurais point eu de part, je ne me serais jamais occupé de cette anecdote, écrite dans l'unique pensée de convaincre deux ou trois amis réunis à la campagne de la possibilité de donner une sorte d'intérêt à un roman dont les personnages se réduiraient à deux, et dont la situation serait toujours la même.

Une fois occupé de ce travail, j'ai voulu développer quelques autres idées qui me sont survenues et ne m'ont pas semblé sans une certaine utilité. J'ai voulu peindre le mal que font éprouver même aux cœurs arides les souffrances qu'ils causent, et cette illusion qui les porte à se croire plus légers ou plus corrompus qu'ils ne le sont. A distance, l'image de la douleur qu'on impose paraît vague et confuse, telle qu'un nuage facile à traverser; on est encouragé par l'approbation d'une société toute factice, qui supplée aux principes par les règles

et aux émotions par les convenances, et qui hait le
scandale comme importun, non comme immoral, car
elle accueille assez bien le vice quand le scandale
ne s'y trouve pas. On pense que les liens formés
sans réflexion se briseront sans peine. Mais quand
on voit l'angoisse qui résulte de ces liens brisés, ce
douloureux étonnement d'une âme trompée, cette
défiance qui succède à une confiance si complète,
et qui, forcée de se diriger contre l'être à part du
reste du monde, s'étend à ce monde entier, cette
estime refoulée sur elle-même et qui ne sait plus
où se replacer, on sent alors qu'il y a quelque chose
de sacré dans le cœur qui souffre, parce qu'il aime;
on découvre combien sont profondes les racines de
l'affection qu'on croyait inspirer sans la partager :
et si l'on surmonte ce qu'on appelle faiblesse, c'est
en détruisant en soi-même tout ce qu'on a de généreux, en déchirant tout ce qu'on a de fidèle, en sacri-
fiant tout ce qu'on a de noble et de bon. On se
relève de cette victoire, à laquelle les indifférents
et les amis applaudissent, ayant frappé de mort une
portion de son âme, bravé la sympathie, abusé de
la faiblesse, outragé la morale en la prenant pour
prétexte de la dureté; et l'on survit à sa meilleure
nature, honteux ou perverti par ce triste succès.

Tel a été le tableau que j'ai voulu tracer dans
Adolphe. Je ne sais si j'ai réussi; ce qui me ferait
croire au moins à un certain mérite de vérité, c'est
que presque tous ceux de mes lecteurs que j'ai
rencontrés m'ont parlé d'eux-mêmes comme ayant
été dans la position de mon héros. Il est vrai qu'à
travers les regrets qu'ils montraient de toutes les
douleurs qu'ils avaient causées perçait je ne sais
quelle satisfaction de fatuité; ils aimaient à se
peindre, comme ayant, de même qu'Adolphe, été
poursuivis par les opiniâtres affections qu'ils avaient
inspirées, et victimes de l'amour immense qu'on
avait conçu pour eux. Je crois que pour la plupart

ils se calomniaient, et que si leur vanité les eût laissés tranquilles, leur conscience eût pu rester en repos.

Quoi qu'il en soit, tout ce qui concerne *Adolphe* m'est devenu fort indifférent; je n'attache aucun prix à ce roman, et je répète que ma seule intention, en le laissant reparaître devant un public qui l'a probablement oublié, si tant est que jamais il l'ait connu, a été de déclarer que toute édition qui contiendrait autre chose que ce qui est renfermé dans celle-ci ne viendrait pas de moi, et que je n'en serais pas responsable.

AVIS DE L'ÉDITEUR

Je parcourais l'Italie, il y a bien des années. Je fus arrêté dans une auberge de Cerenza, petit village de la Calabre, par un débordement du Neto; il y avait dans la même auberge un étranger qui se trouvait forcé d'y séjourner pour la même cause. Il était fort silencieux et paraissait triste. Il ne témoignait aucune impatience. Je me plaignais quelquefois à lui, comme au seul homme à qui je puisse parler, dans ce lieu, du retard que notre marche éprouvait. « Il m'est égal, me répondit-il, d'être ici ou ailleurs. » Notre hôte, qui avait causé avec un domestique napolitain, qui servait cet étranger sans savoir son nom, me dit qu'il ne voyageait point par curiosité, car il ne visitait ni les ruines, ni les sites, ni les monuments, ni les hommes. Il lisait beaucoup, mais jamais d'une manière suivie; il se promenait le soir, toujours seul, et souvent il passait les journées entières assis, immobile, la tête appuyée sur les deux mains.

Au moment où les communications, étant rétablies, nous auraient permis de partir, cet étranger tomba très malade. L'humanité me fit un devoir de prolonger mon séjour auprès de lui pour le soigner. Il n'y avait à Cerenza qu'un chirurgien de village; je voulais envoyer à Cozenze chercher des secours plus efficaces. « Ce n'est pas la peine, me dit l'étranger; l'homme que voilà est précisément ce qu'il me faut. » Il avait raison, peut-être plus qu'il ne pensait, car cet homme le guérit. « Je ne vous croyais pas si habile », lui dit-il avec une sorte d'humeur en le congédiant; puis il me remercia de mes soins, et il partit.

Plusieurs mois après, je reçus, à Naples, une lettre de l'hôte de Cerenza, avec une cassette trouvée sur la route qui conduit à Strongoli, route que l'étranger et moi nous avions suivie, mais séparément. L'aubergiste qui me l'envoyait se croyait sûr qu'elle appartenait à l'un de nous deux. Elle renfermait beaucoup de lettres fort anciennes sans adresses ou dont les adresses et les signatures étaient effacées, un portrait de femme et un cahier contenant l'anecdote ou l'histoire qu'on va lire [1]. L'étranger, propriétaire de ces effets, ne m'avait laissé, en me quittant, aucun moyen de lui écrire; je les conservais depuis dix ans, incertain de l'usage que je devais en faire, lorsqu'en ayant parlé par hasard à quelques personnes dans une ville d'Allemagne, l'une d'entre elles me demanda avec insistance de lui confier le manuscrit dont j'étais dépositaire. Au bout de huit jours, ce manuscrit me fut renvoyé avec une lettre que j'ai placée à la fin de cette histoire, parce qu'elle serait inintelligible si on la lisait avant de connaître l'histoire elle-même.

Cette lettre m'a décidé à la publication actuelle, en me donnant la certitude qu'elle ne peut offenser ni compromettre personne. Je n'ai pas changé un mot à l'original; la suppression même des noms propres ne vient pas de moi : ils n'étaient désignés que comme ils sont encore, par des lettres initiales.

CHAPITRE PREMIER

Je venais de finir à vingt-deux ans mes études à l'université de Göttingue. — L'intention de mon père, ministre de l'électeur de ***, était que je parcourusse les pays les plus remarquables de l'Europe. Il voulait ensuite m'appeler auprès de lui, me faire entrer dans le département dont la direction lui était confiée, et me préparer à le remplacer un jour. J'avais obtenu, par un travail assez opiniâtre, au milieu d'une vie très dissipée, des succès qui m'avaient distingué de mes compagnons d'étude, et qui avaient fait concevoir à mon père sur moi des espérances probablement fort exagérées.

Ces espérances l'avaient rendu très indulgent pour beaucoup de fautes que j'avais commises. Il ne m'avait jamais laissé souffrir des suites de ces fautes. Il avait toujours accordé, quelquefois prévenu mes demandes à cet égard.

Malheureusement sa conduite était plutôt noble et généreuse que tendre. J'étais pénétré de tous ses droits à ma reconnaissance et à mon respect. Mais aucune confiance n'avait existé jamais entre nous. Il avait dans l'esprit je ne sais quoi d'ironique qui convenait mal à mon caractère. Je ne demandais alors qu'à me livrer à ces impressions primitives et fougueuses qui jettent l'âme hors de la sphère

commune, et lui inspirent le dédain de tous les
objets qui l'environnent. Je trouvais dans mon père,
non pas un censeur, mais un observateur froid et
caustique, qui souriait d'abord de pitié, et qui finissait bientôt la conversation avec impatience. Je ne
me souviens pas, pendant mes dix-huit premières
années, d'avoir eu jamais un entretien d'une heure
avec lui. Ses lettres étaient affectueuses, pleines de
conseils, raisonnables et sensibles; mais à peine
étions-nous en présence l'un de l'autre qu'il y avait
en lui quelque chose de contraint que je ne pouvais
m'expliquer, et qui réagissait sur moi d'une manière
pénible [1]. Je ne savais pas alors ce que c'était que
la timidité, cette souffrance intérieure qui nous poursuit jusque dans l'âge le plus avancé, qui refoule
sur notre cœur les impressions les plus profondes,
qui glace nos paroles, qui dénature dans notre
bouche tout ce que nous essayons de dire, et ne
nous permet de nous exprimer que par des mots
vagues ou une ironie plus ou moins amère, comme
si nous voulions nous venger sur nos sentiments
mêmes de la douleur que nous éprouvons à ne pouvoir les faire connaître. Je ne savais pas que, même
avec son fils, mon père était timide, et que souvent,
après avoir longtemps attendu de moi quelques
témoignages d'affection que sa froideur apparente
semblait m'interdire, il me quittait les yeux mouillés
de larmes, et se plaignait à d'autres de ce que je
ne l'aimais pas [2].

Ma contrainte avec lui eut une grande influence
sur mon caractère. Aussi timide que lui, mais plus
agité, parce que j'étais plus jeune, je m'accoutumai
à renfermer en moi-même tout ce que j'éprouvais,
à ne former que des plans solitaires, à ne compter
que sur moi pour leur exécution, à considérer les
avis, l'intérêt, l'assistance et jusqu'à la seule présence des autres comme une gêne et comme un
obstacle. Je contractai l'habitude de ne jamais parler

de ce qui m'occupait, de ne me soumettre à la conversation que comme à une nécessité importune et de l'animer alors par une plaisanterie perpétuelle qui me la rendait moins fatigante, et qui m'aidait à cacher mes véritables pensées. De là une certaine absence d'abandon qu'aujourd'hui encore mes amis me reprochent, et une difficulté de causer sérieusement que j'ai toujours peine à surmonter. Il en résulta en même temps un désir ardent d'indépendance, une grande impatience des liens dont j'étais environné, une terreur invincible d'en former de nouveaux. Je ne me trouvais à mon aise que tout seul, et tel est même à présent l'effet de cette disposition d'âme que, dans les circonstances les moins importantes, quand je dois choisir entre deux partis, la figure humaine me trouble, et mon mouvement naturel est de la fuir pour délibérer en paix. Je n'avais point cependant la profondeur d'égoïsme qu'un tel caractère paraît annoncer : tout en ne m'intéressant qu'à moi, je m'intéressais faiblement à moi-même. Je portais au fond de mon cœur un besoin de sensibilité dont je ne m'apercevais pas, mais qui, ne trouvant point à se satisfaire, me détachait successivement de tous les objets qui tour à tour attiraient ma curiosité. Cette indifférence sur tout s'était encore fortifiée par l'idée de la mort, idée qui m'avait frappé très jeune, et sur laquelle je n'ai jamais conçu que les hommes s'étourdissent si facilement. J'avais à l'âge de dix-sept ans vu mourir une femme âgée [1], dont l'esprit, d'une tournure remarquable et bizarre, avait commencé à développer le mien. Cette femme, comme tant d'autres, s'était, à l'entrée de sa carrière, lancée vers le monde, qu'elle ne connaissait pas, avec le sentiment d'une grande force d'âme et de facultés vraiment puissantes. Comme tant d'autres aussi, faute de s'être pliée à des convenances factices, mais nécessaires, elle avait vu ses espérances trompées, sa jeunesse passer sans plaisir; et la vieillesse enfin l'avait atteinte sans la soumettre. Elle vivait dans un château voisin d'une de nos terres, mécontente et retirée, n'ayant que son esprit pour ressource, et analysant tout avec son esprit. Pendant près d'un an, dans nos [1] conversations inépuisables nous avions envisagé [2] la vie sous toutes ses faces, et la mort toujours pour terme de tout; et après avoir tant causé de la mort avec elle, j'avais vu la mort la frapper à mes yeux.

Cet événement m'avait rempli d'un sentiment d'incertitude sur la destinée, et d'une rêverie vague qui ne m'abandonnait pas. Je lisais de préférence les poètes qui rappelaient la brièveté de la vie humaine. Je trouvais qu'aucun but ne valait la peine d'aucun effort. Il est assez singulier que cette impression se soit affaiblie précisément à mesure que les années se sont accumulées sur moi. Serait-ce parce qu'il y a dans l'espérance quelque chose de douteux, et que, lorsqu'elle se retire de la carrière de l'homme, cette carrière prend un caractère plus sévère, mais plus positif? Serait-ce que la vie semble d'autant plus réelle que toutes les illusions disparaissent, comme la cime des rochers se dessine mieux dans l'horizon lorsque les nuages se dissipent?

Je me rendis, en quittant Göttingue, dans la petite ville de D***. Cette ville était la résidence d'un prince qui, comme la plupart de ceux de l'Allemagne, gouvernait avec douceur un pays de peu d'étendue, protégeait les hommes éclairés qui venaient s'y fixer, laissait à toutes les opinions une liberté parfaite, mais qui, borné par l'ancien usage à la société de ses courtisans, ne rassemblait par là même autour de lui que des hommes en grande partie insignifiants ou médiocres. Je fus accueilli dans cette cour avec la curiosité qu'inspire naturellement tout étranger qui vient rompre le cercle de la monotonie et de l'étiquette. Pendant quelques mois je ne remarquai rien qui pût captiver mon attention. J'étais reconnaissant de l'obligeance qu'on me témoignait; mais tantôt ma timidité m'empêchait d'en profiter, tantôt la fatigue d'une agitation sans but me faisait préférer la solitude aux plaisirs insipides que l'on m'invitait à partager. Je n'avais de haine contre personne, mais peu de gens m'inspiraient de l'intérêt; or les hommes se blessent de l'indifférence, ils l'attribuent à la malveillance ou à l'affectation; ils ne veulent pas croire qu'on s'ennuie avec eux naturellement. Quelquefois je cherchais à contraindre mon ennui; je me réfugiais dans une taciturnité profonde : on prenait cette taciturnité pour du dédain. D'autres fois, lassé moi-même de mon silence, je me laissais aller à quelques plaisanteries, et mon esprit, mis en mouvement, m'entraînait au-delà de toute mesure. Je révélais en un jour tous les ridicules que j'avais observés durant un mois. Les confidents de mes épanchements subits et involontaires ne m'en savaient aucun gré et avaient raison; car c'était le besoin de parler qui me saisissait, et non la confiance. J'avais contracté dans mes conversations avec la femme qui la première avait développé mes idées une insurmontable aversion pour toutes les maximes communes et pour toutes les formules dogmatiques. Lors donc que j'entendais la médiocrité disserter avec complaisance sur des principes bien établis, bien incontestables, en fait de morale, de convenances ou de religion, choses qu'elle met assez volontiers sur la même ligne, je me sentais poussé à la contredire, non que j'eusse adopté des opinions opposées, mais parce que j'étais impatienté d'une conviction si ferme et si lourde. Je ne sais quel instinct m'avertissait, d'ailleurs, de me défier de ces axiomes généraux si exempts de toute restriction, si purs de toute nuance. Les sots font de leur morale une masse compacte et indivisible, pour qu'elle se mêle le moins possible avec leurs actions et les laisse libres dans tous les détails.

Je me donnai bientôt, par cette conduite, une grande réputation de légèreté, de persiflage, de méchanceté. Mes paroles amères furent considérées comme des preuves d'une âme haineuse, mes plaisanteries comme des attentats contre tout ce qu'il y avait de plus respectable. Ceux dont j'avais eu le tort de me moquer trouvaient commode de faire cause commune avec les principes qu'ils m'accusaient de révoquer en doute : parce que sans le vouloir je les avais fait rire [1] aux dépens les uns des autres, tous se réunirent contre moi. On eût dit qu'en faisant remarquer leurs ridicules, je trahissais une confidence qu'ils m'avaient faite. On eût dit qu'en se montrant à mes yeux tels qu'ils étaient, ils avaient obtenu de ma part la promesse du silence; je n'avais point la conscience d'avoir accepté ce traité trop onéreux. Ils avaient trouvé du plaisir à se donner ample carrière : j'en trouvais à les observer et à les décrire; et ce qu'ils appelaient une perfidie me paraissait un dédommagement tout innocent et très légitime.

Je ne veux point ici me justifier : j'ai renoncé depuis longtemps à cet usage frivole et facile d'un esprit sans expérience; je veux simplement dire, et cela pour d'autres que pour moi qui suis maintenant à l'abri du monde, qu'il faut du temps pour s'accoutumer à l'espèce humaine, telle que l'intérêt, l'affectation, la vanité, la peur nous l'ont faite. L'étonnement de la première jeunesse, à l'aspect d'une société si factice et si travaillée, annonce plutôt un cœur naturel qu'un esprit méchant. Cette société d'ailleurs n'a rien à en craindre. Elle pèse tellement sur nous, son influence sourde est tellement puissante, qu'elle ne tarde pas à nous façonner d'après le moule universel. Nous ne sommes plus surpris alors que de notre ancienne surprise, et nous nous trouvons bien sous notre nouvelle forme, comme l'on finit par respirer librement dans un spectacle encombré par la foule, tandis qu'en y entrant on n'y respirait qu'avec effort.

Si quelques-uns échappent à cette destinée générale, ils renferment en eux-mêmes leur dissentiment secret; ils aperçoivent dans la plupart des ridicules le germe des vices : ils n'en plaisantent plus, parce que le mépris remplace la moquerie, et que le mépris est silencieux.

Il s'établit donc, dans le petit public qui m'environnait, une inquiétude vague sur mon caractère. On ne pouvait citer aucune action condamnable; on ne pouvait même m'en contester quelques-unes qui semblaient annoncer de la générosité ou du dévouement; mais on disait que j'étais un homme immoral, un homme peu sûr : deux épithètes heureusement inventées pour insinuer les faits qu'on ignore, et laisser deviner ce qu'on ne sait pas.

CHAPITRE II

Distrait, inattentif, ennuyé, je ne m'apercevais point de l'impression que je produisais, et je partageais mon temps entre des études que j'interrompais souvent, des projets que je n'exécutais pas, des plaisirs qui ne m'intéressaient guère, lorsqu'une circonstance très frivole en apparence produisit dans ma disposition une révolution importante.

Un jeune homme avec lequel j'étais assez lié cherchait depuis quelques mois à plaire à l'une des femmes les moins insipides de la société dans laquelle nous vivions : j'étais le confident très désintéressé de son entreprise. Après de longs efforts

il parvint à se faire aimer; et, comme il ne m'avait
point caché ses revers et ses peines, il se crut obligé
de me communiquer ses succès : rien n'égalait ses
transports et l'excès de sa joie. Le spectacle d'un tel
bonheur me fit regretter de n'en avoir pas essayé
encore; je n'avais point eu jusqu'alors de liaison de
femme qui pût flatter mon amour-propre; un nouvel
avenir parut se dévoiler à mes yeux; un nouveau
besoin se fit sentir au fond de mon cœur. Il y avait
dans ce besoin beaucoup de vanité sans doute, mais
il n'y avait pas uniquement de la vanité; il y en
avait peut-être moins que je ne le croyais moi-
même. Les sentiments de l'homme sont confus et
mélangés; ils se composent d'une multitude d'impressions variées qui échappent à l'observation; et la
parole, toujours trop grossière et trop générale, peut
bien servir à les désigner, mais ne sert jamais à
les définir.

J'avais, dans la maison de mon père, adopté sur les
femmes un système assez immoral. Mon père, bien
qu'il observât strictement les convenances extérieures, se permettait assez fréquemment des propos
légers sur les liaisons d'amour : il les regardait
comme des amusements, sinon permis, du moins
excusables, et considérait le mariage seul sous un
rapport sérieux. Il avait pour principe qu'un jeune
homme doit éviter avec soin de faire ce qu'on
nomme une folie, c'est-à-dire de contracter un engagement durable avec une personne qui ne fût pas
parfaitement son égale pour la fortune, la naissance
et les avantages extérieurs; mais du reste, toutes les
femmes, aussi longtemps qu'il ne s'agissait pas de
les épouser, lui paraissaient pouvoir, sans inconvénient, être prises, puis être quittées; et je l'avais vu
sourire avec une sorte d'approbation à cette parodie
d'un mot connu : *Cela leur fait si peu de mal, et à
nous tant de plaisir!*

L'on ne sait pas assez combien, dans la première

jeunesse, les mots de cette espèce font une impression profonde, et combien à un âge où toutes les opinions sont encore douteuses et vacillantes, les enfants s'étonnent de voir contredire, par des plaisanteries que tout le monde applaudit, les règles directes qu'on leur a données. Ces règles ne sont plus à leurs yeux que des formules banales que leurs parents sont convenus de leur répéter pour l'acquit de leur conscience, et les plaisanteries leur semblent renfermer le véritable secret de la vie.

Tourmenté d'une émotion vague, je veux être aimé, me disais-je, et je regardais autour de moi; je ne voyais personne qui m'inspirât de l'amour, personne qui me parût susceptible d'en prendre; j'interrogeais mon cœur et mes goûts : je ne me sentais aucun mouvement de préférence. Je m'agitais ainsi intérieurement, lorsque je fis connaissance avec le comte de P***, homme de quarante ans, dont la famille était alliée à la mienne. Il me proposa de venir le voir. Malheureuse visite! Il avait chez lui sa maîtresse, une Polonaise, célèbre par sa beauté, quoiqu'elle ne fût plus de la première jeunesse. Cette femme, malgré sa situation désavantageuse, avait montré dans plusieurs occasions un caractère distingué. Sa famille, assez illustre en Pologne, avait été ruinée dans les troubles de cette contrée. Son père avait été proscrit; sa mère était allée chercher un asile en France, et y avait mené sa fille [1] qu'elle avait laissée, à sa mort, dans un isolement complet. Le comte de P*** en était devenu amoureux. J'ai toujours ignoré comment s'était formée une liaison qui, lorsque j'ai vu pour la première fois Ellénore, était, dès longtemps, établie et pour ainsi dire consacrée. La fatalité de sa situation ou l'inexpérience de son âge l'avaient-elles jetée dans une carrière qui répugnait également à son éducation, à ses habitudes et à la fierté qui faisait une partie très remarquable de son caractère? Ce que je sais, ce que tout

le monde a su, c'est que la fortune du comte de
P*** ayant été presque entièrement détruite et sa
liberté menacée, Ellénore lui avait donné de telles
preuves de dévouement, avait rejeté avec un tel
mépris les offres les plus brillantes, avait partagé
ses périls et sa pauvreté avec tant de zèle et même
de joie, que la sévérité la plus scrupuleuse ne pouvait s'empêcher de rendre justice à la pureté de ses
motifs et au désintéressement de sa conduite. C'était
à son activité, à son courage, à sa raison, aux sacrifices de tout genre qu'elle avait supportés sans se
plaindre, que son amant devait d'avoir recouvré
une partie de ses biens. Ils étaient venus s'établir à
D*** pour y suivre un procès qui pouvait rendre
entièrement au comte de P*** son ancienne opulence, et comptaient y rester environ deux ans.

Ellénore n'avait qu'un esprit ordinaire; mais ses
idées étaient justes, et ses expressions, toujours
simples, étaient quelquefois frappantes par la noblesse et l'élévation de ses sentiments. Elle avait
beaucoup de préjugés; mais tous ses préjugés étaient
en sens inverse de son intérêt. Elle attachait le plus
grand prix à la régularité de la conduite, précisément parce que la sienne n'était pas régulière suivant les notions reçues. Elle était très religieuse,
parce que la religion condamnait rigoureusement
son genre de vie. Elle repoussait sévèrement dans la
conversation tout ce qui n'aurait paru à d'autres
femmes que des plaisanteries innocentes, parce
qu'elle craignait toujours qu'on ne se crût autorisé
par son état à lui en adresser de déplacées. Elle
aurait désiré ne recevoir chez elle que des hommes
du rang le plus élevé et de mœurs irréprochables,
parce que les femmes à qui elle frémissait d'être
comparée se forment d'ordinaire une société mélan-
gée, et, se résignant à la perte de la considération,
ne cherchent dans leurs relations que l'amusement.
Ellénore, en un mot, était en lutte constante avec

sa destinée. Elle protestait, pour ainsi dire, par
chacune de ses actions et de ses paroles, contre la
classe dans laquelle elle se trouvait rangée; et
comme elle sentait que la réalité était plus forte
qu'elle, et que ses efforts ne changeaient rien à sa
situation, elle était fort malheureuse. Elle élevait
deux enfants qu'elle avait eus du comte de P***
avec une austérité excessive [1]. On eût dit quelquefois qu'une révolte secrète se mêlait à l'attachement
plutôt passionné que tendre qu'elle leur montrait,
et les lui rendait en quelque sorte importuns. Lorsqu'on lui faisait à bonne intention quelque remarque
sur ce que ses enfants grandissaient, sur les talents
qu'ils promettaient d'avoir, sur la carrière qu'ils
auraient à suivre, on la voyait pâlir de l'idée qu'il
faudrait qu'un jour elle leur avouât leur naissance [2].
Mais le moindre danger, une heure d'absence, la ramenait à eux avec une anxiété où l'on démêlait une
espèce de remords, et le désir de leur donner
par ses caresses le bonheur qu'elle n'y trouvait pas
elle-même. Cette opposition entre ses sentiments et
la place qu'elle occupait dans le monde avait rendu
son humeur fort inégale. Souvent elle était rêveuse
et taciturne; quelquefois elle parlait avec impétuosité. Comme elle était tourmentée d'une idée particulière, au milieu de la conversation la plus générale, elle ne restait jamais parfaitement calme. Mais,
par cela même, il y avait dans sa manière quelque
chose de fougueux et d'inattendu qui la rendait
plus piquante qu'elle n'aurait dû l'être naturellement. La bizarrerie de sa position suppléait en elle
à la nouveauté des idées. On l'examinait avec intérêt
et curiosité comme un bel orage.

Offerte à mes regards dans un moment où mon
cœur avait besoin d'amour, ma vanité de succès,
Ellénore me parut une conquête digne de moi. Elle-
même trouva du plaisir dans la société d'un homme
différent de ceux qu'elle avait vus jusqu'alors. Son

cercle s'était composé de quelques amis ou parents
de son amant et de leurs femmes, que l'ascendant du
comte de P*** avait forcés à recevoir sa maîtresse.
Les maris étaient dépourvus de sentiments aussi
bien que d'idées; les femmes ne différaient de leurs
maris que par une médiocrité plus inquiète et plus
agitée, parce qu'elles n'avaient pas, comme eux, cette
tranquillité d'esprit qui résulte de l'occupation et
de la régularité des affaires. Une plaisanterie plus
légère, une conversation plus variée, un mélange
particulier de mélancolie et de gaieté, de découragement et d'intérêt, d'enthousiasme et d'ironie
étonnèrent et attachèrent Ellénore. Elle parlait plusieurs langues, imparfaitement à la vérité, mais
toujours avec vivacité, quelquefois avec grâce. Ses
idées semblaient se faire jour à travers les obstacles, et sortir de cette lutte agréables, plus
naïves et plus neuves; car les idiomes étrangers
rajeunissent les pensées, et les débarrassent de ces
tournures qui les font paraître tour à tour communes et affectées. Nous lisions ensemble des poètes
anglais; nous nous promenions ensemble. J'allais
souvent la voir le matin; j'y retournais le soir; je
causais avec elle sur mille sujets.

Je pensais faire, en observateur froid et impar-
tial, le tour de son caractère et de son esprit; mais
chaque mot qu'elle disait me semblait revêtu d'une
grâce inexplicable. Le dessein de lui plaire, mettant
dans ma vie un nouvel intérêt, animait mon existence d'une manière inusitée. J'attribuais à son
charme cet effet presque magique : j'en aurais joui
plus complètement encore sans l'engagement que
j'avais pris envers mon amour-propre. Cet amour-
propre était en tiers entre Ellénore et moi. Je me
croyais comme obligé de marcher au plus vite vers le
but que je m'étais proposé : je ne me livrais donc pas
sans réserve à mes impressions. Il me tardait d'avoir
parlé, car il me semblait que je n'avais qu'à parler

pour réussir. Je ne croyais point aimer Ellénore;
mais déjà je n'aurais pu me résigner à ne pas lui
plaire. Elle m'occupait sans cesse : je formais mille
projets; j'inventais mille moyens de conquête, avec
cette fatuité sans expérience qui se croit sûre parce
qu'elle n'a rien essayé.

Cependant une invincible timidité m'arrêtait :
tous mes discours expiraient sur mes lèvres, ou se
terminaient tout autrement que je ne l'avais projeté.
Je me débattais intérieurement : j'étais indigné
contre moi-même.

Je cherchai enfin un raisonnement qui pût me
tirer de cette lutte avec honneur à mes propres
yeux. Je me dis qu'il ne fallait rien précipiter,
qu'Ellénore était trop peu préparée à l'aveu que je
méditais, et qu'il valait mieux attendre encore. Presque toujours, pour vivre en repos avec nous-mêmes,
nous travestissons en calculs et en systèmes nos
impuissances ou nos faiblesses : cela satisfait cette
portion de nous qui est, pour ainsi dire, spectatrice
de l'autre.

Cette situation se prolongea. Chaque jour, je fixais
le lendemain comme l'époque invariable d'une déclaration positive, et chaque lendemain s'écoulait
comme la veille. Ma timidité me quittait dès que je
m'éloignais d'Ellénore; je reprenais alors mes plans
habiles et mes profondes combinaisons : mais à
peine me retrouvais-je auprès d'elle, que je me sentais de nouveau tremblant et troublé. Quiconque
aurait lu dans mon cœur, en son absence, m'aurait
pris pour un séducteur froid et peu sensible; quiconque m'eût aperçu à ses côtés eût cru reconnaître
en moi un amant novice, interdit et passionné. L'on
se serait également trompé dans ces deux jugements :
il n'y a point d'unité complète dans l'homme, et
presque jamais personne n'est tout à fait sincère ni
tout à fait de mauvaise foi.

Convaincu par ces expériences réitérées que je

n'aurais jamais le courage de parler à Ellénore, je me
déterminai à lui écrire. Le comte de P*** était
absent. Les combats que j'avais livrés longtemps à
mon propre caractère, l'impatience que j'éprouvais
de n'avoir pu le surmonter, mon incertitude sur
le succès de ma tentative, jetèrent dans ma lettre une
agitation qui ressemblait fort à l'amour. Echauffé
d'ailleurs que j'étais par mon propre style, je ressentais, en finissant d'écrire, un peu de la passion
que j'avais cherché à exprimer avec toute la force
possible.

Ellénore vit dans ma lettre ce qu'il était naturel
d'y voir, le transport passager d'un homme qui avait
dix ans de moins qu'elle, dont le cœur s'ouvrait à
des sentiments qui lui étaient encore inconnus, et
qui méritait plus de pitié que de colère. Elle me
répondit avec bonté, me donna des conseils affec-
tueux, m'offrit une amitié sincère, mais me déclara
que, jusqu'au retour du comte de P***, elle ne pourrait me recevoir.

Cette réponse me bouleversa. Mon imagination,
s'irritant de l'obstacle, s'empara de toute mon existence. L'amour, qu'une heure auparavant je m'ap-
plaudissais de feindre, je crus tout à coup l'éprouver
avec fureur. Je courus chez Ellénore; on me dit
qu'elle était sortie. Je lui écrivis; je la suppliai de
m'accorder une dernière entrevue; je lui peignis en
termes déchirants mon désespoir, les projets funestes
que m'inspirait sa cruelle détermination. Pendant
une grande partie du jour, j'attendis vainement une
réponse. Je ne calmai mon inexprimable souffrance
qu'en me répétant que le lendemain je braverais
toutes les difficultés pour pénétrer jusqu'à Ellénore
et pour lui parler. On m'apporta le soir quelques
mots d'elle : ils étaient doux. Je crus y remarquer
une impression de regret et de tristesse; mais elle
persistait dans sa résolution, qu'elle m'annonçait
comme inébranlable. Je me présentai de nouveau

chez elle le lendemain. Elle était partie pour une campagne dont ses gens ignoraient le nom. Ils n'avaient même aucun moyen de lui faire parvenir des lettres.

Je restai longtemps immobile à sa porte, n'imaginant plus aucune chance de la retrouver. J'étais étonné moi-même de ce que je souffrais. Ma mémoire me retraçait les instants où je m'étais dit que je n'aspirais qu'à un succès; que ce n'était qu'une tentative à laquelle je renoncerais sans peine. Je ne concevais rien à la douleur violente, indomptable, qui déchirait mon cœur. Plusieurs jours se passèrent de la sorte. J'étais également incapable de distraction et d'étude. J'errais sans cesse devant la porte d'Ellénore. Je me promenais dans la ville, comme si, au détour de chaque rue, j'avais pu espérer de la rencontrer. Un matin, dans une de ces courses sans but qui servaient à remplacer mon agitation par de la fatigue, j'aperçus la voiture du comte de P***, qui revenait de son voyage. Il me reconnut et mit pied à terre. Après quelques phrases banales, je lui parlai, en déguisant mon trouble, du départ subit d'Ellénore. « Oui, me dit-il, une de ses amies, à quelques lieues d'ici, a éprouvé je ne sais quel événement fâcheux qui a fait croire à Ellénore que ses consolations lui seraient utiles. Elle est partie sans me consulter. C'est une personne que tous ses sentiments dominent, et dont l'âme, toujours active, trouve presque du repos dans le dévouement. Mais sa présence ici m'est trop nécessaire; je vais lui écrire : elle reviendra sûrement dans quelques jours. »

Cette assurance me calma; je sentis ma douleur s'apaiser. Pour la première fois depuis le départ d'Ellénore je pus respirer sans peine. Son retour fut moins prompt que ne l'espérait le comte de P***. Mais j'avais repris ma vie habituelle, et l'angoisse que j'avais éprouvée commençait à se dissiper, lorsqu'au bout d'un mois M. de P*** me fit avertir qu'Ellénore devait arriver le soir. Comme il mettait un grand prix à lui maintenir dans la société la place que son caractère méritait, et dont sa situation semblait l'exclure, il avait invité à souper plusieurs femmes de ses parents et de ses amies qui avaient consenti à voir Ellénore.

Mes souvenirs reparurent, d'abord confus, bientôt plus vifs. Mon amour-propre s'y mêlait. J'étais embarrassé, humilié, de rencontrer une femme qui m'avait traité comme un enfant. Il me semblait la voir, souriant à mon approche de ce qu'une courte absence avait calmé l'effervescence d'une jeune tête; et je démêlais dans ce sourire une sorte de mépris pour moi. Par degrés mes sentiments se réveillèrent. Je m'étais levé, ce jour-là même, ne songeant plus à Ellénore; une heure après avoir reçu la nouvelle de son arrivée, son image errait devant mes yeux, régnait sur mon cœur, et j'avais la fièvre de la crainte de ne pas la voir.

Je restai chez moi toute la journée; je m'y tins, pour ainsi dire, caché : je tremblais que le moindre mouvement ne prévînt notre rencontre. Rien pourtant n'était plus simple, plus certain, mais je la désirais avec tant d'ardeur, qu'elle me paraissait impossible. L'impatience me dévorait : à tous les instants je consultais ma montre. J'étais obligé d'ouvrir la fenêtre pour respirer; mon sang me brûlait en circulant dans mes veines.

Enfin j'entendis sonner l'heure à laquelle je devais me rendre chez le comte. Mon impatience se changea tout à coup en timidité; je m'habillai lentement; je ne me sentais plus pressé d'arriver : j'avais un tel effroi que mon attente ne fût déçue, un sentiment si vif de la douleur que je courais risque d'éprouver, que j'aurais consenti volontiers à tout ajourner.

Il était assez tard lorsque j'entrai chez M. de P***. J'aperçus Ellénore assise au fond de la

chambre; je n'osais avancer; il me semblait que
tout le monde avait les yeux fixés sur moi. J'allai
me cacher dans un coin du salon, derrière un
groupe d'hommes qui causaient. De là je contemplais Ellénore : elle me parut légèrement changée,
elle était plus pâle que de coutume. Le comte me
découvrit dans l'espèce de retraite où je m'étais
réfugié; il vint à moi, me prit par la main et me
conduisit vers Ellénore. « Je vous présente, lui dit-
il en riant, l'un des hommes que votre départ inattendu a le plus étonnés. » Ellénore parlait à une
femme placée à côté d'elle. Lorsqu'elle me vit, ses
paroles s'arrêtèrent sur ses lèvres; elle demeura
tout interdite : je l'étais beaucoup moi-même.

On pouvait nous entendre, j'adressai à Ellénore
des questions indifférentes. Nous reprîmes tous deux
une apparence de calme. On annonça qu'on avait
servi; j'offris à Ellénore mon bras, qu'elle ne put
refuser. « Si vous ne me promettez pas, lui dis-je en
la conduisant, de me recevoir demain chez vous
à onze heures, je pars à l'instant, j'abandonne mon
pays, ma famille et mon père, je romps tous mes
liens, j'abjure tous mes devoirs, et je vais, n'importe
où, finir au plus tôt une vie que vous vous plaisez
à empoisonner. — Adolphe! » me répondit-elle; et
elle hésitait. Je fis un mouvement pour m'éloigner.
Je ne sais ce que mes traits exprimèrent, mais je
n'avais jamais éprouvé de contraction si violente.

Ellénore me regarda. Une terreur mêlée d'affection
se peignit sur sa figure. « Je vous recevrai demain
me dit-elle, mais je vous conjure... » Beaucoup de
personnes nous suivaient, elle ne put achever sa
phrase. Je pressai sa main de mon bras; nous nous
mîmes à table.

J'aurais voulu m'asseoir à côté d'Ellénore, mais le
maître de la maison l'avait autrement décidé : je fus
placé à peu près vis-à-vis d'elle. Au commencement
du souper, elle était rêveuse. Quand on lui adressait

la parole, elle répondait avec douceur; mais elle
retombait bientôt dans la distraction. Une de ses
amies, frappée de son silence et de son abattement,
lui demanda si elle était malade. « Je n'ai pas été
bien dans ces derniers temps, répondit-elle, et même
à présent je suis fort ébranlée. » J'aspirais à produire
dans l'esprit d'Ellénore une impression agréable; je
voulais, en me montrant aimable et spirituel, la
disposer en ma faveur, et la préparer à l'entrevue
qu'elle m'avait accordée. J'essayai donc de mille
manières de fixer son attention. Je ramenai la conversation sur des sujets que je savais l'intéresser;
nos voisins s'y mêlèrent : j'étais inspiré par sa présence; je parvins à me faire écouter d'elle, je la
vis bientôt sourire : j'en ressentis une telle joie,
mes regards exprimèrent tant de reconnaissance,
qu'elle ne put s'empêcher d'en être touchée. Sa
tristesse et sa distraction se dissipèrent : elle ne
résista plus au charme secret que répandait dans
son âme la vue du bonheur que je lui devais; et
quand nous sortîmes de table, nos cœurs étaient
d'intelligence comme si nous n'avions jamais été
séparés. « Vous voyez, lui dis-je, en lui donnant la
main pour rentrer dans le salon, que vous dispo-
sez de toute mon existence; que vous ai-je fait pour
que vous trouviez du plaisir à la tourmenter? »

CHAPITRE III

Je passai la nuit sans dormir. Il n'était plus question dans mon âme ni de calculs ni de projets; je me
sentais, de la meilleure foi du monde, véritablement
amoureux. Ce n'était plus l'espoir du succès qui me
faisait agir : le besoin de voir celle que j'aimais,
de jouir de sa présence, me dominait exclusivement.
Onze heures sonnèrent, je me rendis auprès d'Ellé-

nore; elle m'attendait. Elle voulut parler : je lui
demandai de m'écouter. Je m'assis auprès d'elle, car
je pouvais à peine me soutenir, et je continuai en
ces termes, non sans être obligé de m'interrompre
souvent :

« Je ne viens point réclamer contre la sentence
que vous avez prononcée; je ne viens point rétracter
un aveu qui a pu vous offenser : je le voudrais en
vain. Cet amour que vous repoussez est indestructible : l'effort même que je fais dans ce moment
pour vous parler avec un peu de calme est une
preuve de la violence d'un sentiment qui vous blesse.
Mais ce n'est plus pour vous en entretenir que je
vous ai priée de m'entendre; c'est, au contraire,
pour vous demander de l'oublier, de me recevoir
comme autrefois, d'écarter le souvenir d'un instant
de délire, de ne pas me punir de ce que vous savez
un secret que j'aurais dû renfermer au fond de mon
âme. Vous connaissez ma situation, ce caractère
qu'on dit bizarre et sauvage, ce cœur étranger à tous
les intérêts du monde, solitaire au milieu des
hommes, et qui souffre pourtant de l'isolement auquel il est condamné. Votre amitié me soutenait :
sans cette amitié je ne puis vivre. J'ai pris l'habitude de vous voir, vous avez laissé naître et se
former cette douce habitude : qu'ai-je fait pour
perdre cette unique consolation d'une existence si
triste et si sombre? Je suis horriblement malheureux;
je n'ai plus le courage de supporter un si long
malheur; je n'espère rien, je ne demande rien, je
ne veux que vous voir : mais je dois vous voir
s'il faut que je vive. »

Ellénore gardait le silence. « Que craignez-vous?
repris-je. Qu'est-ce que j'exige? Ce que vous accor-
dez à tous les indifférents. Est-ce le monde que vous
redoutez? Ce monde, absorbé dans ses frivolités
solennelles, ne lira pas dans un cœur tel que le
mien. Comment ne serais-je pas prudent? N'y va-

t-il pas de ma vie? Ellénore, rendez-vous à ma
prière : vous y trouverez quelque douceur. Il y aura
pour vous quelque charme à être aimée ainsi, à me
voir auprès de vous, occupé de vous seule, n'existant
que pour vous, vous devant toutes les sensations
de bonheur dont je suis encore susceptible, arraché
par votre présence à la souffrance et au désespoir. »

Je poursuivis longtemps de la sorte, levant toutes
les objections, retournant de mille manières tous les
raisonnements qui plaidaient en ma faveur. J'étais
si soumis, si résigné, je demandais si peu de chose,
j'aurais été si malheureux d'un refus!

Ellénore fut émue. Elle m'imposa plusieurs conditions. Elle ne consentit à me recevoir que rarement,
au milieu d'une société nombreuse, avec l'engagement que je ne lui parlerais jamais d'amour. Je
promis ce qu'elle voulut. Nous étions contents tous
les deux : moi, d'avoir reconquis le bien que j'avais
été menacé de perdre, Ellénore, de se trouver à la
fois généreuse, sensible et prudente.

Je profitai dès le lendemain de la permission que
j'avais obtenue; je continuai de même les jours suivants. Ellénore ne songea plus à la nécessité que
mes visites fussent peu fréquentes : bientôt rien ne
lui parut plus simple que de me voir tous les jours.
Dix ans de fidélité avaient inspiré à M. de P***
une confiance entière; il laissait à Ellénore la plus
grande liberté. Comme il avait eu à lutter contre
l'opinion qui voulait exclure sa maîtresse du monde
où il était appelé à vivre, il aimait à voir s'augmen-
ter la société d'Ellénore; sa maison remplie consta-
tait à ses yeux son propre triomphe sur l'opinion.

Lorsque j'arrivais, j'apercevais dans les regards
d'Ellénore une expression de plaisir. Quand elle
s'amusait dans la conversation, ses yeux se tour-
naient naturellement vers moi. L'on ne racontait
rien d'intéressant qu'elle ne m'appelât pour l'entendre. Mais elle n'était jamais seule : des soirées

entières se passaient sans que je pusse lui dire autre chose en particulier que quelques mots insignifiants ou interrompus. Je ne tardai pas à m'irriter de tant de contrainte. Je devins sombre, taciturne, inégal dans mon humeur, amer dans mes discours. Je me contenais à peine lorsqu'un autre que moi s'entretenait à part avec Ellénore; j'interrompais brusquement ces entretiens. Il m'importait peu qu'on pût s'en offenser, et je n'étais pas toujours arrêté par la crainte de la compromettre. Elle se plaignit à moi de ce changement. « Que voulez-vous? lui dis-je avec impatience : vous croyez sans doute avoir fait beaucoup pour moi; je suis forcé de vous dire que vous vous trompez. Je ne conçois rien à votre nouvelle manière d'être. Autrefois vous viviez retirée; vous fuyiez une société fatigante; vous évitiez ces éternelles conversations qui se prolongent précisément parce qu'elles ne devraient jamais commencer. Aujourd'hui votre porte est ouverte à la terre entière. On dirait qu'en vous demandant de me recevoir, j'ai obtenu pour tout l'univers la même faveur que pour moi. Je vous l'avoue, en vous voyant jadis si prudente, je ne m'attendais pas à vous trouver si frivole. »

Je démêlai dans les traits d'Ellénore une impression de mécontentement et de tristesse. « Chère Ellénore, lui dis-je en me radoucissant tout à coup, ne méritai-je donc pas d'être distingué des mille importuns qui vous assiègent? L'amitié n'a-t-elle pas ses secrets? N'est-elle pas ombrageuse et timide au milieu du bruit et de la foule? »

Ellénore craignait, en se montrant inflexible, de voir se renouveler des imprudences qui l'alarmaient pour elle et pour moi. L'idée de rompre n'approchait plus de son cœur : elle consentit à me recevoir quelquefois seule.

Alors se modifièrent rapidement les règles sévères qu'elle m'avait prescrites. Elle me permit de lui pein-

dre mon amour; elle se familiarisa par degrés avec
ce langage : bientôt elle m'avoua qu'elle m'aimait.

Je passai quelques heures à ses pieds, me procla-
mant le plus heureux des hommes, lui prodiguant
mille assurances de tendresse, de dévouement et de
respect éternel. Elle me raconta ce qu'elle avait
souffert en essayant de s'éloigner de moi; que de
fois elle avait espéré que je la découvrirais malgré
ses efforts; comment le moindre bruit qui frappait
ses oreilles lui paraissait annoncer mon arrivée;
quel trouble, quelle joie, quelle crainte elle avait
ressentis en me revoyant; par quelle défiance d'elle-
même [1], pour concilier le penchant de son cœur avec
la prudence, elle s'était livrée aux distractions du
monde, et avait recherché la foule qu'elle fuyait
auparavant. Je lui faisais répéter les plus petits détails, et cette histoire de quelques semaines nous
semblait être celle d'une vie entière. L'amour supplée aux longs souvenirs, par une sorte de magie.
Toutes les autres affections ont besoin du passé :
l'amour crée, comme par enchantement, un passé
dont il nous entoure. Il nous donne, pour ainsi
dire, la conscience d'avoir vécu, durant des années,
avec un être qui naguère nous était presque étranger.
L'amour n'est qu'un point lumineux, et néanmoins il
semble s'emparer du temps. Il y a peu de jours qu'il
n'existait pas, bientôt il n'existera plus; mais, tant
qu'il existe, il répand sa clarté sur l'époque qui l'a
précédé, comme sur celle qui doit le suivre.

Ce calme dura pourtant peu. Ellénore était d'autant plus en garde contre sa faiblesse qu'elle était
poursuivie du souvenir de ses fautes : et mon imagination, mes désirs, une théorie de fatuité dont
je ne m'apercevais pas moi-même se révoltaient
contre un tel amour [2]. Toujours timide, souvent
irrité, je me plaignais, je m'emportais, j'accablais
Ellénore de reproches. Plus d'une fois elle forma le

projet de briser un lien qui ne répandait sur sa
vie que de l'inquiétude et du trouble; plus d'une
fois je l'apaisai par mes supplications, mes désaveux
et mes pleurs.

« Ellénore, lui écrivais-je un jour, vous ne savez
pas tout ce que je souffre. Près de vous, loin de
vous, je suis également malheureux. Pendant les
heures qui nous séparent, j'erre au hasard, courbé
sous le fardeau d'une existence que je ne sais comment supporter. La société m'importune, la solitude
m'accable. Ces indifférents qui m'observent, qui ne
connaissent rien de ce qui m'occupe, qui me regar-
dent avec une curiosité sans intérêt, avec un étonnement sans pitié, ces hommes qui osent me parler d'autre chose que de vous, portent dans mon sein
une douleur mortelle. Je les fuis; mais, seul, je
cherche en vain un air qui pénètre dans ma poitrine
oppressée. Je me précipite sur cette terre qui devrait
s'entr'ouvrir pour m'engloutir à jamais; je pose ma
tête sur la pierre froide qui devrait calmer la
fièvre ardente qui me dévore. Je me traîne vers
cette colline d'où l'on aperçoit votre maison; je
reste là, les yeux fixés sur cette retraite que je
n'habiterai jamais avec vous. Et si je vous avais
rencontrée plus tôt, vous auriez pu être à moi!
J'aurais serré dans mes bras la seule créature que
la nature ait formée pour mon cœur, pour ce cœur
qui a tant souffert parce qu'il vous cherchait et
qu'il ne vous a trouvée que trop tard! Lorsque
enfin ces heures de délire sont passées, lorsque le
moment arrive où je puis vous voir, je prends en
tremblant la route de votre demeure. Je crains que
tous ceux qui me rencontrent ne devinent les sentiments que je porte en moi; je m'arrête; je marche
à pas lents : je retarde l'instant du bonheur, de ce
bonheur que tout menace, que je me crois toujours
sur le point de perdre; bonheur imparfait et troublé,
contre lequel conspirent peut-être à chaque minute

et les événements funestes et les regards jaloux, et
les caprices tyranniques, et votre propre volonté.
Quand je touche au seuil de votre porte, quand
je l'entr'ouvre, une nouvelle terreur me saisit : je
m'avance comme un coupable, demandant grâce à
tous les objets qui frappent ma vue, comme si tous
étaient ennemis, comme si tous m'enviaient l'heure
de félicité dont je vais encore jouir. Le moindre
son m'effraie, le moindre mouvement autour de moi
m'épouvante, le bruit même de mes pas me fait
reculer. Tout près de vous, je crains encore quelque
obstacle qui se place soudain entre vous et moi.
Enfin je vous vois, je vous vois et je respire, et je
vous contemple et je m'arrête, comme le fugitif
qui touche au sol protecteur qui doit le garantir
de la mort. Mais alors même, lorsque tout mon être
s'élance vers vous, lorsque j'aurais un tel besoin de
me reposer de tant d'angoisses, de poser ma tête
sur vos genoux, de donner un libre cours à mes
larmes, il faut que je me contraigne avec violence,
que même auprès de vous je vive encore d'une vie
d'effort : pas un instant d'épanchement, pas un instant d'abandon! Vos regards m'observent. Vous êtes
embarrassée, presque offensée de mon trouble. Je
ne sais quelle gêne a succédé à ces heures délicieuses où du moins vous m'avouiez votre amour.
Le temps s'enfuit, de nouveaux intérêts vous appellent : vous ne les oubliez jamais; vous ne retardez
jamais l'instant qui m'éloigne. Des étrangers viennent : il n'est plus permis de vous regarder; je sens
qu'il faut fuir pour me dérober aux soupçons qui
m'environnent. Je vous quitte plus agité, plus déchiré, plus insensé qu'auparavant; je vous quitte,
et je retombe dans cet isolement effroyable, où je
me débats, sans rencontrer un seul être sur lequel
je puisse m'appuyer, me reposer un moment. »

Ellénore n'avait jamais été aimée de la sorte [1].
M. de P*** avait pour elle une affection très vraie,

beaucoup de reconnaissance pour son dévouement, beaucoup de respect pour son caractère; mais il y avait toujours dans sa manière une nuance de supériorité sur une femme qui s'était donnée publiquement à lui sans qu'il l'eût épousée. Il aurait pu contracter des liens plus honorables, suivant l'opinion commune : il ne le lui disait point, il ne se le disait peut-être pas à lui-même; mais ce qu'on ne dit pas n'en existe pas moins, et tout ce qui est se devine. Ellénore n'avait eu jusqu'alors aucune notion de ce sentiment passionné, de cette existence perdue dans la sienne, dont mes fureurs mêmes, mes injustices et mes reproches, n'étaient que des preuves plus irréfragables. Sa résistance avait exalté toutes mes sensations, toutes mes idées : je revenais des emportements qui l'effrayaient, à une soumission, à une tendresse, à une vénération idolâtre. Je la considérais comme une créature céleste. Mon amour tenait du culte, et il avait pour elle d'autant plus de charme qu'elle craignait sans cesse de se voir humiliée dans un sens opposé. Elle se donna enfin tout entière.

Malheur à l'homme qui, dans les premiers moments d'une liaison d'amour, ne croit pas que cette liaison doit être éternelle! Malheur à qui, dans les bras de la maîtresse qu'il vient d'obtenir, conserve une funeste prescience, et prévoit qu'il pourra s'en détacher! Une femme que son cœur entraîne a, dans cet instant, quelque chose de touchant et de sacré. Ce n'est pas le plaisir, ce n'est pas la nature, ce ne sont pas les sens qui sont corrupteurs; ce sont les calculs auxquels la société nous accoutume, et les réflexions que l'expérience fait naître. J'aimai, je respectai mille fois plus Ellénore après qu'elle se fut donnée. Je marchais avec orgueil au milieu des hommes; je promenais sur eux un regard dominateur. L'air que je respirais était à lui seul une jouissance. Je m'élançais au-devant de la nature, pour

la remercier du bienfait inespéré, du bienfait immense qu'elle avait daigné m'accorder.

CHAPITRE IV

Charme de l'amour, qui pourrait vous peindre!
Cette persuasion que nous avons trouvé l'être que
la nature avait destiné pour nous, ce jour subit répandu sur la vie, et qui nous semble en expliquer le
mystère, cette valeur inconnue attachée aux moindres circonstances, ces heures rapides, dont tous les
détails échappent au souvenir par leur douceur
même, et qui ne laissent dans notre âme qu'une
longue trace de bonheur, cette gaieté folâtre qui se
mêle quelquefois sans cause à un attendrissement
habituel, tant de plaisir dans la présence, et dans
l'absence tant d'espoir, ce détachement de tous les
soins vulgaires, cette supériorité sur tout ce qui nous
entoure, cette certitude que désormais le monde ne
peut nous atteindre où nous vivons, cette intelligence
mutuelle qui devine chaque pensée et qui répond
à chaque émotion, charme de l'amour, qui vous
éprouva ne saurait vous décrire [1]!

M. de P*** fut obligé, pour des affaires pres-
santes, de s'absenter pendant six semaines. Je passai ce temps chez Ellénore presque sans interruption. Son attachement semblait s'être accru du sacrifice qu'elle m'avait fait. Elle ne me laissait jamais
la quitter sans essayer de me retenir. Lorsque je
sortais, elle me demandait quand je reviendrais.
Deux heures de séparation lui étaient insupportables. Elle fixait avec une précision inquiète l'instant
de mon retour. J'y souscrivais avec joie, j'étais reconnaissant, j'étais heureux du sentiment qu'elle me
témoignait. Mais cependant les intérêts de la vie
commune ne se laissent pas plier arbitrairement

à tous nos désirs. Il m'était quelquefois incommode
d'avoir tous mes pas marqués d'avance et tous mes
moments ainsi comptés. J'étais forcé de précipiter
toutes mes démarches, de rompre avec la plupart
de mes relations. Je ne savais que répondre à mes
connaissances lorsqu'on me proposait quelque partie
que, dans une situation naturelle, je n'aurais point
eu de motif pour refuser. Je ne regrettais point
auprès d'Ellénore ces plaisirs de la vie sociale, pour
lesquels je n'avais jamais eu beaucoup d'intérêt, mais
j'aurais voulu qu'elle me permît d'y renoncer plus
librement. J'aurais éprouvé plus de douceur à retourner auprès d'elle, de ma propre volonté, sans
me dire que l'heure était arrivée, qu'elle m'attendait
avec anxiété, et sans que l'idée de sa peine vînt
se mêler à celle du bonheur que j'allais goûter en
la retrouvant. Ellénore était sans doute un vif plaisir dans mon existence, mais elle n'était plus un
but : elle était devenue un lien. Je craignais d'ailleurs de la compromettre. Ma présence continuelle
devait étonner ses gens, ses enfants, qui pouvaient
m'observer. Je tremblais de l'idée de déranger son
existence. Je sentais que nous ne pouvions être unis
pour toujours, et que c'était un devoir sacré pour
moi de respecter son repos : je lui donnais donc des
conseils de prudence, tout en l'assurant de mon
amour. Mais plus je lui donnais des conseils de ce
genre, moins elle était disposée à m'écouter. En
même temps je craignais horriblement de l'affliger.
Dès que je voyais sur son visage une expression de
douleur, sa volonté devenait la mienne : je n'étais à
mon aise que lorsqu'elle était contente de moi. Lorsqu'en insistant sur la nécessité de m'éloigner pour
quelques instants, j'étais parvenu à la quitter, l'image
de la peine que je lui avais causée me suivait partout. Il me prenait une fièvre de remords qui redoublait à chaque minute, et qui enfin devenait irrésistible; je volais vers elle, je me faisais une fête

de la consoler, de l'apaiser. Mais à mesure que je
m'approchais de sa demeure, un sentiment d'humeur
contre cet empire bizarre se mêlait à mes autres
sentiments. Ellénore elle-même était violente. Elle
éprouvait, je le crois, pour moi ce qu'elle n'avait
éprouvé pour personne. Dans ses relations précédentes, son cœur avait été froissé par une dépendance pénible; elle était avec moi dans une parfaite
aisance, parce que nous étions dans une parfaite
égalité; elle s'était relevée à ses propres yeux par
un amour pur de tout calcul, de tout intérêt; elle
savait que j'étais bien sûr qu'elle ne m'aimait que
pour moi-même. Mais il résultait de son abandon
complet avec moi qu'elle ne me déguisait aucun de
ses mouvements; et lorsque je rentrais dans sa chambre, impatienté d'y rentrer plus tôt que je ne l'aurais
voulu, je la trouvais triste ou irritée. J'avais souffert
deux heures loin d'elle de l'idée qu'elle souffrait
loin de moi : je souffrais deux heures près d'elle
avant de pouvoir l'apaiser.

Cependant je n'étais pas malheureux; je me disais
qu'il était doux d'être aimé, même avec exigence; je
sentais que je lui faisais du bien : son bonheur
m'était nécessaire, et je me savais nécessaire à son
bonheur.

D'ailleurs l'idée confuse que, par la seule nature
des choses, cette liaison ne pouvait durer, idée triste
sous bien des rapports, servait néanmoins à me
calmer dans mes accès de fatigue ou d'impatience.
Les liens d'Ellénore avec le comte de P***, la dis-
proportion de nos âges, la différence de nos situations, mon départ que déjà diverses circonstances
avaient retardé, mais dont l'époque était prochaine,
toutes ces considérations m'engageaient à donner
et à recevoir encore le plus de bonheur qu'il était
possible : je me croyais sûr des années, je ne dispu-
tais pas les jours.

Le comte de P*** revint. Il ne tarda pas à soup-

çonner mes relations avec Ellénore; il me reçut
chaque jour d'un air plus froid et plus sombre. Je
parlai vivement à Ellénore des dangers qu'elle cou-
rait; je la suppliai de permettre que j'interrompisse
pour quelques jours mes visites; je lui représentai
l'intérêt de sa réputation, de sa fortune, de ses
enfants. Elle m'écouta longtemps en silence; elle
était pâle comme la mort. « De manière ou d'autre,
me dit-elle enfin, vous partirez bientôt; ne devan-
çons pas ce moment; ne vous mettez pas en peine
de moi. Gagnons des jours, gagnons des heures : des
jours, des heures, c'est tout ce qu'il me faut. Je ne
sais quel pressentiment me dit, Adolphe, que je
mourrai dans vos bras. »

Nous continuâmes donc à vivre comme auparavant, moi toujours inquiet, Ellénore toujours triste,
le comte de P*** taciturne et soucieux. Enfin la
lettre que j'attendais arriva : mon père m'ordonnait
de me rendre auprès de lui. Je portai cette lettre
à Ellénore. « Déjà! me dit-elle après l'avoir lue; je
ne croyais pas que ce fût si tôt. » Puis, fondant en
larmes, elle me prit la main et elle me dit : « Adolphe, vous voyez que je ne puis vivre [1] sans vous;
je ne sais ce qui arrivera de mon avenir, mais je
vous conjure de ne pas partir encore : trouvez des
prétextes pour rester. Demandez à votre père de
vous laisser prolonger votre séjour encore six mois.
Six mois, est-ce donc si long? » Je voulus combattre
sa résolution; mais elle pleurait si amèrement, elle
était si tremblante, ses traits portaient l'empreinte
d'une souffrance si déchirante que je ne pus continuer. Je me jetai à ses pieds, je la serrai dans mes
bras, je l'assurai de mon amour, et je sortis pour
aller écrire à mon père. J'écrivis en effet avec le
mouvement que la douleur d'Ellénore m'avait inspiré. J'alléguai mille causes de retard; je fis ressor-
tir l'utilité de continuer à D*** quelques cours que
je n'avais pu suivre à Göttingue; et lorsque j'envoyai

ma lettre à la poste, c'était avec ardeur que je désirais obtenir le consentement que je demandais.

Je retournai le soir chez Ellénore. Elle était assise sur un sofa; le comte de P*** était près de la cheminée, et assez loin d'elle; les deux enfants étaient au fond de la chambre, ne jouant pas, et portant sur leurs visages cet étonnement de l'enfance lorsqu'elle remarque une agitation dont elle ne soupçonne pas la cause. J'instruisis Ellénore par un geste que j'avais fait ce qu'elle voulait. Un rayon de joie brilla dans ses yeux, mais ne tarda pas à disparaître. Nous ne disions rien. Le silence devenait embarrassant pour tous trois. « On m'assure, monsieur, me dit enfin le comte, que vous êtes prêt à partir. » Je lui répondis que je l'ignorais. « Il me semble, répliqua-t-il, qu'à votre âge, on ne doit pas tarder à entrer dans une carrière; au reste, ajouta-t-il en regardant Ellénore, tout le monde peut-être ne pense pas ici comme moi. »

La réponse de mon père ne se fit pas attendre. Je tremblais, en ouvrant sa lettre, de la douleur qu'un refus causerait à Ellénore. Il me semblait même que j'aurais partagé cette douleur avec une égale amertume; mais en lisant le consentement qu'il m'accordait, tous les inconvénients d'une prolongation de séjour se présentèrent tout à coup à mon esprit. « Encore six mois de gêne et de contrainte! m'écriai-je; six mois pendant lesquels j'offense un homme qui m'avait témoigné de l'amitié, j'expose une femme qui m'aime; je cours le risque de lui ravir la seule situation où elle puisse vivre tranquille et considérée; je trompe mon père; et pourquoi? Pour ne pas braver un instant une douleur qui, tôt ou tard, est inévitable! Ne l'éprouvons-nous pas chaque jour en détail et goutte à goutte, cette douleur? Je ne fais que du mal à Ellénore; mon sentiment, tel qu'il est, ne peut la

satisfaire. Je me sacrifie pour elle sans fruit pour
son bonheur; et moi, je vis ici sans utilité, sans
indépendance, n'ayant pas un instant de libre, ne
pouvant respirer une heure en paix. » J'entrai chez
Ellénore tout occupé de ces réflexions. Je la trouvai seule. « Je reste encore six mois, lui dis-je. —
Vous m'annoncez cette nouvelle bien sèchement. —
C'est que je crains beaucoup, je l'avoue, les conséquences de ce retard pour l'un et pour l'autre. — Il
me semble que pour vous du moins elles ne sauraient
être bien fâcheuses. — Vous savez fort bien, Ellénore, que ce n'est jamais de moi que je m'occupe
le plus. — Ce n'est guère non plus du bonheur des
autres. » La conversation avait pris une direction
orageuse. Ellénore était blessée de mes regrets dans
une circonstance où elle croyait que je devais partager sa joie : je l'étais du triomphe qu'elle avait rem-
porté sur mes résolutions précédentes. La scène devint violente. Nous éclatâmes en reproches mutuels.
Ellénore m'accusa de l'avoir trompée, de n'avoir
eu pour elle qu'un goût passager, d'avoir aliéné
d'elle l'affection du comte; de l'avoir remise, aux
yeux du public, dans la situation équivoque dont
elle avait cherché toute sa vie à sortir. Je m'irritai
de voir qu'elle tournât contre moi ce que je n'avais
fait que par obéissance pour elle et par crainte de
l'affliger. Je me plaignis de ma vie contrainte, de
ma jeunesse consumée dans l'inaction, du despotisme qu'elle exerçait sur toutes mes démarches.
En parlant ainsi, je vis son visage couvert tout à
coup de pleurs : je m'arrêtai, je revins sur mes
pas, je désavouai, j'expliquai. Nous nous embrassâmes : mais un premier coup était porté, une première barrière était franchie. Nous avions prononcé
tous deux des mots irréparables; nous pouvions
nous taire, mais non les oublier. Il y a des choses
qu'on est longtemps sans se dire, mais quand une
fois elles sont dites, on ne cesse jamais de les répéter.

Nous vécûmes ainsi quatre mois dans des rapports forcés, quelquefois doux, jamais complètement libres, y rencontrant encore du plaisir, mais n'y trouvant plus de charme. Ellénore cependant ne se détachait pas de moi. Après nos querelles les plus vives, elle était aussi empressée à me revoir, elle fixait aussi soigneusement l'heure de nos entrevues que si notre union eût été la plus paisible et la plus tendre. J'ai souvent pensé que ma conduite même contribuait à entretenir Ellénore dans cette disposition. Si je l'avais aimée comme elle m'aimait, elle aurait eu plus de calme; elle aurait réfléchi de son côté sur les dangers qu'elle bravait. Mais toute prudence lui était odieuse, parce que la prudence venait de moi; elle ne calculait point ses sacrifices, parce qu'elle était occupée à me les faire accepter; elle n'avait pas le temps de se refroidir à mon égard, parce que tout son temps et toutes ses forces étaient employés à me conserver. L'époque fixée de nouveau pour mon départ approchait; et j'éprouvais, en y pensant, un mélange de plaisir et de regret; semblable à ce que ressent un homme qui doit acheter une guérison certaine par une opération douloureuse.

Un matin, Ellénore m'écrivit de passer chez elle à l'instant. « Le comte, me dit-elle, me défend de vous recevoir : je ne veux point obéir à cet ordre tyrannique [1]. J'ai suivi cet homme dans la proscription, j'ai sauvé sa fortune; je l'ai servi dans tous ses intérêts. Il peut se passer de moi maintenant : moi, je ne puis me passer de vous. » On devine facilement quelles furent mes instances pour la détourner d'un projet que je ne concevais pas. Je lui parlai de l'opinion du public : « Cette opinion, me répondit-elle, n'a jamais été juste pour moi. J'ai rempli pendant dix ans mes devoirs mieux qu'aucune femme, et cette opinion ne m'en a pas moins repoussée du rang que je méritais. » Je lui rappelai

ses enfants. « Mes enfants sont ceux de M. de P***.
Il les a reconnus : il en aura soin. Ils seront trop
heureux d'oublier une mère dont ils n'ont à partager que la honte. » Je redoublai mes prières.
« Ecoutez, me dit-elle, si je romps avec le comte,
refuserez-vous de me voir? Le refuserez-vous? reprit-
elle en saisissant mon bras avec une violence qui me
fit frémir. — Non, assurément, lui répondis-je; et
plus vous serez malheureuse, plus je vous serai dévoué. Mais considérez... — Tout est considéré, inter-
rompit-elle. Il va rentrer, retirez-vous maintenant;
ne revenez plus ici. »

Je passai le reste de la journée dans une angoisse
inexprimable. Deux jours s'écoulèrent sans que j'en-
tendisse parler d'Ellénore. Je souffrais d'ignorer son
sort; je souffrais même de ne pas la voir, et j'étais
étonné de la peine que cette privation me causait.
Je désirais cependant qu'elle eût renoncé à la résolution que je craignais tant pour elle, et je commençais à m'en flatter, lorsqu'une femme me remit un
billet par lequel Ellénore me priait d'aller la voir
dans telle rue, dans telle maison, au troisième étage.
J'y courus, espérant encore que, ne pouvant me
recevoir chez M. de P***, elle avait voulu m'entretenir ailleurs une dernière fois. Je la trouvai faisant
les apprêts d'un établissement durable. Elle vint à
moi, d'un air à la fois content et timide, cherchant
à lire dans mes yeux mon impression. « Tout est
rompu, me dit-elle, je suis parfaitement libre. J'ai
de ma fortune particulière soixante-quinze louis de
rente; c'est assez pour moi. Vous restez encore ici
six semaines. Quand vous partirez, je pourrai peut-
être me rapprocher de vous; vous reviendrez peut-
être me voir. » Et, comme si elle eût redouté une
réponse, elle entra dans une foule de détails relatifs
à ses projets. Elle chercha de mille manières à me
persuader qu'elle serait heureuse; qu'elle ne m'avait
rien sacrifié; que le parti qu'elle avait pris lui conve-

nait, indépendamment de moi. Il était visible qu'elle
se faisait grand effort, et qu'elle ne croyait qu'à
moitié ce qu'elle me disait. Elle s'étourdissait de
ses paroles, de peur d'entendre les miennes; elle
prolongeait son discours avec activité pour retarder
le moment où mes objections la replongeraient dans
le désespoir. Je ne pus trouver dans mon cœur de lui
en faire aucune. J'acceptai son sacrifice, je l'en
remerciai; je lui dis que j'en étais heureux : je lui
dis bien plus encore, je l'assurai que j'avais toujours désiré qu'une détermination irréparable me
fît un devoir de ne jamais la quitter; j'attribuai
mes indécisions à un sentiment de délicatesse qui
me défendait de consentir à ce qui bouleversait sa
situation. Je n'eus, en un mot, d'autre pensée que
de chasser loin d'elle toute peine, toute crainte,
tout regret, toute incertitude sur mon sentiment.
Pendant que je lui parlais, je n'envisageais rien
au delà de ce but et j'étais sincère dans mes promesses.

CHAPITRE V

La séparation d'Ellénore et du comte de P***
produisit dans le public un effet qu'il n'était pas
difficile de prévoir. Ellénore perdit en un instant
le fruit de dix années de dévouement et de constance : on la confondit avec toutes les femmes de
sa classe qui se livrent sans scrupule à mille inclinations successives. L'abandon de ses enfants la fit
regarder comme une mère dénaturée, et les femmes
d'une réputation irréprochable répétèrent avec satisfaction que l'oubli de la vertu la plus essentielle
à leur sexe s'étendait bientôt sur toutes les autres. En
même temps on la plaignit, pour ne pas perdre le

plaisir de me blâmer. On vit dans ma conduite celle
d'un séducteur, d'un ingrat qui avait violé l'hospitalité, et sacrifié, pour contenter une fantaisie mo-
mentanée, le repos de deux personnes, dont il aurait
dû respecter l'une et ménager l'autre. Quelques amis
de mon père m'adressèrent des représentations sérieuses; d'autres, moins libres avec moi, me firent
sentir leur désapprobation par des insinuations dé-
tournées. Les jeunes gens, au contraire, se mon-
trèrent enchantés de l'adresse avec laquelle j'avais
supplanté le comte; et, par mille plaisanteries que je
voulais en vain réprimer, ils me félicitèrent de ma
conquête et me promirent de m'imiter. Je ne saurais
peindre ce que j'eus à souffrir et de cette censure
sévère et de ces honteux éloges. Je suis convaincu
que, si j'avais eu de l'amour pour Ellénore, j'aurais
ramené l'opinion sur elle et sur moi. Telle est la
force d'un sentiment vrai, que, lorsqu'il parle, les
interprétations fausses et les convenances factices
se taisent. Mais je n'étais qu'un homme faible, reconnaissant et dominé; je n'étais soutenu par aucune
impulsion qui partît du cœur. Je m'exprimais donc
avec embarras; je tâchais de finir la conversation;
et si elle se prolongeait, je la terminais par quelques mots âpres, qui annonçaient aux autres que
j'étais prêt à leur chercher querelle. En effet, j'aurais
beaucoup mieux aimé me battre avec eux que de leur
répondre.

Ellénore ne tarda pas à s'apercevoir que l'opinion
s'élevait contre elle. Deux parentes de M. de P***,
qu'il avait forcées par son ascendant à se lier avec
elle, mirent le plus grand éclat dans leur rupture,
heureuses de se livrer à leur malveillance longtemps
contenue à l'abri des principes austères de la morale.
Les hommes continuèrent à voir Ellénore; mais il
s'introduisit dans leur ton quelque chose d'une familiarité qui annonçait qu'elle n'était plus appuyée
par un protecteur puissant, ni justifiée par une

union presque consacrée. Les uns venaient chez elle parce que, disaient-ils, ils l'avaient connue de tout temps; les autres, parce qu'elle était belle encore, et que sa légèreté récente leur avait rendu des prétentions qu'ils ne cherchaient pas à lui déguiser. Chacun motivait sa liaison avec elle; c'est-à-dire que chacun pensait que cette liaison avait besoin d'excuse. Ainsi la malheureuse Ellénore se voyait tombée pour jamais dans l'état dont, toute sa vie, elle avait voulu sortir. Tout contribuait à froisser son âme et à blesser sa fierté. Elle envisageait l'abandon des uns comme une preuve de mépris, l'assiduité des autres comme l'indice de quelque espérance insultante. Elle souffrait de la solitude, elle rougissait de la société. Ah! sans doute, j'aurais dû la consoler; j'aurais dû la serrer contre mon cœur, lui dire : « Vivons l'un pour l'autre, oublions des hommes qui nous méconnaissent, soyons heureux de notre seule estime et de notre seul amour. » Je l'essayais aussi; mais que peut, pour ranimer un sentiment qui s'éteint, une résolution prise par devoir?

Ellénore et moi nous dissimulions l'un avec l'autre. Elle n'osait me confier des peines, résultat d'un sacrifice qu'elle savait bien que je ne lui avais pas demandé. J'avais accepté ce sacrifice : je n'osais me plaindre d'un malheur que j'avais prévu, et que je n'avais pas eu la force de prévenir. Nous nous taisions donc sur la pensée unique qui nous occupait constamment. Nous nous prodiguions des caresses, nous parlions d'amour, mais nous parlions d'amour de peur de nous parler d'autre chose.

Dès qu'il existe un secret entre deux cœurs qui s'aiment, dès que l'un d'eux a pu se résoudre à cacher à l'autre une seule idée, le charme est rompu, le bonheur est détruit. L'emportement, l'injustice, la distraction même, se réparent; mais la dissimulation jette dans l'amour un élément étranger qui le dénature et le flétrit à ses propres yeux.

Par une inconséquence bizarre, tandis que je repoussais avec l'indignation la plus violente la moindre insinuation contre Ellénore, je contribuais moi-même à lui faire tort dans mes conversations générales. Je m'étais soumis à ses volontés, mais j'avais pris en horreur l'empire des femmes. Je ne cessais de déclamer contre leur faiblesse, leur exigence, le despotisme de leur douleur. J'affichais les principes les plus durs; et ce même homme qui ne résistait pas à une larme, qui cédait à la tristesse muette, qui était poursuivi dans l'absence par l'image de la souffrance qu'il avait causée, se montrait, dans tous ses discours, méprisant et impitoyable. Tous mes éloges directs en faveur d'Ellénore ne détruisaient pas l'impression que produisaient des propos semblables. On me haïssait, on la plaignait, mais on ne l'estimait pas. On s'en prenait à elle de n'avoir pas inspiré à son amant plus de considération pour son sexe et plus de respect pour les liens du cœur.

Un homme, qui venait habituellement chez Ellénore, et qui, depuis sa rupture avec le comte de P***, lui avait témoigné la passion la plus vive, l'ayant forcée, par ses persécutions indiscrètes, à ne plus le recevoir, se permit contre elle des railleries outrageantes qu'il me parut impossible de souffrir. Nous nous battîmes; je le blessai dangereusement, je fus blessé moi-même. Je ne puis décrire le mélange de trouble, de terreur, de reconnaissance et d'amour qui se peignit sur les traits d'Ellénore lorsqu'elle me revit après cet événement. Elle s'établit chez moi, malgré mes prières; elle ne me quitta pas un seul instant jusqu'à ma convalescence. Elle me lisait pendant le jour, elle me veillait durant la plus grande partie des nuits; elle observait mes moindres mouvements, elle prévenait chacun

de mes désirs; son ingénieuse bonté multipliait ses
facultés et doublait ses forces. Elle m'assurait sans
cesse qu'elle ne m'aurait pas survécu; j'étais pénétré
d'affection, j'étais déchiré de remords. J'aurais voulu
trouver en moi de quoi récompenser un attachement
si constant et si tendre; j'appelais à mon aide les
souvenirs, l'imagination, la raison même, le sentiment du devoir : efforts inutiles! La difficulté de la
situation, la certitude d'un avenir qui devait nous
séparer, peut-être je ne sais quelle révolte contre un
lien qu'il m'était impossible de briser, me dévoraient
intérieurement. Je me reprochais l'ingratitude que je
m'efforçais de lui cacher. Je m'affligeais quand elle
paraissait douter d'un amour qui lui était si nécessaire; je ne m'affligeais pas moins quand elle semblait y croire. Je la sentais meilleure que moi; je
me méprisais d'être indigne d'elle. C'est un affreux
malheur de n'être pas aimé quand on aime; mais
c'en est un bien grand d'être aimé avec passion
quand on n'aime plus. Cette vie que je venais
d'exposer pour Ellénore, je l'aurais mille fois donnée
pour qu'elle fût heureuse sans moi.

Les six mois que m'avait accordés mon père
étaient expirés; il fallut songer à partir. Ellénore
ne s'opposa point à mon départ, elle n'essaya pas
même de le retarder, mais elle me fit promettre que,
deux mois après, je reviendrais près d'elle, ou que
je lui permettrais de me rejoindre : je le lui jurai
solennellement. Quel engagement n'aurais-je pas pris
dans un moment où je la voyais lutter contre elle-
même et contenir sa douleur! Elle aurait pu exiger
de moi de ne pas la quitter; je savais au fond
de mon âme que ses larmes n'auraient pas été déso-
béies. J'étais reconnaissant de ce qu'elle n'exerçait
pas sa puissance; il me semblait que je l'en aimais
mieux. Moi-même, d'ailleurs, je ne me séparais pas
sans un vif regret d'un être qui m'était si uniquement
dévoué. Il y a dans les liaisons qui se prolongent

quelque chose de si profond! Elles deviennent à
notre insu une partie si intime de notre existence!
Nous formons de loin, avec calme, la résolution de
les rompre; nous croyons attendre avec impatience
l'époque de l'exécuter : mais quand ce moment
arrive, il nous emplit de terreur; et telle est la
bizarrerie de notre cœur misérable, que nous quit-
tons avec un déchirement horrible ceux près de qui
nous demeurions sans plaisir.

Pendant mon absence, j'écrivis régulièrement à
Ellénore. J'étais partagé entre la crainte que mes
lettres ne lui fissent de la peine, et le désir de ne
lui peindre que le sentiment que j'éprouvais. J'aurais
voulu qu'elle me devinât, mais qu'elle me devinât
sans s'affliger; je me félicitais quand j'avais pu substituer les mots d'affection, d'amitié, de dévouement,
à celui d'amour; mais soudain je me représentais
la pauvre Ellénore triste et isolée, n'ayant que mes
lettres pour consolation; et, à la fin de deux pages
froides et compassées, j'ajoutais rapidement quelques phrases ardentes ou tendres, propres à la tromper de nouveau. De la sorte, sans en dire jamais
assez pour la satisfaire, j'en disais toujours assez
pour l'abuser. Etrange espèce de fausseté, dont le
succès même se tournait contre moi, prolongeait mon
angoisse, et m'était insupportable!

Je comptais avec inquiétude les jours, les heures
qui s'écoulaient; je ralentissais de mes vœux la
marche du temps; je tremblais en voyant se rapprocher l'époque d'exécuter ma promesse. Je n'imaginais aucun moyen de partir. Je n'en découvrais
aucun pour qu'Ellénore pût s'établir dans la même
ville que moi. Peut-être, car il faut être sincère,
peut-être je ne le désirais pas. Je comparais ma vie
indépendante et tranquille à la vie de précipitation,
de trouble et de tourment à laquelle sa passion me
condamnait. Je me trouvais si bien d'être libre,
d'aller, de venir, de sortir, de rentrer, sans que

personne s'en occupât! Je me reposais, pour ainsi
dire, dans l'indifférence des autres, de la fatigue
de son amour.

Je n'osais cependant laisser soupçonner à Ellénore
que j'aurais voulu renoncer à nos projets. Elle avait
compris par mes lettres qu'il me serait difficile de
quitter mon père; elle m'écrivit qu'elle commençait
en conséquence les préparatifs de son départ. Je fus
longtemps sans combattre sa résolution; je ne lui
répondais rien de précis à ce sujet. Je lui marquais
vaguement que je serais toujours charmé de la
savoir, puis j'ajoutais, de la rendre heureuse : tristes
équivoques, langage embarrassé que je gémissais de
voir si obscur, et que je tremblais de rendre plus
clair! Je me déterminai enfin à lui parler avec franchise; je me dis que je le devais; je soulevai ma
conscience contre ma faiblesse; je me fortifiai de
l'idée de son repos contre l'image de sa douleur.
Je me promenais à grands pas dans ma chambre,
récitant tout haut ce que je me proposais de lui
dire. Mais à peine eus-je tracé quelques lignes, que
ma disposition changea : je n'envisageai plus mes
paroles d'après le sens qu'elles devaient contenir,
mais d'après l'effet qu'elles ne pouvaient manquer
de produire; et une puissance surnaturelle diri-
geant, comme malgré moi, ma main dominée, je me
bornai à lui conseiller un retard de quelques mois.
Je n'avais pas dit ce que je pensais. Ma lettre ne
portait aucun caractère de sincérité. Les raisonnements que j'alléguais étaient faibles, parce qu'ils
n'étaient pas les véritables.

La réponse d'Ellénore fut impétueuse; elle était
indignée de mon désir de ne pas la voir. Que me
demandait-elle? De vivre inconnue auprès de moi.
Que pouvais-je redouter de sa présence dans une
retraite ignorée, au milieu d'une grande ville où
personne ne la connaissait? Elle m'avait tout sacrifié, fortune, enfants, réputation; elle n'exigeait d'au-

tre prix de ses sacrifices que de m'attendre comme une humble esclave, de passer chaque jour avec moi quelques minutes, de jouir des moments que je pourrais lui donner. Elle s'était résignée à deux mois d'absence, non que cette absence lui parût nécessaire, mais parce que je semblais le souhaiter; et lorsqu'elle était parvenue, en entassant péniblement les jours sur les jours, au terme que j'avais fixé moi-même, je lui proposais de recommencer ce long supplice! Elle pouvait s'être trompée; elle pouvait avoir donné sa vie à un homme dur et aride; j'étais le maître de mes actions; mais je n'étais pas le maître de la forcer à souffrir, délaissée par celui pour lequel elle avait tout immolé.

Ellénore suivit de près cette lettre; elle m'informa de son arrivée. Je me rendis chez elle avec la ferme résolution de lui témoigner beaucoup de joie; j'étais impatient de rassurer son cœur et de lui procurer, momentanément au moins, du bonheur et du calme. Mais elle avait été blessée; elle m'examinait avec défiance : elle démêla bientôt mes efforts; elle irrita ma fierté par ses reproches; elle outragea mon caractère. Elle me peignit si misérable dans ma faiblesse qu'elle me révolta contre elle encore plus que contre moi. Une fureur insensée s'empara de nous : tout ménagement fut abjuré, toute délicatesse oubliée. On eût dit que nous étions poussés l'un contre l'autre par des furies. Tout ce que la haine la plus implacable avait inventé contre nous. nous nous l'appliquions mutuellement, et ces deux êtres malheureux, qui seuls se connaissaient sur la terre, qui seuls pouvaient se rendre justice, se comprendre et se consoler, semblaient deux ennemis irréconciliables, acharnés à se déchirer.

Nous nous quittâmes après une scène de trois heures; et, pour la première fois de la vie, nous nous quittâmes sans explication, sans réparation. A peine fus-je éloigné d'Ellénore qu'une douleur profonde

remplaça ma colère. Je me trouvai dans une espèce
de stupeur, tout étourdi de ce qui s'était passé.
Je me répétais mes paroles avec étonnement; je ne
concevais pas ma conduite; je cherchais en moi-
même ce qui avait pu m'égarer.

Il était fort tard; je n'osai retourner chez Ellénore.
Je me promis de la voir le lendemain de bonne
heure, et je rentrai chez mon père. Il y avait beaucoup de monde : il me fut facile, dans une assemblée
nombreuse, de me tenir à l'écart et de déguiser mon
trouble. Lorsque nous fûmes seuls, il me dit : « On
m'assure que l'ancienne maîtresse du comte de P***
est dans cette ville. Je vous ai toujours laissé une
grande liberté, et je n'ai jamais rien voulu savoir
sur vos liaisons; mais il ne vous convient pas, à votre
âge, d'avoir une maîtresse avouée; et je vous avertis
que j'ai pris des mesures pour qu'elle s'éloigne
d'ici. » En achevant ces mots, il me quitta. Je le
suivis jusque dans sa chambre; il me fit signe de
me retirer. « Mon père, lui dis-je, Dieu m'est témoin
que je n'ai point fait venir Ellénore. Dieu m'est
témoin que je voudrais qu'elle fût heureuse, et que je
consentirais à ce prix à ne jamais la revoir : mais
prenez garde à ce que vous ferez; en croyant me
séparer d'elle, vous pourriez bien m'y rattacher à
jamais. »

Je fis aussitôt venir chez moi un valet de chambre
qui m'avait accompagné dans mes voyages, et qui
connaissait mes liaisons avec Ellénore. Je le chargeai
de découvrir à l'instant même, s'il était possible,
quelles étaient les mesures dont mon père m'avait
parlé. Il revint au bout de deux heures. Le secrétaire
de mon père lui avait confié, sous le sceau du secret,
qu'Ellénore devait recevoir le lendemain l'ordre de
partir. « Ellénore chassée! m'écriai-je, chassée avec
opprobre! Elle qui n'est venue ici que pour moi, elle
dont j'ai déchiré le cœur, elle dont j'ai sans pitié
vu couler les larmes! Où donc reposerait-elle sa

tête, l'infortunée, errante et seule dans un monde dont je lui ai ravi l'estime? A qui dirait-elle sa douleur? » Ma résolution fut bientôt prise. Je gagnai l'homme qui me servait; je lui prodiguai l'or et les promesses. Je commandai une chaise de poste pour six heures du matin à la porte de la ville. Je formais mille projets pour mon éternelle réunion avec Ellénore : je l'aimais plus que je ne l'avais jamais aimée; tout mon cœur était revenu à elle; j'étais fier de la protéger. J'étais avide de la tenir dans mes bras; l'amour était rentré tout entier dans mon âme; j'éprouvais une fièvre de tête, de cœur, de sens, qui bouleversait mon existence. Si, dans ce moment, Ellénore eût voulu se détacher de moi, je serais mort à ses pieds pour la retenir.

Le jour parut; je courus chez Ellénore. Elle était couchée, ayant passé la nuit à pleurer; ses yeux étaient encore humides, et ses cheveux étaient épars; elle me vit entrer avec surprise. « Viens, lui dis-je, partons. » Elle voulut répondre. « Partons, repris-je. As-tu sur la terre un autre protecteur, un autre ami que moi? Mes bras ne sont-ils pas ton unique asile? » Elle résistait. « J'ai des raisons importantes, ajoutai-je, et qui me sont personnelles. Au nom du ciel, suis-moi. » Je l'entraînai. Pendant la route je l'accablais de caresses, je la pressais sur mon cœur, je ne répondais à ses questions que par mes embrassements. Je lui dis enfin qu'ayant aperçu dans mon père l'intention de nous séparer j'avais senti que je ne pouvais être heureux sans elle; que je voulais lui consacrer ma vie et nous unir par tous les genres de liens. Sa reconnaissance fut d'abord extrême, mais elle démêla bientôt des contradictions dans mon récit. A force d'insistance elle m'arracha la vérité; sa joie disparut, sa figure se couvrit d'un sombre nuage.

« Adolphe, me dit-elle, vous vous trompez sur vous-même; vous êtes généreux, vous vous dévouez à moi parce que je suis persécutée; vous croyez avoir de l'amour, et vous n'avez que de la pitié. » Pourquoi prononça-t-elle ces mots funestes? Pourquoi me révéla-t-elle un secret que je voulais ignorer? Je m'efforçai de la rassurer, j'y parvins peut-être; mais la vérité avait traversé mon âme; le mouvement était détruit; j'étais déterminé dans mon sacrifice, mais je n'en étais pas plus heureux; et déjà il y avait en moi une pensée que de nouveau j'étais réduit à cacher.

CHAPITRE VI

Quand nous fûmes arrivés sur les frontières, j'écrivis à mon père. Ma lettre fut respectueuse, mais il y avait un fond d'amertume. Je lui savais mauvais gré d'avoir resserré mes liens en prétendant les rompre. Je lui annonçais que je ne quitterais Ellénore que lorsque, convenablement fixée, elle n'aurait plus besoin de moi. Je le suppliais de ne pas me forcer, en s'acharnant sur elle, à lui rester toujours attaché. J'attendis sa réponse pour prendre une détermination sur notre établissement. « Vous avez vingt-quatre ans, me répondit-il : je n'exercerai pas contre vous une autorité qui touche à son terme, et dont je n'ai jamais fait usage; je cacherai même, autant que je le pourrai, votre étrange démarche; je répandrai le bruit que vous êtes parti par mes ordres et pour mes affaires. Je subviendrai libéralement à vos dépenses. Vous sentirez vous-même bientôt que la vie que vous menez n'est pas celle qui vous convenait. Votre naissance, vos talents, votre fortune, vous assignaient dans le monde une autre place que celle de compagnon d'une femme sans patrie et sans aveu. Votre lettre me prouve déjà que vous n'êtes pas content de vous. Songez que l'on ne gagne rien à prolonger une situation dont on rougit. Vous consumez inutilement les plus belles années de votre jeunesse, et cette perte est irréparable. »

La lettre de mon père me perça de mille coups de poignard. Je m'étais dit cent fois ce qu'il me disait; j'avais eu cent fois honte de ma vie s'écoulant dans l'obscurité et dans l'inaction. J'aurais mieux aimé des reproches, des menaces; j'aurais mis quelque gloire à résister, et j'aurais senti la nécessité de rassembler mes forces pour défendre Ellénore des périls qui l'auraient assaillie. Mais il n'y avait point de périls : on me laissait parfaitement libre; et cette liberté ne me servait qu'à porter plus impatiemment le joug que j'avais l'air de choisir.

Nous nous fixâmes à Caden [1], petite ville de la Bohême. Je me répétai que, puisque j'avais pris la responsabilité du sort d'Ellénore, il ne fallait pas la faire souffrir. Je parvins à me contraindre; je renfermai dans mon sein jusqu'aux moindres signes de mécontentement, et toutes les ressources de mon esprit furent employées à me créer une gaieté factice qui pût voiler ma profonde tristesse. Ce travail eut sur moi-même un effet inespéré. Nous sommes des créatures tellement mobiles, que les sentiments que nous feignons, nous finissons par les éprouver. Les chagrins que je cachais, je les oubliais en partie. Mes plaisanteries perpétuelles dissipaient ma propre mélancolie; et les assurances de tendresse dont j'entretenais Ellénore répandaient dans mon cœur une émotion douce qui ressemblait presque à l'amour.

De temps en temps des souvenirs importuns venaient m'assiéger. Je me livrais, quand j'étais seul, à des accès d'inquiétude; je formais mille plans bizarres pour m'élancer tout à coup hors de la sphère dans laquelle j'étais déplacé. Mais je repoussais ces impressions comme de mauvais rêves. Ellénore paraissait heureuse; pouvais-je troubler son bonheur? Près de cinq mois se passèrent de la sorte.

Un jour, je vis Ellénore agitée et cherchant à me
taire une idée qui l'occupait. Après de longues
sollicitations, elle me fit promettre que je ne com-
battrais point la résolution qu'elle avait prise, et
m'avoua que M. de P*** lui avait écrit : son procès
était gagné; il se rappelait avec reconnaissance les
services qu'elle lui avait rendus, et leur liaison de
dix années. Il lui offrait la moitié de sa fortune,
non pour se réunir avec elle, ce qui n'était plus
possible, mais à condition qu'elle quitterait l'homme
ingrat et perfide qui les avait séparés. « J'ai répondu,
me dit-elle, et vous devinez bien que j'ai refusé. » Je
ne le devinais que trop. J'étais touché, mais au désespoir du nouveau sacrifice que me faisait Ellénore.
Je n'osai toutefois lui rien objecter : mes tentatives
en ce sens avaient toujours été tellement infructueuses! Je m'éloignai pour réfléchir au parti que
j'avais à prendre. Il m'était clair que nos liens
devaient se rompre. Ils étaient douloureux pour moi,
ils lui devenaient nuisibles; j'étais le seul obstacle à
ce qu'elle retrouvât un état convenable et la considération, qui, dans le monde, suit tôt ou tard l'opulence; j'étais la seule barrière entre elle et ses
enfants : je n'avais plus d'excuse à mes propres
yeux. Lui céder dans cette circonstance n'était plus
de la générosité, mais une coupable faiblesse. J'avais
promis à mon père de redevenir libre aussitôt que
je ne serais plus nécessaire à Ellénore. Il était
temps enfin d'entrer dans une carrière, de commencer une vie active, d'acquérir quelques titres
à l'estime des hommes, de faire un noble usage de
mes facultés. Je retournai chez Ellénore, me croyant
inébranlable dans le dessein de la forcer à ne pas
rejeter les offres du comte de P*** et pour lui
déclarer, s'il le fallait, que je n'avais plus d'amour
pour elle. « Chère amie, lui dis-je on lutte quelque
temps contre sa destinée, mais on finit toujours par
céder. Les lois de la société sont plus fortes que les

volontés des hommes; les sentiments les plus impé-
rieux se brisent contre la fatalité des circonstances.
En vain l'on s'obstine à ne consulter que son cœur;
on est condamné tôt ou tard à écouter la raison.
Je ne puis vous retenir plus longtemps dans une
position également indigne de vous et de moi; je ne
le puis ni pour vous, ni pour moi-même. » A mesure
que je parlais, sans regarder Ellénore, je sentais
mes idées devenir plus vagues et ma résolution fai-
blir. Je voulus ressaisir mes forces, et je continuai
d'une voix précipitée : « Je serai toujours votre ami;
j'aurai toujours pour vous l'affection la plus profonde. Les deux années de notre liaison ne s'efface-
ront pas de ma mémoire; elles seront à jamais l'époque la plus belle de ma vie. Mais l'amour, ce
transport des sens, cette ivresse involontaire, cet
oubli de tous les intérêts, de tous les devoirs,
Ellénore, je ne l'ai plus. » J'attendis longtemps sa
réponse sans lever les yeux sur elle. Lorsque enfin
je la regardai, elle était immobile; elle contemplait
tous les objets comme si elle n'en eût reconnu
aucun; je pris sa main : je la trouvai froide. Elle
me repoussa. « Que me voulez-vous? me dit-elle.
Ne suis-je pas seule, seule dans l'univers, seule sans
un être qui m'entende? Qu'avez-vous encore à me
dire? Ne m'avez-vous pas tout dit? Tout n'est-il pas
fini, fini sans retour? Laissez-moi, quittez-moi; n'est-
ce pas là ce que vous désirez? » Elle voulut s'éloigner, elle chancela; j'essayai de la retenir, elle
tomba sans connaissance à mes pieds; je la relevai,
je l'embrassai, je rappelai ses sens. « Ellénore,
m'écriai-je, revenez à vous, revenez à moi; je vous
aime d'amour, de l'amour le plus tendre, je vous
avais trompée pour que vous fussiez plus libre dans
votre choix. » Crédulités du cœur, vous êtes inexplicables! Ces simples paroles démenties par tant de
paroles précédentes, rendirent Ellénore à la vie et
à la confiance; elle me les fit répéter plusieurs fois :

elle semblait respirer avec avidité. Elle me crut :
elle s'enivra de son amour, qu'elle prenait pour le
nôtre; elle confirma sa réponse au comte de P***,
et je me vis plus engagé que jamais.

Trois mois après, une nouvelle possibilité de changement s'annonça dans la situation d'Ellénore. Une
de ces vicissitudes communes dans les républiques
que des factions agitent rappela son père en Pologne,
et le rétablit dans ses biens. Quoiqu'il ne connût qu'à
peine sa fille, que sa mère avait emmenée en France
à l'âge de trois ans, il désira la fixer auprès de lui.
Le bruit des aventures d'Ellénore ne lui était parvenu que vaguement en Russie, où, pendant son exil,
il avait toujours habité. Ellénore était son enfant
unique : il avait peur de l'isolement, il voulait être
soigné : il ne chercha qu'à découvrir la demeure de
sa fille, et, dès qu'il l'eut apprise, il l'invita vivement
à venir le joindre. Elle ne pouvait avoir d'attachement réel pour un père qu'elle ne se souvenait pas
d'avoir vu. Elle sentait néanmoins qu'il était de son
devoir d'obéir; elle assurait de la sorte à ses enfants
une grande fortune, et remontait elle-même au rang
que lui avaient ravi ses malheurs et sa conduite;
mais elle me déclara positivement qu'elle n'irait en
Pologne que si je l'accompagnais. « Je ne suis plus,
me dit-elle, dans l'âge où l'âme s'ouvre à des impressions nouvelles [1]. Mon père est un inconnu pour moi.
Si je reste ici, d'autres l'entoureront avec empressement; il en sera tout aussi heureux. Mes enfants
auront la fortune de M. de P***. Je sais bien que je
serai généralement blâmée; je passerai pour une
fille ingrate et pour une mère peu sensible : mais
j'ai trop souffert; je ne suis plus assez jeune pour
que l'opinion du monde ait une grande puissance sur
moi. S'il y a dans ma résolution quelque chose de
dur, c'est à vous, Adolphe, que vous devez vous en
prendre. Si je pouvais me faire illusion sur vous [2],
je consentirai peut-être à une absence, dont l'amer-

tume serait diminuée par la perspective d'une réunion douce et durable; mais [1] vous ne demanderiez
pas mieux que de me supposer à deux cents lieues
de vous, contente et tranquille, au sein de ma famille
et de l'opulence. Vous m'écririez là-dessus des lettres
raisonnables que je vois d'avance; elles déchireraient
mon cœur; je ne veux pas m'y exposer. Je n'ai pas
la consolation de me dire que, par le sacrifice
de toute ma vie, je sois parvenue à vous inspirer le
sentiment que je méritais; mais enfin vous l'avez
accepté, ce sacrifice. Je souffre déjà suffisamment
par l'aridité de vos manières et la sécheresse de
nos rapports; je subis ces souffrances que vous
m'infligez; je ne veux pas en braver de volontaires. »

Il y avait dans la voix et dans le ton d'Ellénore je
ne sais quoi d'âpre et de violent qui annonçait plutôt
une détermination ferme qu'une émotion profonde
ou touchante. Depuis quelque temps elle s'irritait
d'avance lorsqu'elle me demandait quelque chose,
comme si je le lui avais déjà refusé. Elle disposait
de mes actions, mais elle savait que mon jugement les
démentait. Elle aurait voulu pénétrer dans le sanctuaire intime de ma pensée pour y briser une
opposition sourde qui la révoltait contre moi. Je lui
parlai de ma situation, du vœu de mon père, de mon
propre désir; je priai, je m'emportai. Ellénore fut
inébranlable. Je voulus réveiller sa générosité,
comme si l'amour n'était pas de tous les sentiments
le plus égoïste, et, par conséquent, lorsqu'il est
blessé, le moins généreux. Je tâchai par un effort
bizarre de l'attendrir sur le malheur que j'éprouvais en restant près d'elle; je ne parvins qu'à
l'exaspérer. Je lui promis d'aller la voir en Pologne;
mais elle ne vit dans mes promesses, sans épanchement et sans abandon, que l'impatience de la quitter.

La première année de notre séjour à Caden avait
atteint son terme, sans que rien changeât dans notre
situation. Quand Ellénore me trouvait sombre ou

abattu, elle s'affligeait d'abord, se blessait ensuite, et
m'arrachait par ses reproches l'aveu de la fatigue
que j'aurais voulu déguiser. De mon côté, quand
Ellénore paraissait contente, je m'irritais de la voir
jouir d'une situation qui me coûtait mon bonheur, et
je la troublais dans cette courte jouissance par des
insinuations qui l'éclairaient sur ce que j'éprouvais
intérieurement. Nous nous attaquions donc tour à
tour par des phrases indirectes, pour reculer ensuite
dans des protestations générales et de vagues justifi-
cations, et pour regagner le silence. Car nous savions
si bien mutuellement tout ce que nous allions nous
dire que nous nous taisions pour ne pas l'entendre.
Quelquefois l'un de nous était prêt à céder [1], mais
nous manquions le moment favorable pour nous
rapprocher. Nos cœurs défiants et blessés [2] ne se
rencontraient plus.

Je me demandais souvent pourquoi je restais dans
un état si pénible : elle me répondais que, si je m'éloignais d'Ellénore, elle me suivrait, et que j'aurais
provoqué un nouveau sacrifice. Je me dis enfin
qu'il fallait la satisfaire une dernière fois, et qu'elle
ne pourrait plus rien exiger quand je l'aurais replacée au milieu de sa famille. J'allais lui proposer de
la suivre en Pologne, quand elle reçut la nouvelle
que son père était mort subitement. Il l'avait instituée
son unique héritière, mais son testament était contre-
dit par des lettres postérieures que des parents
éloignés menaçaient de faire valoir. Ellénore, malgré
le peu de relations qui subsistaient entre elle et son
père, fut douloureusement affectée de cette mort :
elle se reprocha de l'avoir abandonné. Bientôt elle
m'accusa de sa faute. « Vous m'avez fait manquer, me
dit-elle, à un devoir sacré. Maintenant il ne s'agit
que de ma fortune : je vous l'immolerai plus facilement encore. Mais, certes, je n'irai pas seule dans un
pays où je n'ai que des ennemis à rencontrer. —
Je n'ai voulu, lui répondis-je, vous faire manquer

à aucun devoir; j'aurais désiré, je l'avoue, que vous daignassiez réfléchir que, moi aussi, je trouvais pénible de manquer aux miens; je n'ai pu obtenir de vous cette justice. Je me rends, Ellénore; votre intérêt l'emporte sur toute autre considération. Nous partirons ensemble quand vous le voudrez. »

Nous nous mîmes effectivement en route. Les distractions du voyage, la nouveauté des objets, les efforts que nous faisions sur nous-mêmes, ramenaient de temps en temps entre nous quelques restes d'intimité. La longue habitude que nous avions l'un de l'autre, les circonstances variées que nous avions parcourues ensemble avaient attaché à chaque parole, presque à chaque geste, des souvenirs qui nous replaçaient tout à coup dans le passé, et nous remplissaient d'un attendrissement involontaire, comme les éclairs traversent la nuit sans la dissiper. Nous vivions, pour ainsi dire, d'une espèce de mémoire du cœur, assez puissante pour que l'idée de nous séparer nous fût douloureuse, trop faible pour que nous trouvassions du bonheur à être unis. Je me livrais à ces émotions, pour me reposer de ma contrainte habituelle. J'aurais voulu donner à Ellénore des témoignages de tendresse qui la contentassent; je reprenais quelquefois avec elle le langage de l'amour; mais ces émotions et ce langage ressemblaient à ces feuilles pâles et décolorées qui, par un reste de végétation funèbre, croissent languissamment sur les branches d'un arbre déraciné.

CHAPITRE VII

Ellénore obtint dès son arrivée d'être rétablie dans la jouissance des biens qu'on lui disputait, en s'enga-

geant à n'en pas disposer, que son procès ne fût
décidé. Elle s'établit dans une des possessions de son
père. Le mien, qui n'abordait jamais avec moi dans
ses lettres aucune question directement [1], se contenta
de les remplir d'insinuations contre mon voyage.
« Vous m'aviez mandé, me disait-il, que vous ne partiriez pas. Vous m'aviez développé longuement toutes les raisons que vous aviez de ne pas partir;
j'étais, en conséquence, bien convaincu que vous
partiriez. Je ne puis que vous plaindre de ce qu'avec
votre esprit d'indépendance, vous faites toujours ce
que vous ne voulez pas. Je ne juge point, au reste,
d'une situation qui ne m'est qu'imparfaitement connue. Jusqu'à présent vous m'aviez paru le protecteur d'Ellénore, et sous ce rapport il y avait dans
vos procédés quelque chose de noble, qui relevait
votre caractère, quel que fût l'objet auquel vous
vous attachiez. Aujourd'hui, vos relations ne sont
plus les mêmes; ce n'est plus vous qui la protégez,
c'est elle qui vous protège; vous vivez chez elle,
vous êtes un étranger qu'elle introduit dans sa
famille. Je ne prononce point sur une position que
vous choisissez; mais comme elle peut avoir ses
inconvénients, je voudrais les diminuer autant qu'il
est en moi. J'écris au baron de T***, notre ministre
dans le pays où vous êtes, pour vous recommander
à lui; j'ignore s'il vous conviendra de faire usage
de cette recommandation; n'y voyez au moins
qu'une preuve de mon zèle, et nullement une atteinte
à l'indépendance que vous avez toujours su défendre avec succès contre votre père. »

J'étouffai les réflexions que ce style faisait naître
en moi. La terre que j'habitai avec Ellénore était
située à peu de distance de Varsovie; je me rendis
dans cette ville, chez le baron de T***. Il me reçut
avec amitié, me demanda les causes de mon séjour
en Pologne, me questionna sur mes projets : je ne
savais trop que lui répondre. Après quelques minutes

d'une conversation embarrassée : « Je vais, me dit-il, vous parler avec franchise : je connais les motifs qui vous ont amené dans ce pays, votre père me les a mandés; je vous dirai même que je les comprends : il n'y a pas d'homme qui ne se soit, une fois dans sa vie, trouvé tiraillé par le désir de rompre une liaison inconvenable et la crainte d'affliger une femme qu'il avait aimée. L'inexpérience de la jeunesse fait que l'on s'exagère beaucoup les difficultés d'une position pareille; on se plaît à croire à la vérité de toutes ces démonstrations de douleur, qui remplacent, dans un sexe faible et emporté, tous les moyens de la force et tous ceux de la raison. Le cœur en souffre, mais l'amour-propre s'en applaudit; et tel homme qui pense de bonne foi s'immoler au désespoir qu'il a causé ne se sacrifie dans le fait qu'aux illusions de sa propre vanité. Il n'y a pas une de ces femmes passionnées dont le monde est plein qui n'ait protesté qu'on la ferait mourir en l'abandonnant; il n'y en a pas une qui ne soit encore en vie et qui ne soit consolée. » Je voulus l'interrompre. « Pardon, me dit-il, mon jeune ami, si je m'exprime avec trop peu de ménagement : mais le bien qu'on m'a dit de vous, les talents que vous annoncez, la carrière que vous devriez suivre, tout me fait une loi de ne rien vous déguiser. Je lis dans votre âme, malgré vous et mieux que vous; vous n'êtes plus amoureux de la femme qui vous domine et qui vous traîne après elle; si vous l'aimiez encore, vous ne seriez pas venu chez moi. Vous saviez que votre père m'avait écrit; il vous était aisé de prévoir ce que j'avais à vous dire : vous n'avez pas été fâché d'entendre de ma bouche des raisonnements que vous vous répétez sans cesse à vous-même, et toujours inutilement. La réputation d'Ellénore est loin d'être intacte... — Terminons, je vous prie, répondis-je, une conversation inutile. Des circonstances malheureuses ont pu disposer des pre-

mières années d'Ellénore; on peut la juger défavorablement sur des apparences mensongères : mais je
la connais depuis trois ans, et il n'existe pas sur la
terre une âme plus élevée, un caractère plus noble,
un cœur plus pur et plus généreux. — Comme vous
voudrez, répliqua-t-il; mais ce sont des nuances que
l'opinion n'approfondit pas. Les faits sont positifs,
ils sont publics; en m'empêchant de les rappeler,
pensez-vous les détruire? Ecoutez, poursuivit-il, il
faut dans ce monde savoir ce qu'on veut. Vous
n'épouserez pas Ellénore? — Non, sans doute,
m'écriai-je; elle-même ne l'a jamais désiré. — Que
voulez-vous donc faire? Elle a dix ans de plus que
vous; vous en avez vingt-six; vous la soignerez dix
ans encore; elle sera vieille; vous serez parvenu
au milieu de votre vie, sans avoir rien commencé,
rien achevé qui vous satisfasse. L'ennui s'emparera
de vous, l'humeur s'emparera d'elle; elle vous sera
chaque jour moins agréable, vous lui serez chaque
jour plus nécessaire; et le résultat d'une naissance
illustre, d'une fortune brillante, d'un esprit distingué,
sera de végéter dans un coin de la Pologne, oublié
de vos amis, perdu pour la gloire, et tourmenté
par une femme qui ne sera, quoi que vous fassiez,
jamais contente de vous. Je n'ajoute qu'un mot, et
nous ne reviendrons plus sur un sujet qui vous
embarrasse. Toutes les routes vous sont ouvertes :
les lettres, les armes, l'administration; vous pouvez
aspirer aux plus illustres alliances; vous êtes fait
pour aller à tout : mais souvenez-vous bien qu'il y a,
entre vous et tous les genres de succès, un obstacle
insurmontable, et que cet obstacle est Ellénore. —
J'ai cru vous devoir, monsieur, lui répondis-je, de
vous écouter en silence; mais je me dois aussi de
vous déclarer que vous ne m'avez point ébranlé.
Personne que moi, je le répète, ne peut juger Ellénore; personne n'apprécie assez la vérité de ses
sentiments et la profondeur de ses impressions. Tant

qu'elle aura besoin de moi, je resterai près d'elle.
Aucun succès ne me consolerait de la laisser malheureuse; et dussé-je borner ma carrière à lui servir
d'appui, à la soutenir dans ses peines, à l'entourer
de mon affection contre l'injustice d'une opinion
qui la méconnaît, je croirais encore n'avoir pas
employé ma vie inutilement. »

Je sortis en achevant ces paroles : mais qui m'ex-
pliquera par quelle mobilité le sentiment qui me les
dictait s'éteignit avant même que j'eusse fini de les
prononcer! Je voulus, en retournant à pied, retarder le moment de revoir cette Ellénore que je venais
de défendre; je traversai précipitamment la ville;
il me tardait de me trouver seul.

Arrivé au milieu de la campagne, je ralentis ma
marche, et mille pensées m'assaillirent. Ces mots
funestes : « Entre tous les genres de succès et vous,
il existe un obstacle insurmontable, et cet obstacle
c'est Ellénore », retentissaient autour de moi. Je
jetais un long et triste regard sur le temps qui venait
de s'écouler sans retour; je me rappelais les espérances de ma jeunesse, la confiance avec laquelle je
croyais autrefois commander à l'avenir, les éloges
accordés à mes premiers essais, l'aurore de réputation que j'avais vue briller et disparaître. Je me
répétais les noms de plusieurs de mes compagnons
d'étude, que j'avais traités avec un dédain superbe,
et qui, par le seul effet d'un travail opiniâtre et
d'une vie régulière, m'avaient laissé loin derrière eux
dans la route de la fortune, de la considération et
de la gloire : j'étais oppressé de mon inaction.
Comme les avares se représentent dans les trésors
qu'ils entassent tous les biens que ces trésors pourraient acheter, j'apercevais dans Ellénore la privation de tous les succès auxquels j'aurais pu préten-
dre. Ce n'était pas une carrière seule que je regrettais : comme je n'avais essayé d'aucune, je les regrettais toutes. N'ayant jamais employé mes forces, je

les imaginais sans bornes, et je les maudissais; j'aurais voulu que la nature m'eût créé faible et médiocre, pour me préserver au moins du remords de me
dégrader volontairement. Toute louange, toute approbation pour mon esprit ou mes connaissances, me
semblaient un reproche insupportable : je croyais
entendre admirer les bras vigoureux d'un athlète
chargé de fers au fond d'un cachot. Si je voulais
ressaisir mon courage, me dire que l'époque de
l'activité n'était pas encore passée, l'image d'Ellénore
s'élevait devant moi comme un fantôme, et me
repoussait dans le néant; je ressentais contre elle
des accès de fureur [1], et, par un mélange bizarre,
cette fureur [2] ne diminuait en rien la terreur que
m'inspirait l'idée de l'affliger.

Mon âme, fatiguée de ces sentiments amers, chercha tout à coup un refuge dans des sentiments
contraires. Quelques mots, prononcés au hasard par
le baron de T*** sur la possibilité d'une alliance
douce et paisible, me servirent à me créer l'idéal
d'une compagne. Je réfléchis au repos, à la considération, à l'indépendance même que m'offrirait un
sort pareil; car des liens que je traînais depuis si
longtemps me rendaient plus dépendant mille fois
que n'aurait pu le faire une union reconnue et
constatée. J'imaginais la joie de mon père; j'éprouvais un désir impatient de reprendre dans ma patrie
et dans la société de mes égaux la place qui m'était
due; je me représentais opposant une conduite aus-
tère et irréprochable à tous les jugements qu'une
malignité froide et frivole avait prononcés contre
moi, à tous les reproches dont m'accablait Ellénore.

« Elle m'accuse sans cesse, disais-je, d'être dur,
d'être ingrat, d'être sans pitié. Ah! si le ciel m'eût
accordé une femme que les convenances sociales me
permissent d'avouer, que mon père ne rougît pas
d'accepter pour fille, j'aurais été mille fois heureux

de la rendre heureuse. Cette sensibilité que l'on
méconnaît parce qu'elle est souffrante et froissée,
cette sensibilité dont on exige impérieusement des
témoignages que mon cœur refuse à l'emportement
et à la menace, qu'il me serait doux de m'y livrer
avec l'être chéri, compagnon d'une vie régulière
et respectée! Que n'ai-je pas fait pour Ellénore?
Pour elle j'ai quitté mon pays et ma famille; j'ai pour
elle affligé le cœur d'un vieux père qui gémit encore
loin de moi; pour elle j'habite ces lieux où ma jeunesse s'enfuit solitaire, sans gloire, sans honneur
et sans plaisir : tant de sacrifices faits sans devoir et
sans amour ne prouvent-ils pas ce que l'amour et
le devoir me rendraient capable de faire? Si je crains
tellement la douleur d'une femme qui ne me domine
que par sa douleur, avec quel soin j'écarterais toute
affliction, toute peine, de celle à qui je pourrais
hautement me vouer sans remords et sans réserve!
Combien alors on me verrait différent de ce que je
suis! Comme cette amertume dont on me fait un
crime, parce que la source en est inconnue, fuirait
rapidement loin de moi! Combien je serais reconnaissant pour le ciel et bienveillant pour les
hommes! »

Je parlais ainsi; mes yeux se mouillaient de larmes,
mille souvenirs rentraient comme par torrents dans
mon âme : mes relations avec Ellénore m'avaient
rendu tous ces souvenirs odieux. Tout ce qui me
rappelait mon enfance, les lieux où s'étaient écou-
lées mes premières années, les compagnons de mes
premiers jeux, les vieux parents qui m'avaient pro-
digué les premières marques d'intérêt, me blessait et
me faisait mal; j'étais réduit à repousser, comme
des pensées coupables, les images les plus attrayantes
et les vœux les plus naturels. La compagne que mon
imagination m'avait soudain créée s'alliait au
contraire à toutes ces images et sanctionnait tous
ces vœux; elle s'associait à tous mes devoirs, à tous

mes plaisirs, à tous mes goûts; elle rattachait ma vie
actuelle à cette époque de ma jeunesse où l'espérance
ouvrait devant moi un si vaste avenir, époque dont
Ellénore m'avait séparé par un abîme. Les plus
petits détails, les plus petits objets se retraçaient à
ma mémoire; je revoyais l'antique château que j'avais
habité avec mon père, les bois qui l'entouraient, la
rivière qui baignait le pied de ses murailles, les
montagnes qui bordaient son horizon; toutes ces
choses me paraissaient tellement présentes, pleines
d'une telle vie, qu'elles me causaient un frémissement
que j'avais peine à supporter; et mon imagination
plaçait à côté d'elles une créature innocente et
jeune qui les embellissait, qui les animait par l'espérance. J'errais plongé dans cette rêverie, toujours
sans plan fixe, ne me disant point qu'il fallait rompre avec Ellénore, n'ayant de la réalité qu'une idée
sourde et confuse, et dans l'état d'un homme accablé
de peine, que le sommeil a consolé par un songe,
et qui pressent que ce songe va finir. Je découvris
tout à coup le château d'Ellénore, dont insensiblement je m'étais rapproché; je m'arrêtai; je pris une
autre route : j'étais heureux de retarder le moment
où j'allais entendre de nouveau sa voix.

Le jour s'affaiblissait : le ciel était serein; la campagne devenait déserte; les travaux des hommes
avaient cessé, ils abandonnaient la nature à elle-
même. Mes pensées prirent graduellement une teinte
plus grave et plus imposante. Les ombres de la nuit
qui s'épaississaient à chaque instant, le vaste silence
qui m'environnait et qui n'était interrompu que
par des bruits rares et lointains, firent succéder
à mon agitation un sentiment plus calme et plus
solennel. Je promenais mes regards sur l'horizon
grisâtre dont je n'apercevais plus les limites, et qui
par là même me donnait, en quelque sorte, la sensation de l'immensité. Je n'avais rien éprouvé de
pareil depuis longtemps : sans cesse absorbé dans

des réflexions toujours personnelles, la vue toujours
fixée sur ma situation, j'étais devenu étranger à toute
idée générale; je ne m'occupais que d'Ellénore et
de moi; d'Ellénore qui ne m'inspirait qu'une pitié
mêlée de fatigue; de moi, pour qui je n'avais plus
aucune estime. Je m'étais rapetissé, pour ainsi dire,
dans un nouveau genre d'égoïsme, dans un égoïsme
sans courage, mécontent et humilié; je me sus bon
gré de renaître à des pensées d'un autre ordre,
et de me retrouver la faculté de m'oublier moi-
même, pour me livrer à des méditations désinté-
ressées : mon âme semblait se relever d'une dégradation longue et honteuse.

La nuit presque entière s'écoula ainsi. Je marchais
au hasard; je parcourus des champs, des bois, des
hameaux où tout était immobile. De temps en temps,
j'apercevais dans quelque habitation éloignée une
pâle lumière qui perçait l'obscurité. « Là, me disais-
je, là, peut-être, quelque infortuné s'agite sous la
douleur, ou lutte contre la mort; mystère inexplicable dont une expérience journalière paraît n'avoir
pas encore convaincu les hommes; terme assuré qui
ne nous console ni ne nous apaise, objet d'une
insouciance habituelle et d'un effroi passager! Et
moi aussi, poursuivais-je, je me livre à cette inconséquence insensée! Je me révolte contre la vie,
comme si la vie devait ne pas finir! Je répands du
malheur autour de moi, pour reconquérir quelques
années misérables que le temps viendra bientôt
m'arracher! Ah! renonçons à ces efforts inutiles;
jouissons de voir ce temps s'écouler, mes jours se
précipiter les uns sur les autres; demeurons immobile, spectateur indifférent d'une existence à demi
passée; qu'on s'en empare, qu'on la déchire : on
n'en prolongera pas la durée! Vaut-il la peine de la
disputer? »

L'idée de la mort a toujours eu sur moi beaucoup
d'empire. Dans mes afflictions les plus vives, elle a

toujours suffi pour me calmer aussitôt; elle produisit sur mon âme son effet accoutumé; ma disposition pour Ellénore devint moins amère. Toute mon
irritation disparut; il ne me restait de l'impression
de cette nuit de délire qu'un sentiment doux et
presque tranquille : peut-être la lassitude physique
que j'éprouvais contribuait-elle à cette tranquillité.

Le jour allait renaître; je distinguais déjà les
objets. Je reconnus que j'étais assez loin de la
demeure d'Ellénore. Je me peignis son inquiétude,
et je me pressais pour arriver près d'elle, autant
que la fatigue pouvait me le permettre, lorsque je
rencontrai un homme à cheval, qu'elle avait envoyé
pour me chercher. Il me raconta qu'elle était depuis
douze heures dans les craintes les plus vives;
qu'après être allée à Varsovie, et avoir parcouru
les environs, elle était revenue chez elle dans un
état inexprimable d'angoisse, et que de toutes parts
les habitants du village étaient répandus dans la
campagne pour me découvrir. Ce récit me remplit
d'abord d'une impatience assez pénible. Je m'irritais
de me voir soumis par Ellénore à une surveillance
importune. En vain me répétais-je que son amour
seul en était la cause; cet amour n'était-il pas aussi
la cause de tout mon malheur? Cependant je parvins
à vaincre ce sentiment que je me reprochais. Je la
savais alarmée et souffrante. Je montai à cheval.
Je franchis avec rapidité la distance qui nous séparait. Elle me reçut avec des transports de joie. Je
fus ému de son émotion. Notre conversation fut
courte, parce que bientôt elle songea que je devais
avoir besoin de repos; et je la quittai, cette fois
du moins, sans avoir rien dit qui pût affliger son
cœur.

CHAPITRE VIII

Le lendemain je me relevai, poursuivi des mêmes idées qui m'avaient agité la veille. Mon agitation redoubla les jours suivants; Ellénore voulut inutilement en pénétrer la cause : je répondais par des monosyllabes contraints à ses questions impétueuses; je me raidissais contre son insistance, sachant trop qu'à ma franchise succéderait sa douleur, et que sa douleur m'imposerait une dissimulation nouvelle.

Inquiète et surprise, elle recourut à l'une de ses amies pour découvrir le secret qu'elle m'accusait de lui cacher; avide de se tromper elle-même, elle cherchait un fait où il n'y avait qu'un sentiment. Cette amie m'entretint de mon humeur bizarre, du soin que je mettais à repousser toute idée d'un lien durable, de mon inexplicable soif de rupture et d'isolement. Je l'écoutai longtemps en silence; je n'avais dit jusqu'à ce moment à personne que je n'aimais plus Ellénore; ma bouche répugnait à cet aveu qui me semblait une perfidie. Je voulus pourtant me justifier; je racontai mon histoire avec ménagement, en donnant beaucoup d'éloges à Ellénore, en convenant des inconséquences de ma conduite, en les rejetant sur les difficultés de notre situation, et sans me permettre une parole qui prononçât clairement que la difficulté véritable était de ma part l'absence de l'amour. La femme qui m'écoutait fut émue de mon récit : elle vit de la générosité dans ce que j'appelais de la faiblesse, du malheur dans ce que je nommais de la dureté. Les mêmes explications, qui mettaient en fureur Ellénore passionnée, portaient la conviction dans l'esprit de son impartiale amie. On est si juste lorsqu'on est désintéressé! Qui que vous soyez, ne remettez jamais à un autre les intérêts de votre cœur; le cœur seul peut plaider sa cause : il sonde seul ses blessures; tout intermédiaire devient un juge; il analyse, il transige, il conçoit l'indifférence; il l'admet comme possible, il la reconnaît pour inévitable; par là même il l'excuse, et l'indifférence se trouve ainsi, à sa grande surprise, légitimée à ses propres yeux. Les reproches d'Ellénore m'avaient persuadé que j'étais coupable; j'appris de celle qui croyait la défendre que je n'étais que malheureux. Je fus entraîné à l'aveu complet de mes sentiments : je convins que j'avais pour Ellénore du dévouement, de la sympathie, de la pitié; mais j'ajoutai que l'amour n'entrait pour rien dans les devoirs que je m'imposais. Cette vérité, jusqu'alors renfermée dans mon cœur, et quelquefois seulement révélée à Ellénore au milieu du trouble et de la colère, prit à mes propres yeux plus de réalité et de force, par cela seul qu'un autre en était devenu dépositaire. C'est un grand pas, c'est un pas irréparable, lorsqu'on dévoile tout à coup aux yeux d'un tiers les replis cachés d'une relation intime; le jour qui pénètre dans ce sanctuaire constate et achève les destructions que la nuit enveloppait de ses ombres : ainsi les corps renfermés dans les tombeaux conservent souvent leur première forme, jusqu'à ce que l'air extérieur vienne les frapper et les réduire en poudre.

L'amie d'Ellénore me quitta : j'ignore quel compte elle lui rendit de notre conversation, mais, en approchant du salon, j'entendis Ellénore qui parlait d'une voix très animée; en m'apercevant, elle se tut. Bientôt elle reproduisit sous diverses formes des idées générales, qui n'étaient que des attaques particulières. « Rien n'est plus bizarre, disait-elle, que le zèle de certaines amitiés; il y a des gens qui s'empressent de se charger de vos intérêts pour mieux abandonner votre cause; ils appellent cela de l'attachement : j'aimerais mieux de la haine. » Je compris facilement que l'amie d'Ellénore avait embrassé mon

parti contre elle, et l'avait irritée en ne paraissant
pas me juger assez coupable. Je me sentis ainsi
d'intelligence avec un autre contre Ellénore : c'était
entre nos cœurs une barrière de plus.

Quelques jours après, Ellénore alla plus loin : elle
était incapable de tout empire sur elle-même; dès
qu'elle croyait avoir un sujet de plainte, elle mar-
chait droit à l'explication, sans ménagement et sans
calcul, et préférait le danger de rompre à la
contrainte de dissimuler. Les deux amies se sépa-
rèrent à jamais brouillées.

« Pourquoi mêler des étrangers à nos discussions
intimes? dis-je à Ellénore. Avons-nous besoin d'un
tiers pour nous entendre? et si nous ne nous enten-
dons plus, quel tiers pourrait y porter remède? —
Vous avez raison, me répondit-elle : mais c'est votre
faute; autrefois je ne m'adressais à personne pour
arriver jusqu'à votre cœur. »

Tout à coup Ellénore annonça le projet de changer son genre de vie. Je démêlai par ses discours
qu'elle attribuait à la solitude dans laquelle nous
vivions le mécontentement qui me dévorait : elle
épuisait toutes les explications fausses avant de se
résigner à la véritable. Nous passions tête à tête
de monotones soirées entre le silence et l'humeur;
la source des longs entretiens était tarie.

Ellénore résolut d'attirer chez elle les familles
nobles qui résidaient dans son voisinage ou à Varsovie. J'entrevis facilement les obstacles et les dangers de ses tentatives. Les parents qui lui disputaient
son héritage avaient révélé ses erreurs passées, et
répandu contre elle mille bruits calomnieux. Je fré-
mis des humiliations qu'elle allait braver, et je
tâchai de la dissuader de cette entreprise. Mes
représentations furent inutiles; je blessai sa fierté
par mes craintes, bien que je ne les exprimasse
qu'avec ménagement. Elle supposa que j'étais embarrassé de nos liens, parce que son existence était

équivoque; elle n'en fut que plus empressée à reconquérir une place honorable dans le monde : ses
efforts obtinrent quelque succès. La fortune dont
elle jouissait, sa beauté, que le temps n'avait encore
que légèrement diminuée, le bruit même de ses aventures, tout en elle excitait la curiosité. Elle se vit
entourée bientôt d'une société nombreuse; mais elle
était poursuivie d'un sentiment secret d'embarras
et d'inquiétude. J'étais mécontent de ma situation,
elle s'imaginait que je l'étais de la sienne; elle s'agitait pour en sortir; son désir ardent ne lui permettait point de calcul, sa position fausse jetait de l'iné-
galité dans sa conduite et de la précipitation dans
ses démarches. Elle avait l'esprit juste, mais peu
étendu; la justesse de son esprit était dénaturée par
l'emportement de son caractère, et son peu d'étendue l'empêchait d'apercevoir la ligne la plus habile,
et de saisir des nuances délicates. Pour la première
fois elle avait un but, et comme elle se précipitait
vers ce but, elle le manquait. Que de dégoûts elle
dévora sans me les communiquer! Que de fois je
rougis pour elle sans avoir la force de le lui dire!
Tel est, parmi les hommes, le pouvoir de la réserve
et de la mesure, que je l'avais vue plus respectée
par les amis du comte de P*** comme sa maîtresse,
qu'elle ne l'était par ses voisins comme héritière
d'une grande fortune, au milieu de ses vassaux.
Tour à tour haute et suppliante, tantôt prévenante,
tantôt susceptible, il y avait dans ses actions et
dans ses paroles je ne sais quelle fougue destruc-
tive de la considération qui ne se compose que du
calme.

En relevant ainsi les défauts d'Ellénore, c'est moi
que j'accuse et que je condamne. Un mot de moi
l'aurait calmée : pourquoi n'ai-je pu prononcer ce
mot?

Nous vivions cependant plus doucement ensemble;
la distraction nous soulageait de nos pensées habi-

tuelles. Nous n'étions seuls que par intervalles; et comme nous avions l'un dans l'autre une confiance sans bornes, excepté sur nos sentiments intimes, nous mettions les observations et les faits à la place de ces sentiments, et nos conversations avaient repris quelque charme. Mais bientôt ce nouveau genre de vie devint pour moi la source d'une nouvelle perplexité. Perdu dans la foule qui environnait Ellénore, je m'aperçus que j'étais l'objet de l'étonnement et du blâme. L'époque approchait où son procès devait être jugé : ses adversaires prétendaient qu'elle avait aliéné le cœur paternel par des égarements sans nombre, ma présence venait à l'appui de leurs assertions. Ses amis me reprochaient de lui faire tort. Ils excusaient sa passion pour moi; mais ils m'accusaient d'indélicatesse : j'abusais, disaient-ils, d'un sentiment que j'aurais dû modérer. Je savais seul qu'en l'abandonnant je l'entraînerais sur mes pas, et qu'elle négligerait pour me suivre tout le soin de sa fortune et tous les calculs de la prudence. Je ne pouvais rendre le public dépositaire de ce secret; je ne paraissais donc dans la maison d'Ellénore qu'un étranger nuisible au succès même des démarches qui allaient décider de son sort; et, par un étrange renversement de la vérité, tandis que j'étais la victime de ses volontés inébranlables, c'était elle que l'on plaignait, comme victime de mon ascendant [1].

Une nouvelle circonstance vint compliquer encore cette situation douloureuse.

Une singulière révolution s'opéra tout à coup dans la conduite et les manières d'Ellénore : jusqu'à cette époque elle n'avait paru occupée que de moi; soudain je la vis recevoir et rechercher les hommages des hommes qui l'entouraient. Cette femme si réservée, si froide, si ombrageuse, sembla subitement changer de caractère. Elle encourageait les sentiments et même les espérances d'une foule de jeunes gens, dont les uns étaient séduits par sa figure, et dont quelques autres, malgré ses erreurs passées, aspiraient sérieusement à sa main; elle leur accordait de longs tête-à-tête; elle avait avec eux ces formes douteuses, mais attrayantes, qui ne repoussent mollement que pour retenir, parce qu'elles annoncent plutôt l'indécision que l'indifférence, et des retards que des refus. J'ai su par elle dans la suite, et les faits me l'ont démontré, qu'elle agissait ainsi par un calcul faux et déplorable. Elle croyait ranimer mon amour en excitant ma jalousie; mais c'était agiter des cendres que rien ne pouvait réchauffer. Peut-être aussi se mêlait-il à ce calcul, sans qu'elle s'en rendît compte, quelque vanité de femme; elle était blessée de ma froideur, elle voulait se prouver à elle-même qu'elle avait encore des moyens de plaire. Peut-être enfin dans l'isolement où je laissais son cœur, trouvait-elle une sorte de consolation à s'entendre répéter des expressions d'amour que depuis longtemps je ne prononçais plus.

Quoi qu'il en soit, je me trompai quelque temps sur ses motifs. J'entrevis l'aurore de ma liberté future; je m'en félicitai. Tremblant d'interrompre par quelque mouvement inconsidéré cette grande crise à laquelle j'attachais ma délivrance, je devins plus doux, je parus plus content. Ellénore prit ma douceur pour de la tendresse, mon espoir de la voir enfin heureuse sans moi pour le désir de la rendre heureuse. Elle s'applaudit de son stratagème. Quelquefois pourtant elle s'alarmait de ne me voir aucune inquiétude; elle me reprochait de ne mettre aucun obstacle à ces liaisons qui, en apparence, menaçaient de me l'enlever. Je repoussais ces accusations par des plaisanteries, mais je ne parvenais pas toujours à l'apaiser; son caractère se faisait jour à travers la dissimulation qu'elle s'était imposée. Les scènes recommençaient sur un autre terrain, mais non moins orageuses. Ellénore m'imputait ses

propres torts, elle m'insinuait qu'un seul mot la
ramènerait à moi tout entière; puis, offensée de
mon silence, elle se précipitait de nouveau dans la
coquetterie avec une espèce de fureur.

C'est ici surtout, je le sens, que l'on m'accusera de
faiblesse. Je voulais être libre, et je le pouvais avec
l'approbation générale; je le devais peut-être : la
conduite d'Ellénore m'y autorisait et semblait m'y
contraindre. Mais ne savais-je pas que cette conduite
était mon ouvrage? Ne savais-je pas qu'Ellénore, au
fond de son cœur, n'avait pas cessé de m'aimer?
Pouvais-je la punir des imprudences que je lui faisais commettre, et, froidement hypocrite, chercher
un prétexte dans ces imprudences pour l'abandonner sans pitié?

Certes, je ne veux point m'excuser, je me condamne
plus sévèrement qu'un autre peut-être ne le ferait à
ma place; mais je puis au moins me rendre ici ce
solennel témoignage, que je n'ai jamais agi par calcul,
et que j'ai toujours été dirigé par des sentiments
vrais et naturels. Comment se fait-il qu'avec ces
sentiments je n'aie fait si longtemps que mon malheur
et celui des autres?

La société cependant m'observait avec surprise.
Mon séjour chez Ellénore ne pouvait s'expliquer que
par un extrême attachement pour elle, et mon indifférence sur les liens qu'elle semblait toujours prête
à contracter démentait cet attachement. L'on attribua ma tolérance inexplicable à une légèreté de
principes, à une insouciance pour la morale, qui
annonçaient, disait-on, un homme profondément
égoïste, et que le monde avait corrompu. Ces conjectures, d'autant plus propres à faire impression
qu'elles étaient plus proportionnées aux âmes qui
les concevaient, furent accueillies et répétées. Le
bruit en parvint enfin jusqu'à moi; je fus indigné de
cette découverte inattendue : pour prix de mes longs
services, j'étais méconnu, calomnié; j'avais, pour une

femme, oublié tous les intérêts et repoussé tous les
plaisirs de la vie, et c'était moi que l'on [1] condamnait.

Je m'expliquai vivement avec Ellénore : un mot
fit disparaître cette tourbe d'adorateurs qu'elle
n'avait appelés que pour me faire craindre sa perte.
Elle restreignit sa société à quelques femmes et à
un petit nombre d'hommes âgés. Tout reprit autour
de nous une apparence régulière; mais nous n'en
fûmes que plus malheureux : Ellénore se croyait de
nouveaux droits; je me sentais chargé de nouvelles
chaînes.

Je ne saurais peindre quelles amertumes et quelles
fureurs résultèrent de nos rapports ainsi compliqués.
Notre vie ne fut qu'un perpétuel orage; l'intimité
perdit tous ses charmes, et l'amour toute sa douceur;
il n'y eut plus même entre nous ces retours passagers
qui semblent guérir pour quelques instants d'incu-
rables blessures. La vérité se fit jour de toutes parts,
et j'empruntai, pour me faire entendre, les expressions les plus dures et les plus impitoyables. Je ne
m'arrêtais que lorsque je voyais Ellénore dans les
larmes, et ses larmes mêmes n'étaient qu'une lave
brûlante qui, tombant goutte à goutte sur mon cœur,
m'arrachait des cris, sans pouvoir m'arracher un
désaveu. Ce fut alors que, plus d'une fois, je la vis
se lever pâle et prophétique : « Adolphe, s'écriait-
elle, vous ne savez pas le mal que vous faites [2], vous
l'apprendrez un jour, vous l'apprendrez par moi,
quand vous m'aurez précipitée dans la tombe. » Malheureux! lorsqu'elle parlait ainsi, que ne m'y suis-je
jeté moi-même avant elle!

CHAPITRE IX

Je n'étais pas retourné chez le baron de T***
depuis ma première visite. Un matin je reçus de lui
le billet suivant :

« Les conseils que je vous avais donnés ne méritaient pas une si longue absence. Quelque parti que vous preniez sur ce qui vous regarde, vous n'en êtes pas moins le fils de mon ami le plus cher, je n'en jouirai pas moins avec plaisir de votre société, et j'en aurai beaucoup à vous introduire dans un cercle dont j'ose vous promettre qu'il vous sera agréable de faire partie. Permettez-moi d'ajouter que, plus votre genre de vie, que je ne veux point désapprouver, a quelque chose de singulier, plus il vous importe de dissiper des préventions mal fondées, sans doute, en vous montrant dans le monde. »

Je fus reconnaissant de la bienveillance qu'un homme âgé me témoignait. Je me rendis chez lui; il ne fut point question d'Ellénore. Le baron me retint à dîner : il n'y avait, ce jour-là, que quelques hommes assez spirituels et assez aimables. Je fus d'abord embarrassé, mais je fis effort sur moi-même; je me ranimai, je parlai; je déployai le plus qu'il me fut possible de l'esprit et des connaissances. Je m'aperçus que je réussissais à captiver l'approbation. Je retrouvai dans ce genre de succès une jouissance d'amour-propre dont j'avais été privé dès longtemps : cette jouissance me rendit la société du baron de T*** plus agréable.

Mes visites chez lui se multiplièrent. Il me chargea de quelques travaux relatifs à sa mission, et qu'il croyait pouvoir me confier sans inconvénient. Ellénore fut d'abord surprise de cette évolution dans ma vie; mais je lui parlai de l'amitié du baron pour mon père, et du plaisir que je goûtais à consoler ce dernier de mon absence, en ayant l'air de m'occuper utilement. La pauvre Ellénore, je l'écris dans ce moment avec un sentiment de remords, éprouva quelque joie de ce que je paraissais plus tranquille, et se résigna, sans trop se plaindre, à passer souvent la plus grande partie de la journée séparée de moi. Le baron, de son côté, lorsqu'un peu de confiance se

fut établi entre nous, me reparla d'Ellénore. Mon
intention positive était toujours d'en dire du bien,
mais, sans m'en apercevoir, je m'exprimais sur elle
d'un ton plus leste et plus dégagé : tantôt j'indi-
quais, par des maximes générales, que je reconnais-
sais la nécessité de m'en détacher; tantôt la plaisanterie venait à mon secours; je parlais en riant des
femmes et de la difficulté de rompre avec elles.
Ces discours amusaient un vieux ministre dont l'âme
était usée, et qui se rappelait vaguement que, dans
sa jeunesse, il avait aussi été tourmenté par des
intrigues d'amour. De la sorte, par cela seul que
j'avais un sentiment caché, je trompais plus ou moins
tout le monde : je trompais Ellénore, car je savais
que le baron voulait m'éloigner d'elle, et je le lui
taisais; je trompais M. de T***, car je lui laissais
espérer que j'étais prêt à briser mes liens. Cette
duplicité était fort éloignée de mon caractère naturel; mais l'homme se déprave dès qu'il a dans le
cœur une seule pensée qu'il est constamment forcé de
dissimuler.

Jusqu'alors je n'avais fait connaissance, chez le
baron de T***, qu'avec les hommes qui composaient
sa société particulière. Un jour il me proposa de
rester à une grande fête qu'il donnait pour la naissance de son maître. « Vous y rencontrerez, me dit-il,
les plus jolies femmes de Pologne : vous n'y trouverez pas, il est vrai, celle que vous aimez; j'en
suis fâché, mais il y a des femmes que l'on ne
voit que chez elles. » Je fus péniblement affecté
de cette phrase; je gardai le silence, mais je me
reprochais intérieurement de ne pas défendre Ellénore, qui, si l'on m'eût attaqué en sa présence,
m'aurait si vivement défendu.

L'assemblée était nombreuse; on m'examinait avec
attention. J'entendais répéter tout bas, autour de
moi, le nom de mon père, celui d'Ellénore, celui
du comte de P***. On se taisait à mon approche;

on recommençait quand je m'éloignais. Il m'était démontré que l'on se racontait mon histoire, et chacun, sans doute, la racontait à sa manière; ma situation était insupportable; mon front était couvert d'une sueur froide. Tour à tour je rougissais et je pâlissais.

Le baron s'aperçut de mon embarras. Il vint à moi, redoubla d'attentions et de prévenances, chercha toutes les occasions de me donner des éloges, et l'ascendant de sa considération força bientôt les autres à me témoigner les mêmes égards.

Lorsque tout le monde se fut retiré : « Je voudrais, me dit M. de T***, vous parler encore une fois à cœur ouvert. Pourquoi voulez-vous rester dans une situation dont vous souffrez? A qui faites-vous du bien? Croyez-vous que l'on ne sache pas ce qui se passe entre vous et Ellénore? Tout le monde est informé de votre aigreur et de votre mécontentement réciproque. Vous vous faites du tort par votre faiblesse, vous ne vous en faites pas moins par votre dureté; car, pour comble d'inconséquence, vous ne la rendez pas heureuse, cette femme qui vous rend si malheureux. »

J'étais encore froissé de la douleur que j'avais éprouvée. Le baron me montra plusieurs lettres de mon père. Elles annonçaient une affliction bien plus vive que je ne l'avais supposée. Je fus ébranlé. L'idée que je prolongeais les agitations d'Ellénore vint ajouter à mon irrésolution. Enfin, comme si tout s'était réuni contre elle, tandis que j'hésitais, elle-même, par sa véhémence, acheva de me décider. J'avais été absent tout le jour; le baron m'avait retenu chez lui après l'assemblée; la nuit s'avançait. On me remit, de la part d'Ellénore, une lettre en présence du baron de T***. Je vis dans les yeux de ce dernier une sorte de pitié de ma servitude. La lettre d'Ellénore était pleine d'amertume. « Quoi! me dis-je, je ne puis passer un jour libre! Je ne puis

respirer une heure en paix! Elle me poursuit partout, comme un esclave qu'on doit ramener à ses
pieds, » et, d'autant plus violent que je me sentais
plus faible, « oui, m'écriai-je, je le prends, l'engagement de rompre avec Ellénore [1], j'oserai le lui déclarer moi-même, vous pouvez d'avance en instruire
mon père. »

En disant ces mots, je m'élançai loin du baron.
J'étais oppressé des paroles que je venais de prononcer-
cer, et je ne croyais qu'à peine à la promesse que
j'avais donnée.

Ellénore m'attendait avec impatience. Par un
hasard étrange, on lui avait parlé, pendant mon
absence, pour la première fois, des efforts du baron
de T*** pour me détacher d'elle. On lui avait rap-
porté les discours que j'avais tenus, les plaisanteries
que j'avais faites. Ses soupçons étant éveillés, elle
avait rassemblé dans son esprit plusieurs circonstances qui lui paraissaient les confirmer. Ma liaison
subite avec un homme que je ne voyais jamais autrefois, l'intimité qui existait entre cet homme et mon
père, lui semblaient des preuves irréfragables. Son
inquiétude avait fait tant de progrès en peu d'heures
que je la trouvai pleinement convaincue de ce qu'elle
nommait ma perfidie.

J'étais arrivé auprès d'elle, décidé à tout lui dire.
Accusé par elle, le croira-t-on? je ne m'occupai qu'à
tout éluder. Je niai même, oui, je niai ce jour-là ce
que j'étais déterminé à lui déclarer le lendemain.

Il était tard; je la quittai; je me hâtai de me
coucher pour terminer cette longue journée; et
quand je fus bien sûr qu'elle était finie, je me sentis,
pour le moment, délivré d'un poids énorme.

Je ne me levai le lendemain que vers le milieu du
jour, comme si, en retardant le commencement de
notre entrevue, j'avais retardé l'instant fatal.

Ellénore s'était rassurée pendant la nuit, et par
ses propres réflexions et par mes discours de la

veille. Elle me parla de ses affaires avec un air de
confiance qui n'annonçait que trop qu'elle regardait
nos existences comme indissolublement unies. Où
trouver des paroles qui la repoussassent dans l'isolement?

Le temps s'écoulait avec une rapidité effrayante.
Chaque minute ajoutait à la nécessité d'une explication. Des trois jours que j'avais fixés, déjà le second
était prêt à disparaître; M. de T*** m'attendait au
plus tard le surlendemain. Sa lettre pour mon père
était partie et j'allais manquer à ma promesse sans
avoir fait pour l'exécuter la moindre tentative. Je
sortais, je rentrais, je prenais la main d'Ellénore,
je commençais une phrase que j'interrompais aussitôt, je regardais la marche du soleil qui s'inclinait
vers l'horizon. La nuit revint, j'ajournai de nouveau.
Un jour me restait : c'était assez d'une heure.

Ce jour se passa comme le précédent. J'écrivis à
M. de T*** pour lui demander du temps encore :
et, comme il est naturel aux caractères faibles de le
faire, j'entassai dans ma lettre mille raisonnements
pour justifier mon retard, pour démontrer qu'il ne
changeait rien à la résolution que j'avais prise, et
que, dès l'instant même, on pouvait regarder mes
liens avec Ellénore comme brisés pour jamais.

CHAPITRE X

Je passai les jours suivants plus tranquille. J'avais
rejeté dans le vague la nécessité d'agir; elle ne me
poursuivait plus comme un spectre; je croyais avoir
tout le temps de préparer Ellénore. Je voulais être
plus doux, plus tendre avec elle, pour conserver
au moins des souvenirs d'amitié. Mon trouble était
tout différent de celui que j'avais connu jusqu'alors.
J'avais imploré le ciel pour qu'il élevât soudain
entre Ellénore et moi un obstacle que je ne pusse

franchir. Cet obstacle s'était levé. Je fixais mes
regards sur Ellénore comme sur un être que j'allais
perdre. L'exigence qui m'avait paru tant de fois
insupportable ne m'effrayait plus; je m'en sentais
affranchi d'avance. J'étais plus libre en lui cédant
encore, et je n'éprouvais plus cette révolte intérieure qui jadis me portait sans cesse à tout déchirer.
Il n'y avait plus en moi d'impatience : il y avait,
au contraire, un désir secret de retarder le moment
funeste.

Ellénore s'aperçut de cette disposition plus affec-
tueuse et plus sensible : elle-même devint moins
amère. Je recherchais des entretiens que j'avais
évités; je jouissais de ses expressions d'amour,
naguère importunes, précieuses maintenant, comme
pouvant chaque fois être les dernières.

Un soir, nous nous étions quittés après une conversation plus douce que de coutume. Le secret que je
renfermais dans mon sein me rendait triste; mais
ma tristesse n'avait rien de violent. L'incertitude
sur l'époque de la séparation que j'avais voulue
me servait à en écarter l'idée. La nuit, j'entendis
dans le château un bruit inusité. Ce bruit cessa
bientôt, et je n'y attachai point d'importance. Le
matin cependant, l'idée m'en revint; j'en voulus
savoir la cause, et je dirigeai mes pas vers la chambre d'Ellénore. Quel fut mon étonnement, lorsqu'on
me dit que depuis douze heures elle avait une fièvre
ardente, qu'un médecin que ses gens avaient fait
appeler déclarait sa vie en danger, et qu'elle avait
défendu impérieusement que l'on m'avertît ou qu'on
me laissât pénétrer jusqu'à elle!

Je voulus insister. Le médecin sortit lui-même
pour me représenter la nécessité de ne lui causer
aucune émotion. Il attribuait sa défense, dont il ignorait le motif, au désir de ne pas me causer d'alarmes.
J'interrogeai les gens d'Ellénore avec angoisse sur ce
qui avait pu la plonger d'une manière si subite dans

un état si dangereux. La veille, après m'avoir quitté,
elle avait reçu de Varsovie une lettre apportée par
un homme à cheval; l'ayant ouverte et parcourue,
elle s'était évanouie; revenue à elle, elle s'était
jetée sur son lit sans prononcer une parole. L'une
de ses femmes, inquiète de l'agitation qu'elle remar-
quait en elle, était restée dans sa chambre à son
insu; vers le milieu de la nuit, cette femme l'avait
vue saisie d'un tremblement qui ébranlait le lit sur
lequel elle était couchée : elle avait voulu m'appeler; Ellénore s'y était opposée avec une espèce de
terreur tellement violente qu'on n'avait osé lui désobéir. On avait envoyé chercher un médecin; Ellénore avait refusé, refusait encore de lui répondre;
elle avait passé la nuit, prononçant des mots entre-
coupés qu'on n'avait pu comprendre, et appuyant
souvent son mouchoir sur sa bouche, comme pour
s'empêcher de parler.

Tandis qu'on me donnait ces détails, une autre
femme, qui était restée près d'Ellénore, accourut
tout effrayée. Ellénore paraissait avoir perdu l'usage
de ses sens. Elle ne distinguait rien de ce qui l'en-
tourait. Elle poussait quelquefois des cris, elle répé-
tait mon nom; puis, épouvantée, elle faisait signe de
la main, comme pour que l'on éloignât d'elle quelque
objet qui lui était odieux.

J'entrai dans sa chambre. Je vis au pied de son
lit deux lettres. L'une était la mienne au baron
de T***, l'autre était de lui-même à Ellénore. Je
ne conçus que trop alors le mot de cette affreuse
énigme. Tous mes efforts pour obtenir le temps que
je voulais consacrer encore aux derniers adieux
s'étaient tournés de la sorte contre l'infortunée que
j'aspirais à ménager. Ellénore avait lu, tracées de
ma main, mes promesses de l'abandonner, promesses
qui n'avaient été dictées que par le désir de rester
plus longtemps près d'elle, et que la vivacité de ce
désir même m'avait porté à répéter, à développer

de mille manières. L'œil indifférent de M. de T***
avait facilement démêlé dans ces protestations réitérées à chaque ligne l'irrésolution que je déguisais
et les ruses de ma propre incertitude; mais le cruel
avait trop bien calculé qu'Ellénore y verrait un
arrêt irrévocable. Je m'approchai d'elle : elle me
regarda sans me reconnaître. Je lui parlai : elle
tressaillit [1]. « Quel est ce bruit? s'écria-t-elle; c'est
la voix qui m'a fait du mal. » Le médecin remarqua
que ma présence ajoutait à son délire, et me conjura
de m'éloigner. Comment peindre ce que j'éprouvai
pendant trois longues heures? Le médecin sortit
enfin. Ellénore était tombée dans un profond assou-
pissement. Il ne désespérait pas de la sauver, si, à
son réveil, la fièvre était calmée.

Ellénore dormit longtemps. Instruit de son réveil,
je lui écrivis pour lui demander de me recevoir. Elle
me fit dire d'entrer. Je voulus parler; elle m'interrompit. « Que je n'entende de vous, dit-elle, aucun
mot cruel. Je ne réclame plus, je ne m'oppose à
rien; mais que cette voix que j'ai tant aimée, que
cette voix qui retentissait au fond de mon cœur
n'y pénètre pas pour le déchirer. Adolphe, Adolphe,
j'ai été violente, j'ai pu vous offenser; mais vous
ne savez pas ce que j'ai souffert. Dieu veuille que
jamais vous ne le sachiez! »

Son agitation devint extrême. Elle posa son front
sur ma main; il était brûlant; une contraction terrible défigurait ses traits. « Au nom du ciel, m'écriai-
je, chère Ellénore, écoutez-moi. Oui, je suis coupable : cette lettre... » Elle frémit et voulut s'éloigner.
Je la retins. « Faible, tourmenté, continuai-je, j'ai
pu céder un moment à une insistance cruelle; mais
n'avez-vous pas vous-même mille preuves que je ne
puis vouloir ce qui nous sépare? J'ai été mécontent,
malheureux, injuste; peut-être, en luttant avec trop
de violence contre une imagination rebelle, avez-
vous donné de la force à des velléités passagères

que je méprise aujourd'hui; mais pouvez-vous douter
de mon affection profonde? Nos âmes ne sont-elles
pas enchaînées l'une à l'autre par mille liens que
rien ne peut rompre? Tout le passé ne nous est-il
pas commun? Pouvons-nous jeter un regard sur les
trois années qui viennent de finir, sans nous retracer des impressions que nous avons partagées, des
plaisirs que nous avons goûtés, des peines que nous
avons supportées ensemble? Ellénore, commençons
en ce jour une nouvelle époque, rappelons les heures
du bonheur et de l'amour. Elle me regarda quelque temps avec l'air du doute. « Votre père, reprit-
elle enfin, vos devoirs, votre famille, ce qu'on attend
de vous!... — Sans doute, répondis-je, une fois, un
jour peut-être... » Elle remarqua que j'hésitais. « Mon
Dieu, s'écria-t-elle, pourquoi m'avait-il rendu l'espérance pour me la ravir aussitôt? Adolphe, je vous
remercie de vos efforts : ils m'ont fait du bien,
d'autant plus de bien qu'ils ne vous coûteront, je
l'espère, aucun sacrifice; mais, je vous en conjure,
ne parlons plus de l'avenir... Ne vous reprochez
rien, quoi qu'il arrive. Vous avez été bon pour moi.
J'ai voulu ce qui n'était pas possible. L'amour était
toute ma vie : il ne pouvait être la vôtre. Soignez-
moi maintenant quelques jours encore. » Des larmes
coulèrent abondamment de ses yeux; sa respiration
fut moins oppressée; elle appuya sa tête sur mon
épaule. « C'est ici, dit-elle, que j'ai toujours désiré
mourir. » Je la serrai contre mon cœur, j'abjurai
de nouveau mes projets, je désavouai mes fureurs
cruelles. « Non, reprit-elle, il faut que vous soyez
libre et content. — Puis-je l'être si vous êtes malheureuse? — Je ne serai pas longtemps malheureuse,
vous n'aurez pas longtemps à me plaindre. » Je
rejetai loin de moi des craintes que je voulais croire
chimériques. « Non, non, cher Adolphe, me dit-elle,
quand on a longtemps invoqué la mort, le Ciel nous
envoie, à la fin, je ne sais quel pressentiment infail-

lible qui nous avertit que notre prière est exaucée. »
Je lui jurai de ne jamais la quitter. « Je l'ai toujours
espéré, maintenant j'en suis sûre. »

C'était une de ces journées d'hiver où le soleil
semble éclairer tristement la campagne grisâtre,
comme s'il regardait en pitié la terre qu'il a cessé
de réchauffer. Ellénore me proposa de sortir. « Il
fait bien froid, lui dis-je. — N'importe, je voudrais
me promener avec vous. » Elle prit mon bras; nous
marchâmes longtemps sans rien dire; elle avançait
avec peine, et se penchait sur moi presque tout
entière. « Arrêtons-nous un instant. — Non, me
répondit-elle, j'ai du plaisir à me sentir encore
soutenue par vous. » Nous retombâmes dans le
silence. Le ciel était serein; mais les arbres étaient
sans feuilles; aucun souffle n'agitait l'air, aucun
oiseau ne le traversait : tout était immobile, et le
seul bruit qui se fît entendre était celui de l'herbe
glacée qui se brisait sous nos pas. « Comme tout est
calme, me dit Ellénore; comme la nature se résigne! Le cœur aussi ne doit-il pas apprendre à se
résigner? » Elle s'assit sur une pierre; tout à coup
elle se mit à genoux, et, baissant la tête, elle l'appuya
sur ses deux mains. J'entendis quelques mots prononcés à voix basse. Je m'aperçus qu'elle priait. Se
relevant enfin : « Rentrons, dit-elle, le froid m'a
saisie. J'ai peur de me trouver mal. Ne me dites rien;
je ne suis pas en état de vous entendre. »

A dater de ce jour, je vis Ellénore s'affaiblir et
dépérir. Je rassemblai de toutes parts des médecins
autour d'elle : les uns m'annoncèrent un mal sans
remède, d'autres me bercèrent d'espérances vaines;
mais la nature sombre et silencieuse poursuivait
d'un bras invisible son travail impitoyable. Par
moments, Ellénore semblait reprendre à la vie. On
eût dit quelquefois que la main de fer qui pesait
sur elle s'était retirée. Elle relevait sa tête languis-
sante; ses joues se couvraient de couleurs un peu

plus vives; ses yeux se ranimaient : mais tout à
coup, par le jeu cruel d'une puissance inconnue, ce mieux mensonger disparaissait, sans que
l'art en pût deviner la cause. Je la vis de la sorte
marcher par degrés à la destruction. Je vis se graver
sur cette figure si noble et si expressive les signes
avant-coureurs de la mort. Je vis, spectacle humi-
liant et déplorable, ce caractère énergique et fier
recevoir de la souffrance physique mille impressions
confuses et incohérentes, comme si, dans ces instants terribles, l'âme, froissée par le corps, se méta-
morphosait en tous sens pour se plier avec moins
de peine à la dégradation des organes.

Un seul sentiment ne varia jamais dans le cœur
d'Ellénore : ce fut sa tendresse pour moi. Sa faiblesse lui permettait rarement de me parler; mais
elle fixait sur moi ses yeux en silence, et il me semblait alors que ses regards me demandaient la vie que
je ne pouvais plus lui donner. Je craignais de lui
causer une émotion violente; j'inventais des prétextes pour sortir : je parcourais au hasard tous
les lieux où je m'étais trouvé avec elle; j'arrosais de
mes pleurs les pierres, le pied des arbres, tous les
objets qui me retraçaient son souvenir.

Ce n'étaient pas les regrets de l'amour, c'était
un sentiment plus sombre et plus triste; l'amour
s'identifie tellement à l'objet aimé que dans son
désespoir même il y a quelque charme. Il lutte contre
la réalité, contre la destinée; l'ardeur de son désir
le trompe sur ses forces, et l'exalte au milieu de sa
douleur. La mienne était morne et solitaire; je n'espérais point mourir avec Ellénore; j'allais vivre sans
elle dans ce désert du monde, que j'avais souhaité
tant de fois de traverser indépendant. J'avais brisé
l'être qui m'aimait; j'avais brisé ce cœur, compagnon
du mien, qui avait persisté à se dévouer à moi,
dans sa tendresse infatigable; déjà l'isolement m'at-
teignait. Ellénore respirait encore, mais je ne pou-

vais déjà plus lui confier mes pensées; j'étais déjà
seul sur la terre; je ne vivais plus dans cette atmosphère d'amour qu'elle répandait autour de moi;
l'air que je respirais me paraissait plus rude, les
visages des hommes que je rencontrais plus indifférents; toute la nature semblait me dire que j'allais
à jamais cesser d'être aimé.

Le danger d'Ellénore devint tout à coup plus
imminent; des symptômes qu'on ne pouvait mécon-
naître annoncèrent sa fin prochaine : un prêtre de
sa religion l'en avertit. Elle me pria de lui apporter
une cassette qui contenait beaucoup de papiers; elle
en fit brûler plusieurs devant elle, mais elle paraissait en chercher un qu'elle ne trouvait point, et son
inquiétude était extrême. Je la suppliai de cesser
cette recherche qui l'agitait, et pendant laquelle,
deux fois, elle s'était évanouie. « J'y consens, me
répondit-elle; mais, cher Adolphe, ne me refusez
pas une prière. Vous trouverez parmi mes papiers,
je ne sais où, une lettre qui vous est adressée;
brûlez-la sans la lire, je vous en conjure au nom
de notre amour, au nom de ces derniers moments
que vous avez adoucis. » Je le lui promis; elle fut
plus tranquille. « Laissez-moi me livrer à présent,
me dit-elle, aux devoirs de ma religion; j'ai bien
des fautes à expier : mon amour pour vous fut
peut-être une faute; je ne le croirais pourtant pas,
si cet amour avait pu vous rendre heureux. »

Je la quittai : je ne rentrai qu'avec tous ses gens
pour assister aux dernières et solennelles prières.
A genoux dans un coin de sa chambre, tantôt je
m'abîmais dans mes pensées, tantôt je contemplais,
par une curiosité involontaire, tous ces hommes
réunis, la terreur des uns, la distraction des autres,
et cet effet singulier de l'habitude qui introduit l'indifférence dans toutes les pratiques prescrites, et
qui fait regarder les cérémonies les plus augustes
et les plus terribles comme des choses convenues

et de pure forme; j'entendais ces hommes répéter machinalement les paroles funèbres, comme si eux aussi n'eussent pas dû être acteurs un jour dans une scène pareille, comme si eux aussi n'eussent pas dû mourir un jour. J'étais loin cependant de dédaigner ces pratiques; en est-il une seule dont l'homme, dans son ignorance, ose prononcer l'inutilité? Elles rendaient du calme à Ellénore; elles l'aidaient à franchir ce pas terrible vers lequel nous avançons tous, sans qu'aucun de nous puisse prévoir ce qu'il doit éprouver alors. Ma surprise n'est pas que l'homme ait besoin d'une religion; ce qui m'étonne, c'est qu'il se croie jamais assez fort, assez à l'abri du malheur pour oser en rejeter une : il devrait, ce me semble, être porté, dans sa faiblesse, à les invoquer toutes; dans la nuit épaisse qui nous entoure, est-il une lueur que nous puissions repousser? Au milieu du torrent qui nous entraîne, est-il une branche à laquelle nous osions refuser de nous retenir?

L'impression produite sur Ellénore par une solennité si lugubre parut l'avoir fatiguée. Elle s'assoupit d'un sommeil assez paisible; elle se réveilla moins souffrante; j'étais seul dans sa chambre; nous nous parlions de temps en temps à de longs intervalles. Le médecin qui s'était montré de plus habile dans ses conjectures m'avait prédit qu'elle ne vivrait pas vingt-quatre heures; je regardai tour à tour une pendule qui marquait les heures, et le visage d'Ellénore, sur lequel je n'apercevais nul changement nouveau. Chaque minute qui s'écoulait ranimait mon espérance, et je révoquais en doute les présages d'un art mensonger. Tout à coup Ellénore s'élança par un mouvement subit; je la retins dans mes bras : un tremblement convulsif agitait tout son corps; ses yeux me cherchaient, mais dans ses yeux se peignait un effroi vague, comme si elle eût demandé grâce à quelque objet menaçant qui se dérobait à

mes regards : elle se relevait, elle retombait, on
voyait qu'elle s'efforçait de fuir; on eût dit qu'elle
luttait contre une puissance physique invisible qui,
lassée d'attendre le moment funeste, l'avait saisie
et la retenait pour l'achever sur ce lit de mort.
Elle céda enfin à l'acharnement de la nature enne-
mie; ses membres s'affaissèrent. Elle sembla reprendre quelque connaissance : elle me serra la
main. Elle voulut pleurer, il n'y avait plus de larmes;
elle voulut parler, il n'y avait plus de voix. Elle
laissa tomber, comme résignée, sa tête sur le bras
qui l'appuyait; sa respiration devint plus lente.
Quelques instants après, elle n'était plus.

Je demeurai longtemps immobile, près d'Ellénore
sans vie. La conviction de sa mort n'avait pas encore
pénétré dans mon âme; mes yeux contemplaient
avec un étonnement stupide ce corps inanimé. Une
de ses femmes, étant entrée, répandit dans la maison
la sinistre nouvelle. Le bruit qui se fit autour de moi
me tira de la léthargie où j'étais plongé. Je me
levai : ce fut alors que j'éprouvai la douleur déchirante et toute l'horreur de l'adieu sans retour. Tant
de mouvement, cette activité de la vie vulgaire, tant
de soins et d'agitations qui ne la regardaient plus,
dissipèrent cette illusion que je prolongeais, cette
illusion par laquelle je croyais encore exister avec
Ellénore. Je sentis le dernier lien se rompre, et
l'affreuse réalité se placer à jamais entre elle et
moi. Combien elle me pesait, cette liberté que j'avais
tant regrettée! Combien elle manquait à mon cœur,
cette dépendance qui m'avait révolté souvent! Naguère toutes mes actions avaient un but; j'étais sûr,
par chacune d'elles, d'épargner une peine ou de
causer un plaisir. Je m'en plaignais alors; j'étais
impatienté qu'un œil ami observât mes démarches,
que le bonheur d'un autre y fût attaché. Personne
maintenant ne les observait; elles n'intéressaient personne; nul ne me disputait mon temps ni mes

heures; aucune voix ne me rappelait quand je sortais. J'étais libre, en effet, je n'étais plus aimé : j'étais étranger pour tout le monde.

L'on m'apporta tous les papiers d'Ellénore, comme elle l'avait ordonné; à chaque ligne, j'y rencontrai de nouvelles preuves de son amour, de nouveaux sacrifices qu'elle m'avait faits et qu'elle m'avait cachés. Je trouvai enfin cette lettre que j'avais promis de brûler; je ne la reconnus pas d'abord; elle était sans adresse, elle était ouverte : quelques mots frappèrent mes regards malgré moi; je tentai vainement de les en détourner, je ne pus résister au besoin de la lire tout entière. Je n'ai pas la force de la transcrire. Ellénore l'avait écrite après une des scènes violentes qui avaient précédé sa maladie. « Adolphe, me disait-elle, pourquoi vous acharnez-vous sur moi? Quel est mon crime? De vous aimer, de ne pouvoir exister sans vous. Par quelle pitié bizarre n'osez-vous rompre un lien qui vous pèse, et déchirez-vous l'être malheureux près de qui votre pitié vous retient? Pourquoi me refusez-vous le triste plaisir de vous croire au moins généreux? Pourquoi vous montrez-vous furieux et faible? L'idée de ma douleur vous poursuit, et le spectacle de cette douleur ne peut vous arrêter! Qu'exigez-vous? Que je vous quitte? Ne voyez-vous pas que je n'en ai pas la force? Ah! c'est à vous, qui n'aimez pas, c'est à vous de la trouver, cette force, dans ce cœur lassé de moi, que tant d'amour ne saurait désarmer. Vous ne me la donnerez pas, vous me ferez languir dans les larmes, vous me ferez mourir à vos pieds. » — « Dites un mot, écrivait-elle ailleurs. Est-il un pays où je ne vous suive? Est-il une retraite où je ne me cache pour vivre auprès de vous, sans être un fardeau dans votre vie? Mais non, vous ne le voulez pas. Tous les projets que je propose, timide et tremblante, car vous m'avez glacée d'effroi, vous les repoussez avec impatience. Ce que j'obtiens de mieux, c'est votre silence. Tant de dureté ne convient pas à votre caractère. Vous êtes bon; vos actions sont nobles et dévouées : mais quelles actions effaceraient vos paroles? Ces paroles acérées retentissent autour de moi : je les entends la nuit; elles me suivent, elles me dévorent, elles flétrissent tout ce que vous faites. Faut-il donc que je meure, Adolphe? Eh bien, vous serez content; elle mourra, cette pauvre créature que vous avez protégée, mais que vous frappez à coups redoublés. Elle mourra, cette importune Ellénore que vous ne pouvez supporter autour de vous, que vous regardez comme un obstacle, pour qui vous ne trouvez pas sur la terre une place qui ne vous fatigue; elle mourra : vous marcherez seul au milieu de cette foule à laquelle vous êtes impatient de vous mêler! Vous les connaîtrez, ces hommes que vous remerciez aujourd'hui d'être indifférents; et peut-être un jour, froissé par ces cœurs arides, vous regretterez ce cœur dont vous disposiez, qui vivait de votre affection, qui eût bravé mille périls pour votre défense, et que vous ne daignez plus récompenser d'un regard [1]. »

LETTRE A L'ÉDITEUR

Je vous renvoie, monsieur, le manuscrit que vous avez eu la bonté de me confier. Je vous remercie de cette complaisance, bien qu'elle ait réveillé en moi de tristes souvenirs que le temps avait effacés. J'ai connu la plupart de ceux qui figurent dans cette histoire, car elle n'est que trop vraie. J'ai vu souvent ce bizarre et malheureux Adolphe, qui en est à la fois l'auteur et le héros; j'ai tenté d'arracher par mes conseils cette charmante Ellénore, digne d'un sort plus doux et d'un cœur plus fidèle, à l'être malfaisant qui, non moins misérable qu'elle, la dominait par une espèce de charme, et la déchirait par sa faiblesse. Hélas! la dernière fois que je l'ai vue, je croyais lui avoir donné quelque force, avoir armé sa raison contre son cœur. Après une trop longue absence, je suis revenu dans les lieux où je l'avais laissée, et je n'ai trouvé qu'un tombeau.

Vous devriez, monsieur, publier cette anecdote. Elle ne peut désormais blesser personne, et ne serait pas, à mon avis, sans utilité. Le malheur d'Ellénore prouve que le sentiment le plus passionné ne saurait lutter contre l'ordre des choses. La société est trop puissante, elle se reproduit sous trop de formes, elle mêle trop d'amertumes à l'amour qu'elle n'a pas sanctionné; elle favorise ce penchant à l'inconstance, et cette fatigue impatiente, maladies de l'âme, qui la saisissent quelquefois subitement au sein de l'intimité. Les indifférents ont un empressement merveilleux à être tracassiers au nom de la morale, et nuisibles par zèle pour la vertu; on dirait que la vue de l'affection les importune, parce qu'ils en sont incapables; et quand ils peuvent se prévaloir d'un prétexte, ils jouissent de l'attaquer et de la détruire. Malheur donc à la femme qui se repose sur un sentiment que tout se réunit pour empoisonner, et contre lequel la société, lorsqu'elle n'est pas forcée à le respecter comme légitime, s'arme de tout ce qu'il y a de mauvais dans le cœur de l'homme pour décourager tout ce qu'il y a de bon!

L'exemple d'Adolphe ne sera pas moins instructif, si vous ajoutez qu'après avoir repoussé l'être qui l'aimait, il n'a pas été moins inquiet, moins agité, moins mécontent; qu'il n'a fait aucun usage d'une liberté reconquise au prix de tant de douleurs et de tant de larmes; et qu'en se rendant bien digne de blâme, il s'est rendu aussi digne de pitié.

S'il vous en faut des preuves, monsieur, lisez ces lettres qui vous instruiront du sort d'Adolphe; vous le verrez dans bien des circonstances diverses, et toujours la victime de ce mélange d'égoïsme et de sensibilité qui se combinait en lui pour son malheur et celui des autres; prévoyant le mal avant de le faire, et reculant avec désespoir après l'avoir fait; puni de ses qualités plus encore que de ses défauts, parce que ses qualités prenaient leur source dans ses émotions, et non dans ses principes; tour à tour le plus dévoué et le plus dur des hommes, mais ayant toujours fini par la dureté, après avoir commencé par le dévouement, et n'ayant ainsi laissé de traces que de ses torts.

RÉPONSE

Oui, monsieur, je publierai le manuscrit que vous me renvoyez (non que je pense comme vous sur l'utilité dont il peut être; chacun ne s'instruit qu'à ses dépens dans ce monde, et les femmes qui le liront s'imagineront toutes avoir rencontré mieux qu'Adolphe ou valoir mieux qu'Ellénore); mais je le publierai comme une histoire assez vraie de la misère du cœur humain. S'il renferme une leçon instructive, c'est aux hommes que cette leçon s'adresse : il prouve que cet esprit, dont on est si fier, ne sert ni à trouver du bonheur ni à en donner; il prouve que le caractère, la fermeté, la fidélité, la bonté, sont des dons qu'il faut demander au ciel; et je n'appelle pas bonté cette pitié passagère qui ne subjugue point l'impatience, et ne l'empêche pas de rouvrir les blessures qu'un moment de regret avait fermées. La grande question dans la vie, c'est la douleur que l'on cause, et la métaphysique la plus ingénieuse ne justifie pas l'homme qui a déchiré le cœur qui l'aimait. Je hais d'ailleurs cette fatuité d'un esprit qui croit excuser ce qu'il explique; je hais cette vanité qui s'occupe d'elle-même en racontant le mal qu'elle a fait, qui a la prétention de se faire plaindre en se décrivant, et qui, planant indestructible au milieu des ruines, s'analyse au lieu de se repentir. Je hais cette faiblesse qui s'en prend toujours aux autres de sa propre impuissance, et qui ne voit pas que le mal n'est point dans ses alentours, mais qu'il est en elle. J'aurais deviné qu'Adolphe a été puni de son caractère par son caractère même, qu'il n'a suivi aucune route fixe, rempli aucune carrière utile, qu'il a consumé ses facultés sans autre direction que le caprice, sans autre force que l'irritation; j'aurais,

dis-je, deviné tout cela, quand vous ne m'auriez
pas communiqué sur sa destinée de nouveaux détails,
dont j'ignore encore si je ferai quelque usage. Les
circonstances sont bien peu de chose, le caractère
est tout; c'est en vain qu'on brise avec les objets
et les êtres extérieurs; on ne saurait briser avec
soi-même. On change de situation, mais on trans-
porte dans chacune le tourment dont on espérait
se délivrer, et comme on ne se corrige pas en se
déplaçant, l'on se trouve seulement avoir ajouté des
remords aux regrets et des fautes aux souffrances.

Le Cahier rouge

MA VIE
(1767-1787)

Je suis né le 25 octobre 1767, à Lausanne [1], en Suisse, d'Henriette de Chandieu, d'une ancienne famille française réfugiée dans le pays de Vaud pour cause de religion [2], et de Juste Constant de Rebecque, colonel dans un régiment suisse au service de Hollande. Ma mère mourut en couches, huit jours après ma naissance.

1772 — Le premier gouverneur dont j'aie conservé un souvenir un peu distinct fut un Allemand nommé Strœlin, qui me rouait de coups, puis m'étouffait de caresses pour que je ne me plaignisse pas à mon père. Je lui tins toujours fidèlement parole, mais la chose s'étant découverte malgré moi, on le renvoya de la maison. Il avait eu, du reste, une idée assez ingénieuse, c'était de me faire inventer le grec pour me l'apprendre, c'est-à-dire qu'il me proposa de nous faire à nous deux une langue qui ne serait connue que de nous : je me passionnai pour cette idée. Nous formâmes d'abord un alphabet, où il introduisit les lettres grecques. Puis nous commençâmes un Dictionnaire dans lequel chaque mot français était traduit par un mot grec. Tout cela se gravait merveilleusement dans ma tête, parce que je m'en croyais l'inventeur, et je savais déjà une foule de mots grecs, et je m'occupais de donner à ces mots de ma création des lois générales, c'est-à-dire que j'apprenais la grammaire grecque, quand mon précepteur fut chassé. J'étais alors âgé de cinq ans.

1774-1776 — J'en avais sept quand mon père m'emmena à Bruxelles, où il voulut diriger lui-même mon éducation. Il y renonça bientôt, et me donna pour précepteur un Français, M. de La Grange, qui était entré comme chirurgien-major dans son régiment. Ce M. de La Grange faisait profession d'être athée. C'était du reste, autant qu'il m'en souvient, un homme assez médiocre, fort ignorant, et d'une vanité excessive. Il voulut séduire la fille d'un maître de musique chez qui je prenais des leçons. Il eut plusieurs aventures assez scandaleuses. Enfin il se logea avec moi dans une maison suspecte, pour être moins gêné dans ses plaisirs. Mon père arriva furieux de son régiment, et M. de La Grange fut chassé.

En attendant que j'eusse un autre mentor, mon père me plaça chez mon maître de musique. J'y demeurai quelques mois. Cette famille, que le talent du père avait sortie de la classe la plus commune, me nourrissait et me soignait fort bien, mais ne pouvait rien pour mon éducation. J'avais quelques maîtres dont j'esquivais les leçons, et l'on avait mis à ma disposition un cabinet littéraire du voisinage dans lequel il y avait tous les romans du monde, et tous les ouvrages irréligieux alors à la mode. Je lisais huit ou dix heures par jour tout ce qui me tombait sous la main, depuis les ouvrages de La Mettrie jusqu'aux romans de Crébillon. Ma tête et mes yeux s'en sont ressentis pour toute ma vie.

1776-1777 — Mon père qui, de temps en temps, venait me voir, rencontra un ex-jésuite qui lui proposa de se charger de moi. Cela n'eut pas lieu, je ne sais pourquoi. Mais dans le même temps un ex-avocat français, qui avait quitté son pays pour

d'assez fâcheuses affaires et qui, étant à Bruxelles
avec une fille qu'il faisait passer pour sa gouver-
nante, voulait former un établissement d'éducation,
s'offrit et parla si bien que mon père crut avoir
trouvé un homme admirable. M. Gobert consentit
pour un prix très haut à me prendre chez lui. Il
ne me donna que des leçons de latin qu'il savait mal,
et d'histoire, qu'il ne m'enseignait que pour avoir
une occasion de me faire copier un ouvrage qu'il
avait composé sur cette matière et dont il voulait
avoir plusieurs copies. Mais mon écriture était si
mauvaise et mon inattention si grande, que chaque
copie était à recommencer, et pendant plus d'un
an que j'y ai travaillé, je n'ai jamais été plus loin
que l'avant-propos.

1777-1778 — M. Gobert cependant et sa maîtresse
étant devenus l'objet des propos publics, mon père
en fut averti. Il s'ensuivit des scènes dont je fus
témoin et je sortis de chez ce troisième précepteur,
convaincu pour la troisième fois que ceux qui
étaient chargés de m'instruire et de me corriger
étaient eux-mêmes des hommes très ignorants et très
immoraux.

Mon père me ramena en Suisse, où je passai
quelque temps, sous sa seule inspection, à sa campagne [1]. Un de ses amis lui ayant parlé d'un Français d'un certain âge qui vivait retiré à La Chaux-
de-Fonds près de Neuchâtel, et qui passait pour
avoir de l'esprit et des connaissances, il prit des
informations, dont le résultat fut que M. Duplessis
— c'était le nom de ce Français — était un moine
défroqué qui s'était échappé de son couvent, avait
changé de religion et se tenait caché, pour n'être
pas poursuivi, même en Suisse, par la France.

Quoique ces renseignements ne fussent pas très
favorables, mon père fit venir M. Duplessis qui se
trouva valoir mieux que sa réputation. Il devint
donc mon quatrième précepteur. C'était un homme

d'un caractère très faible, mais bon et spirituel.
Mon père le prit tout de suite en très grand dédain,
et ne s'en cacha point avec moi, ce qui était une
assez mauvaise préparation pour la relation d'instituteur et d'élève. M. Duplessis remplit ses devoirs
du mieux qu'il put et me fit faire assez de progrès. Je passai un peu plus d'un an avec lui, tant en
Suisse qu'à Bruxelles et en Hollande. Au bout de ce
temps, mon père s'en dégoûta, et forma le projet
de me placer dans une université d'Angleterre.

1778-1779 — M. Duplessis nous quitta pour être
gouverneur d'un jeune comte d'Aumale. Malheureusement, ce jeune homme avait une sœur assez belle
et très légère dans sa conduite. Elle s'amusa à faire
tourner la tête au pauvre moine qui en devint passionnément amoureux. Il cachait son amour parce
que son état, ses cinquante ans et sa figure lui
donnaient peu d'espérance, lorsqu'il découvrit qu'un
perruquier moins vieux et moins laid était plus
heureux que lui. Il fit mille folies qu'on traita avec
une sévérité impitoyable. Sa tête se perdit et il
finit par se brûler la cervelle.

1779-1780 — Cependant mon père partit avec moi
pour l'Angleterre, et après un séjour très court à
Londres, il me conduisit à Oxford. Il s'aperçut bientôt que cette Université, où les Anglais ne vont
finir leurs études qu'à vingt ans, ne pouvait convenir à un enfant de treize. Il se borna donc à me
faire apprendre l'anglais, à faire quelques courses
dans les environs pour son amusement, et nous
repartîmes au bout de deux mois, avec un jeune
Anglais qu'on avait recommandé à mon père
comme propré à me donner des leçons, sans avoir
le titre et les prétentions d'un gouverneur, choses
que mon père avait prises en horreur par quatre
expériences successives. Mais il en fut de cette cinquième tentative comme des précédentes. A peine
M. May fut-il en route avec nous, que mon père le

trouva ridicule et insupportable. Il me mit dans la confidence de ses impressions, et de la sorte mon nouveau camarade ne fut plus pour moi qu'un objet de moquerie et de dérision perpétuelle.

M. May passa un an et demi à nous accompagner en Suisse et en Hollande. Nous séjournâmes assez longtemps dans la petite ville de Geertruydenberg. Là, je devins, pour la première fois, amoureux. Ce fut de la fille du commandant, vieux officier, ami de mon père. Je lui écrivais toute la journée de longues lettres que je ne lui remettais pas : et je partis sans lui avoir déclaré ma passion, qui survécut bien de deux mois à mon départ.

1780-1781 — Je l'ai revue depuis : et l'idée que je l'avais aimée lui avait laissé un intérêt ou peut-être simplement une curiosité assez vive sur ce qui me regardait. Elle eut une fois le mouvement de me questionner sur mes sentiments pour elle; mais on nous interrompit. Quelque temps après elle se maria et mourut en couches. Mon père, qui n'aspirait qu'à se débarrasser de M. May, saisit la première occasion de le renvoyer en Angleterre [1].

1781-1782 — Nous retournâmes en Suisse où il eut recours pour me faire prendre quelques leçons, à un M. Bridel [2], homme assez instruit, mais très pédant et très lourd. Mon père fut bientôt choqué de l'importance, de la familiarité, du mauvais ton du nouveau mentor qu'il m'avait choisi; et dégoûté, par tant d'essais inutiles, de toute éducation domestique, il se décida à me placer, à quatorze ans, dans une université d'Allemagne.

Le margrave d'Anspach [3], qui était alors en Suisse, dirigea son choix sur Erlangen. Mon père m'y conduisit [4] et me présenta lui-même à la petite cour de la margrave de Bareith, qui y résidait. Elle nous reçut avec tout l'empressement qu'ont les princes qui s'ennuient pour les étrangers qui les amusent. Elle me prit en grande amitié. En effet, comme je disais

tout ce qui me passait par la tête, que je me moquais
de tout le monde, et que je soutenais avec assez
d'esprit les opinions les plus biscornues, je devais
être, pour une cour allemande, un assez divertissant
personnage. Le margrave d'Anspach [1] me traita de
son côté avec la même faveur. Il me donna un
titre à sa cour, où j'allai jouer au pharaon et faire
des dettes de jeu que mon père eut le tort et la
bonté de payer.

1783 — Pendant la première année de mon séjour
à cette Université, j'étudiai beaucoup, mais je fis
en même temps mille extravagances [2]. La vieille
margrave [3] me les pardonnait toutes et ne m'en aimait que mieux : et dans cette petite ville, ma faveur
à la cour faisait taire tous ceux qui me jugeaient
plus sévèrement. Mais je voulus me donner la gloire
d'avoir une maîtresse. Je choisis une fille d'une
assez mauvaise réputation et dont la mère avait,
dans je ne sais quelle occasion, fait à la margrave je ne sais quelles impertinences. Le bizarre
de la chose, c'est que, d'un côté, je n'aimais point
cette fille, et que, de l'autre, elle ne se donna pas
à moi. Je suis le seul homme vraisemblablement
auquel elle ait résisté. Mais le plaisir de faire et
d'entendre dire que j'entretenais une maîtresse me
consolait, et de passer ma vie avec une personne
que je n'aimais point, et de ne pas posséder la
personne que j'entretenais.

La margrave fut très offensée de ma liaison à
laquelle ses représentations ne firent que m'attacher
davantage. Ces représentations remplissaient mon
but qui était qu'on parlât de moi. En même temps,
la mère de ma prétendue maîtresse, toujours pleine
de haine contre la margrave, et flattée de l'espèce de
rivalité qui s'était établie entre une princesse et sa
fille, ne cessait de me pousser à toutes sortes de
procédés offensants contre la cour. Enfin la margrave
perdit patience et me fit défendre de paraître chez

elle. Je fus d'abord très affligé de ma disgrâce, et je tentai de reconquérir la faveur que j'avais pris à tâche de perdre. Je ne réussis pas. Tous ceux que cette faveur avait empêchés de dire du mal de moi s'en dédommagèrent. Je fus l'objet d'un soulèvement et d'un blâme général [1].

La colère et l'embarras me firent encore faire quelques sottises. Enfin, mon père, instruit de tout ce qui se passait par la margrave, m'ordonna de le rejoindre à Bruxelles, et nous partîmes ensemble pour Edimbourg. Nous arrivâmes dans cette ville le 8 juillet 1783. Mon père y avait d'anciennes connaissances, qui nous reçurent avec tout l'empressement de l'amitié et toute l'hospitalité qui caractérise la nation écossaise. Je fus placé chez un professeur de médecine qui tenait des pensionnaires.

1783-1784 — Mon père ne séjourna que trois semaines en Ecosse. Après son départ, je me mis à l'étude avec une grande ferveur, et alors commença l'année la plus agréable de ma vie. Le travail était à la mode parmi les jeunes gens d'Edimbourg. Ils formaient plusieurs réunions littéraires et philosophiques [2]; je fus de quelques-unes, et je m'y distinguai comme écrivain et comme orateur, quoique dans une langue étrangère. Je contractai plusieurs liaisons très étroites avec des hommes qui, pour la plupart, se sont fait connaître en avançant en âge; de ce nombre sont Mackintosh [3], actuellement grand juge à Bombay, Laïng [4], un des meilleurs continuateurs de Robertson, etc.

Parmi tous ces jeunes gens, celui qui semblait promettre le plus était le fils d'un marchand de tabac, nommé John Wilde [5]. Il avait sur tous ses amis une autorité presque absolue, bien que la plupart lui fussent très supérieurs par la naissance et par la fortune : ses connaissances étaient immenses, son ardeur d'étude infatigable, sa conversation brillante, son caractère excellent. Après être parvenu par son

mérite à la place de professeur et avoir publié un
livre qui avait commencé sa réputation d'une manière très avantageuse, il est devenu fou furieux
et actuellement, s'il n'est pas mort, il est enchaîné
dans un cachot sur la paille. Misérable espèce
humaine, qu'est-ce que de nous et de nos espérances!

1784-1785 — Je vécus environ dix-huit mois à
Edimbourg, m'amusant beaucoup, m'occupant assez
et ne faisant dire que du bien de moi. Le malheur
voulut qu'un petit Italien, qui me donnait des leçons
de musique, me fît connaître une banque de pharaon
que tenait son frère. Je jouai, je perdis, je fis des
dettes à droite et à gauche, et tout mon séjour fut
gâté.

Le temps que mon père avait fixé pour mon départ
étant arrivé, je partis en promettant à mes créanciers
de les payer, mais en les laissant fort mécontents
et ayant donné contre moi des impressions très défavorables; je passai par Londres où je m'arrêtai fort
inutilement trois semaines, et j'arrivai à Paris dans
le mois de mai 1785 [1].

Mon père avait fait pour moi un arrangement qui
m'aurait valu des agréments de tout genre si j'avais
su et voulu en profiter. Je devais loger chez
M. Suard [2] qui réunissait chez lui beaucoup de gens
de lettres, et qui avait promis de m'introduire dans la
meilleure société de Paris. Mais mon appartement
n'étant pas prêt, je débarquai dans un hôtel garni;
j'y fis connaissance avec un Anglais fort riche et fort
libertin; je voulus l'imiter dans ses folies, et je
n'avais pas été un mois à Paris que j'avais des dettes
par-dessus la tête. Il y avait bien un peu de la faute
de mon père qui m'envoyait à dix-huit ans, sur ma
bonne foi, dans un lieu où je ne pouvais manquer de
faire fautes sur fautes. J'allai cependant à la fin
loger chez M. Suard et ma conduite devint moins
extravagante.

Mais les embarras dans lesquels je m'étais jeté en

débutant eurent des suites qui influèrent sur tout
mon séjour. Pour comble de malheur, mon père
crut devoir me placer sous une surveillance quelconque, et s'adressa pour cet effet à un ministre
protestant, chapelain de l'ambassadeur de Hollande.
Celui-ci crut faire merveille en lui recommandant
un nommé Baumier, qui s'était présenté à lui comme
un protestant, persécuté pour cause de religion par
sa famille. Ce Baumier était un homme perdu de
mœurs, sans fortune, sans asile, un véritable chevalier d'industrie de la plus mauvaise espèce. Il tâcha
de s'emparer de moi, en se mettant de moitié dans
toutes les sottises que je voulais faire, et il ne tînt pas
à lui que je n'adoptasse le genre de vie le plus dissolu
et le plus abject. Comme, indépendamment de tous
ses vices, il était sans esprit, fort ennuyeux et très
insolent, je me lassai bientôt d'un homme qui ne
faisait que m'accompagner chez des filles et m'emprunter de l'argent, et nous nous brouillâmes. Il
écrivit, je crois, à mon père, et il exagéra, je suppose, le mal qu'il y avait à dire de moi, quoique la
vérité fût déjà très suffisante.

Mon père arriva lui-même à Paris et m'emmena
à Bruxelles, où il me laissa pour retourner à son
régiment. Je restai à Bruxelles depuis le mois d'août
jusqu'à la fin de novembre, partageant mon temps
entre les maisons d'Ussel [1] et d'Aremberg, anciennes
connaissances de mon père, et qui, en cette qualité,
me firent un très bon accueil, et une coterie de
Genevois, plus obscure, mais qui me devint bien
plus agréable.

Il y avait dans cette coterie une femme d'environ
vingt-six à vingt-huit ans, d'une figure très séduisante et d'un esprit fort distingué. Je me sentais
entraîné vers elle, sans me l'avouer bien clairement,
lorsque, par quelques mots qui me surprirent d'abord
encore plus qu'ils ne me charmèrent, elle me laissa
découvrir qu'elle m'aimait. Il y a, dans le moment

où j'écris, vingt-cinq ans d'écoulés depuis le moment où je fis cette découverte, et j'éprouve encore un sentiment de reconnaissance en me retraçant le plaisir que j'en ressentis.

Mme Johannot [1], c'était son nom, s'est placée dans mon souvenir, différemment de toutes les femmes que j'ai connues : ma liaison avec elle a été bien courte et s'est réduite à bien peu de chose. Mais elle ne m'a fait acheter les sensations douces qu'elle m'a données par aucun mélange d'agitation ou de peine : et à quarante-quatre ans je lui sais encore gré du bonheur que je lui ai dû lorsque j'en avais dix-huit.

La pauvre femme a fini bien tristement. Mariée à un homme très méprisable de caractère et de mœurs très corrompues, elle fut d'abord traînée à Paris, où il se mit au service du parti qui dominait, devint, quoique étranger, membre de la Convention, condamna le roi à mort et continua jusqu'à la fin de cette trop célère assemblée à y jouer un rôle lâche et équivoque. Elle fut ensuite reléguée dans un village d'Alsace pour faire place à une maîtresse que son mari entretenait dans sa maison. Elle fut enfin rappelée à Paris pour y vivre avec cette maîtresse que son mari voulait l'obliger à servir, et les mauvais traitements dont il l'accabla la poussèrent à s'empoisonner. J'étais alors à Paris moi-même et je demeurais dans son voisinage; mais j'ignorais qu'elle y fût, et elle est morte à quelques pas d'un homme qu'elle avait aimé et qui n'a jamais pu entendre prononcer son nom sans être ému jusqu'au fond de l'âme; elle est morte, dis-je, se croyant oubliée et abandonnée de toute la terre.

Il y avait à peine un mois que je jouissais de son amour, quand mon père vint me prendre pour me ramener en Suisse. Mme Johannot et moi nous nous écrivîmes de tristes et tendres lettres, au moment de mon départ. Elle me donna une adresse sous laquelle elle consentit à ce que je continuasse à lui

écrire : mais elle ne me répondit pas. Je me consolai sans l'oublier, et l'on verra que bientôt d'autres
objets prirent sa place. Je la revis deux ans après
une seule fois à Paris, quelques années avant ses
malheurs. Je me repris de goût pour elle. Je lui
fis une seconde visite; elle était partie : lorsqu'on
me le dit, j'éprouvai une émotion d'une nature tout
à fait extraordinaire par sa tristesse et sa violence.
C'était une sorte de pressentiment funeste que sa
fin déplorable n'a que trop justifié.

De retour en Suisse, je passai de nouveau quelque
temps à la campagne, étudiant à bâtons rompus et
m'occupant d'un ouvrage dont la première idée
m'était venue à Bruxelles, et qui, depuis, n'a jamais
cessé d'avoir un grand attrait pour moi : c'était une
histoire du polythéisme [1]. Je n'avais alors aucune
des connaissances nécessaires pour écrire quatre
lignes raisonnables sur un tel sujet. Nourri des principes de la philosophie du XVIIIe siècle et surtout
des ouvrages d'Helvétius, je n'avais d'autre pensée
que de contribuer pour ma part à la destruction
de ce que j'appelais les préjugés. Je m'étais emparé
d'une assertion de l'auteur de l'*Esprit,* qui prétend
que la religion païenne était de beaucoup préférable
au christianisme; et je voulais appuyer cette assertion, que je n'avais ni approfondie, ni examinée, de
quelques faits pris au hasard et de beaucoup d'épi-
grammes et de déclamations que je croyais neuves.

Si j'avais été moins paresseux, et que je me fusse
moins abandonné à toutes les impressions qui m'agi-
taient, j'aurais peut-être achevé en deux ans un très
mauvais livre, qui m'aurait fait une petite réputation éphémère dont j'eusse été bien satisfait. Une
fois engagé par amour-propre, je n'aurais pu changer
d'opinion : et le premier paradoxe ainsi adopté m'aurait enchaîné pour toute ma vie.

1785-1786 — Si la presse a des inconvénients,
elle a bien aussi des avantages [2]. Je ne me bornai

pas longtemps à mener une vie paisible et stu-
dieuse, de nouvelles amours vinrent me distraire,
et comme j'avais trois ans de plus qu'à Erlangen
je fis aussi trois fois plus de folies. L'objet de ma
passion était une Anglaise d'environ trente à
trente-cinq ans, femme de l'ambassadeur d'Angleterre à Turin. Elle avait été très belle et avait
encore un très joli regard, des dents superbes, et
un charmant sourire. Sa maison était fort agréable,
on y jouait beaucoup, de sorte que je trouvais à
y contenter un goût plus vif encore que celui que la
dame elle-même m'inspirait.

Mme Trevor [1] était extrêmement coquette et avait
le petit esprit fin et maniéré que la coquetterie
donne aux femmes qui n'en ont pas d'autre. Elle
vivait assez mal avec son mari dont elle était presque toujours séparée, et il y avait toujours à sa
suite cinq ou six jeunes Anglais. Je commençai
par me jeter dans sa société parce qu'elle était plus
brillante et plus animée que toute autre à Lausanne. Ensuite, voyant que la plupart des jeunes
gens qui l'entouraient lui faisaient la cour, je me mis
en tête de lui plaire. Je lui écrivis une belle lettre
pour lui déclarer que j'étais amoureux d'elle. Je lui
remis cette lettre un soir, et retournai le lendemain
pour recevoir sa réponse. L'agitation que me causait
mon incertitude sur le résultat de ma démarche
m'avait donné une sorte de fièvre qui ressemblait
assez à la passion que d'abord je n'avais voulu
que feindre. Mme de Trevor me répondit par écrit,
comme cela était indiqué dans la circonstance. Elle
me parlait de ses liens et m'offrait la plus tendre
amitié. J'aurais dû ne pas m'arrêter à ce mot et
voir jusqu'où cette amitié nous aurait conduits. Au
lieu de cela, je crus adroit de montrer le plus
violent désespoir de ce qu'elle ne m'offrait que de
l'amitié en échange de mon amour : et me voilà
à me rouler par terre et à me frapper la tête

contre la muraille sur ce malheureux mot d'amitié.
La pauvre femme, qui probablement avait eu affaire
à des gens plus avisés, ne savait comment se conduire dans cette scène, d'autant plus embarrassante
pour elle que je ne faisais aucun mouvement qui la
mît à même de la terminer d'une manière agréable
pour tous deux.

Je me tenais toujours à dix pas et quand elle
s'approchait de moi pour me calmer ou me consoler,
je m'éloignais en lui répétant que, puisqu'elle n'avait
pour moi que de l'amitié, il ne me restait plus
qu'à mourir. Elle ne put tirer de moi autre chose
pendant quatre heures, et je m'en allai, la laissant, je
crois, très ennuyée d'un amant qui disputait sur un
synonyme [1].

Je passai de la sorte trois ou quatre mois, deve-
nant chaque jour plus amoureux, parce que je me
butais chaque jour plus contre une difficulté que
j'avais créée moi-même, et ramené d'ailleurs chez
Mme Trevor, au moins autant par mon goût pour le
jeu que par mon ridicule amour; Mme Trevor se
prêtait à la bizarrerie de ma marche [2] avec une
patience admirable. Elle répondait à toutes mes
lettres, me recevait chez elle tête à tête et me
gardait jusqu'à trois heures du matin. Mais elle n'y
gagna rien ni moi non plus. J'étais d'une timidité
excessive, et d'un comportement frénétique; je ne
savais pas encore qu'il fallait prendre au lieu de
demander; je demandais toujours et je ne prenais
jamais. Mme Trevor dut me trouver un amant d'une
singulière espèce. Mais comme les femmes aiment
toujours tout ce qui prouve qu'elles sont propres
à inspirer une grande passion, elle s'accommoda
de mes manières et ne m'en reçut pas plus mal.

Je devins jaloux d'un Anglais qui ne se souciait
pas le moins du monde de Mme Trevor. Je voulus
le forcer à se battre avec moi. Il crut m'apaiser en
me déclarant que, loin d'aller sur mes brisées, il ne

trouvait pas même Mme Trevor agréable. Je voulus
alors me battre avec lui parce qu'il ne rendait pas
justice à la femme que j'aimais. Nos pistolets étaient
déjà chargés lorsque mon Anglais, qui n'avait aucune
envie d'un duel aussi ridicule, s'en tira fort adroitement. Il voulut des seconds et m'annonça qu'il
leur dirait pourquoi je lui avais cherché querelle.
J'eus beau lui représenter qu'il devait me garder
un pareil secret, il se moqua de moi, et je dus renoncer à ma brillante entreprise pour ne pas compromettre la dame de mes pensées.

L'hiver étant venu, mon père me dit de me préparer à le suivre à Paris. Mon désespoir fut sans
bornes. Mme Trevor y parut très sensible. Je la pris
souvent dans mes bras, j'arrosai ses mains de larmes,
j'allai passer des nuits à pleurer sur un banc où je
l'avais vue assise; elle pleurait avec moi; et si j'avais
voulu ne plus disputer sur les mots, j'aurais peut-
être eu des succès plus complets. Mais tout se borna
à un chaste baiser que je pris sur des lèvres [1] tant
soit peu fanées. Je partis enfin dans un état de
douleur inexprimable. Mme Trevor me promit de
m'écrire, et on m'emmena [2].

Ma souffrance était tellement visible qu'encore
deux jours après, un de mes cousins, qui voyageait
avec nous, voulut proposer à mon père de me renvoyer en Suisse, persuadé qu'il était que je ne sou-
tiendrais pas le voyage. Enfin, je le soutins et nous
arrivâmes. Je trouvai une lettre de Mme Trevor.
La lettre était froide, mais je lui sus gré de m'avoir
tenu sa promesse. Je répondis dans le langage de
l'amour le plus passionné. J'obtins une seconde lettre
un peu plus insignifiante que la première; de mon
côté, je me refroidis pendant que nos lettres cou-
raient la poste; je n'écrivis plus, et notre liaison
finit.

1786-1787 — Je revis pourtant Mme Trevor à
Paris, trois mois après : je n'éprouvai aucune émo-

tion, et je crois que la sienne ne fut causée que par
la surprise de voir en moi un détachement aussi
complet. La pauvre femme continua encore quelques
années son métier de coquette, et se donna beaucoup
de ridicules, puis elle retourna en Angleterre où elle
devint, m'a-t-on dit, à peu près folle d'attaques de
nerfs.

Les premiers mois de mon séjour à Paris furent
très agréables. Je fus parfaitement reçu par la société
de M. Suard, chez lequel j'allai demeurer de nouveau [1]. Mon esprit, qui manquait alors tout à fait
de solidité et de justesse, mais qui avait une tournure épigrammatique très amusante, mes connaissances qui, bien que fort décousues, étaient supé-
rieures à celles de la plupart des gens de lettres
de la génération qui s'élevait, l'originalité de mon
caractère, tout cela parut piquant. Je fus fêté par
toutes les femmes de la coterie de Mme Suard, et
les hommes pardonnèrent à mon âge une imperti-
nence qui, n'étant pas dans les manières, mais dans
les jugements, était moins aperçue et moins offen-
sante. Cependant, quand je me souviens de ce que
je disais alors et du dédain raisonné que je témoignais à tout le monde, je suis encore à concevoir
comment on a pu le tolérer. Je me rappelle qu'un
jour, rencontrant un des hommes de notre société
qui avait trente ans de plus que moi, je me mis à
causer avec lui, et ma conversation roula comme à
l'ordinaire sur les ridicules de tous ceux que nous
voyions tous les jours. Après m'être bien moqué
de chacun l'un après l'autre, je pris tout à coup
celui avec lequel j'avais causé par la main, et je lui
dis :

— Je vous ai bien fait rire aux dépens de tous
nos amis, mais n'allez pas croire que, parce que je
me suis moqué d'eux avec vous, je sois tenu à ne
pas me moquer de vous avec eux; je vous avertis
que nous n'avons point fait ce traité.

Le jeu qui m'avait déjà, causé tant de peines, et qui m'en a tant causé depuis, vint troubler ma vie et gâter tout ce que la bonté de mon père avait fait pour moi.

J'avais connu en Suisse chez Mme Trevor une vieille Française, Mme de Bourbonne, joueuse à l'excès, d'ailleurs bonne femme et assez originale : elle jouait en voiture, elle jouait au lit, elle jouait au bain, le matin, la nuit, le soir, toujours et partout, quand elle le pouvait. J'allai la voir à Paris, elle y avait tous les jours un quinze [1], et je m'empressai d'en être. J'y perdais régulièrement tout ce que j'apportais, et j'y apportais tout ce qu'on me payait par ordre de mon père et tout ce que je pouvais emprunter, ce qui heureusement n'était pas très considérable, quoique je ne négligeasse aucun moyen de faire des dettes.

Il m'arriva à ce sujet une aventure assez plaisante avec une des plus vieilles femmes de la société de Mme Suard. C'était Mme Saurin, femme de Saurin le philosophe et l'auteur de *Spartacus* [2]. Elle avait été fort belle et s'en souvenait toute seule, car elle avait soixante-cinq ans. Elle m'avait témoigné beaucoup d'amitié, et bien que j'eusse le tort de me moquer un peu d'elle, j'avais en elle plus de confiance qu'en toute autre personne à Paris. Un jour je venais de perdre chez Mme de Bourbonne tout l'argent que j'avais, et tout ce que j'avais pu jouer sur parole. Embarrassé de payer, je m'avisai de recourir à Mme Saurin pour qu'elle me prêtât ce qui me manquait. Mais désapprouvant moi-même la démarche que je faisais, je lui écrivis au lieu de lui en parler, et je lui fis dire que je viendrais prendre sa réponse dans l'après-dînée. J'y fus en effet. Je la trouvai seule. Ma timidité naturelle, augmentée par la circonstance, fut que j'attendis longtemps qu'elle me parlât de mon billet. Enfin, comme elle ne m'en disait pas un mot, je me déterminai à rompre le silence, et je commençai en rougissant, en baissant les yeux, et d'une voix fort émue :

— Vous serez peut-être étonnée, lui dis-je, de la démarche que je fais. Je serais bien fâché de vous avoir donné contre moi des impressions défavorables par une chose que je ne vous aurais pas confiée, si votre affection si douce pour moi ne m'y avait encouragé; l'aveu que je vous ai fait et dont votre silence me fait craindre que vous ne soyez blessée, m'a été arraché par un mouvement irrésistible de confiance en vous.

Je disais tout cela en m'arrêtant à chaque mot, et sans regarder Mme Saurin. Comme pourtant elle ne répondait point, je levai les yeux, et je vis par son air de surprise qu'elle ne concevait rien à ma harangue.

Je lui demandai si elle n'avait pas reçu ma lettre. Il se trouva que non. Me voilà bien plus interdit, et j'aurais volontiers repris toutes mes paroles, sauf à trouver d'autres moyens de sortir de l'embarras où je me trouvais. Mais il n'y avait plus de ressources. Il fallait achever. Je repris donc :

— Vous avez été si bonne pour moi, vous m'avez témoigné tant d'intérêt! Peut-être en ai-je trop présumé. Mais il y a des moments où la tête d'un homme se perd. Je ne me consolerais jamais si j'avais porté atteinte à votre amitié[1]. Tenez, permettez-moi de ne plus vous parler de cette malheureuse lettre. Laissez-moi vous cacher ce qui ne m'était échappé que dans un moment de trouble.

— Non, me dit-elle, pourquoi doutez-vous de mon cœur? Je veux tout savoir, achevez, achevez.

Et elle couvrit de ses mains son visage, et elle tremblait de tout son corps. Je vis clairement qu'elle avait pris tout ce que je venais de lui dire pour une déclaration d'amour. Ce quiproquo, son émotion, et un grand lit de damas rouge qui était à deux pas de nous, me jetèrent dans une inexprimable terreur. Mais je devins furieux comme un poltron révolté et je me hâtai de dissiper l'équivoque.

— Au fond, lui dis-je, je ne sais pourquoi je vous ennuie si longtemps d'une chose fort peu importante. J'ai eu la sottise de jouer, j'ai perdu un peu plus que je n'ai dans ce moment, et je vous ai écrit pour savoir si vous pourriez me rendre le service de me prêter ce qui me manque pour m'acquitter.

Mme Saurin resta immobile. Ses mains redescendirent [1] de son visage qu'il n'était plus nécessaire de couvrir. Elle se leva sans mot dire et me compta l'argent que je lui avais demandé. Nous étions si confondus, elle et moi, que tout se passa en silence. Je n'ouvris même pas la bouche pour la remercier [2].

Ce fut à cette époque que je fis la connaissance avec la première femme d'un esprit supérieur que j'ai connue, et l'une de celles qui en avait le plus que j'aie jamais rencontrées. Elle se nommait Mme de Charrière [3]. C'était une Hollandaise d'une des premières familles de ce pays, et qui, dans sa jeunesse, avait fait beaucoup de bruit par son esprit et la bizarrerie de son caractère. A trente ans passés, après beaucoup de passions, dont quelques-unes avaient été assez malheureuses, elle avait épousé, malgré sa famille, le précepteur de ses frères, homme d'esprit, d'un caractère délicat et noble, mais le plus froid et le plus flegmatique que l'on puisse imaginer. Durant les premières années de son mariage, sa femme l'avait beaucoup tourmenté pour lui imprimer un mouvement égal au sien; et le chagrin de n'y parvenir que par moments avait bien vite détruit le bonheur qu'elle s'était promis dans cette union à quelques égards disproportionnée. Un homme beaucoup plus jeune qu'elle, d'un esprit très médiocre, mais d'une belle figure, lui avait inspiré un goût très vif. Je n'ai jamais su tous les détails de cette passion, mais ce qu'elle m'en a dit et ce qui m'a été raconté d'ailleurs a suffi pour m'apprendre qu'elle en avait été fort agitée et fort malheureuse, que le mécontentement de son mari avait troublé l'intérieur de sa vie, et qu'enfin le jeune homme qui en était l'objet l'ayant abandonnée pour une autre femme qu'il a épousée, elle avait passé quelque temps dans le plus affreux désespoir. Ce désespoir a tourné à bien pour sa réputation littéraire, car il lui a inspiré le plus joli des ouvrages qu'elle ait faits : il est intitulé *Caliste,* et fait partie d'un roman qui a été publié sous le titre de *Lettres écrites de Lausanne.*

Elle était occupée à faire imprimer ce livre [1] quand je fis connaissance avec elle. Son esprit m'enchanta. Nous passâmes des jours et des nuits à causer ensemble. Elle était très sévère dans les jugements sur tous ceux qu'elle voyait. J'étais très moqueur de ma nature. Nous nous convînmes parfaitement. Mais nous nous trouvâmes bientôt l'un avec l'autre des rapports plus intimes et plus essentiels. Mme de Charrière avait une manière si originale et si animée de considérer la vie, un tel mépris pour les préjugés, tant de force dans ses pensées, et une supériorité si vigoureuse et si dédaigneuse sur le commun des hommes, que dans ma disposition, à vingt ans, bizarre et dédaigneux que j'étais aussi, sa conversation m'était une jouissance jusqu'alors inconnue. Je m'y livrai avec transport. Son mari, qui était un très honnête homme, et qui avait de l'affection et de la reconnaissance pour elle, ne l'avait menée à Paris que pour la distraire de la tristesse où l'avait jetée l'abandon de l'homme qu'elle avait aimé. Elle avait vingt-sept ans de plus que moi, de sorte que notre liaison ne pouvait l'inquiéter. Il en fut charmé et l'encouragea de toutes ses forces. Je me souviens encore avec émotion des jours et des nuits que nous passâmes ensemble à boire du thé et à causer sur

tous les sujets avec une ardeur inépuisable. Cette
nouvelle passion n'absorbait pas néanmoins tout
mon temps. Il m'en restait malheureusement assez
pour faire beaucoup de sottises et beaucoup de
dettes [1]. Une femme qui de Paris correspondait avec
mon père l'avertit de ma conduite, mais lui écrivit
en même temps que je pourrais tout réparer si je
parvenais à épouser une jeune personne qui était
de la société dans laquelle je vivais habituellement
et qui devait avoir quatre-vingt-dix mille francs de
rente. Cette idée séduisit beaucoup mon père, ce
qui était très naturel. Il me la communiqua dans
une lettre qui contenait d'ailleurs beaucoup et de
très justes reproches, et où il finissait par me déclarer qu'il ne consentirait à la prolongation de mon
séjour à Paris que si j'essayais de réaliser ce projet
avantageux et si je croyais avoir quelque chance de
réussir.

   La personne dont il s'agissait avait seize ans et
était très jolie. Sa mère m'avait reçu depuis mon
arrivée avec beaucoup d'amitié. Je me voyais placé
entre la nécessité de tenter une chose dont le résultat
m'aurait fort convenu, ou celle de quitter une ville
où je m'amusais beaucoup pour aller rejoindre un
père [2] qui m'annonçait un grand mécontentement.
Je n'hésitai pas à risquer la chose. Je commençai,
suivant l'usage, par écrire à la mère pour lui demander la main de sa fille. Elle me répondit fort ami-
calement, mais par un refus motivé sur ce que sa
fille était déjà promise à un homme qui devait
l'épouser dans quelques mois. Cependant, je ne crois
point qu'elle considérât elle-même son refus [3] comme
irrévocable ; car, d'un côté, j'ai su depuis qu'elle
avait fait prendre en Suisse des informations sur
ma fortune, et de l'autre, elle me donnait toutes les
occasions qu'elle pouvait de parler tête à tête avec
sa fille. Mais je me conduisis en vrai fou ! Au lieu
de profiter de la bienveillance de la mère qui,

tout en me refusant, m'avait témoigné de l'amitié, je voulus commencer un roman avec la fille, et je le commençai de la manière la plus absurde. Je n'essayai point de lui plaire ; je ne lui dis pas même un mot de mon sentiment. Je continuai à causer le plus timidement du monde avec elle sur des objets indifférents [1] quand je la trouvais seule. Mais je lui écrivis une belle lettre comme à une personne que ses parents voulaient marier malgré elle à un homme qu'elle n'aimait pas, et je lui proposai de l'enlever. Sa mère, à qui sans doute elle montra cette étrange lettre, eut pour moi l'indulgence de laisser sa fille me répondre comme si elle ne l'en avait pas instruite.

Mlle Pourrat [2], elle s'appelait ainsi, m'écrivit que c'était à ses parents à décider de son sort, et qu'il ne lui convenait pas de recevoir des lettres d'un homme. Je ne me le tins pas pour dit et je recommençai de plus belle mes propositions d'enlèvement, de délivrance, de protection contre le mariage qu'on voulait la forcer à contracter. On eût dit que j'écrivais à une victime qui avait imploré mon secours, et à une personne qui avait pour moi toute la passion que je croyais ressentir pour elle : et dans le fait, toutes mes épîtres chevaleresques étaient adressées à une petite personne très raisonnable qui ne m'aimait pas du tout, qui n'avait aucune répugnance pour l'homme qu'on lui avait proposé, et qui ne m'avait donné ni l'occasion ni le droit de lui écrire de la sorte. Mais j'avais enfilé cette route et pour le diable je n'en voulais pas sortir.

Ce qu'il y avait de plus inexplicable c'est que, lorsque je voyais Mlle Pourrat, je ne lui disais pas un mot qui eût du rapport avec mes lettres. Sa mère [3] me laissait toujours seul avec elle, malgré mes extravagantes propositions dont sûrement elle avait connaissance, et c'est ce qui me confirme dans l'idée que j'aurais pu encore réussir. Mais loin

de profiter de ces occasions, je devenais, dès que
je me trouvais seul avec Mlle Pourrat, d'une timidité
extrême. Je ne lui parlais que de choses insignifiantes et je ne faisais pas même allusion aux lettres
que je lui écrivais chaque jour, ni au sentiment qui
me dictait ces lettres.

Enfin, une circonstance dans laquelle je n'étais
pour rien, amena une crise qui termina tout.
Mme Pourrat, qui avait été galante toute sa vie,
avait encore un amant en titre. Depuis que je lui
avais demandé sa fille, elle avait continué à me
traiter avec amitié, avait toujours paru ignorer mon
absurde correspondance et, pendant que j'écrivais
tous les jours à la fille pour lui proposer de l'enlever, je prenais la mère pour confidente de mon
sentiment et de mon malheur : le tout, je puis le
dire, sans autre réflexion et sans la moindre mauvaise foi. Mais j'avais enfilé cette route avec l'une
et avec l'autre. J'avais donc avec Mme Pourrat de
longues conversations, tête à tête. Son amant en
prit ombrage. Il y eut des scènes violentes, et
Mme Pourrat qui, ayant près de cinquante ans, ne
voulait pas perdre cet amant qui pouvait être le
dernier, résolut de le rassurer. Je ne me doutais
de rien et j'étais un jour à faire à Mme Pourrat
mes lamentations habituelles, lorsque M. de Sainte-
Croix, c'était le nom de l'amant, parut tout à coup
et montra beaucoup d'humeur. Mme Pourrat me prit
par la main, me mena vers lui, et me demanda
de lui déclarer solennellement si ce n'était pas de
sa fille que j'étais amoureux, si ce n'était pas sa
fille que j'avais demandée en mariage, et si elle
n'était pas tout à fait étrangère à mes assiduités
dans sa maison. Elle n'avait vu dans la déclaration
exigée de moi qu'un moyen de mettre fin aux om-
brages de M. de Sainte-Croix. J'envisageai la chose
sous un autre point de vue, je me vis traîné devant
un étranger pour lui avouer que j'étais un amant

malheureux, un homme repoussé par la mère et par
la fille. Mon amour-propre blessé me jeta dans un
vrai délire. Par hasard, j'avais ce jour-là [1] dans ma
poche une petite bouteille d'opium que je trimba-
lais avec moi depuis quelque temps. C'était une
suite [2] de ma liaison avec Mme de Charrière, qui
prenant beaucoup d'opium dans sa maladie, m'avait
donné l'idée d'en avoir, et dont la conversation toujours abondante, vigoureuse, mais très bizarre, me
tenait dans une espèce d'ivresse spirituelle, qui n'a
pas peu contribué à toutes les sottises que j'ai faites
à cette époque.

Je répétais sans cesse que je voulais me tuer, et à
force de le dire je parvenais presque à le croire,
quoique dans le fond je n'en eusse pas la moindre
envie. Ayant donc mon opium en poche au moment
où je me vis traduit en spectacle devant M. de Sainte-
Croix, j'éprouvai une espèce d'embarras dont il me
parut plus facile de me tirer par une scène que
par une conversation tranquille. Je prévoyais que
M. de Sainte-Croix me ferait des questions, me
témoignerait de l'intérêt, et comme je me trouvais
humilié, ces questions, cet intérêt, tout ce qui pouvait prolonger la situation m'était insupportable.
J'étais sûr qu'en avalant mon opium je ferais diver-
sion à tout cela. Ensuite, j'avais depuis longtemps
dans la tête que, de vouloir se tuer pour une femme,
c'était un moyen de lui plaire.

Cette idée n'est pas exactement vraie. Quand on
plaît déjà à une femme et qu'elle ne demande qu'à
se rendre, il est bon de la menacer de se tuer parce
qu'on lui fournit un prétexte décisif, rapide et honorable. Mais quand on n'est point aimé, ni la menace
ni la chose ne produisent aucun effet. Dans toute
mon aventure avec Mlle Pourrat, il y avait une
erreur fondamentale, c'est que je jouais le roman
à moi tout seul. Lors donc que Mme Pourrat eut
fini son interrogatoire, je lui dis que je la remerciais

de m'avoir mis dans une situation qui ne me laissait
plus qu'un parti à prendre, et je tirai ma petite fiole
que je portai à ma bouche[1]. Je me souviens que,
dans le très court instant qui s'écoula pendant que
je fis cette opération, je me faisais un dilemme qui
acheva de me décider.

« Si j'en meurs, me dis-je, tout sera fini; et si
l'on me sauve, il est impossible que Mlle Pourrat ne
s'attendrisse pas pour un homme qui aura voulu
se tuer pour elle. »

J'avalai donc mon opium. Je ne crois pas qu'il y
en eût assez pour me faire grand mal et comme M. de
Sainte-Croix se jeta sur moi, j'en répandis plus de la
moitié par terre. On fut fort effrayé. On me fit
prendre des acides pour détruire l'effet de l'opium.
Je fis ce qu'on voulut avec une docilité parfaite,
non que j'eusse peur, mais parce que l'on aurait
insisté, et que j'aurais trouvé ennuyeux de me dé-
battre. Quand je dis que je n'avais pas peur, ce
n'est pas que je susse combien peu il y avait de
danger. Je ne connaissais point les effets que l'opium
produit, et je les croyais beaucoup plus terribles.
Mais d'après mon dilemme, j'étais tout à fait indifférent au résultat. Cependant, ma complaisance à
me laisser donner tout ce qui pouvait empêcher
l'effet de ce que je venais de faire dut persuader les
spectateurs qu'il n'y avait rien de sérieux dans toute
cette tragédie.

Ce n'est pas la seule fois dans ma vie qu'après
une action d'éclat je me suis soudainement ennuyé
de la solennité qui aurait été nécessaire pour la
soutenir et que, d'ennui, j'ai défait mon propre
ouvrage. Après qu'on m'eut administré tous les re-
mèdes qu'on crut utiles, on me fit un petit sermon
d'un air moitié compatissant, moitié doctoral, et
je l'écoutai[2] d'un air tragique; Mlle Pourrat entra,
car elle n'y était pas pendant que je faisais toutes
mes folies pour elle, et j'eus l'inconséquente délica-

tesse de seconder la mère dans ses efforts pour
que la fille ne s'aperçût de rien. Mlle Pourrat arriva,
toute parée pour aller à l'Opéra où l'on donnait le
Tarare de Beaumarchais pour la première fois [1].
Mme Pourrat me proposa de m'y mener, j'acceptai;
et mon empoisonnement finit, pour que tout fût
tragi-comique dans cette affaire, par une soirée à
l'Opéra. J'y fus même d'une gaieté folle, soit que
l'opium eût produit sur moi cet effet, soit, ce qui
me paraît plus probable, que je m'ennuyasse de tout
ce qui s'était passé de lugubre, et que j'eusse besoin
de m'amuser.

Le lendemain, Mme Pourrat, qui vit la nécessité
de mettre un terme à mes extravagances, prit pour
prétexte mes lettres à sa fille, dont elle feignit
n'avoir été instruite que le jour même, et m'écrivit
que j'avais abusé de sa confiance en proposant à
sa fille de l'enlever pendant que j'étais reçu chez
elle. En conséquence, elle me déclara qu'elle ne me
recevrait plus, et pour m'ôter tout espoir et tout
moyen de continuer mes tentatives, elle fit venir
M. de Charrière qu'elle pria d'interroger lui-même
sa fille sur ses sentiments pour moi. Mlle Pourrat
répondit très nettement à M. de Charrière que je
ne lui avais jamais parlé d'amour, qu'elle avait été
fort étonnée de mes lettres, qu'elle n'avait jamais
rien fait et ne m'avait jamais rien dit qui pût m'autoriser à des propositions pareilles, qu'elle ne m'aimait point, qu'elle était très contente du mariage
que ses parents projetaient pour elle, et qu'elle se
réunissait très librement à sa mère dans ses déterminations à mon égard. M. de Charrière me rendit
compte de cette conversation, en ajoutant que, s'il
eût aperçu dans la jeune personne la moindre inclination pour moi, il eût essayé de déterminer la mère
en ma faveur [2].

Ainsi se termina l'aventure. Je ne puis dire que
j'en éprouvasse une grande peine. Ma tête s'était

bien montée de temps à autre; l'irritation de l'obstacle m'avait inspiré une espèce d'acharnement; la
crainte d'être obligé de retourner vers mon père
m'avait fait persévérer dans une tentative désespé-
rée; ma mauvaise tête m'avait fait choisir les plus
absurdes moyens que ma timidité avait rendus
encore plus absurdes. Mais il n'y avait, je crois,
jamais eu d'amour au fond de mon cœur. Ce qu'il
y a de sûr, c'est que le lendemain du jour où il
fallut renoncer à ce projet, je fus complètement
consolé.

La personne qui, même pendant que je faisais
toutes ces enrageries, occupait véritablement ma tête
et mon cœur, c'était Mme de Charrière. Au milieu
de toute l'agitation de mes lettres romanesques, de
mes propositions d'enlèvement, de mes menaces de
suicide et de mon empoisonnement théâtral, je passai
des heures, des nuits entières à causer avec Mme de
Charrière, et pendant ces conversations, j'oubliai
mes inquiétudes sur mon père, mes dettes, Mlle Pourrat et le monde entier. Je suis convaincu que, sans
ces conversations, ma conduite eût été beaucoup
moins folle. Toutes les opinions de Mme de Charrière
reposaient sur le mépris de toutes les convenances
et de tous les usages. Nous nous moquions à qui
mieux mieux de tous ceux que nous voyions : nous
nous enivrions de nos plaisanteries et de notre mépris pour l'espèce humaine [1], et il résultait de tout
cela que j'agissais comme j'avais parlé, riant quelquefois comme un fou une demi-heure après de ce
que j'avais fait de très bonne foi dans le désespoir
une demi-heure avant. La fin de tous mes projets
sur Mlle Pourrat me réunit plus étroitement encore
avec Mme de Charrière. Elle était la seule personne
avec qui je causasse en liberté, parce qu'elle était
la seule qui ne m'ennuyât pas de conseils et de
représentations sur ma conduite.

Des autres femmes de la société où je vivais, les

unes, s'intéressant à moi par amitié, me prêchaient
dès qu'elles en trouvaient l'occasion. Les autres auraient eu quelque envie, je crois, de se charger de
faire l'éducation d'un jeune homme qui paraissait
si passionné, et me le faisaient entendre d'une manière assez claire. Mme Suard avait conçu le dessein
de me marier. Elle voulait me faire épouser une
jeune fille de seize ans, assez spirituelle, fort affectée, point jolie, et qui devait être riche, après la
mort d'un oncle âgé. Par parenthèse, au moment
où j'écris, en 1811, l'oncle vit encore. La jeune
personne [1], qui s'est mariée depuis à M. Pastoret,
célèbre, dans la Révolution, par sa niaiserie, a eu
quelques aventures, a voulu divorcer pour épouser
un homme que j'ai beaucoup connu, dont je parle-
rai dans la suite, et dont elle a eu un enfant, a fait
quelques folies pour arriver à ce but, puis, l'ayant
manqué, s'est jetée avec beaucoup d'art dans la
pruderie, et est aujourd'hui l'une des femmes les plus
considérées de Paris. A l'époque où Mme Suard me
la proposa, elle avait une envie extrême d'avoir
un mari, et elle le disait de très bonne foi à tout le
monde. Mais ni les projets de Mme Suard, ni les
avances de quelques vieilles femmes, ni les sermons
de quelques autres, ne produisaient d'effet sur moi.
Comme mariage, je ne voulais que Mlle Pourrat.

Comme figure, c'était encore Mlle Pourrat que je
préférais. Comme esprit, je ne voyais, n'entendais,
ne chérissais que Mme de Charrière. Ce n'est pas
que je ne profitasse du peu d'heures où nous étions
séparés, pour faire encore d'autres sottises.

Je ne sais qui me présenta chez une fille qui se
faisait appeler la comtesse de Linières [2]. Elle était
de Lausanne où son père était boucher. Un jeune
Anglais l'avait enlevée, en mettant le feu à la maison
où elle demeurait, et l'avait conduite à Paris où [3]
elle avait continué, après avoir été quittée par ce
premier amant, à faire un métier que sa jolie figure

rendait lucratif. Ayant amassé quelque argent, elle
s'était fait épouser par un M. de Linières qui était
mort, et devenue veuve et comtesse, elle tenait une
maison de jeu. Elle avait bien quarante-cinq ans,
mais pour ne pas renoncer en entier [1] à son premier état, elle avait fait venir une jeune sœur d'environ vingt ans, grande, fraîche, bien faite et bête
à faire plaisir. Il y venait en hommes quelques gens
comme il faut, et beaucoup d'escrocs. On y tomba
sur moi à qui mieux mieux. Je passais la moitié des
nuits à y perdre mon argent; puis, j'allais causer
avec Mme de Charrière qui ne se couchait qu'à
six heures du matin, et je dormais la moitié du jour.
Je ne sais si ce beau genre de vie parvint aux oreilles
de mon père, ou si la seule nouvelle de mon peu de
succès auprès de Mlle Pourrat le décida à me faire
quitter Paris. Mais au moment où je m'y attendais
le moins, je vis arriver chez moi un M. Benay, lieu-
tenant dans son régiment, chargé de me conduire
auprès de lui à Bois-le-Duc.

J'avais le sentiment que je méritais beaucoup de
reproches, et l'espèce de chaos d'idées où la conversation de Mme de Charrière m'avait jeté me rendait
d'avance, tout ce que je me croyais destiné à entendre, insupportable. Je me résignai cependant et l'idée
de ne pas obéir à mon père ne me vint pas. Mais
une difficulté de voiture retarda notre départ. Mon
père m'avait laissé à Paris une vieille voiture dans
laquelle nous étions venus, et, dans mes embarras
d'argent, j'avais trouvé bon de la vendre. M. Benay,
comptant sur cette voiture, était venu dans un petit
cabriolet à une place. Nous essayâmes de trouver
une chaise de poste chez le sellier qui m'avait acheté
celle de mon père : mais il n'en avait point ou ne
voulut pas nous en prêter. Cette difficulté nous
arrêta tout un jour. Pendant cette journée, ma tête
continua à fermenter, et la conversation de Mme de
Charrière ne contribua pas peu à cette fermenta-

tion. Elle ne prévoyait sûrement pas l'effet qu'elle produirait sur moi; mais en m'entretenant sans cesse de la bêtise de l'espèce humaine, de l'absurdité des préjugés, en partageant mon admiration pour tout ce qui était bizarre, extraordinaire, original, elle finit par m'inspirer une soif véritable de me trouver aussi moi-même hors de la route [1] commune. Je ne formais pourtant point de projets, mais je ne sais dans quelle idée confuse j'empruntai à tout hasard à Mme de Charrière une trentaine de louis.

Le lendemain M. Benay vint délibérer avec moi sur la manière dont nous cheminerions, et nous convînmes que nous nous servirions de sa voiture [2] à une place en nous y arrangeant du mieux que nous pourrions. Comme il n'avait jamais vu Paris, je lui proposai de ne partir que le soir, et il y consentit facilement. Je n'avais aucun motif bien déterminé dans cette proposition, mais elle retardait d'autant un instant que je craignais. J'avais mes trente louis dans ma poche et je sentais une espèce de plaisir à me dire que j'étais encore le maître de faire ce que je voudrais. Nous allâmes dîner au Palais-Royal. Le hasard fit qu'à côté de moi se trouva un homme que j'avais vu quelquefois chez Mme de Bourbonne, et avec lequel j'avais causé volontiers parce qu'il avait assez d'esprit. Je me souviens encore de son nom que la circonstance où je l'ai vu pour la dernière fois (c'était ce jour-là, le 24 juin 1787) a gravé dans ma mémoire. Il s'appelait le chevalier de La Roche Saint-André [3], grand chimiste, homme à talents, jouant gros jeu et très recherché. Je l'abordai, et, plein que j'étais de ma situation, je le pris à part et je lui en parlai à cœur ouvert. Il m'écouta probablement avec assez de distraction, comme je l'aurais fait à sa place.

Dans le cours de ma harangue je lui dis que j'avais quelquefois envie d'en finir en me sauvant :

— Et où donc? me dit-il assez négligemment.

— Mais en Angleterre, répondis-je.

— Mais oui, reprit-il, c'est un beau pays, et on y est bien libre.

— Tout serait arrangé, lui dis-je, quand je reviendrais.

— Sûrement, répliqua-t-il, avec le temps tout s'arrange.

M. Benay s'approcha, et je retournai finir avec lui le dîner que j'avais commencé. Mais ma conversation avec M. de La Roche Saint-André avait agi sur moi de deux manières : 1° en me montrant que les autres attacheraient très peu d'importance à une escapade qui jusqu'alors m'avait paru la chose la plus terrible; 2° en me faisant penser à l'Angleterre, ce qui donnait une direction à ma course, si je m'échappais. Sans doute cela ne faisait pas que j'eusse le moindre motif pour aller en Angleterre plutôt qu'ailleurs ou que je pusse y espérer la moindre ressource : mais enfin, mon imagination était dirigée vers un pays plus que vers un autre. Cependant je n'éprouvai d'abord qu'une sorte d'impatience de ce que le moment où ma décision était encore en mon pouvoir allait expirer ou plutôt de ce que ce moment était passé; car nous devions monter en voiture d'abord après dîner, et il était probable que M. Benay ne me quitterait plus jusque-là. Comme nous sortions de table, je rencontrai le chevalier de La Roche, qui me dit en riant :

— Eh bien! vous n'êtes pas encore parti?

Ce mot redoubla mon regret de n'être plus libre de le faire. Nous rentrâmes, nous fîmes nos paquets, la voiture vint, nous y montâmes. Je soupirai en me disant que pour cette fois tout était décidé, et je pressai avec humeur mes inutiles trente louis dans ma poche. Nous étions horriblement serrés dans le petit cabriolet à une place. J'étais dans le fond, et M. Benay, qui était assez grand et surtout fort gros, était assis sur une petite chaise, entre mes jambes,

secoué et perdant l'équilibre à chaque cahot pour
donner de la tête à droite ou à gauche. Nous avions
à peine fait dix pas qu'il commença à se plaindre.
Je renchéris sur ses plaintes, parce que l'idée me
vint que, si nous retournions à la maison, je me
retrouverais en liberté de faire de nouveau ce que je
voudrais. En effet, nous n'étions pas encore hors de
la barrière, qu'il déclara qu'il lui était impossible
d'y tenir, et me demanda de renvoyer au lendemain
et de chercher une autre manière de voyager. J'y
consentis, je le ramenai à son hôtel, et me voilà
chez moi à onze heures du soir, ayant dix ou douze
heures pour délibérer.

Je n'en mis pas autant à me décider à une folie
beaucoup plus grave et beaucoup plus coupable
qu'aucune de celles que j'avais encore faites. Je ne
l'envisageai pas ainsi. J'avais la tête tournée et par
la crainte de revoir mon père et par tous les sophis-
mes que j'avais répétés et entendu répéter sur l'indépendance. Je me promenai une demi-heure dans
ma chambre, puis prenant une chemise et mes trente
louis, je descendis l'escalier, je demandai le cordon,
la porte s'ouvrit, je sautai dans la rue. Je ne savais
point encore ce que je voulais faire. En général,
ce qui m'a le plus aidé dans ma vie à prendre des
partis très absurdes, mais qui semblaient au moins
supposer une grande décision de caractère, c'est
précisément l'absence complète de cette décision, et
le sentiment que j'ai toujours eu, que ce que je
faisais n'était rien moins qu'irrévocable dans mon
esprit. De la sorte, rassuré par mon incertitude
même sur les conséquences d'une folie que je me
disais que je ne ferais peut-être pas, j'ai fait un
pas après l'autre et la folie s'est trouvée faite.

Cette fois, ce fut absolument de cette manière
que je me laissai entraîner à ma ridicule évasion.
Je réfléchis quelques instants à l'asile que je choisi-
rais pour la nuit, et j'allai demander l'hospitalité

à une personne de vertu moyenne que j'avais connue au commencement de l'hiver. Elle me reçut avec toute la tendresse de son état. Mais je lui dis qu'il ne s'agissait point de ses charmes, que j'avais une course de quelques jours à faire, à une cinquantaine de lieues de Paris, et qu'il fallait qu'elle me procurât une chaise de poste à louer pour le lendemain, d'aussi bonne heure qu'elle le pourrait. En attendant, comme j'étais fort troublé, je voulus prendre des forces, et je demandai du vin de Champagne [1] dont quelques verres m'ôtèrent le peu qui me restait de la faculté de réfléchir. Je m'endormis ensuite d'un sommeil assez agité, et quand je me réveillai, je trouvai un sellier qui me livra une chaise à tant par jour, sans prendre d'informations sur ma route, et en se bornant à me faire signer une reconnaissance que je signai d'un nom en l'air, étant bien décidé à lui renvoyer sa voiture de Calais. Ma demoiselle m'avait aussi commandé des chevaux de poste. Je la payai convenablement et je me trouvai allant ventre à terre en Angleterre avec vingt-sept louis dans ma poche, sans avoir eu le temps de rentrer en moi-même un seul instant. En vingt-deux heures, je fus à Calais. Je chargeai M. Dessin de renvoyer ma chaise à Paris et je m'informai d'un paquebot. Il en partait un à l'heure même. Je n'avais point de passe-port, mais, dans cet heureux temps, il n'y avait pas toutes les difficultés dont chaque démarche a été hérissée depuis que les Français, en essayant d'être libres, ont établi l'esclavage chez eux et chez les autres. Un valet de louage se chargea pour six francs de remplir les formalités nécessaires, et trois quarts d'heure après mon arrivée à Calais, j'étais embarqué.

J'arrivai le soir à Douvres, je trouvai un compagnon de voyage qui voulait se rendre à Londres, et le matin du jour suivant, je me trouvai dans cette immense ville, sans un être que j'y connusse, sans un but quelconque, et avec quinze louis pour tout

bien. Je voulus d'abord aller loger dans une maison
où j'avais demeuré quelques jours à mon dernier
passage à Londres. J'éprouvais le besoin de voir un
visage connu. Il n'y avait pas de place : mais on m'en
procura une autre assez près. Mon premier soin, une
fois logé, fut d'écrire à mon père. Je lui demandai
pardon de mon étrange escapade, que j'excusai du
mieux que je pus; je lui dis que j'avais horriblement
souffert à Paris, que j'étais surtout excédé des
hommes; je fis quelques phrases philosophiques sur
la fatigue de la société et sur le besoin de la solitude.
Je lui demandai la permission de passer trois mois
en Angleterre dans une retraite absolue, et je finis,
par une transition vraiment comique, sans que je
m'en aperçusse, par lui parler de mon désir de me
marier et de vivre tranquille avec ma femme auprès
de lui.

Le fait est que je ne savais trop qu'écrire, que
j'avais en effet un besoin véritable de me reposer
de six mois d'agitation morale et physique, et que,
me trouvant pour la première fois complètement
seul et complètement libre, je brûlais de jouir de
cette position inconnue, à laquelle j'aspirais depuis
si longtemps. Je n'avais aucune inquiétude sur l'argent; car de mes quinze louis, j'en employai deux
tout de suite pour acheter deux chiens et un singe.
Je ramenai au logis ces belles emplettes. Mais je me
brouillai tout de suite avec le singe. Je voulus le
battre pour le corriger. Il s'en fâcha tellement que,
quoiqu'il fût très petit, je ne pus en rester maître, et
je le rapportai à la boutique d'animaux où je l'avais
pris; et l'on me donna un troisième chien à sa place.
Je me dégoûtai pourtant bientôt de cette ménagerie,
et je revendis deux de mes bêtes pour le quart de ce
qu'elles m'avaient coûté. Mon troisième chien s'atta-
cha à moi avec une vraie passion, et fut bientôt
mon compagnon fidèle dans les pérégrinations que
j'entrepris bientôt après.

Ma vie à Londres, si je fais abstraction de l'inquiétude que me donnait l'ignorance de la disposition de mon père, n'était ni dispendieuse ni désagréable. Je payais une demi-guinée par semaine pour mon logement, je dépensais environ trois shillings par jour pour ma nourriture et environ trois encore pour des dépenses accidentelles, de sorte que je voyais dans mes treize louis de quoi subsister [1] presque un mois. Mais au bout de deux jours, je connus le projet de faire le tour de l'Angleterre, et je m'occupai des moyens d'y subvenir. Je me rappelai l'adresse du banquier de mon père. Il m'avança vingt-cinq louis. Je découvris aussi la demeure d'un jeune homme que j'avais connu et auquel j'avais fait beaucoup d'honnêtetés à Lausanne, quand je vivais dans la société de Mme Trevor. J'allai le voir. C'était un très beau garçon, le plus entiché de sa figure que j'aie jamais vu; il passait trois heures à se faire coiffer, tenant un miroir en main, pour diriger lui-même la disposition de chaque cheveu. Du reste, il ne manquait pas d'esprit, et avait, en littérature ancienne, assez de connaissances, comme presque tous les jeunes Anglais du premier rang. Sa fortune était très considérable, et sa naissance distinguée.

Il s'appelait Edmund Lascelles [2]; il a été membre, mais assez obscur, du Parlement. J'allai donc le voir : il me reçut avec politesse, mais sans paraître avoir conservé le moindre souvenir de notre liaison précédente. Cependant, comme dans le cours de notre conversation il me fit quelques offres de service, et que j'avais toujours en tête mon voyage dans les provinces de l'Angleterre, je lui proposai de me prêter cinquante louis. Il me refusa en s'excusant tant bien que mal sur l'absence de son banquier, et sur je ne sais quels autres prétextes. Son valet de chambre, honnête Suisse qui connaissait ma famille, m'écrivit pour m'offrir quarante guinées. Mais sa lettre, remise chez moi pendant une course que je fis hors de Londres, ne me parvint que longtemps après et lorsqu'il avait déjà disposé de son argent d'une autre manière. Il se trouva que dans la maison à côté de celle que j'habitais, logeait un de mes anciens amis d'Edimbourg, nommé John Mackay [1], qui avait je ne sais quel emploi assez subalterne à Londres. Nous fûmes enchantés de nous revoir. Je le fus de ne plus être dans une solitude aussi absolue; et je passai plusieurs heures de la journée avec lui, quoiqu'il ne fût rien moins que d'un esprit distingué. Mais il me retraçait d'agréables souvenirs, et je l'aimais d'ailleurs de notre amitié commune pour l'homme dont j'ai parlé en rendant compte de ma vie à Edimbourg, pour ce John Wilde, si remarquable par ses talents et son caractère, et qui a fini si malheureusement. John Mackay me procura un second plaisir du même genre en me donnant l'adresse d'un de nos camarades que j'avais connu à la même époque. Cela me procura quelques soirées agréables, mais cela n'avançait en rien mes projets. Il en résulta pourtant pour moi un nouveau motif de les exécuter, parce que ces rencontres m'ayant vivement retracé mon séjour en Ecosse, j'écrivis à John Wilde et j'en reçus une réponse si pleine d'amitié que je me promis bien de ne pas quitter l'Angleterre sans l'avoir revu.

En attendant, je continuai à vivre à Londres, dînant frugalement, allant quelquefois au spectacle et même chez des filles, dépensant ainsi mon argent de voyage, ne faisant rien, m'ennuyant quelquefois, d'autres fois m'inquiétant sur mon père et m'adressant de graves reproches, mais ayant malgré cela un indicible sentiment de bien-être de mon entière liberté. Un jour, au détour d'une rue, je me trouvai nez à nez avec un autre étudiant d'Edimbourg devenu docteur en médecine et placé assez avantageusement à Londres. Il se nommait Richard Kentish [2] et s'est fait connaître depuis par quelques

ouvrages assez estimés. Nous n'avions pas eu à
Edimbourg de liaisons fort étroites, mais nous nous
étions quelquefois enivrés [1] ensemble. Il me témoigna
une extrême joie de me retrouver, et me mena tout
de suite chez sa femme que je connaissais d'ancienne
date, parce que, pendant que j'achevais mes études,
il était arrivé avec elle pour l'épouser à Gretna
Green [2], comme cela se pratique quand les parents ne
veulent pas consentir à un mariage. L'ayant épousée,
il l'avait conduite à Edimbourg pour la présenter
à ses anciennes connaissances.

C'était une petite femme maigre, sèche, pas jolie,
et, je crois, assez impérieuse. Elle me reçut très
bien. Ils partaient le lendemain pour Brighthelmstone [3] et me pressèrent d'y aller avec eux, en m'y
promettant toutes sortes de plaisirs. C'était précisément la route opposée à celle que je voulais entre-
prendre. En conséquence, je refusai. Mais je réfléchis deux jours après qu'il valait autant m'amuser
là qu'ailleurs, et je me mis dans une diligence
qui m'y conduisit en un jour, avec une tortue qui
allait se faire manger par le prince de Galles. Arrivé,
je m'établis dans une mauvaise petite chambre, et
j'allai ensuite trouver Kentish, m'attendant, sur sa
parole, à mener la vie la plus gaie du monde. Mais
il ne connaissait pas un chat, n'était point reçu
dans la bonne société et employait son temps à soigner quelques malades pour de l'argent, et à en
observer d'autres dans un hôpital pour son instruction. Tout cela était fort utile, mais ne répondait
pas à mes espérances.

Je passai pourtant huit à dix jours à Brighthelmstone, parce que je n'avais aucune raison d'espérer
mieux ailleurs, et que cette première espérance [4]
me décourageait, quoique à tort, comme on le verra
par la suite, de mes projets sur Edimbourg. Enfin,
m'ennuyant chaque jour plus, je partis subitement
une après-dînée. Ce qui décida mon départ fut la

rencontre d'un homme qui me proposa de faire le
voyage à moitié frais [1] jusqu'à Londres. Je laissai un
billet d'adieu à Kentish et nous arrivâmes à Londres
à minuit. J'avais eu bien peur que nous ne fussions volés, car j'avais tout mon argent sur moi et
je n'aurais su que devenir. Aussi tenais-je toujours
entre mes jambes une petite canne à épée avec la
ferme résolution de me défendre et de me faire tuer
plutôt que de donner mon trésor. Mon compagnon
de voyage qui, vraisemblablement, n'avait pas sur lui,
comme moi, toute sa fortune, trouvait ma résolution
absurde. Enfin notre route s'acheva sans que j'eusse
l'occasion de déployer mon courage. De retour à
Londres, je laissai encore plusieurs jours s'écouler
sans rien faire. A mon grand étonnement, mon indépendance commençait à me peser. Las d'arpenter
les rues de cette grande ville où rien ne m'intéressait,
et voyant diminuer mes ressources, je pris enfin des
chevaux de poste et j'allai d'abord à Newmarket [2].
Je ne sais ce qui me décida pour cet endroit, à moins
que ce ne fût le nom qui me rappelait les courses
de chevaux, les paris et le jeu dont j'avais beaucoup
entendu parler : mais ce n'était pas la saison. Il n'y
avait pas une âme. J'y passai deux jours à réfléchir
sur ce que je voulais faire.

J'écrivis bien tendrement à mon père pour l'assurer que je ne tarderais pas à retourner près de lui;
je comptai mon argent que je trouvai réduit à seize
guinées, puis, après avoir payé mon hôte, je m'esqui-
vai à pied, allant toujours droit devant moi, avec la
résolution de me rabattre sur Northampton, près
d'où il y avait un M. Bridges que j'avais connu
à Oxford. Je fis le premier jour vingt-huit milles
par une pluie à verse. La nuit me surprit en chemin [3]
dans les bruyères très désertes et très tristes du
comté de Norfolk; et je recommençai à craindre
que les voleurs ne vinssent mettre un terme à toutes
mes entreprises et à tous mes pèlerinages en me

dépouillant de toutes mes ressources. J'arrivai pourtant heureusement à un petit village nommé Stokes.
On me reçut indignement à l'auberge parce qu'on me
vit arriver à pied et qu'il n'y a en Angleterre que les
mendiants et la plus mauvaise espèce de voleurs,
nommés *Footpads*, qui cheminent de cette manière.
On me donna un mauvais lit, dans lequel j'eus
beaucoup de peine à obtenir des draps blancs; j'y
dormis cependant très bien, et à force de me plaindre et de me donner des airs, je parvins le matin
à me faire traiter comme un gentleman, et à payer en
conséquence.

Ce n'était que pour l'honneur, car je repartis à pied
après avoir déjeuné et j'allai à quatorze milles de là
dîner à Lynn, petite ville commerçante, où je m'arrêtai de nouveau, parce que ma manière de voyager
commençait à me déplaire. J'avais eu toute la matinée
un soleil brûlant sur la tête, et quand j'arrivai, j'étais
épuisé de fatigue et de chaleur. Je commençai par
avaler une grande jatte de négus [1], qui se trouva
prête à l'auberge; ensuite je voulus prendre quelques
arrangements pour continuer ma route. Mais je me
trouvai tout d'un coup complètement ivre, au point
de sentir que je ne savais plus ce que je faisais et
que je ne pouvais en rien répondre de moi-même.
J'eus pourtant assez de raison pour être fort effrayé
de cet état dans une ville inconnue, tout seul et avec
si peu d'argent dans ma poche. Ce m'était une sensation très singulière que d'être ainsi à la merci du
premier venu et privé de tout moyen de répondre,
de me défendre et de me diriger. Je fermai ma
porte à clef et m'étant ainsi mis à l'abri des autres,
je me couchai à terre pour attendre que les idées me
revinssent.

Je passai ainsi cinq ou six heures, et la bizarrerie
de la situation, jointe à l'effet du vin, me donna des
impressions si vives et si étranges que je me les suis
toujours rappelées. Je me voyais à trois cents lieues

de chez moi, sans biens ni appui quelconque, ignorant si mon père ne m'avait pas désavoué et ne me
repoussait pas pour jamais, n'ayant pas de quoi
vivre quinze jours et m'étant mis dans cette position sans aucune nécessité et sans aucun but. Mes
réflexions dans cet état d'ivresse étaient beaucoup
plus sérieuses et plus raisonnables que celles que
j'avais faites quand je jouissais de toute ma raison,
parce qu'alors j'avais formé des projets et que je me
sentais des forces, au lieu que le vin m'avait ôté
toute force, et que ma tête était trop troublée pour
que je pusse m'occuper d'aucun projet. Peu à peu
mes idées revinrent, et je me trouvai assez rétabli
dans l'usage de mes facultés pour prendre des informations sur les moyens de continuer ma route plus
commodément. Elles ne furent pas satisfaisantes. Je
ne possédais pas assez d'argent pour acheter un
vieux cheval dont on me demandait douze louis.
Je repris une chaise de poste, adoptant ainsi la
méthode la plus chère de voyager précisément parce
que je n'avais presque rien, et je fus coucher dans
un petit bourg appelé Wisbeach.

Je rencontrai en chemin un bel équipage qui avait
versé. Il y avait un monsieur et une dame. Je leur
offris de les conduire dans ma voiture. Ils acceptè-
rent. Je me réjouis de ce que cette rencontre me
ferait [1] passer une soirée moins solitaire. Mais à ma
grande surprise [2], en mettant pied à terre, le monsieur et la dame me firent une révérence et s'en
allèrent sans dire mot. J'appris le lendemain qu'il y
avait une mauvaise troupe de comédiens ambulants
qui jouaient dans une grange : et me trouvant aussi
bien là qu'ailleurs, je me décidai à y rester pour
aller au spectacle. Je ne sais plus quelle pièce on
représentait. Enfin, le jour suivant, je pris encore
une chaise de poste et j'allai jusqu'à Thrapston,
l'endroit le plus voisin de la cure de Wadenho où
je comptais trouver M. Bridges. Je pris un cheval

à l'auberge et je me rendis tout de suite à Wadenho.

M. Bridges était effectivement curé de ce village, mais il venait d'en partir et ne devait être de retour que dans trois semaines. Cette nouvelle dérangeait tous mes plans. Plus de moyens d'avoir l'argent nécessaire pour aller en Ecosse, aucune connaissance dans les environs, à peine de quoi retourner à Londres et y vivre quinze jours, ce qui n'était pas même assez pour y attendre la réponse de mon père. Il ne fallait pas délibérer longtemps, car chaque dînée et chaque couchée me mettaient dans une situation plus embarrassante. Je pris mon parti. Je vis, en calculant bien strictement, que je pouvais arriver jusqu'à Edimbourg en allant à cheval ou en cabriolet, seul, et une fois là, je comptais sur mes amis. Bel effet de la jeunesse, car certes s'il me fallait aujourd'hui faire cent lieues pour me mettre à la merci de gens qui ne me devraient[1] rien, et sans une nécessité qui excusât cette démarche, s'il fallait m'exposer à m'entendre demander ce que je venais faire et refuser ce dont j'aurais besoin ou envie, rien sur la terre ne pourrait m'y résoudre. Mais, dans ma vingtième année, rien ne me paraissait plus simple que de dire à mes amis de collège :

« Je fais trois cents lieues pour souper avec vous; j'arrive sans le sol, invitez-moi, caressez-moi, buvons ensemble, remerciez-moi et prêtez-moi de l'argent pour m'en retourner. »

J'étais convaincu que ce langage devait les charmer. Je fis donc venir mon hôte et je lui dis que je voulais profiter de l'absence de mon ami Bridges pour aller à quelques milles de là passer quelques jours, et qu'il eût à me procurer un cabriolet. Il m'amena un homme qui en avait un, avec un très bon cheval. Malheureusement, le cabriolet était à Stamford, petite ville à dix milles de là. Il ne fit aucune difficulté de[2] me le louer. Il me donna son cheval et son fils pour me conduire, pour retirer le cabriolet des mains du sellier qui avait dû le raccommoder, et nous convînmes que je partirais de Stamford pour aller plus loin. Je me réjouis fort de [ce] [1] que mon affaire s'était conclue si facilement, et le lendemain je montai sur le cheval, le fils de l'homme à qui il appartenait monta sur une mauvaise petite rosse que l'hôte de l'auberge lui prêta, et nous arrivâmes très heureusement à Stamford. Mais là m'attendait une grande mésaventure. Le cabriolet ne se trouva pas raccommodé. J'en cherchai un autre inutilement. Je voulus engager mon jeune conducteur à me laisser partir à cheval. Il s'y refusa. Peut-être aurait-il cédé; mais au premier mot, je me mis dans une colère furieuse et je l'accablai d'injures. Il se moqua de moi. Je voulus le prendre par la douceur. Il me dit que je l'avais trop mal traité, remonta sur sa bête et me planta là. Mes embarras augmentaient ainsi à chaque minute. Je couchai à Stamford dans un vrai désespoir.

Le lendemain je me déterminai à retourner à Thrapston dans l'espérance d'engager mon hôte à me trouver un autre véhicule. Quand je lui en reparlai, je l'y trouvai très peu disposé. Une circonstance assez bizarre et que je n'aurais jamais devinée lui avait donné très mauvaise opinion de moi. Depuis mon ivresse de Lynn, j'avais une sorte de répugnance pour le vin et de crainte de l'état où j'avais été pendant quelques heures. En conséquence, pendant tout le temps que j'avais passé à l'auberge de Thrapston, je n'avais bu que de l'eau. Cette abstinence si [2] peu usitée en Angleterre avait paru à mon hôte un vrai scandale. Ce ne fut pas lui qui m'apprit la mauvaise impression qu'il en avait reçue contre moi, ce fut l'homme qui m'avait précédemment loué un cabriolet, et que je fis venir pour tâcher de renouer avec lui cette négociation. Comme je me plaignis à lui de la conduite de son fils, il me répondit :

— Ah! Monsieur, on dit de vous des choses si singulières!

Cela m'étonna fort, et comme je le pressais :

— Vous n'avez pas bu une goutte de vin depuis que vous êtes ici, répliqua-t-il.

Je tombai de mon haut. Je fis venir une bouteille de vin tout de suite, mais l'impression était faite, et il me fut impossible de rien obtenir. Pour le coup, il fallut me décider. Je louai de nouveau pour le lendemain un cheval sous le [1] prétexte d'aller à Wadenho voir si M. Bridges n'était pas arrivé. Le malheur voulut que, de deux chevaux qu'avait mon hôte, le plus mauvais était seul au logis. Je n'eus donc pour monture qu'un tout petit cheval blanc, horriblement laid et très vieux.

Je partis le lendemain de bonne heure, et j'écrivis de dix à douze milles de là à mon hôte que j'avais rencontré un de mes amis qui allait voir les courses de chevaux à Nottingham et qui m'avait engagé à l'accompagner. Je ne savais pas les risques que je courais. La loi en Angleterre considère comme vol l'usage d'un cheval loué, pour une autre destination que celle qui a été alléguée. Il ne tenait donc qu'au propriétaire du cheval de me faire poursuivre ou de mettre mon signalement dans les journaux. J'aurais infailliblement été arrêté, traduit en justice, et peut-être condamné à la déportation dans les Iles; ou tout au moins, j'aurais subi un procès pour vol, ce qui, même en supposant que j'eusse été absous, n'en aurait pas moins été fort désagréable et, vu mon escapade, aurait produit partout où l'on en était instruit un effet affreux. Enfin cela n'arriva pas. Le maître du cheval fut d'abord un peu étonné. Mais il alla alors à Wadenho où par bonheur il trouva M. Bridges qui arrivait, et qui, sur un mot que je lui avais adressé, répondit de mon retour.

Quant à moi, ne me doutant de rien, je fis le premier jour une vingtaine de milles, et je couchai à Kettering, petit village du Leicestershire, autant qu'il m'en souvient. Ce fut alors que commença vraiment et pour la première fois le bonheur d'indépendance et de solitude que je m'étais promis si souvent. Jusqu'alors, je n'avais fait qu'errer sans plan fixe, et mécontent d'un vagabondage que je trouvais avec raison ridicule et sans but. Maintenant j'avais un but, bien peu important, si l'on veut, car il ne s'agissait que d'aller faire à des amis de collège une visite de quinze jours. Mais enfin, c'était une direction fixe, et je respirais de savoir qu'elle était ma volonté.

J'ai oublié les différentes stations que je fis en route, sur mon mauvais petit cheval blanc; mais ce dont je me souviens, c'est que toute la route fut délicieuse. Le pays que je traversai était un jardin. Je passai par Leicester, par Derby, par Buxton, par Chorley [1], par Kendall, par Carlisle. De là j'entrai en Ecosse et je parvins à Edimbourg. J'ai eu trop de plaisir dans ce voyage pour ne pas chercher à m'en retracer les moindres circonstances. Je faisais de trente à cinquante milles par jour. Les deux premières journées j'avais un peu de timidité dans les auberges. Ma monture était si chétive que je trouvais que je n'avais pas l'air plus riche, ni plus *gentlemanlike* que lorsque je voyageais à pied, et je me souvenais de la mauvaise réception que j'avais éprouvée en cheminant de la sorte. Mais je découvris bientôt qu'il y avait pour l'opinion une immense différence entre un voyageur à pied et un voyageur à cheval. Les maisons de commerce en Angleterre ont des commis qui parcourent ainsi tout le royaume pour visiter leurs correspondants. Ces commis vivent très bien et font beaucoup de dépense dans les auberges, de sorte [2] qu'ils y sont reçus avec empressement. Le prix de la dînée et de la couchée est fixé, parce que les aubergistes s'en dédommagent sur le vin. J'étais partout considéré comme un de ces

commis, et en conséquence reçu à merveille. Il y en
avait toujours sept ou huit avec lesquels je causais,
et qui, lorsqu'ils découvraient que j'étais d'une classe
plus relevée que la leur, ne m'en traitaient que
mieux.

L'Angleterre est le pays où, d'un côté, les droits de
chacun sont le mieux garantis, et où, de l'autre, les
différences de rang sont le plus respectées. Je voyageais presque pour rien. Toute ma dépense et celle
de mon cheval ne se montaient pas à une demi-guinée
par jour. La beauté du pays, celle de la saison, celle
des routes, la propreté des auberges, l'air de bonheur, de raison et de régularité des habitants sont,
pour tout voyageur qui observe, une source de
jouissances perpétuelles. Je savais la langue de manière à être toujours pris pour un Anglais ou plutôt
pour un Ecossais, car j'avais conservé l'accent écos-
sais de ma première éducation en Ecosse.

J'arrivai enfin à Edimbourg le 12 août 1787 [1], à
six heures du soir, avec environ neuf à dix shillings
en poche. Je m'empressai de chercher mon ami
Wilde, et, deux heures après mon arrivée, j'étais au
milieu de toutes celles de mes connaissances qui se
trouvaient encore en ville, la saison ayant éloigné
les plus riches, qui étaient dans leurs terres. Il en
restait cependant encore assez pour que notre réunion fût nombreuse, et tous me reçurent avec de
véritables transports de joie. Ils me savaient gré
de la singularité de mon expédition, chose qui a
toujours de l'attrait pour les Anglais.

Notre vie à tous pendant les quinze jours que je
passai à Edimbourg fut un festin continuel. Mes
amis me régalèrent à qui mieux mieux, et toutes
nos soirées et nos nuits se passaient ensemble. Le
pauvre Wilde surtout avait, à me fêter, un plaisir
qu'il me témoignait de la manière la plus naïve et
la plus touchante. Qui m'eût dit que sept ans après
il serait enchaîné sur un grabat [2]! Enfin, il fallut

penser au retour. Ce fut à Wilde que je m'adressai.
Il me trouva avec quelque peine, mais de la meilleure
grâce du monde, dix guinées. Je remontai sur ma
bête, et je repartis. J'avais été voir, à Niddin, ces
Wauchope qui m'avaient si bien accueilli, quand
j'étudiais, et j'avais appris que la sœur aînée était
dans une petite ville, un bain, si je ne me trompe,
appelé Moffat. Quoique je n'eusse pas trop de quoi
prendre un détour, je voulus pourtant l'aller voir,
je ne sais pourquoi, car c'était une personne fort peu
agréable, de trente à trente-cinq ans, laide, rousse [1],
aigre et capricieuse au dernier point. Mais j'étais
en si bonne disposition, et si content de la réception qu'on m'avait faite, que je ne voulais pas manquer une occasion de voir encore quelques-uns de
ces bons Ecossais que j'allais quitter pour un temps
illimité. En effet je ne les ai pas revus depuis.

Je trouvai Mlle Wauchope, établie solitairement,
comme il convenait à son caractère. Elle fut sensible
à ma visite et me proposa de retourner à Londres
par les comtés de Cumberland et de Westmoreland.
Un pauvre homme qu'elle protégeait se joignit à
nous, et nous fîmes une course assez agréable. J'y
gagnai de voir cette partie de l'Angleterre, que je
n'aurais pas vue sans cela. Car j'ai une telle paresse
et une si grande absence de curiosité que je n'ai
jamais de moi-même été voir ni un monument, ni une
contrée, ni un homme célèbre. Je reste où le sort me
jette jusqu'à ce que je fasse un bond qui me place
de nouveau dans une tout autre sphère. Mais ce
n'est ni le goût de l'amusement, ni l'ennui, ni aucun
des motifs qui d'ordinaire décident les hommes dans
l'habitude de la vie, qui me font agir. Il faut qu'une
passion me saisisse pour qu'une idée dominante s'empare de moi et devienne une passion. C'est ce qui
me donne l'air assez raisonnable aux yeux des autres
qui me voient, dans les intervalles des passions qui
me saisissent, me contenter de la vie la moins

attrayante, et ne chercher aucune distraction.

Le Westmoreland et le Cumberland dans sa belle partie, car il y en a une qui est horrible, ressemblent en petit à la Suisse. Ce sont d'assez hautes montagnes dont la cime est enveloppée de brouillards au lieu d'être couverte de neige, des lacs semés d'îles verdoyantes, de beaux arbres, de jolis bourgs, deux ou trois petites villes propres et soignées. Ajoutez à cela cette liberté complète d'aller et de venir sans qu'âme qui vive s'occupe de vous, et sans que rien rappelle cette police dont les coupables sont le prétexte, et les innocents le but. Tout cela rend toutes les courses en Angleterre une véritable jouissance. Je vis à Keswick, dans une espèce de musée, une copie de la sentence de Charles Iᵉʳ avec les signatures exactement imitées de tous ses juges, et je regardai avec curiosité celle de Cromwell, qui, jusqu'au commencement de ce siècle, a pu passer pour un audacieux et habile usurpateur, mais qui ne mérite pas de nos jours l'honneur d'être nommé.

Après m'avoir accompagné, je crois, jusqu'à Carlisle, Mlle Wauchope me quitta, en me donnant pour dernier conseil de ne plus faire de folies pareilles à l'escapade qui lui avait valu le plaisir de me revoir. De là je continuai ma route ayant précisément de quoi arriver chez M. Bridges, où j'espérais trouver de nouvelles ressources, et toujours plus satisfait de mon genre de vie, dans lequel, je m'en souviens, je ne regrettais qu'une chose, c'était qu'il pût arriver un moment où la vieillesse m'empêcherait de voyager ainsi tout seul à cheval. Mais je me consolais en me promettant de continuer cette manière de vivre le plus longtemps que je pourrais. J'arrivai enfin à Wadenho où je trouvai tout préparé pour ma réception. M. Bridges était absent, mais revint le lendemain. C'était un excellent homme, d'une dévotion presque fanatique, mais tout cœur pour moi qu'il s'était persuadé, sans que je le lui dise, être venu tout exprès de Paris pour le voir. Il me retint chez lui plusieurs jours, me mena dans le voisinage, et remit mes affaires à flot. Parmi les gens auxquels il me présenta, je ne me souviens que d'une lady Charlotte Wentworth, d'environ soixante-dix ans, que je contemplais avec une vénération toute particulière, parce qu'elle était sœur du marquis de Rockingham, et que ma politique écossaise m'avait inspiré un grand enthousiasme pour l'administration des Whigs dont il avait été le chef.

Pour répondre à toutes les amitiés de M. Bridges, je me pliai volontiers à ses habitudes religieuses, quoiqu'elles fussent assez différentes des miennes. Il rassemblait tous les soirs quelques jeunes gens dont il soignait l'éducation, deux ou trois servantes qu'il avait chez lui, des paysans, valets d'écurie et autres, leur lisait quelques morceaux de la Bible, puis nous faisait tous mettre à genoux et prononçait de ferventes et longues prières. Souvent il se roulait littéralement par terre, frappait le plancher de son front et se frappait la poitrine à coups redoublés. La moindre distraction pendant ces exercices, qui duraient souvent plus d'une heure, le jetait dans un véritable désespoir. Je me serais volontiers pourtant résigné à rester indéfiniment chez M. Bridges, tant je commençais à avoir peur de me présenter devant mon père; mais comme il n'y avait plus moyen de prolonger, je fixai le jour de mon départ. J'avais rendu au propriétaire le fidèle petit cheval blanc qui m'avait porté durant tout mon voyage : une passion pour cette manière d'aller me fit imaginer d'en acheter un sans songer à la difficulté que j'aurais à le sortir d'Angleterre. M. Bridges me servit de caution, et je me retrouvai sur la route de Londres, beaucoup mieux monté et fort content de mon projet de retourner de la sorte jusque chez mon père. J'y arrivai, je ne sais quel jour de septembre, et toutes mes belles espérances se dissipèrent. J'avais pu très

bien expliquer à M. Bridges pourquoi je me trouvais
sans argent chez lui. Mais je ne l'avais pas mis dans
la confidence que je serais tout aussi embarrassé
à Londres. Il croyait au contraire qu'une fois rendu
là, les banquiers auxquels mon père avait dû
m'adresser me fourniraient les fonds dont j'aurais
besoin. Il ne m'avait donc prêté en argent comptant
que ce qu'il fallait pour y arriver.

Le plus raisonnable eût été de vendre mon cheval,
de me mettre dans une diligence et de retourner le
plus obscurément et le moins chèrement que j'aurais
pu au lieu où il fallait enfin que je me rendisse.
Mais je tenais au mode de voyager que j'avais adopté,
et je m'occupai à trouver d'autres ressources. Kentish me revint à l'esprit; j'allai le voir, il me promit
de me tirer d'embarras, et sur cette promesse, je ne
m'occupai plus que de profiter du peu de temps
pendant lequel je jouissais encore d'une indépendance que je devais reperdre si tôt. Je dépensai
de diverses manières le peu qui me restait, et je me
vis enfin sans le sol. Des lettres de mon père, qui
me parvinrent en même temps, réveillèrent aussi [1]
en moi des remords que les désagréments de la
situation ne laissaient pas que d'accroître. Il s'exprimait avec un profond désespoir sur toute ma
conduite, sur la prolongation de mon absence, et me
déclarait que, pour me forcer à le rejoindre, il avait
défendu à ses banquiers de subvenir à aucune de
mes dépenses. Je parlai enfin à Kentish qui, chan-
geant de langage, me dit que j'aurais dû ne pas me
mettre dans cette position au lieu de me plaindre
d'y être. Je me souviens encore de l'impression que
cette réponse produisit sur moi. Pour la première
fois je me voyais à la merci d'un autre qui me le
faisait sentir. Ce n'est pas que Kentish voulût précisément m'abandonner, mais il ne me cachait, en
m'offrant encore ses secours, ni sa désapprobation
de ma conduite, ni la pitié qui le décidait à me

secourir, et son assistance était revêtue des formes
les plus blessantes. Pour se dispenser de me prêter
un sol, il me proposa de venir dîner chez lui tous
les jours, et pour me faire sentir qu'il ne me regardait pas comme un ami qu'on invite, mais comme
un pauvre qu'on nourrit, il affecta de n'avoir à
dîner, pendant cinq ou six jours, que ce qu'il
fallait pour sa femme et pour lui, en répétant que
son ménage n'était arrangé que pour deux personnes.

Je supportai cette insolence, parce que j'avais écrit
aux banquiers, malgré la défense de mon père, et que
j'espérais me retrouver en état de faire sentir à mon
prétendu bienfaiteur ce que ses procédés m'inspiraient. Mais ces malheureux banquiers étant, ou se
disant à la campagne, me firent attendre leur réponse
toute une semaine. Cette réponse vint enfin et fut
un refus formel. Il fallut donc m'expliquer une
dernière fois avec Kentish, et il me prescrivit de
vendre mon cheval et d'aller, avec ce que j'en
tirerais, comme je pourrais, où je voudrais. Le seul
service qu'il m'offrit fut de me mener chez un marchand de chevaux qui me l'achèterait tout de suite.
Je n'avais pas d'autre parti à prendre; et après une
scène assez vive [1] où je me serais brouillé tout à fait
avec lui s'il ne s'était pas montré aussi insensible
à mes reproches qu'il l'avait été à mes prières, nous
allâmes ensemble chez l'homme dont il m'avait parlé.
Il m'offrit quatre louis de ce cheval qui m'en avait
coûté quinze. J'étais dans une telle fureur qu'au
premier mot je traitai indignement cet homme qui
au fond ne faisait que son métier, et je faillis être
assommé par lui et ses gens. L'affaire ayant manqué
de la sorte, Kentish, qui commençait à avoir autant
d'envie d'en finir que moi, m'offrit de me prêter
dix guinées à condition que je lui donnerais une
lettre de change pour cette somme, et que de plus
je lui laisserais ce cheval qu'il promit de vendre

comme il le pourrait à mon profit. Je n'étais le maître de rien refuser.

J'acceptai donc, et je partis, me promettant bien de ne plus faire d'équipée semblable. Par un reste de goût pour les expéditions chevaleresques, je voulus aller à franc étrier jusqu'à Douvres. C'est une manière de voyager qui n'est pas d'usage en Angleterre, où l'on va aussi vite et à meilleur marché en chaise de poste. Mais je croyais indigne de moi de n'avoir pas un cheval entre les jambes. Le pauvre chien qui m'avait fidèlement accompagné dans toutes mes courses fut la victime de cette dernière folie. Quand je dis dernière, je parle de celles que j'ai faites [1] en Angleterre d'où je partis le lendemain. Il succomba à la fatigue à quelques milles de Douvres. Je le confiai presque mourant à un postillon avec un billet pour Kentish, dans lequel je lui disais que, comme il traitait ses amis comme des chiens, je me flattais qu'il traiterait ce chien comme un ami. J'ai appris plusieurs années après que le postillon s'était acquitté de ma commission et que Kentish montrait ce chien à un de mes cousins qui voyageait en Angleterre, en lui disant que c'était un gage de l'amitié intime et tendre qui l'unissait [2] pour toujours à moi. En 1794, ce Kentish s'est avisé de m'écrire sur le même ton, en me rappelant les délicieuses journées que nous avions passées ensemble en 1787. Je lui ai répondu assez sèchement, et je n'en ai plus entendu parler.

Au moment où je mettais pied à terre à Douvres, un paquebot allait partir pour Calais. J'y fus reçu, et le 1er octobre je me retrouvai en France. C'est la dernière fois jusqu'à présent que j'ai vu cette Angleterre, asile de tout ce qui est noble, séjour de bonheur, de sagesse et de liberté, mais où il ne faut pas compter sans réserve sur les promesses de ses amis de collège. Au reste [3], je suis un ingrat. J'en ai trouvé vingt bons pour un seul mauvais. A Calais,

nouvel embarras. Je calculai que je n'avais aucun
moyen d'arriver à Bois-le-Duc, où était mon père,
avec le reste de mes dix guinées. Je sondai M. Dessin, mais il était trop accoutumé à des propositions
pareilles de la part de tous les aventuriers allant
en Angleterre ou en revenant pour être disposé [1] à
m'entendre. Je m'adressai enfin à un domestique
de l'auberge qui, sur une montre qui valait dix louis,
m'en prêta trois, ce qui n'assurait pas encore mon
arrivée. Puis je me remis à cheval pour aller nuit
et jour jusqu'à l'endroit où je n'avais à attendre que
du mécontement et des reproches.

En passant à Bruges, je tombai entre les mains
d'un vieux maître de poste qui, sur ma mine, avisa
avec assez de pénétration qu'il pourrait me prendre
pour dupe. Il commença par me dire qu'il n'avait
pas de chevaux et [2] n'en aurait pas de plusieurs
jours, mais il offrit de m'en procurer à un prix
excessif. Le marché fait, il me dit que le maître
des chevaux n'avait pas de voiture. C'était un nouveau marché à faire ou l'ancien à payer. Je pris le
premier parti. Mais quand je croyais tout arrangé,
il ne se trouva pas de postillon pour me conduire
et je n'en obtins un qu'à des conditions tout aussi
exorbitantes. J'étais tellement dévoré au fond du
cœur de pensées tristes, et sur le désespoir dans
lequel je me figurais mon père, dont les dernières
lettres avaient été déchirantes, et sur la réception
que j'allais éprouver, et sur la dépendance qui
m'attendait et dont j'avais perdu l'habitude, que je
n'avais la force de me fâcher ni de disputer sur
rien. Je me soumis donc à toutes les friponneries
de ce coquin [3] de maître de poste, et enfin je me
remis en route, mais je n'étais pas destiné à aller
vite. Il était environ dix heures quand je partis de
Bruges, abîmé de fatigue. Je m'endormis presque
tout de suite. Après un assez long somme, je me
réveillai, ma chaise éatit arrêtée, et mon postillon

avait disparu. Après m'être frotté les yeux, avoir
appelé, crié, juré, j'entendis à quelques pas de moi
un violon. C'était dans un cabaret où des paysans
dansaient et mon postillon avec eux de toutes ses
forces.

A la poste avant Anvers, je me trouvai [1], grâce à
mon fripon de Bruges, hors d'état de payer les
chevaux qui m'avaient conduit, et pour cette fois,
je ne connaissais personne. Il n'y avait personne
non plus qui parlât français, et mon assez mauvais
allemand était presque inintelligible. Je tirai une
lettre de ma poche, et je tâchai de faire comprendre par signes au maître de poste que c'était une
lettre de crédit sur Anvers. Comme heureusement
personne ne pouvait la lire, on me crut, et j'obtins
qu'on me conduirait jusque-là, en promettant, toujours par signes, de payer tout ce que je me trouverais [2] devoir. A Anvers, il fallut encore que mon
postillon me prêtât de l'argent pour payer un bac,
et je me fis conduire à l'auberge [3]. J'y avais logé
plusieurs fois avec mon père. L'aubergiste me reconnut, paya ma dette et me prêta de quoi continuer
ma route. Mais il m'avait pris une telle peur de
manquer d'argent que, pendant que l'on mettait les
chevaux, je courus chez un négociant que j'avais
vu à Bruxelles, et que je me fis donner encore quelques louis, quoique, selon toutes les probabilités, ils
dussent m'être fort inutiles. Enfin le lendemain,
j'arrivai à Bois-le-Duc. J'étais dans la plus horrible
angoisse, et je restai quelque temps sans avoir la
force de me faire conduire au logement que mon
père habitait. Il fallut pourtant prendre mon courage à deux mains et m'y rendre. Pendant que je
suivais le guide qu'on m'avait donné, je frémissais
et des justes reproches qui pourraient m'être adres-
sés, et plus encore de la douleur et peut-être de
l'état de maladie causé par cette douleur dans lequel
je pourrais trouver mon père. Ses dernières lettres

m'avaient déchiré le cœur. Il m'avait mandé qu'il
était malade du chagrin que je lui faisais, et que si
je prolongeais mon absence, j'aurais sa mort à me
reprocher. J'entrai dans sa chambre. Il jouait au
whist avec trois officiers de son régiment.

— Ah! vous voilà? me dit-il. Comment êtes-vous
venu?

Je lui dis que j'avais voyagé moitié à cheval, moitié en voiture, et jour et nuit. Il continua sa partie.
Je m'attendais à voir éclater sa colère quand nous
serions seuls. Tout le monde nous quitta.

— Vous devez être fatigué, me dit-il, allez vous
coucher.

Il m'accompagna dans ma chambre. Comme je
marchais devant lui, il vit que mon habit était déchiré.

— Voilà toujours, dit-il, ce que j'avais craint de
cette course.

Il m'embrassa, me dit le bonsoir et je me couchai. Je restai tout abasourdi de cette réception qui
n'était ni ce que j'avais craint, ni ce que j'avais
espéré. Au milieu de ma crainte d'être traité avec
une sévérité que je sentais méritée, j'aurais eu un
vrai besoin, au risque de quelques reproches, d'une
explication franche avec mon père. Mon affection
s'était augmenté de la peine que je lui avais faite.
J'aurais eu besoin de lui demander pardon, de causer avec lui [1] sur ma vie future. J'avais soif de
regagner sa confiance et d'en avoir en lui. J'espérai [2], avec un mélange de crainte, que nous nous
parlerions le lendemain plus à cœur ouvert.
Mais le lendemain n'apporta aucun changement
à sa manière, et quelques tentatives que je fis pour
amener une conversation à ce sujet, quelques assurances de regret que je hasardai avec embarras,
n'ayant obtenu [3] aucune réponse, il ne fut, pendant
les deux jours [4] que je passai à Bois-le-Duc, question de rien entre nous. Je sens que j'aurais dû

rompre la glace. Ce silence, qui m'affligeait de la
part de mon père, le blessait probablement de la
mienne. Il l'attribuait à une insouciance très blâ-
mable après une aussi inexcusable conduite; et ce
que je prenais pour de l'indifférence était peut-être
un ressentiment caché. Mais dans cette occasion
comme dans mille autres de ma vie, j'étais arrêté
par une timidité que je n'ai jamais pu vaincre, et
mes paroles expiraient sur mes lèvres, dès que je
ne me voyais pas encouragé à continuer. Mon père
arrangea donc mon départ avec un jeune Bernois,
officier dans son régiment [1].

Il ne me parla que de ce qui se rapportait à mon
voyage et je montai en voiture sans avoir dit [2] une
parole un peu claire sur l'équipée que je venais de
faire ou le repentir que j'en eus, et sans que mon
père m'eût dit un mot qui montrât qu'il en eût été
triste ou mécontent. Le Bernois avec qui je faisais
route était d'une des familles aristocratiques de
Berne. Mon père avait ce gouvernement en horreur
et m'avait élevé dans ces principes. Ni lui ni moi
ne savions alors que presque tous les vieux gouvernements sont doux parce qu'ils sont vieux et tous
les nouveaux gouvernements durs, parce qu'ils sont
nouveaux. J'excepte pourtant le despotisme absolu
comme celui de Turquie ou de   [3] parce que
tout dépend d'un homme seul, qui devient fou de
pouvoir, et alors les inconvénients de la nouveauté
qui ne sont pas dans l'institution sont dans l'homme.
Mon père passait sa vie à déclamer contre l'aristo-
cratie bernoise, et je répétais ses déclamations. Nous
ne réfléchissions pas que nos déclamations mêmes,
par cela seul qu'elles étaient sans inconvénient pour
nous, se démontraient fausses. Elles ne le furent
pourtant pas toujours sans inconvénient. A force
d'accuser d'injustice et de tyrannie les oligarques
qui n'étaient coupables que de monopole et d'insolence, mon père les rendit injustes pour lui, et il

lui en coûta enfin sa place, sa fortune et le repos
des vingt-cinq dernières années de sa vie [1].

Rempli de toute sa haine contre le gouvernement
de Berne, je me trouvai à peine dans une chaise
de poste avec un Bernois [2] que je commençai à répéter tous les arguments connus contre les privi-
lèges en politique [3], contre les droits enlevés au peuple, contre l'autorité hérédiaire, etc., etc., ne man-
quant pas de promettre à mon compagnon de voyage
que, si jamais l'occasion s'offrait, je délivrerais le
pays de Vaud de l'oppression où le tenaient ses
compatriotes. L'occasion s'est offerte onze ans après.
Mais j'avais devant les yeux l'expérience de la
France où j'avais été témoin de ce qu'est une révolution, et acteur assez impuissant, dans le sens d'une
liberté fondée sur de la justice [4], et je me suis bien
gardé de révolutionner la Suisse. Ce qui me frappe,
quand je me retrace ma conversation avec ce Bernois, c'est le peu d'importance qu'on attachait alors
à l'énonciation de toutes les opinions, et la tolérance
qui distinguait cette époque. Si on tenait aujourd'hui
le quart d'un propos semblable, on ne serait pas une
heure en sûreté.

Nous arrivâmes à Berne où je laissai mon
compagnon de voyage, et pris la diligence jusqu'à
Neuchâtel. Je me rendis le soir même chez Mme de
Charrière [5]. J'y fus reçu par elle avec des transports
de joie, et nous recommençâmes nos conversations
de Paris. J'y passai deux jours, et j'eus la fantaisie
de retourner à pied à Lausanne. Mme de Charrière
trouva l'idée charmante, parce que cela cadrait,
disait-elle, avec toute mon expédition d'Angleterre.
C'eût été, raisonnablement parlant, une raison de
ne pas faire ce qui pouvait la rappeler, et d'éviter
ce qui me faisait ressembler à l'enfant prodigue.

Enfin, me voilà dans la maison de mon père [6] et
sans autre perspective que d'y vivre paisiblement.
Sa maîtresse [7], que je ne connaissais pas alors pour

telle, tâcha de m'y arranger le mieux du monde.
Ma famille fut très bien pour moi. Mais j'y étais à
peine depuis quinze jours que mon père me manda
qu'il avait obtenu du duc de Bronsvic, qui était
alors à la tête de l'armée prussienne en Hollande,
une place à sa cour, et que je devais faire mes
préparatifs pour aller à Bronsvic dans le courant de
décembre [1]. J'envisageai ce voyage comme un moyen
de vivre plus indépendant que je ne l'aurais pu en
Suisse, et je ne fis aucune objection. Mais je ne
voulais pas partir sans passer quelques jours chez
Mme de Charrière, et je montai à cheval pour lui
faire une visite.

Outre le chien que j'avais été obligé d'abandonner
sur la route de Londres à Douvres, j'avais ramené
une petite chienne à laquelle j'étais fort attaché :
je la pris avec moi. Dans un bois qui est près
d'Yverdon, entre Lausanne et Neuchâtel, je me trompai de chemin, et j'arrivai dans un village à la porte
d'un vieux château [2]. Deux hommes en sortaient précisément avec des chiens de chasse. Ces chiens se
jetèrent sur ma petite bête, non pour lui faire mal,
mais au contraire par galanterie. Je n'appréciai pas
bien leur motif, et je les chassai à grands coups de
fouet.

L'un des deux hommes m'apostropha assez gros-
sièrement. Je lui répondis de même, et lui demandai
son nom. Il me dit en continuant ses injures, qu'il
s'appelait le chevalier Duplessis [3] d'Ependes, et après
nous être querellés encore quelques minutes, nous
convînmes que je me rendrais chez lui le lendemain
pour nous battre. Je retournai à Lausanne, et je
racontai mon aventure à un de mes cousins [4] en le
priant de m'accompagner. Il me le promit, mais
en me faisant la réflexion qu'en allant moi-même
chez mon adversaire, je me donnais l'apparence
d'être l'agresseur, qu'il était possible que quelque
domestique ou garde-chasse eût pris le nom de son

maître, et qu'il valait mieux envoyer à Ependes,
avec une lettre pour m'assurer de l'identité du personnage, et dans ce cas fixer un autre lieu de rendez-vous. Je suivis ce conseil. Mon messager me
rapporta une réponse qui certifiait que j'avais bien
eu affaire avec M. Duplessis, capitaine au service
de la France, et qui d'ailleurs était remplie d'insinuations désobligeantes sur ce que j'avais pris de pareilles informations [1], au lieu de me rendre moi-même
au lieu et au jour qui étaient fixés. M. Duplessis
indiquait un autre jour sur territoire neuchâ-
telois.

Nous partîmes, mon cousin et moi, et pendant la
route nous fûmes d'une gaieté folle. Ce qui me sug-
gère cette remarque, c'est que tout à coup mon
cousin me dit : « Il faut avouer que nous y allons
bien gaiement. » Je ne pus m'empêcher de rire de
ce qu'il s'en faisait un mérite à lui qui ne devait
être que spectateur. Quant à moi, je ne m'en fais
pas un non plus. Je ne me donne pas pour plus courageux qu'un autre, mais un des caractères que la
nature m'a donnés, c'est un grand mépris pour la
vie, et même une envie secrète d'en sortir pour
éviter ce qui peut encore m'arriver de fâcheux. Je
suis assez susceptible d'être effrayé par une chose
inattendue qui agit sur mes nerfs. Mais dès que j'ai
un quart d'heure de réflexion, je deviens sur le
danger d'une indifférence complète.

Nous couchâmes en route et nous étions le lendemain à cinq heures du matin à la place indiquée.
Nous y trouvâmes le second de M. Duplessis, un
M. Pillichody [2] d'Yverdon, officier comme lui en
France, et qui avait toutes les manières et toute
l'élégance d'une garnison. Nous déjeunâmes ensemble : les heures se passaient, et M. Duplessis ne
paraissait pas. Nous l'attendîmes ainsi inutilement
toute la journée. M. Pillichody était en fureur et
s'épuisait en protestations que jamais il ne reconnaî-

trait pour son ami un homme qui manquait à un rendez-vous de cette espèce.

— J'ai eu, disait-il, mille affaires pareilles sur le dos, et j'ai toujours été le premier au lieu indiqué. Si Duplessis n'est pas mort, je le renie, et s'il ose m'appeler encore son ami, il ne mourra que de ma main.

Il se démenait [1] ainsi dans son désespoir chevaleresque, lorsque arriva subitement un de mes oncles [2], père du cousin qui m'avait accompagné. Il venait m'arracher aux périls qui me menaçaient et fut tout étonné de me trouver causant avec le second de mon adversaire sans que cet adversaire se fût présenté. Après avoir ainsi attendu encore, nous prîmes le parti de nous en retourner. M. Pillichody nous devança, et comme nous passions devant la campagne qu'habitait M. Duplessis, nous trouvâmes toute la famille sur le grand chemin, qui venait me faire des excuses [3].

Cécile

Italiam, Italiam

PREMIÈRE ÉPOQUE

(11 janvier - 31 mai 1793)

Ce fut le 11 janvier 1793 que je fis connaissance avec Cécile de Walterbourg [1], aujourd'hui ma femme. Elle était mariée, depuis environ deux ans, avec un comte de Barnhelm [2], beaucoup plus âgé qu'elle. La sœur aînée de Cécile avait fait ce mariage. La Baronne de Salzdorf [3], c'était son nom, liée pendant vingt années avec M. de Barnhelm, avait imaginé d'en faire son beau-frère, pour qu'il ne cessât pas d'être son amant. Sacrifiée à cette odieuse intrigue, Cécile découvrit bientôt les rapports de sa sœur aînée avec son mari, et, sans dévoiler ses motifs à sa famille, parce qu'elle ne voulait pas affliger la vieillesse de son père, elle eut le courage de rompre toute liaison intime avec un homme qu'elle regardait comme indigne d'elle. Cette résolution, après l'avoir exposée à beaucoup de persécutions intérieures, lui donna dans le public une réputation de bizarrerie à laquelle elle se résigna, sans essayer de s'en justifier.

Elle vivait seule dans la maison de M. de Barnhelm qu'elle ne voyait presque jamais, et ne paraissait que fort rarement à la Cour de Bronsvic, où son mari occupait une place.

J'étais moi-même au service du Duc de Bronsvic [4], et marié à une femme que j'avais épousée par fai-

blesse, que j'avais aimée par bonté d'âme plus que
par goût depuis mon mariage, et dont l'esprit et le
caractère me convenaient assez peu. Pendant une
absence que j'avais faite pour aller en Suisse, ma
femme s'était attachée à un prince russe âgé de
dix-huit ans. Cette passion, que j'avais, à mon retour,
trouvée dans toute sa force, m'avait déplu comme
inconvenance, plus qu'elle n'avait blessé mon cœur.
Fort jeune, fort impatient, mais mettant assez peu
de suite dans mes volontés, je n'avais aucune autorité sur ma femme. Je n'avais eu d'affection pour
elle que par une sorte de complaisance, de sorte que
mon affection cessa, dès que je m'aperçus qu'elle
n'en avait plus besoin. Je n'essayai donc point de
la ramener par des formes tendres ou douces. De
temps en temps, ma qualité de mari me donnait des
velléités de commander; mais je m'ennuyais bientôt
moi-même de cet effort. La liaison de ma femme
avec le Prince, quelquefois troublée par des scènes
violentes, mais courtes, que je ne faisais qu'à contre-
cœur, continua donc sous mes yeux, et quelquefois,
oubliant ma propre situation, je contemplais ces
deux personnes, que ma présence gênait, et je ne
pouvais m'empêcher de porter envie à ces deux
cœurs ivres d'amour.

Un jour nous avions passé la soirée à nous trois
dans un assez profond silence. Mais les regards des
deux amants, leur intelligence réciproque qui se
trahissait dans les moindres choses, le bonheur qu'ils
éprouvaient à se trouver ensemble, quoiqu'ils ne
pussent se dire un mot sans être entendus, me
jetèrent dans une profonde rêverie. « Qu'ils sont heureux! me dis-je en rentrant dans ma chambre, et
pourquoi donc serais-je privé d'un pareil bonheur?
pourquoi donc, à vingt-six ans, n'éprouverais-je plus
d'amour? » Je passai la nuit occupé de ces pensées,
et le matin, je parcourus dans mon imagination
toutes les femmes que je connaissais à Bronsvic, sans

qu'aucune me frappât de manière à me faire espérer que je pourrais en devenir amoureux.

Je fus appelé par le service de la Cour à dîner chez une vieille duchesse, mère du Duc régnant. Après le dîner, elle se mit à causer avec moi et me demanda tout à coup si je connaissais Mme de Barnhelm. Je ne l'avais point remarquée, vu la solitude dans laquelle elle vivait, et son idée ne s'était pas présentée à moi durant mes méditations de la matinée. Mais, en l'entendant nommer, je me dis tout à coup que peut-être elle remplirait mieux mon but qu'aucune des femmes dont j'avais cherché à me retracer l'image.

En sortant de chez la Duchesse, je partis pour aller la voir. M. de Barnhelm y était, en veste, et jouant du violon. Sa femme était assise sur un canapé avec un air d'ennui très visible. Je lui trouvai une figure agréable, une peau très blanche, un son de voix doux, de beaux cheveux, des bras et une poitrine superbes. Je lui écrivis le soir une déclaration positive. Je n'étais point du tout amoureux d'elle en la lui envoyant; mais sur sa réponse [1], qui était convenable, spirituelle, froide, polie et qui se terminait par un refus absolu de me recevoir à l'avenir, je ressentis ou crus ressentir la passion la plus violente. J'écrivis de nouveau, je demandai pardon de ma hardiesse, je me bornai à supplier qu'elle tolérât un sentiment que je ne voulais plus appeler qu'une sincère et vive amitié. Nous négociâmes pendant quelques jours. J'obtins enfin d'être reçu de nouveau. Je multipliai mes visites. Je proposai des lectures, et notre vie s'établit de manière à ce que nous passions tous les jours à peu près une heure ensemble.

Un mois s'écoula ainsi, sans que je fisse aucune tentative pour être heureux autrement que par la société de Cécile, qui chaque jour me recevait avec plus d'affection et se liait avec moi par l'habitude.

Je ne sais combien de temps la chose aurait duré
sur ce pied, mais M. de Barnhelm, malgré ses liens
avec la sœur de Cécile, et la barrière qui le séparait depuis si longtemps de sa femme, s'avisa soudain de devenir jaloux. Je fus forcé d'interrompre
mes visites. Cécile en fut presque aussi triste que
moi. Le désespoir que je témoignais lui fit éluder
quelquefois la défense que M. de Barnhelm ne lui
paraissait pas trop en droit de lui faire. Nous nous
vîmes à la promenade, au spectacle, dans quelques
assemblées, jamais chez elle, et jamais seuls.

M. de Barnhelm, cependant, redoublait d'exigence
et de violence, tout en continuant sa liaison publique et scandaleuse avec Mme de Salzdorf. Il en
résulta des agitations, des scènes, et surtout, de la
part de Cécile, une tristesse profonde. Son mari, qui
n'avait montré de la jalousie que par une vanité
qui ne pouvait pas être longtemps dominante dans
un caractère indolent et égoïste comme le sien,
s'ennuya de voir son intérieur ainsi troublé et mélan-
colique. C'était un homme plutôt personnel que dur.
La vue d'une jeune femme souvent dans les larmes le peinait et le fatiguait. Il imagina enfin de proposer à Cécile, suivant les lois et les mœurs allemandes, un divorce qui lui rendît son indépendance.
Cécile qui de fait n'était plus sa femme, accepta
cette proposition avec empressement, et les premières démarches furent faites sans que nous pré-
vissions, elle ni moi, que sa liberté pourrait lui four-
nir un moyen d'unir sa destinée à la mienne. En
effet, j'étais marié, et ni la passion que ma femme
affichait pour le petit prince dont j'ai parlé ci-des-
sus, ni mon amour pour Cécile ne m'avaient conduit
à désirer de briser des liens qui ne me gênaient
aucunement.

Mais il arriva tout à coup dans mon ménage un
événement dont le résultat fut de me rendre aussi
une liberté dont je ne songeais point à faire usage.

Mme de Salzdorf donnait une grande fête, où toute
la Cour était invitée. Le Prince Narischkin [1], c'était
ainsi que s'appelait le jeune amant de ma femme,
y fut prié. Ma femme reçut de même une invitation.
Je fus seul exclu, parce que Mme de Salzdorf avait
supposé qu'il serait désagréable à M. de Barnhelm
de me rencontrer. Elle ignorait ses projets de divorce, qu'il lui avait cachés de peur qu'elle ne les
contrariât, et que Cécile, qui lui savait mauvais gré
de ce qu'elle avait arrangé son triste mariage, s'était
bien gardée de lui confier.

La veille du jour où cette fête devait avoir lieu, je
dînais à la Cour et je me trouvais placé à côté d'une
dame d'honneur, vieille et laide. Je lui témoignai
ma surprise de l'exclusion que Mme de Salzdorf
m'avait donnée. Je n'y attachais pas, en lui en parlant, une grande importance. Mais lorsqu'elle apprit
que ma femme y était invitée sans moi, elle me
parla, d'abord avec ménagement, de ma situation
domestique. Son âge semblait lui donner le droit
de s'immiscer dans les affaires d'un jeune homme
qui dirigeait assez mal sa vie et qui en avait l'air fort
mécontent. Je n'ai d'ailleurs jamais su imposer aux
autres de manière à ce qu'ils ne me disent pas ce
que je n'aurais pas dû entendre. Tout le monde s'est
toujours cru appelé à me conseiller. Je fais bon
marché de moi-même parce que je ne m'intéresse
guère. J'écoute paisiblement les autres, parce qu'ils
ne m'intéressent point, et c'est à force d'indifférence que je prends une apparence de docilité et
de bon enfant qui encourage les donneurs d'avis.
De plus, la personne avec laquelle je causais était,
comme je l'ai dit, laide et vieille. Ma femme, sans
être jolie, avait pourtant sur elle l'avantage de l'âge
et de la figure. Il y a une inimitié secrète entre
toutes les femmes, surtout entre celles d'âges diffé-
rents. La conversation s'échauffa, et après les préam-
bules ordinaires, où l'on motive la haine sur l'amitié,

et la calomnie sur l'intérêt, nous en vînmes à une explication franche. On me révéla mille détails qui me surprirent, mille observations qui me blessèrent. On me peignit avec force la déconsidération d'un mari tolérant, le ridicule d'un mari trompé.

Je rentrai chez moi plein d'un mouvement factice, et je m'agitais pour l'entretenir. Je trouvai ma femme seule et je commençai une conversation qui devint bientôt d'autant plus amère qu'il y avait moins de sentiment de part et d'autre. Ma femme voulut sortir. Je lui ordonnai de s'asseoir et de m'écouter. Elle obéit. J'étais si peu accoutumé à l'autorité que je demeurai tout interdit de son obéissance. Je ranimai pourtant ma colère. Je parlai des droits d'un époux, de ma volonté, de mon pouvoir. Je ne savais trop ce que je voulais précisément. J'ai toujours eu au fond du cœur une sorte de bonté qui m'empêche d'exiger ce qui fait aux autres une peine réelle. Le résultat de chacune de mes paroles semblait devoir être d'interdire à ma femme toute liaison ultérieure avec l'homme dont je semblais avoir pris ombrage, et j'hésitais pourtant à prononcer cet ordre parce qu'il me paraissait injuste, et peut-être aussi parce que mon attachement pour Cécile m'ôtait, à mes propres yeux, le droit d'exiger un sacrifice que je n'étais point disposé à récompenser. Si ma femme avait eu assez d'esprit pour démêler ce qui se passait dans mon âme, nous nous serions calmés de fatigue, et les choses en seraient restées dans leur état précédent. Mais elle se crut menacée dans sa passion et, supposant ce que je n'avais point encore prononcé, elle me dit qu'elle immolerait à son propre honneur l'affection que je lui reprochais, mais qu'elle ne voulait revoir de sa vie l'homme qui, sans l'aimer, lui faisait éprouver une pareille douleur. Des expressions blessantes qui accompagnaient cette déclaration m'irritèrent, et je souscrivis à une proposition qui jusqu'alors ne s'était point offerte à ma pensée. Nous convînmes de ne mettre personne dans notre secret.

Il n'était point question de divorce. Nous nous promîmes de ne plus entrer dans l'appartement l'un de l'autre, de séparer le plus possible nos intérêts, de ne nous rencontrer que dans le monde, et d'agir toujours, dans toutes les occurrences que nous ne pouvions prévoir, de la manière la plus propre à ne pas nous nuire, mais aussi à ne pas nous voir mutuellement. Nous signâmes cette espèce de traité. Le lendemain nous fîmes tous les arrangements qui en étaient la conséquence. Je repris une portion de meubles nécessaires pour un appartement à part, et entre autres un vieux piano-forte que mon père m'avait donné et auquel j'attachais beaucoup de prix.

Nous vécûmes ainsi quelques jours. Ma femme ne se crut pas très liée par la promesse qu'elle m'avait faite de ne plus recevoir le Prince Narischkin, et j'étais si fatigué de tout orage intérieur que je ne songeai pas à réclamer contre cette violation de sa parole. Cette espèce de rupture, quoiqu'elle n'eût rien d'ostensible, fit nécessairement le sujet des entretiens d'une petite Cour oisive et curieuse. Cécile, qui, sans être entrée pour rien, comme on voit, dans ce qui s'était passé, était ma confidente, craignit de se voir accusée d'être la cause de quelques torts de ma part envers ma femme; et, à sa prière, je mis plus de réserve dans mes visites, et je travaillai à faire tomber tous les bruits qui auraient pu compliquer sa situation.

Un soir j'étais chez moi, seul, et assez triste de ma solitude. J'ouvris le piano que ma femme m'avait renvoyé. Une lettre frappa mes regards. Elle était du Prince à ma femme. Elle ne laissait aucun doute sur leurs liens réciproques et sur les suites que ces liens pouvaient avoir, suites sur lesquelles le Prince tâchait de la rassurer. A cette lecture, mon hon-

neur endormi se réveilla. Il y a des choses que l'on
soupçonne, qu'on veut ignorer, mais dont on ne
peut tolérer la preuve. J'allai chez ma femme. Je
lui montrai cette lettre. « Je puis vous perdre, lui dis-
je, mais je ne le veux pas. Rompons une union qui
ne peut plus subsister. Demandez votre divorce.
Accusez-moi de tous les torts qui ne flétrissent pas
la réputation d'un homme. Je ne vous reprocherai
rien, mais je veux être libre, et ne pas donner mon
nom à un enfant qui me force à mépriser à jamais
sa mère. » Ma femme voulut entrer dans quelques
explications. Je ne voulus rien écouter. Je lui donnai jusqu'au lendemain pour se décider et je sortis
en gardant la lettre. Le jour suivant, un des parents
de ma femme vint conférer avec moi sur les mesures à prendre. Je me prêtai à tout, j'abandonnai une
partie de ma fortune. Le divorce fut demandé de
consentement mutuel. On m'attribua beaucoup de
torts. On plaignit beaucoup ma femme. On dit force
mal de moi. Je me tus et m'en consolai.

Prêts à devenir libres, Cécile et moi, il était assez
naturel que nous pensassions à faire servir cette
liberté à nous rendre heureux l'un par l'autre. Mais
l'expérience que j'avais faite du mariage m'inspirait
pour ce lien un très vif éloignement. C'est un usage
en Allemagne que les maris s'occupent du sort des
femmes dont ils se séparent, et la bonhomie allemande rend tout simple dans ce pays ce qui serait
scandaleux ailleurs. Cécile, heureuse de me voir
souvent, et n'ayant avec moi que des relations très
pures, n'aurait peut-être jamais pensé à m'épouser.
Mais M. de Barnhelm lui mit ce projet en tête. Depuis
la demande du divorce, il s'était établi entre Cécile
et M. de Barnhelm une espèce d'amitié. Cécile, par
une vengeance assez naturelle, avait tâché de l'éclairer sur le caractère et sur la conduite de Mme de
Salzdorf, qui lui était assez peu fidèle, et il en était
résulté que presque au même instant qu'il se sépa-

rait de sa femme, il avait quitté sa maîtresse. Ce fut donc lui qui, par intérêt pour Cécile, crut devoir travailler à nous unir, et ce fut contre lui que j'eus à me défendre dans les premiers moments de surprise que ce projet me causa.

Mais je ne me défendis pas longtemps. La douceur de Cécile, mon goût pour elle, et une espèce de sympathie qui nous a toujours unis, qui nous unit encore, et qui fait que je ne suis jamais deux heures auprès d'elle sans me trouver plus heureux [1], me conduisirent bientôt à désirer ce que d'abord, au fond du cœur, j'étais plutôt disposé à craindre. Cependant, comme je mettais beaucoup d'intérêt à ce que l'on ne me soupçonnât pas d'avoir brisé mes premiers nœuds dans le seul but d'en contracter d'autres, je voulus quitter Bronsvic. Nous nous promîmes, Cécile et moi, amour et fidélité.

Je lui demandai le secret sur nos projets, jusqu'à ce que mon divorce et le sien fussent prononcés, et je partis pour les eaux de Pyrmont [2], où j'allai promener mon oisiveté et les incertitudes qui tourmentaient encore mon imagination mobile et mon caractère indécis. Le jeu, la solitude au milieu d'une société nombreuse, le repos, la liberté de la vie des bains, me parurent, au sortir d'une vie triste et agitée, des jouissances, et tout en me regardant comme engagé avec Cécile, tout en sentant qu'elle méritait mon affection, je n'envisageais quelquefois qu'avec [crainte [3]] le moment où je me trouverais de nouveau chargé de la vie et de la destinée d'une autre. J'écrivais néanmoins toujours à Cécile avec une tendresse que j'éprouvais réellement, et ses lettres me causaient un vif plaisir, quand elles me retraçaient le sentiment que je lui avais inspiré. Mais je n'avais pas une grande impatience que l'époque de changer de situation arrivât.

Un mois s'était à peine passé, quand Cécile m'écrivit qu'elle avait à me parler sur des choses impor-

tantes et qu'elle me donnait un rendez-vous pour
un jour fixe à Cassel. Je montai à cheval et je m'y
rendis, mais dans une disposition dans laquelle il y
avait moins d'empressement que de crainte de lui
causer de la peine, et je me souviens que pendant
la route j'avais quelquefois le mouvement d'être presque importuné de cette entrevue. Arrivé à Cassel, je
n'y trouvai point Cécile, et je l'attendis tout un jour.
Ce retard m'étonnant et me faisant redouter qu'un
événement imprévu n'eût renversé nos projets, je
me rattachai à Cécile par la crainte de la perdre,
et, durant les trois dernières heures, toutes les inquiétudes de l'amour s'étaient emparées de moi. Je
vis enfin Cécile descendre de sa voiture et, sa présence m'ayant rassuré, je repris un peu de mes
impressions premières. J'appris d'elle qu'elle touchait au moment de sa liberté complète. La mienne
n'était point éloignée. Je crus donc apercevoir à
très peu de distance l'époque où j'allais contracter
de nouveaux nœuds. Cette idée me donna quelque
chose de contraint. Cécile ne le remarqua pas, parce
qu'elle-même était gênée par le secret qu'elle avait
à me dire, et je ne fis pas attention à l'embarras de
Cécile, parce que le mien m'occupait en entier.

Nous passâmes ainsi trois jours, nous aimant beaucoup, mais causant de choses et d'autres, et presque
point sur notre avenir. Quoique la figure de Cécile
fût très séduisante, je n'imaginai point de profiter
de nos tête-à-tête au milieu d'une ville où nous étions
inconnus. Je voyais dans Cécile une personne qui
probablement serait ma femme et, sous ce rapport,
je voulais la respecter. Peut-être craignais-je aussi
et de l'offenser par des tentatives déplacées et de
m'enchaîner plus étroitement, si par hasard j'avais
réussi.

Cécile devait repartir le quatrième jour et nous
touchions à la fin du troisième, sans que j'eusse
appris pourquoi nous avions fait chacun vingt à

trente lieues pour nous rencontrer. Elle me dit enfin qu'elle allait être libre, mais que son père, qui n'avait consenti qu'avec une extrême répugnance à son divorce, et dont l'opinion ne m'était pas favorable, n'avait calmé sa colère qu'à la condition expresse que de plusieurs années elle ne m'épouserait pas. L'obstacle était donc là, inattendu, insurmontable, car Cécile n'était pas majeure et, quand elle l'eût été, jamais elle n'aurait pris sur elle de désobéir à son père. Il ne m'en fallut pas davantage pour tomber dans un désespoir sans bornes. Je passai la nuit à pleurer aux pieds de Cécile, qui cherchait à me consoler de cette douleur qu'elle ne savait pas être si subite et si peu d'accord avec ma disposition précédente.

Je l'accompagnai jusqu'à la terre de son frère aîné, où je trouvai une famille qui m'accueillit assez froidement, et sa belle-sœur exigea d'elle que je repartirais le lendemain même. Ces difficultés ajoutèrent à mon irritation et par conséquent à mon amour. Je proposai à Cécile de l'enlever. Elle refusa. Je repris tristement la route de Pyrmont; et ce fut avec les angoisses de l'amant le plus désolé que je revis les mêmes lieux que j'avais traversés cinq jours plus tôt, presque importuné de l'entrevue que Cécile avait fixée. Ma peine était si déchirante que je pouvais à peine me tenir à cheval et que je me couchais quelquefois à terre, poussant des cris et versant des pleurs.

De retour à Pyrmont, j'appris par des lettres de Suisse une banqueroute dans laquelle ma fortune presque entière était compromise et qui exigeait ma présence immédiate. Je retournai vers Cécile, je ne pus la voir[1] qu'un instant, et en secret. Elle était surveillée par sa belle-sœur et craignait d'irriter son père. Nous nous affligeâmes ensemble. Nous nous prodiguâmes mille serments d'amour, et je me jetai dans une chaise de poste, pour aller sauver ma for-

tune, si je le pouvais, et me promettant surtout,
quoi qu'il arrivât, d'être bien vite de retour et de
m'établir dans quelque lieu voisin du séjour de
Cécile, même s'il m'était interdit de la voir souvent.

SECONDE ÉPOQUE

(31 mai 1793 — 18 août 1794)

J'arrivai à Lausanne le 31 mai 1793. Je trouvai
que la banqueroute [1] qui m'avait effrayé n'avait rien
de très alarmant pour ma fortune. En effet, elle ne
me coûta qu'environ 2.000 écus. Dès que les formalités que mes intérêts exigeaient furent remplies,
je quittai Lausanne pour aller voir une ancienne
amie, Mme de Chenevière [2], femme de beaucoup
d'esprit, auteur de plusieurs ouvrages assez distingués, bizarre d'ailleurs et déjà vieille [3], mais pour
laquelle j'avais eu à Paris un sentiment presque
semblable à l'amour.

Cette femme, qui, après une vie assez agitée et un
mariage d'inclination que sa famille n'avait point
approuvé, vivait à peu près seule, dans un village
du pays de Neuchâtel, avec un mari qui lui témoignait beaucoup d'égards, mais dont la froideur et
les habitudes indolentes ne satisfaisaient ni son imagination ni son cœur, avait plus d'une fois conçu
le projet de me retenir auprès d'elle, malgré la dis-
proportion de nos âges. Elle avait fort blâmé mon
premier mariage et, bien qu'elle se fût imposé le
devoir de me déconseiller le divorce, lorsque je lui
avais écrit là-dessus, elle me vit arriver libre ou à
peu près, puisque les tribunaux étaient sur le point
de prononcer, elle me vit, dis-je, arriver avec un
extrême plaisir, et ce fut avec surprise et chagrin
qu'elle apprit mon nouvel amour.

La passion de l'indépendance m'avait repris pendant la route; Mme de Chenevière n'eut pas une grande peine à fortifier mes impressions dans ce sens. La volonté du père de Cécile renvoyait notre union à une époque indéterminée. Je m'établis donc assez facilement dans l'idée que ce qui était éloigné et incertain pourrait fort bien ne pas arriver. J'écrivis toutefois à ma bonne Cécile, qu'au milieu de toutes mes indécisions j'aimais tendrement, et aussi longtemps que Cécile me répondit régulièrement, je ne laissai pas languir une seule fois cette correspondance dans laquelle je trouvais toujours du charme. Mais Cécile, tout à coup, cessa de m'écrire. La société de Mme de Chenevière m'était devenue chaque jour plus agréable. Son esprit original, hardi, étendu, me captivait entièrement, dans un temps où l'esprit m'était plus nécessaire qu'il ne me l'est aujourd'hui. L'image de Cécile s'effaça graduellement de ma pensée et, lorsque la nécessité de remplir quelques formalités relatives à mon divorce me rappela à Bronsvic, je ne songeais presque plus à nos anciens projets, je les considérais comme abandonnés par Cécile comme par moi, et il ne me restait d'elle qu'un souvenir vague, quoique assez doux.

Je retournai à Bronsvic le 28 avril 1794. La famille de ma femme avait beaucoup travaillé contre moi en mon absence. Je me vis frappé d'une espèce de proscription sociale, et admis à la Cour parce qu'on ne pouvait m'en fermer l'entrée, à cause de mon rang et de la place que j'occupais. J'y rencontrai un accueil si froid que, dès le premier jour, je résolus de ne plus m'y présenter. Je tins parole. Mais dans l'isolement où cette résolution me plaçait, je cherchai des distractions. Il y avait à Bronsvic une femme de quarante ans, veuve d'un homme de lettres, qui avait été mon ami intime et qui était mort pendant que je voyageais en Suisse. L'attachement que j'avais conservé pour son mari nous lia d'une ami-

tié très étroite. Je pris auprès de cette femme des
informations sur Cécile. Elle me la peignit fort
détachée de moi, vivant toujours très retirée, suivant son habitude, mais n'ayant paru ni triste de
notre séparation ni impatiente de me revoir.
Son silence venait à l'appui de ce que l'on me
disait.

Je voulus pourtant lui faire une visite, et en approchant de sa demeure, j'éprouvai beaucoup d'émotion. Elle ne me reçut pas. Je retournai près de
Mme Marcillon [1], ma nouvelle amie. J'étais un peu
piqué contre Cécile, que j'avais cru apercevoir à sa
fenêtre. La conversation se tourna naturellement sur
elle, et Mme Marcillon me fit une description si
animée du malheur que jetterait sur ma vie une
liaison qui me remettrait dans la dépendance d'une
femme, elle exalta tellement mon imagination sur le
bonheur d'une liberté complète que je formai subitement la résolution de ne point renouer avec Cécile
et d'éviter à tout prix de la rencontrer. Cécile m'écrivit le lendemain pour me témoigner son regret de
n'avoir pu me recevoir la veille et pour me proposer
une entrevue le jour même. Je lui répondis un billet
poli, mais froid, et qui finissait par un refus. Elle
insista. Je continuai à refuser. Elle me demanda ins-
tamment de la voir un quart d'heure pour écouter
sa justification. Je persistai dans le parti que j'avais
pris, avec une obstination qui m'est encore inexplicable, et je lui mandai enfin que les bruits que
mon attachement pour elle avait fait naître relative-
ment à mon divorce, le prix que je mettais à détruire
ces bruits, et surtout son silence de plusieurs mois,
avaient produit en moi la détermination de rompre
à jamais. Je me croyais bien fort en résistant à
Cécile; et dans le fait, je ne faisais que céder à
l'influence d'une autre femme qui, sans but particulier, mais par le seul effet de la haine secrète que
les femmes se portent mutuellement, se plaisait à me

voir affliger et peut-être humilier une personne qu'elle ne connaissait pas.

Cécile partit pour Hambourg deux jours après. Je ne tardai pas à recevoir d'elle une longue lettre. Elle m'expliquait le silence qui m'avait blessé; mais, offensée elle-même de mes refus bizarres de la voir une seule fois, elle renonçait à toute relation et à toute correspondance ultérieure. Une sorte de tristesse qui régnait dans sa lettre m'inspira du regret d'avoir repoussé son affection. Je répondis avec tendresse, et je rejetai sur un sentiment trop vif, et sur l'importance que j'avais attachée à ce qui m'avait paru de l'oubli, ma singulière conduite. Je lui proposai de me rendre à Hambourg, et j'en sollicitai la permission comme une faveur. Cécile me l'accorda avec simplicité, avec franchise et avec joie.

Mais un travail que j'avais entrepris, des affaires, de l'indolence m'empêchèrent d'en profiter tout de suite, et bientôt, rassuré sur le cœur de Cécile, je rougis de l'avouer, je mis moins de prix à ce que je ne craignais plus de perdre. Je recommençai dans mes lettres à parler du bonheur de l'indépendance, tout en ajoutant mille protestations d'amour. Cécile, ne comprenant rien à mes étranges vacillations, ne disputait pas dans ses réponses, mais exprimait le désir d'une entrevue qui nous servirait à nous entendre. Je renvoyai d'un jour à l'autre. Le temps s'écoula. Un décret de la Convention qui obligeait les propriétaires de rentes viagères à produire leurs titres légalisés par un ambassadeur neutre me fit croire que je devais retourner en Suisse, pour faire ce que j'aurais pu faire à Hambourg. Je mandai à Cécile que je ne la verrais qu'à mon retour que je peignis comme peu éloigné, et je partis de nouveau pour la Suisse, où j'arrivai le 18 août 1794. Cécile, bien qu'un peu surprise de ce renversement de tous nos projets, chercha néanmoins à m'excuser dans son cœur. Elle crut à l'importance de mes affaires.

Ses lettres, toujours affectueuses et douces, m'auraient sans doute ramené vers elle et déjà je m'occupais, quoique négligemment encore, de m'en rapprocher, lorsque je rencontrai, par un hasard qui eut sur ma vie une longue influence, Mme de Malbée [1], la personne la plus célèbre de notre siècle, par ses écrits et par sa conversation. Je n'avais rien vu de pareil au monde. J'en devins passionnément amoureux. Cécile fut pour la première fois complètement effacée de ma mémoire. Je ne lui répondis plus. Elle cessa enfin de m'écrire; et ici commence dans notre histoire une vaste lacune, interrompue seulement de temps en temps par des circonstances en apparence insignifiantes, mais qui semblaient nous avertir d'un bout de l'Europe à l'autre que nous avions été destinés à nous unir.

TROISIÈME ÉPOQUE

(3 juin 1795 - 4 août 1796)

Quoique je n'aie point à traiter ici de ce qui se passa pendant quinze ans entre Mme de Malbée et moi, je ne puis toutefois me dispenser de parler en détail d'une femme dont le caractère et les passions, le charme et les défauts, les imperfections et les qualités furent d'une si grande importance pour le sort de Cécile et pour le mien.

Lorsque je rencontrai Mme de Malbée, elle était dans sa vingt-septième année. Une taille plutôt petite que grande, et trop forte pour être svelte, des traits irréguliers et trop prononcés, un teint peu agréable, les plus beaux yeux du monde, de très beaux bras, des mains un peu trop grandes, mais d'une éclatante blancheur, une gorge superbe, des mouvements

trop rapides et des attitudes trop masculines, un son
de voix très doux et qui dans l'émotion se brisait
d'une manière singulièrement touchante, formaient
un ensemble qui frappait défavorablement au premier coup d'œil, mais qui, lorsque Mme de Malbée
parlait et s'animait, devenait d'une séduction irrésistible.

Son esprit, le plus étendu qui ait jamais appartenu
à aucune femme, et peut-être à aucun homme, avait,
dans tout ce qui était sérieux, plus de force que de
grâce, et dans ce qui touchait à la sensibilité une
teinte de solennité et d'affectation. Mais il y avait
dans sa gaîté un certain charme indéfinissable, une
sorte d'enfance et de bonhomie qui captivait le cœur
en établissant momentanément entre elle et ceux
qui l'écoutaient une intimité complète, et qui sus-
pendait toute réserve, toute défiance, toutes ces
restrictions secrètes, barrières invisibles que la
nature a mises entre tous les hommes, et que l'amitié
même ne fait point disparaître tout à fait.

Mme de Malbée vivait depuis à peu près un an en
Suisse, où la Révolution l'avait engagée à se retirer.
Elevée dans la société la plus brillante de France,
elle avait pris une partie des formes élégantes de
cette société; elle avait surtout cette habitude de
louer qui distingue les Français de la première
classe. Son esprit m'éblouit, sa gaîté m'enchanta, ses
louanges me firent tourner la tête. Au bout d'une
heure, elle prit sur moi l'empire le plus illimité
qu'une femme ait peut-être jamais exercé. Je me
fixai d'abord près d'elle et chez elle ensuite. Je
passai tout l'hiver [1] à l'entretenir de mon amour.

Au printemps de 1795, je la suivis en France. Je
me livrai avec toute l'impétuosité de mon caractère
et d'une tête plus jeune encore que mon âge aux
opinions révolutionnaires. L'ambition s'empara de
moi, et je ne vis plus dans le monde que deux
choses désirables, être citoyen d'une république, être

à la tête d'un parti. L'ascendant de Mme de Malbée ne fut cependant point diminué par cette ambition, bien qu'il la contrariât quelquefois. Ce n'est pas que Mme de Malbée ne partageât mes opinions et ne s'associât à mes espérances, mais son imprudence, son besoin de faire effet, sa célébrité, ses liaisons nombreuses et contradictoires, armaient contre elle toutes les défiances. Les chefs de la France républicaine, hommes violents et grossiers, ne pouvaient croire qu'on adoptât leurs principes si l'on n'adoptait pas leurs haines dans toute leur férocité. Ombrageux par caractère et soupçonneux par situation, ils ne considéraient comme leurs alliés que ceux qui se faisaient leurs complices; et Mme de Malbée, malgré ses efforts pour les captiver, et par ces efforts mêmes, leur était suspecte; et leurs soupçons rejaillissaient sur moi. J'en souffrais beaucoup : j'aurais donné la moitié de ma fortune et dix années de ma vie pour faire éclater mon dévouement à une cause dont j'étais peut-être le seul partisan de bonne foi. Cependant Mme de Malbée conserva toujours sur moi son pouvoir. Je revins avec elle en Suisse, quoique ce voyage interrompît le travail que j'avais commencé à faire pour jouer un rôle en France.

Ce fut à mon retour qu'après plus d'un an d'intervalle, durant lequel je n'avais pas prononcé ni entendu le nom de Cécile, je trouvai une lettre d'elle, mais fort ancienne, car je n'arrivai en Suisse que le 25 décembre 1795, et cette lettre était du 3 juin. Cécile me l'avait écrite de Constance, où elle avait passé quelques jours en faisant un tour de Suisse. Elle me supposait à Lausanne et m'invitait à l'aller voir. L'image de Cécile se présentant subitement à moi lorsque je m'y attendais si peu, me causa une extrême émotion. Je prévis bien qu'elle serait repartie; cependant je me hâtai de lui répondre et je répondis avec amour. Ma lettre ne la trouva plus. On ne la lui fit point parvenir; l'ébran-

lement passager que j'avais éprouvé à la vue de son
écriture se calma de lui-même, et je perdis de nouveau la trace de Cécile, que j'aurais pu retrouver
en Allemagne, mais que je n'essayai pas même de
découvrir.

QUATRIÈME ÉPOQUE
(7 août 1803 - 27 décembre 1804)

Plusieurs années se succédèrent, sans qu'aucune
circonstance me rappelât Cécile, et les orages politiques, les agitations de ma vie, au milieu de la
Révolution dont j'avais persisté à me mêler et où
j'avais obtenu quelques succès littéraires payés par
beaucoup d'ennemis, l'avaient comme effacée de
mon souvenir, lorsque le hasard porta jusqu'à moi
la nouvelle de son mariage avec un Comte de Saint-
Elme [1], émigré français qu'elle avait épousé en Allemagne. Je m'étonnai de l'espèce d'impatience que me
donna un événement qui devait m'être fort étranger.
J'en fus triste et importuné pendant quelques jours.
Mais j'étais précisément alors Membre de ce Tribunat
qui essaya, durant quelques mois, de mettre des
bornes à la puissance despotique que les convul-
sions d'une République honteusement gouvernée
avaient laissé s'établir; et les dangers dont on menaçait ceux des Tribuns qui ne favorisaient pas la
Dictature que l'on préparait, étaient trop imminents
pour ne pas me distraire d'un intérêt qui n'était pas
bien vif dans mon cœur. La lutte que nous soute-
nions contre un pouvoir immense était trop inégale
pour ne pas se terminer à notre désavantage. Je fus,
avec dix-neuf de mes collègues, exclu d'une assemblée qui, après s'être laissé mutiler, se laissa bientôt
détruire; et je rentrai dans la vie privée.

Mes liens avec Mme de Malbée s'étaient resserrés, sans nous rendre heureux. Je songeais à les rompre et je lui écrivais en conséquence du fond d'une petite campagne où je passais l'été de 1803, lorsque tout à coup, le 7 août, je reçus une lettre de Cécile. J'eus un battement de cœur assez fort en reconnaissant une écriture que je n'avais pas vue depuis si long-temps. Cécile m'écrivait de Paris, où elle était depuis trois mois. Elle avait ouï dire que, dépouillé de mes emplois, brouillé avec Mme de Malbée, je vivais seul et pauvre, dans une obscure retraite. Elle me conjurait d'accepter une portion de sa fortune, et ne pouvant me cacher son mariage, elle m'en parlait avec une espèce de timidité qui jetait sur toute sa lettre une teinte assez touchante de mélancolie. Je fus flatté de son souvenir, touché de ses offres, mais je sentis que ce ne serait pas sans impatience que je la reverrais au pouvoir d'un autre.

Je partis pour Paris le lendemain. Je courus à la demeure de Cécile. Elle s'était mise la veille en route pour Genève. Je lui écrivis. J'exprimai vivement ma reconnaissance; mais une coquetterie involontaire me fit exagérer mes regrets des nouveaux liens qu'elle avait formés. Je me justifiai de ne pas accepter ses offres, dont je n'avais aucun besoin; et, la suppliant de me faire au moins le triste plaisir de me raconter toute son histoire, je lui dis que je tâcherais d'aller la voir dès que je saurais où elle était fixée.

Cécile ne me fit pas attendre le récit que je lui avais demandé. Séparée de moi depuis dix ans, n'ayant depuis neuf aucune nouvelle de ce qui me regardait, elle avait presque toujours vécu chez son père. Elle m'avait écrit plusieurs fois, sans qu'elle eût pu jamais apprendre si ses lettres m'étaient parvenues. Son père qui, tant qu'il avait vécu, s'était opposé à notre union et s'était autorisé de mon silence pour l'engager à renoncer à un homme qui

ne mettait plus d'intérêt à elle, avait donné asile
dans son château à toute une famille émigrée et
composée d'un vieux Comte de Saint-Elme, de ses
trois fils et d'une fille. Le Comte de Saint-Elme et
M. de Walterbourg étaient morts presque en même
temps. Cécile s'était trouvée isolée dans une maison
remplie d'images funèbres. Wenceslas de Saint-Elme,
l'aîné des fils du Comte, l'avait soignée dans sa
douleur et distraite dans sa solitude. Il en était
devenu passionnément amoureux. Elle avait résisté
longtemps à ses sollicitations de l'épouser.

Elle m'avait écrit de nouveau, et avait remis sa
lettre à une Française qui, probablement effrayée de
me trouver, à son arrivée en France, dans le parti
républicain, et craignant qu'elle ne se compromît
en se faisant connaître de moi, n'avait pas osé
s'acquitter de sa commission, mais qui, voulant déguiser sa négligence, avait mandé à Cécile qu'elle
m'avait envoyé sa lettre. Cette femme avait ajouté
que j'étais intimement et publiquement lié à Mme de
Malbée. Cécile m'avait écrit une seconde fois que son
isolement, les obligations qu'elle avait à M. de Saint-
Elme, la reconnaissance qu'elle ne pouvait refuser
à l'affection qu'il lui témoignait et aux soins qu'il
avait pris d'elle dans les moments les plus cruels de
sa vie, enfin l'idée de consacrer sa fortune à sortir
un homme et une famille estimable d'une situation
désastreuse d'exil et de pauvreté, la décideraient à
ce mariage, bien qu'elle n'éprouvât point d'amour;
mais qu'elle ne se regardait pas comme libre, qu'elle
sentait qu'elle serait plus heureuse encore de se
dévouer à celui qu'elle avait si longtemps aimé;
qu'elle n'avait pris aucun engagement et que ma
réponse déciderait de sa destinée. Cette lettre eut
le même sort que la précédente. Blessée, abandonnée
à elle-même, poursuivie par la passion d'un amant que
son malheur rendait un objet d'intérêt et de pitié,
Cécile avait épousé M. de Saint-Elme le 14 juin 1798.

Après ces détails, Cécile se répandait en éloges sur le caractère de son mari. Mais il était clair qu'elle le louait par devoir; le genre d'éloges indiquait assez que c'était un homme sans esprit et sans grâce, et le soin qu'elle prenait de m'assurer qu'une fois mariée, elle ne s'était jamais repentie de cette union, me convainquit tout de suite qu'elle n'avait pas tardé à s'en repentir. D'autres indices de gêne et de malheur se laissaient apercevoir dans sa lettre. Elle me priait de lui écrire à poste restante. Je devinai que M. de Saint-Elme était non seulement ennuyeux, mais tyrannique et jaloux.

Pendant que je renouais ainsi avec Cécile, mes relations avec Mme de Malbée étaient devenues plus orageuses que jamais, et comme je ne pouvais pas prévoir que Cécile serait un jour le moyen de les rompre, les agitations de ma vie, loin de fixer ma pensée sur elle, ne firent que m'en distraire. Je ne négligeai pas néanmoins de lui répondre, et chacune de ses lettres, en me la peignant, malgré elle, souffrante et opprimée, m'intéressait davantage, mais avec si peu de résultat que Mme de Malbée m'ayant annoncé sa volonté de venir en France, d'où elle était exilée, je résolus de l'y attendre et je renonçai au voyage de Genève, et par conséquent à toute possibilité de revoir Cécile. Son idée m'était douce. Je pensais à elle avec attendrissement et, lorsque Mme de Malbée m'accablait de reproches, j'aimais à me dire qu'il y avait au monde un être qui me jugeait avec moins d'aigreur.

Mme de Malbée arriva enfin. Nos premières entrevues furent assez peu amicales, et dès lors notre rupture eût été inévitable si, douze jours après son établissement dans une campagne [1] voisine de la mienne, Mme de Malbée n'eût été frappée d'un second exil. Il n'était ni dans mon caractère ni dans mon cœur d'abandonner une femme proscrite. Je me réconciliai donc avec elle, et nous partîmes pour l'Allemagne. Je fis un séjour d'environ trois mois dans ce pays. Mme de Malbée se détermina à visiter Berlin. Sorti de France sans passeport régulier, et mal avec le Gouvernement Consulaire, je ne voulus pas m'exposer à me ressentir de sa malveillance, en paraissant à une Cour où il y avait un ambassadeur français. Je quittai donc Mme de Malbée à Leipsic. Elle exigea de moi une promesse que je n'épouserais jamais aucune autre femme, et je pris la route de Paris.

Pendant que j'étais dans différentes villes d'Allemagne, j'avais écrit plusieurs fois à Cécile, et j'avais toujours reçu d'elle des témoignages de confiance et d'amitié. Je me promettais un vif plaisir en la revoyant, et je ne comptais m'arrêter à Genève que pour savoir si elle [y] était encore. Mais la destinée, qui s'était si souvent jouée de mes espérances, me préparait une cruelle surprise.

J'étais à une demi-lieue de Genève, lorsque j'appris que le père de Mme de Malbée venait d'y mourir. Elle l'aimait avec une passion sans bornes, et c'est peut-être le seul être sur la terre qu'elle ait aimé d'une manière complète. Je me représentai son désespoir, au milieu d'étrangers, sans un seul ami qui pût concevoir ou partager sa douleur. Je crus devoir voler à son secours et, après une route de neuf jours et de neuf nuits, je fus auprès d'elle. Je la ramenai en Suisse et j'y passai le reste de l'année.

Cécile, instruite de ce qui avait changé mes projets et ne se croyant d'ailleurs aucun droit sur moi, comprit et approuva mon dévouement d'amitié. Mme de Malbée, qui est sincère dans sa douleur, mais que sa douleur importuna, voulut chercher des distractions en Italie. Je prétextai des affaires à Paris. Cécile y était retournée. J'y arrivai enfin le 27 décembre 1804.

CINQUIÈME ÉPOQUE

(28 décembre 1804 - 11 octobre 1806)

Je revis Cécile le 28 décembre 1804, onze ans, sept mois et neuf jours après l'avoir quittée. Elle me reçut avec une extrême amitié. Je fus moins ému que je ne m'y attendais. Je la trouvai pourtant jolie encore, et distinguée surtout par une espèce de douceur et d'harmonie qui me plaisait dans tous ses mouvements. Je fis connaissance avec son mari qui me parut ce que je l'avais supposé d'après les lettres de sa femme, un Français que la légèreté de son caractère et la frivolité de ses goûts n'empêchaient pas d'être ennuyeux. Cécile se livra au plaisir de me voir avec tout l'abandon de sa nature franche et aimante. Si je l'en avais crue, je n'aurais pas bougé d'auprès d'elle.

Je ne fus pas longtemps à m'apercevoir d'un côté qu'elle reprenait un goût assez vif pour moi et de l'autre que son mari devenait jaloux. Je rappelais à Cécile l'époque de sa première jeunesse, époque qui prend toujours plus de charmes à mesure qu'elle s'éloigne. Je lui rappelais son premier amour. M. de Saint-Elme savait que sa femme m'avait aimé, qu'il n'avait tenu qu'à moi d'empêcher leur union, et je ne sais quel pressentiment, que je regardais alors comme bien chimérique, lui inspirait une inquiétude vague sur des vues que je n'avais pas.

Comme il arrive souvent dans la vie, les précautions qu'il prit pour que ce pressentiment ne se réalisât point furent précisément ce qui le fit se réaliser. Il n'essaya pas d'abord d'empêcher sa femme de me recevoir; mais des plaisanteries amères et lourdes, une humeur continuelle, des scènes qui naturellement conduisaient sa femme à s'occuper encore plus de moi, des procédés capricieux, un

mélange de faiblesse et de dureté, de sévérité et
d'insouciance, quelquefois à mon égard des manières
impolies, qui me donnaient aux yeux de Cécile
l'avantage de la modération et le mérite de les
supporter pour elle, tout cela devait établir entre
nous une intimité dont je n'aurais su comment me
défendre, quand je l'aurais voulu, et, dans le fait,
j'en avais souvent l'intention sincère.

Je me disais que j'avais déjà une fois bouleversé
la vie de Cécile. Je me reprochais ses peines qui
étaient le résultat d'un mariage dont j'avais été la
cause involontaire. Elle eût été beaucoup moins malheureuse avec son premier mari, au sein de sa
famille et de sa patrie, qu'elle ne l'était, femme
d'un étranger, transportée dans un pays qu'elle
détestait, et ne trouvant ni appui ni amitié ni
liens naturels au milieu d'une société contraire à
ses opinions, à ses habitudes et à ses goûts. L'idée
d'un second divorce ne m'entrait pas dans la tête.
Je ne voyais donc pour elle que la ressource,
triste il est vrai, mais unique, de se résigner à la
destinée qu'elle s'était faite, et je m'étais promis
que, de ma part du moins, rien ne serait tenté qui
pût troubler de nouveau cette destinée. Je m'éloignais donc à dessein, j'allais à la campagne; je passais quelquefois des semaines entières sans la voir.
Mais alors, elle m'écrivait des lettres tellement tristes
que je me laissais entraîner et, une fois en sa présence, je reprenais un ton de tendresse, un langage
d'amour que je n'ai jamais su m'interdire avec les
femmes, de sorte que je défaisais dans une seule
visite tout le bien que mon absence avait pu lui faire.

Ce que j'avais prévu arriva. Je vis Cécile se
reprendre complètement d'affection pour moi, et si
mes actions avaient l'apparence de l'indifférence,
mes paroles et mes lettres étaient remplies d'expressions d'amour. La jalousie de M. de Saint-Elme
parvint enfin au plus haut degré. Cécile m'en parla

avec effroi. Je lui donnai les meilleurs conseils
du monde, et bien que, moi aussi, je fusse touché
du penchant qu'elle ne pouvait plus me déguiser, je
lui déclarai plus d'une fois que le seul parti convenable était de cesser de nous voir. Mais j'étais à
Paris son seul ami, le seul homme auquel elle pût
confier ses peines, et l'idée de se priver de cette
faible et dernière consolation lui semblait affreuse.
J'aurais trouvé trop dur de la lui ravir par ma
volonté. Je m'abandonnai donc aux événements, me
disant qu'après tout je ne devais rien à M. de
Saint-Elme, qu'il fallait consoler Cécile de mon
mieux, aussi longtemps que j'en aurais la possibilité,
qui certainement me serait ôtée bientôt, car je m'attendais d'un jour à l'autre qu'il se servirait de ses
droits pour emmener sa femme ou pour lui interdire
mes visites.

La chose en effet arriva. Cécile me reçut un soir
tout éplorée et, après avoir tâché inutilement de se
faire violence et m'avoir annoncé qu'elle m'écrirait,
elle fondit en larmes et m'avoua qu'elle m'avait reçu
pour la dernière fois. Je fus attendri de sa douleur,
mais sans être ébranlé dans ma détermination de ne
pas la compromettre. Je lui représentai la nécessité
d'obéir, je lui promis des temps plus heureux et je la
quittai, elle au désespoir, et moi-même fort ému.
Elle me rendit compte par lettres des scènes de
M. de Saint-Elme, que son obéissance n'avait point
apaisé. Mes réponses affectueuses, mais raisonnables, n'eurent pour but que de lui exprimer une
amitié qui ne devait point finir et de la consoler,
en l'invitant à chercher une manière de retourner
dans sa famille et de se soustraire aux persécutions
d'un époux injuste.

Un jour Cécile m'écrivit que M. de Saint-Elme
avait remis son sort entre ses mains, qu'elle voulait
le remettre dans les miennes, et me demanda une
entrevue. Je devinai que Cécile allait m'offrir de se

séparer de son mari. Je commençai par consentir à l'entrevue qu'elle désirait et je réfléchis sur le reste. D'un côté, rien ne me paraissait plus hasardé qu'un mariage appuyé sur deux divorces, et je connaissais assez Cécile et les idées allemandes pour savoir qu'elle n'entendait rien moins que le mariage en me disant qu'elle me laisserait libre de décider sur sa destinée. L'opinion française m'effrayait beaucoup, cette opinion qui pardonne tous les vices, mais qui est inexorable sur les convenances et qui sait gré de l'hypocrisie comme d'une politesse qu'on lui rend. Encore en butte à l'inimitié du gouvernement, presque proscrit dans la société pour des opinions républicaines, je ne me sentais pas assez fort pour protéger une femme contre toutes les idées reçues et contre la défaveur que le divorce avait héritée de l'abus qu'on en avait fait pendant une révolution désastreuse et insensée. D'un autre côté, mon cœur s'épanouissait à la pensée de rendre enfin Cécile heureuse et de réparer mes anciens torts, et la sottise que ces torts seuls lui avaient fait commettre.

Des considérations moins pures et plus égoïstes venaient se mêler à ce bon mouvement. Mme de Malbée, qui avait passé l'hiver en Italie, était au moment de son retour et, suivant sa coutume, elle exigeait impérieusement ma présence, à une date fixée. S'étant aperçue que je ne m'expliquais pas clairement sur cet article, elle avait repris dans ses lettres le ton de violence et de menace qui m'avait si souvent révolté contre son empire et ma faiblesse; j'entrevoyais aux projets de Cécile tant de difficultés et dans tous les cas un temps si long devait s'écouler avant leur accomplissement qu'une décision prise à l'avance me paraissait à peine une décision. Enfin je me disais que Cécile ne pouvait que gagner en rompant ses liens avec un mari bizarre. médiocre et jaloux, et que lors même que je ne l'épouserais pas,

elle se trouverait toujours mieux d'être redevenue
libre. D'ailleurs je n'étais pas moralement sûr, après
tout, que ce fût le mariage qu'elle eût à me proposer,
et mon indécision se réfugia dans l'espèce d'incertitude qui pouvait me rester à cet égard.

Je l'attendis donc, sans avoir encore adopté de
résolution. Elle vint, et me demanda si je l'épouserais
dans le cas où, par des sacrifices de fortune, elle
parviendrait à s'affranchir du joug qu'elle s'était
imposé. Ajourner ma réponse, c'était y renoncer
pour jamais. Accepter, c'était presque ne m'engager
à rien, tant il y avait de chances que son projet
échouât. D'ailleurs sa douceur, ce long amour qu'elle
m'avait toujours conservé, la peine que mon hésitation lui aurait causée, tout me poussa invinciblement
à me décider pour l'affirmative. Alors elle me raconta
qu'après des orages et des discussions journalières,
M. de Saint-Elme lui avait dit que, puisqu'elle regardait comme un tel malheur de ne plus me voir, il
aimait mieux se séparer d'elle que de la voir occupée d'un autre. Leur mariage, célébré en Allemagne,
ne l'avait jamais été en France. Il était contraire à la
religion catholique, qui proscrit le divorce, et aucun
prêtre ne s'était prêté à le bénir. M. de Saint-Elme
lui avait donc offert de le faire déclarer nul, ou
d'en poursuivre la cassation devant les tribunaux
allemands.

Nos entrevues se multiplièrent. Quoique Cécile
vînt chez moi seule, je n'essayai jamais de rien
obtenir d'elle. Je ne voulais ni lui laisser des remords
si elle demeurait la femme d'un autre, ni nous
préparer des souvenirs importuns, si elle devenait
la mienne. M. de Saint-Elme lui donna tous les
papiers qu'il crut nécessaires. Elle fixa le jour de
son départ. Je la vis la veille. Ses témoignages
d'affection m'avaient entièrement captivé. Nous convînmes de nos faits, mais je regardais encore ces
plans comme chimériques. Cécile ne voulait rien

faire ~sans l'aveu de sa famille, et nous ignorions
entièrement si ses parents voudraient se prêter à ses
résolutions.

Elle partit. De la route et d'Allemagne, elle m'écrivit, en variant quelquefois et de déterminations et
de style. Le consentement donné par M. de Saint-
Elme n'était pas valable; et ses lettres contenaient
de telles expressions de regret d'avoir donné ce
consentement que Cécile était quelquefois ébranlée.
Je me fis toujours un devoir de l'exhorter à se
consulter bien elle-même. Je ne lui déguisai aucun
des inconvénients de la rupture de son mariage.
J'étais chez Mme de Malbée, qui avait repris sur moi
tout son ascendant. Mais toutes les fois que nous
avions des discussions amères, ce qui n'était pas
rare, l'impétuosité de Mme de Malbée me repoussait
vers l'idée d'épouser Cécile, et alors je lui écrivais
dans ce sens.

Au printemps de 1806, j'accompagnai fort à contre-
cœur Mme de Malbée dans une longue et triste expédition qu'elle entreprit pour revenir à Paris. Des
lettres de Cécile se perdirent. Après lui avoir écrit
et n'en recevant point de réponse, je crus qu'elle
m'avait oublié. Je la regrettais, mais je m'étais imposé
la loi de ne point la presser sur une chose qui
pouvait être une grande source de repentir et de
peine, si elle ne la faisait pas de son propre mouvement. Six mois se passèrent sans que nous enten-
dissions parler l'un de l'autre, et pour cette fois je
crus que Cécile, restée en Allemagne, était à jamais
séparée de moi.

SIXIÈME ÉPOQUE

(12 octobre 1806 - 3 décembre 1780)

J'étais à Rouen, suivant toujours Mme de Malbée
dans son pèlerinage, mettant tout en œuvre pour la

servir, mais me désolant de passer ainsi ma vie sur les grands chemins et gâtant, par des paroles amères et des reproches peu généreux, des actions dévouées, lorsque, le 12 octobre 1806, je reçus tout à coup une lettre de Cécile qui était à Paris. Elle m'annonçait qu'elle y était revenue, ne concevant rien à mon silence, qu'elle m'avait écrit plusieurs fois sans recevoir un mot de réponse, et qu'elle désirait me voir pour apprendre enfin si elle devait désunir deux destinées qu'elle n'avait pu cesser encore de réunir dans sa pensée.

Cette invitation inattendue me parut un coup du sort pour me délivrer de liens qui m'étaient devenus insupportables. Je répondis avec enthousiasme et promis d'être à Paris sous huit jours. J'y arrivai en effet le 20 octobre. Je vis Cécile le 21 dès le matin. M. de Saint-Elme était dans une province éloignée et il ignorait encore le retour de Cécile, de sorte qu'elle était parfaitement libre. Elle voulut me retenir à dîner. Frappé de la circonstance, voyant qu'une décision serait nécessaire et sentant mes incertitudes renaître, je prétextai une affaire et je promis de revenir le soir.

J'allai dîner avec un de mes amis, et l'agitation où la vue de Cécile et l'avenir qui se rouvrait inopinément devant moi m'avaient jeté, se prolongea et s'accrut pendant le repas. La conversation se dirigea sur les femmes, et fut ce qu'elle est d'ordinaire entre hommes. Une espèce de remords de fatuité s'empara de moi. Je me reprochai d'avoir été aimé depuis treize ans de Cécile, sans avoir exigé de son amour des preuves incontestables; et je retournai chez elle, décidé à tout tenter pour tout obtenir, laissant du reste mon sort au hasard.

Elle m'attendait impatiemment, elle me reçut avec joie. Sa porte fut fermée; il était encore de bonne heure : j'avais toute la nuit devant moi. Cécile n'était point sur ses gardes. Ma conduite depuis si long-

temps lui avait inspiré une douce habitude de
confiance. Cent fois, dans nos longues entrevues, et
dans les lieux les plus retirés, elle avait été dans
mes bras sans avoir à se défendre d'aucune entreprise qui pût l'alarmer. Je la laissai d'abord s'expliquer sur tout ce qu'elle avait fait ou essayé en Allemagne pour devenir libre. Nous examinâmes ce qui
restait à faire; et bientôt d'accord sur notre marche
pour le présent, nous nous livrâmes à nos espérances pour l'avenir. L'image de notre bonheur futur
attendrit Cécile. Je la voyais s'enivrer de ses paroles,
et les miennes, et mes caresses achevèrent de la
troubler. Enfin elle fut à moi, autant de surprise
que d'entraînement, sans avoir songé à la résistance,
parce qu'elle ne se doutait pas de l'attaque.

J'éprouvai, en triomphant ainsi d'elle, un sentiment très singulier, un repentir, une honte qui me
poursuivaient au milieu du plaisir même. Je n'étais
pas très scrupuleux dans les liaisons de femmes, et
jamais un succès en ce genre ne m'avait semblé une
chose qu'on dût s'interdire ou qu'on pût se reprocher. Mais il y avait dans Cécile une telle loyauté,
une telle bonne foi, elle avait si peu conçu l'idée
que je pus[se] abuser de ce qu'avec moi elle n'était
pas sur ses gardes, que ce que je sentais ressemblait
presque à ce que j'aurais senti si j'avais dépouillé
un aveugle qui m'aurait prié de le conduire, ou tué
un enfant qui se serait confié à moi.

Cécile, de son côté, revenue de son étonnement,
tomba dans une profonde tristesse. Elle ne me fit
aucun reproche. Elle resta silencieuse et immobile,
et des larmes coulaient de ses yeux. Lorsqu'en lui
adressant la parole, je l'obligeai à me répondre,
je vis que toutes ses idées étaient changées. Elle ne
se croyait plus aucun droit sur moi. Elle parlait
avec humilité, découragement, abnégation d'elle-
même, sans que pendant longtemps je parvinsse à
la faire reprendre à aucune idée d'avenir. Son état

me toucha beaucoup, beaucoup plus que si, comme
l'auraient fait tant d'autres femmes, elle était partie
des liens qui venaient de s'établir entre nous pour
me regarder comme plus obligé envers elle. Je me
sentis des devoirs précisément parce qu'elle paraissait ne m'en croire aucun. Je consacrai la nuit
entière à la convaincre que ce moment nous avait
réunis pour la vie, qu'elle n'avait cédé qu'à l'homme
qui, devant Dieu et d'après tant de projets antérieurs,
était son époux; que M. de Saint-Elme ayant
donné son consentement au divorce, il importait peu
que ce consentement eût été dénué de quelques formalités faciles à remplir, et dont par conséquent
l'absence ne changeait rien à l'intention des parties
ni à la validité morale du consentement.

Cécile m'écouta, elle me crut et, me prenant la
main : « Si vous me trompez, me dit-elle, vous
me tuerez. Mais je veux croire que vous ne me
tromperez pas. Je vous regarde donc à jamais
comme mon mari, comme mon maître. C'est désormais à vous à me dicter mes moindres démarches.
Je vous obéirai en tout. Tout ce que vous m'ordon-
nerez, je le ferai. Vous êtes seul chargé de ma vie,
et je n'ai plus d'autres devoirs que la fidélité et la
soumission. » Ce que Cécile me dit, elle l'a fait avec
un scrupule que les paroles ne peuvent peindre;
et ni les événements ni les chagrins ni les défauts
de mon propre caractère ni le changement perpétuel de mes résolutions ni mes vacillations éternelles ni l'ascendant de Mme de Malbée dont Cécile
a été souvent victime, ne l'ont fait dévier une seule
fois de la ligne d'obéissance qu'elle s'était prescrite.
Elle m'a suivi quand je l'ai voulu; elle s'est éloignée
de moi quand je le lui ai dit. Elle a vécu seule,
quand je le lui ai demandé pour pouvoir être plus
librement avec sa rivale. Elle ne s'est jamais plainte.
J'ai vu ses pleurs, sans entendre jamais ses reproches. Elle s'est toujours conformée à mes moindres

désirs et, longtemps sacrifiée, elle a redoublé de tendresse, de patience et de résignation.

Après avoir passé quelques jours avec Cécile, pendant lesquels nos relations nouvelles et la manière dont elle remit toute sa destinée entre mes mains, m'attachèrent à elle toujours davantage, je retournai à Rouen, auprès de Mme de Malbée. J'avais le cœur si plein de Cécile que tout le monde remarqua mon agitation. Mme de Malbée se consuma en efforts pour en découvrir la cause; et souvent j'étais tenté de la lui révéler dans l'espérance qu'elle y verrait une barrière entre nous et qu'elle consentirait à une rupture qui, toujours désirable dans notre disposition réciproque, était devenue d'une nécessité absolue depuis mes engagements avec Cécile.

J'écrivais un jour à cette dernière. Mme de Malbée entra dans ma chambre. Elle avait l'habitude de lire mes lettres, mais comme je ne lui en avais jamais refusé, elle n'y attachait pas une grande importance, ce qui me donnait des moyens faciles de ne lui pas montrer celles que je voulais lui cacher, de sorte que je n'avais jamais songé à lui disputer un droit commun entre nous, sans que depuis longtemps aucun des deux en fît usage. Cette fois, je ne sais quel trouble qu'elle aperçut dans mes regards, ma précipitation à cacher ce que j'écrivais, la bizarrerie de mes manières depuis mon retour, et l'obscurité de quelques paroles qui m'étaient échappées, excitèrent sa curiosité. Elle me demanda de lui montrer ma lettre, d'une façon assez impérieuse : je refusai et, pour abréger cette lutte, je la brûlai devant elle. Son irritation s'en augmenta, et pendant la querelle qui suivit, l'idée me vint qu'en lui disant tout, je m'affranchirais à la fois et d'une dissi[mulation] qui m'était pénible et d'un joug qui me pesait. Ce parti, que je pris comme une preuve de force, n'était peut-être qu'un effet de la faiblesse dont j'avais pris l'habitude et qui me rendait comme

impossible de résister longtemps à Mme de Malbée.
Elle apprit donc de moi et mes rapports avec Cécile
et les promesses qui me liaient. Un orage s'éleva
qui dura sans interruption pendant tout le jour et
toute la nuit.

N'en pouvant plus de fatigue et craignant que
Mme de Malbée ne se portât dans sa colère à des
extrémités dont elle me menaçait, je travaillai, à la
fin de la dispute, à rejeter dans le vague ce que
j'avais dit au commencement. Mme de Malbée, non
moins épuisée que moi, saisit la première parole
équivoque pour croire que je rétractais mes décla-
rations précédentes, et bien que, souvent inquiète,
elle me questionnât quelquefois avec âpreté, elle ne
mit point de suite dans ses investigations, que j'élu-
dais, non sans m'écarter trop fréquemment de la
ligne de la loyauté et de la franchise.

Cécile, pendant ce temps, était tombée malade de
l'émotion que lui avait causée mon départ. Il paraî-
tra étrange (et il est pourtant vrai) que l'ascendant
de Mme de Malbée fut tel sur moi que, malgré
l'amour le plus vif que j'eusse éprouvé de ma vie,
et en dépit des sollicitations de Cécile qui, seule
et souffrante, me laissait entendre qu'elle était
malheureuse de ne pas me voir, je ne fis pas une
tentative pour hâter le moment de mon voyage à
Paris, que Mme de Malbée avait fixé au milieu
de novembre. Dans l'intervalle, M. de Saint-Elme
revint. Cécile lui dit à peu près tout ce qui s'était
passé entre nous. Il consentit de nouveau au divorce,
mais en y mettant une condition, c'est qu'il ne serait
demandé qu'au bout d'un an et que Cécile durant
ce temps ne me verrait point. Elle eut beaucoup de
peine à se résoudre à souscrire à cette dernière
condition. Je l'exhortai à s'y résigner, parce que
j'avoue que, ne la regardant que comme un caprice
de M. de Saint-Elme, je ne la croyais pas fort obli-
gatoire. J'avais tort sans doute, car une promesse

l'est toujours; mais je prévoyais tant de malheurs pour Cécile, si M. de Saint-Elme rétractait son assentiment, que j'aurais mieux aimé me soumettre à cette séparation dans toute sa rigueur que de braver cette possibilité.

Hélas! qui l'eût dit à la pauvre Cécile, lorsqu'elle trouvait une année un terme insupportable, que près de trois se passeraient avant que nous fussions réunis paisiblement [1]! Cécile prit avec M. de Saint-Elme des arrangements par lesquels elle lui cédait une portion de sa fortune, et il fut convenu qu'elle retournerait au printemps en Allemagne. Mme de Malbée obtint la permission de s'approcher à huit lieues de Paris. Je la servis dans cette négociation avec le même zèle que si nous n'eussions pas consumé notre vie dans des altercations non interrompues; car elle était toujours plus irritée, non de mes projets, sur lesquels j'avais laissé beaucoup de vague, mais de ce que je continuais à écrire à Cécile et de ce que j'allais souvent à Paris pour essayer de la voir. Je craignais que Mme de Malbée, avec sa violence, ne divulguât cette liaison, n'intéressât la vanité de M. de Saint-Elme, ce qui était facile, n'attirât sur nous l'attention publique, enfin ne perdît Cécile. L'embarras me plongea toujours plus en avant dans la ruse; et je parvins, aux dépens de ma loyauté, à jeter dans l'esprit de Mme de Malbée tant d'incertitude qu'elle ne savait que penser. L'hiver s'écoula dans des scènes effroyables, après lesquelles, elle et moi, nous tombions d'épuisement, mais qui restaient entre nous et se terminaient sans éclat.

Cécile ne voulut d'abord point s'écarter de la promesse qu'elle avait faite à M. de Saint-Elme, et comme il fallait pourtant que nous nous vissions quelquefois, elle lui en demanda la permission. A chaque demande, il y avait un orage, puis M. de Saint-Elme, qui était beaucoup plus occupé de la société, de la danse et de toutes les frivolités de Paris que de Cécile, lui accordait comme une faveur une chose à laquelle il n'attachait pas grande importance.

Au bout de quelque temps, Cécile se lassa de braver son humeur. Il lui avait répondu une fois qu'il vaudrait beaucoup mieux faire ce qu'elle voudrait que lui donner sans cesse une sensation désagréable. Elle le prit au mot et nous nous vîmes tous les jours, du moins lorsque j'étais à Paris, car Mme de Malbée me retenait souvent à la campagne [1]. Son ascendant sur moi n'avait point diminué, quoiqu'elle ne l'exerçât que pour me faire de la peine, sans se donner du plaisir.

Cécile, fidèle à la résolution qu'elle avait formée de me complaire en tout, était pour ainsi dire à mes ordres. Quand j'étais absent, elle ne se plaignait point, et cherchait à se distraire. Dès que je revenais, elle renonçait au monde et ne vivait plus que pour moi, attendant quelquefois des journées entières que le moment de nous voir fût arrivé.

De mon côté je ne pensais qu'à elle. Toutes mes actions étaient arrangées de manière à nous réunir, et dès que l'occasion s'en présentait, je rompais tout autre engagement, et je surmontais tous les obstacles. Le spectacle, la promenade, le bal de l'Opéra étaient nos rendez-vous journaliers. Une nuit entre autres, nous restâmes au bal, tous les deux masqués, jusqu'à huit heures du matin, et cette nuit m'a laissé un souvenir de bonheur qui est aussi vif aujourd'hui que si un long temps ne s'était pas écoulé depuis cette époque. Le sentiment d'être seuls au milieu d'une foule immense, inconnus à tout le monde, à l'abri de tous les curieux, environnés de gens auxquels nous avions intérêt de nous cacher, et séparés d'eux par une barrière si faible, et pourtant invincible, cette manière d'exister uniquement l'un pour l'autre, à travers les flots de la multitude, nous semblait

une union plus étroite, et remplissait nos cœurs de
plaisir et d'amour.

J'écrivis le soir, dans un journal que je faisais
alors, que de telles heures pouvaient consoler des
maux de toute une vie [1]. Nous fûmes tous deux tellement charmés de ce que nous avions éprouvé que
nous voulûmes en jouir une seconde fois. Nous retournâmes au même bal la semaine suivante. Mais
notre attente fut déçue, probablement parce qu'elle
avait été trop vive. L'espèce d'inquiétude qui avait
ajouté au charme de notre réunion mystérieuse
s'était usée. La foule nous devint importune parce
que nous ne la craignions plus; et cette expérience
nous apprit qu'il ne fallait pas transformer en arrangements prémédités les plaisirs inattendus.

L'hiver se passa. J'avais réussi à guider assez bien
Mme de Malbée dans ses démarches pour diminuer
la rigueur de son exil, et je me flattais d'en obtenir
la révocation entière, lorsque son imprudence et le
peu de cas qu'elle fit de mes conseils attirèrent
sur elle des persécutions nouvelles. Elle fut exilée
à quarante lieues de Paris. Je ne négligeai rien pour
détourner ce coup qui me causait une peine extrême.
J'avais mis toute mon espérance à lui rendre un service signalé, pour qu'elle me permît ensuite de
chercher mon bonheur dans d'autres liens. Je crois
bien à présent que le succès même et la reconnaissance qu'elle aurait pu me devoir ne l'auraient pas
désarmée. Mais mon cœur au moins eût été plus tranquille et l'injustice m'aurait consolé par son propre
excès.

Tous mes efforts furent inutiles. Il fallut obéir.
Mme de Malbée, durant environ quinze jours que
durèrent mes négociations infructueuses, se conduisit comme un enfant, sans reconnaissance et sans
force d'âme. Elle ne me sut aucun gré de mon zèle,
qui avait survécu à mon sentiment. Elle s'exposa
sans calculer qu'elle compromettait ses amis autant

qu'elle-même. Cependant elle avait tant de grâce dans la douleur, et dans la gaîté qui, vu la mobilité de son caractère, se mêlait quelquefois à cette douleur, que tout impatienté que j'étais contre elle, et tout amoureux que j'étais de Cécile, il m'était impossible de ne pas partager toutes ses impressions et de ne pas être momentanément rattaché à une femme qui avait disposé de ma vie pendant treize ans. Elle partit enfin, après m'avoir fait promettre que j'irais la rejoindre au bout de quelques semaines.

La liberté que me laissa son absence fut consacrée à Cécile; nous nous vîmes presque tous les jours. M. de Saint-Elme ne s'y opposait plus. Son amour-propre se blessait quelquefois de l'idée qu'une femme avait pu préférer un autre homme à lui; mais sa frivolité qui le replongeait sans cesse dans tous les plaisirs du monde, dissipait bientôt ces petits soulèvements de son amour-propre, et ses préjugés religieux, qu'en sa qualité d'émigré français il alliait avec la frivolité, le disposaient quelquefois à désirer lui-même la rupture d'un mariage que sa religion condamnait.

Rien ne fut donc changé dans nos projets. La veille du jour où, par un effort auquel je m'étais résigné et pour lequel j'avais obtenu l'aveu de Cécile, je devais me mettre en route pour me rendre chez Mme de Malbée, un excès de travail et de lecture causé par mon désir d'achever un ouvrage que j'avais entrepris depuis longtemps, m'attira sur les yeux un accident subit, qui me jeta dans les plus vives alarmes. Je suspendis mon départ et je consultai des oculistes, dont les réponses redoublèrent mes inquiétudes. Je me mis entre leurs mains avec beaucoup de docilité et peu de confiance.

Mme de Malbée, informée de mon accident par des lettres que je dictais, car je n'étais pas en état d'écrire, ne vit dans ce que je lui mandais qu'un prétexte pour lui manquer de parole. Une espèce

de valet de chambre [1] qu'elle employait à tout, me
harcelait sans cesse pour me déterminer à partir.
Je tolérais ses importunités par l'habitude que j'avais
de supporter tout ce qui me venait de Mme de
Malbée. Elle-même se livrant à toute l'impatience
et à toute l'impétuosité de son caractère, m'écrivait
dans un style où le sentiment et l'amour-propre
blessé empruntaient le langage de la fureur, du
mépris et de la haine. Quoique fatigué, depuis tant
d'années, d'une relation dans laquelle c'était toujours
la violence qui plaidait, le poignard en main, la
cause de l'amour, la crainte de la porter à quelque
extrémité désastreuse bouleversait ma raison et trou-
blait mon cœur. Je me souviens qu'un jour, je venais
de subir, pour mes yeux, une opération assez douloureuse. J'étais étendu presque évanoui sur mon lit,
tant de l'ébranlement que j'avais éprouvé que du
sang que j'avais perdu. Ce fut dans cette situation
que je reçus de Mme de Malbée une lettre où elle
m'accablait de tous les outrages qu'on ait jamais
accumulés sur un criminel.

Je ne trouvais de calme qu'auprès de Cécile, toujours douce et tendre, qui m'écoutait, me plaignait,
me comprenait, lors même que mes impressions pouvaient l'affliger, et me consolait avec une patience
admirable et une sensibilité délicate des peines qui
me venaient d'une autre, et qu'elle aurait pu regarder comme un tort envers elle. Mes yeux se rétabli-
rent et, bien que révolté contre l'exigence de Mme de
Malbée et blessé de ce qu'elle avait prétendu me
courber sous sa volonté, au risque de m'enlever les
secours que j'avais crus m'être nécessaires, je me
regardai comme lié par ma parole, et je quittai
Cécile qui devait elle-même se rendre peu de temps
après en Allemagne.

Mais à peine en route, mon amour pour l'une et
mon impatience contre l'autre l'emportèrent sur
toute autre considération. Je revins brusquement sur

mes pas, après avoir fait quelques lieues. Je ne
fus pas plus tôt à Paris que le spectre de la douleur
de Mme de Malbée m'assiégea de nouveau. Je ne
sais ce que je serais devenu, si le hasard ne m'avait
favorisé. Un de mes amis, qui l'était aussi de Mme de
Malbée, avait reçu d'elle une lettre pleine d'accusations contre moi. Il crut me devoir de me la communiquer, et dans les explications qui résultèrent de
cette confidence, j'appris de lui que Mme de Malbée avait employé quelques mois auparavant, avec un
jeune homme [1] pour lequel je savais qu'elle avait eu
assez de goût, les mêmes moyens de reproches et
de menaces qui lui donnaient sur moi un si funeste
ascendant. Cette découverte fit perdre à ces moyens
beaucoup de leur force. Je les trouvais en quelque
sorte profanés, en les voyant ainsi employés à
double, et je repris un peu de calme, dès que je ne
me considérai plus comme l'unique cause du
malheur de Mme de Malbée.

On pensera peut-être qu'une pareille découverte
eût dû me détacher d'elle entièrement, mais on aura
tort. Je la connaissais comme moi-même. Je savais
que dans sa conduite il y avait de l'inconséquence
et de l'égoïsme, mais non de la mauvaise foi, et
que par une suite d'un caractère passionné et bizarre,
en faisant des choses qui semblaient démentir son
affection pour moi et qui prouvaient que cette affection n'était pas exclusive, elle n'en éprouvait pas
moins une souffrance extrême à l'idée que je pourrais lui échapper.

Pour épargner à Cécile la peine d'un second adieu,
je lui fis accélérer son départ, en lui proposant de
l'accompagner pendant quelques jours. Nous allâmes
ensemble jusqu'à Châlons. Cécile espérait que les
tribunaux d'Allemagne ne feraient aucune difficulté
de prononcer son divorce. Je me flattais de mon
côté d'avoir plus de force en présence de Mme de
Malbée et de lui déclarer enfin mon inébranlable

volonté de rompre. Je me séparai de Cécile, l'aimant plus que jamais.

Après tant de secousses, je voulus me reposer quelques instants et, avant de rentrer dans le château de Mme de Malbée, je m'arrêtai chez mon père [1]. J'y étais depuis environ quinze jours, renvoyant d'un moment à l'autre le voyage qui devait me remettre sous le joug, et fort exhorté par mon père à m'y soustraire à jamais, ne pouvant toutefois envisager ce parti, qui déchirait une liaison si longue, sans une sorte de frémissement, lorsque tout à coup parut dans ma chambre un ami [2] de Mme de Malbée, instituteur de ses enfants, et chargé d'obtenir de moi de le suivre auprès d'elle. Nous eûmes à ce sujet quelques conversations assez vives, surtout de mon côté; mais cet homme y mit du sien, beaucoup de patience, de douceur et d'adresse. Il me remit sous les yeux des images dont j'avais tâché de détourner mes regards. Il me rappela des souvenirs effacés. Il me flatta de l'idée d'amener Mme de Malbée à ce que je désirais, par la douceur, et en lui donnant une dernière preuve d'amitié. Il m'offrit son assistance pour y parvenir. Enfin il m'assura de sa part qu'elle était décidée à partir pour Vienne avant l'hiver. C'était le temps que Cécile avait elle-même fixé pour son retour. Mon cœur avait besoin de céder. Je réfléchis que dans l'absence de Cécile ma présence chez Mme de Malbée ne pouvait faire de mal à personne. Vingt-quatre heures après, j'y arrivai. Elle m'attendait dans la cour de son château. A peine étais-je descendu de voiture et balbutiais-je quelques mots, qu'elle me saisit par les bras et m'entraîna dans le parc. Tous les échos retentirent de cris, d'invectives contre Cécile, de reproches contre moi. Après m'être laissé emporter à une violence presque aussi désordonnée, j'éprouvai, comme toujours, une insurmontable fatigue. Je ne cherchai plus qu'à laisser Mme de Mal-

bée se calmer, et dans ce but je me renfermai
dans un silence qu'elle interpréta comme elle voulut.
Elle me crut ébranlé parce que j'étais las; et nous
rentrâmes pour les jours suivants dans notre vie
accoutumée. La parfaite convenance de nos esprits
était telle qu'il nous fallait toujours, quand nous
étions ensemble, nous quereller ou nous entendre,
et lorsque nous avions épuisé nos forces physiques
par la dispute, l'intimité succédait subitement aux
plus épouvantables orages. Mme de Malbée n'ayant
d'autre but que de conserver nos relations telles
qu'elles étaient, était aussi contente et apaisée. Pour
moi, qui ne voulais plus de ces relations, je retournais en silence dans ma tête mille moyens d'en
sortir. Mais l'extérieur redevenu paisible demeurait
tel assez longtemps.

Après un séjour de quelques semaines auprès de
Mme de Malbée, séjour durant lequel je mandais
toujours à Cécile que j'allais reconquérir ma liberté
pour la lui consacrer, j'allais voir ma famille [1]. Personne ne soupçonnait mes projets, mais tous mes
parents étaient désolés de la dépendance dans laquelle je paraissais être de Mme de Malbée. Ceux
qui se croyaient quelques droits sur moi cherchaient
à les faire valoir pour me forcer à rompre. Ceux
sur qui je pouvais fonder quelque espérance de
fortune tâchaient d'influer sur moi par cet intérêt.
Ceux enfin qui n'avaient de titres que l'amitié s'épui-
saient en représentations et en prières. Ce que tous
me conjuraient de faire était ce que je désirais le
plus, et, par une étrange fatalité, je leur résistai à
tous, aux dépens de mes vœux secrets et de mon
bonheur.

A peine fus-je au milieu d'eux que je me vis
assailli de toutes parts. Quelques-uns, me croyant lié
à Mme de Malbée par des promesses solennelles,
m'exhortèrent à l'épouser et ils m'apprirent ainsi
que Mme de Malbée, pendant mon absence, avait

fondé ses plaintes très publiques contre moi, sur mon engagement de Leipsic. Cet engagement, qui avait plus de trois ans de date, était tout à fait sorti de ma mémoire. Mme de Malbée s'était conduite depuis cette époque de manière à me prouver que tout en voulant disposer de ma vie, elle n'avait aucune idée que nous dussions nous unir, et dans la plupart de ses lettres, pendant mon dernier séjour à Paris, elle avait reconnu ma liberté, tout en prétendant que par sensibilité, par ménagement, par délicatesse, je lui en devais le sacrifice. Ce fut donc avec étonnement et même avec inquiétude que j'entendis reparler d'une promesse que je regardais comme annulée, et je voulus m'éclaircir sur ce fait important et pour Cécile et pour moi.

Dès que je fus de retour chez Mme de Malbée, je la questionnai sur ce sujet. Elle me parut en effet croire que je ne pouvais contracter de liens qu'avec elle; mais l'engagement était réciproque. Je ne balançai pas, dans l'irritation où m'avait jeté la pensée que ma liberté m'était disputée, à lui déclarer que dès qu'elle considérait nos engagements comme légaux, je prétendais qu'ils fussent exécutés sans retard. Elle n'était ni préparée à cette résolution soudaine ni habituée à me voir prendre un ton décidé. Son courroux fut égal à sa surprise. Elle sonna. Ses enfants entrèrent. « Voilà, leur dit-elle en me montrant, l'homme qui veut perdre votre mère en la forçant à l'épouser. — Regardez-moi, m'écriai-je en prenant par la main l'aîné de ses fils, regardez-moi comme le dernier des hommes, si j'épouse jamais votre mère. »

Je partis le lendemain, à l'aube du jour, en laissant pour Mme de Malbée une lettre qui contenait d'éternels adieux. Qui n'aurait cru qu'une liaison qui subissait un choc pareil ne pouvait se prolonger? Je fis huit lieues en deux heures sur le même cheval : la rapidité de la course me garantissait du

tumulte intérieur que je savais être dans mon âme
plutôt que je ne le sentais. Je craignais surtout d'être
seul et, en arrivant, j'allai chercher des consolations
ou plutôt du bruit et des paroles qui m'étourdissent,
chez une parente [1] qui plus d'une fois s'était décla-
rée contre Mme de Malbée. Elle apprit avec joie le
parti que j'avais pris et regardait ce pas comme
décisif. « Ne vous y trompez pas, lui dis-je, si
Mme de Malbée ne me suit pas, je résisterai à ses
lettres, mais si elle vient ici, toute résistance me
sera impossible. » J'avais les yeux fixés sur une pendule, je comptais les minutes qui s'écoulaient, et je
tâchais d'étouffer les émotions qui se pressaient en
foule dans mon cœur, lorsque tout à coup j'entendis la voix de Mme de Malbée. Elle se précipita
dans la chambre et tomba sans connaissance devant
moi. Revenue à elle, elle me demanda de lui accorder deux mois encore, promettant qu'après ce terme,
elle me rendrait ma liberté si je la réclamais. Je
repris avec elle le chemin de sa demeure, et je me
retrouvai dans les lieux que j'avais quittés douze
heures auparavant, laissant toute ma famille ébahie
et déconcertée.

Je dois rendre compte ici d'une chose qui commença, vers ce temps et à cette occasion, à exercer
sur ma conduite une grande influence. Ce détail est
nécessaire pour expliquer plusieurs de mes actions,
qui ont paru inexplicables, et qui devaient en effet
paraître telles.

Il y a à Lausanne une secte religieuse [2], composée
d'un assez grand nombre de personnes de conditions
différentes et qui, connues sous le nom de Piétistes
et fort calomniées, professent les opinions de Fénelon et de Mme Guyon. Plusieurs de mes parents
appartenant à cette secte avaient, à diverses époques, essayé de m'y faire entrer. J'avais été très
irréligieux dans ma jeunesse, par imitation des principes philosophiques plus encore que par inclina-

tion personnelle. Mais, depuis quelque temps, j'avais au fond du cœur un besoin de croire, soit que ce besoin soit naturel à tous les hommes, soit que ma situation, d'autant plus douloureuse que je ne pouvais m'en prendre qu'à moi de ce qu'elle avait de désagréable et de bizarre, me disposât graduellement à chercher dans la religion des ressources contre mes agitations intérieures.

Durant un voyage précédent à Lausanne, j'avais en conséquence plutôt accueilli que repoussé les avances de cette secte. J'avais eu plusieurs conversations avec l'un de ses membres les plus marquants [1]. Sans le mettre dans la confidence de mes pensées secrètes, je ne lui avais point caché que j'étais fort malheureux, et je m'étais offert à lui, non comme croyant, mais comme disposé à lui laisser essayer sur mon esprit et sur mon âme toutes les expériences qu'il voudrait faire.

Cet homme, de l'esprit duquel je ne puis douter et dont la bonne foi, encore aujourd'hui, ne m'est point suspecte, m'avait parlé précisément le langage qui convenait à mes opinions vacillantes et à mes circonstances difficiles. Il avait écarté de ses discours tout ce qui n'aurait eu rapport qu'à des dogmes qui eussent appelé un examen dangereux. Le mot même de Dieu n'avait pas été prononcé.

« Vous ne pouvez nier, m'avait-il dit, qu'il n'y ait hors de vous une puissance plus forte que vous-même. Eh bien! je vous dis que le seul moyen de bonheur sur cette terre est de se mettre en harmonie avec cette puissance, quelle qu'elle soit, et que pour se mettre en harmonie avec cette puissance, il ne faut que deux choses : prier et renoncer à sa propre volonté. Comment prier, m'objecterez-vous, quand on ne croit pas? Je ne puis vous faire qu'une réponse : essayez et vous verrez, demandez et vous obtiendrez. Mais ce n'est pas en demandant des choses déterminées que vous serez exaucé; c'est en demandant de vouloir ce qui est. Le changement ne se fera pas sur les circonstances extérieures, mais sur la disposition de votre âme. Et que vous importe? N'est-il pas égal qu'il arrive ce que vous voulez, ou que vous vouliez ce qui arrive. Ce qu'il vous faut, c'est que votre volonté et les événements soient d'accord. »

Ces réflexions me frappèrent. La lecture de plusieurs ouvrages de Mme Guyon produisit en moi une sorte de calme inusité qui me fit du bien. J'essayai la prière, autant que cela se peut sans conviction préalable. J'écartai toute recherche sur la nature de la puissance inconnue que je sentais au-dessus de moi. Je ne m'adressai qu'à sa bonté. Je ne lui demandai que de me donner la force de me résigner à ses décrets. J'éprouvai un soulagement manifeste. Ce qui m'avait paru dur à supporter tant que je m'étais arrogé le droit de la résistance et de la plainte, perdit la plus grande partie de son amertume dès que je me fis un devoir de m'y soumettre. Ce premier adoucissement de mes longues souffrances m'encouragea. J'allai toujours plus loin dans le même sens. Je me dis que, puisque j'étais déjà récompensé de l'abnégation à ma propre volonté, cette abnégation était le meilleur moyen de plaire à la puissance qui présidait à nos destinées; et je m'efforçai de pousser cette abnégation au plus haut degré. J'arrivai bientôt à ne plus former de projets, à considérer l'avenir comme hors du domaine de la prudence, et la prudence elle-même comme un empiétement sur les voies de Dieu; et j'adoptai pour règle de vivre au jour le jour, sans m'occuper ni [de] ce qui était arrivé, comme étant sans remède, ni de ce qui allait arriver, comme devant être laissé sans réserve à la disposition de celui qui dispose de tout.

Ce fut alors que pour la première fois je respirai sans douleur. Je me sentis comme débarrassé du

poids de la vie. Ce qui avait fait mon tourment
depuis maintes années, c'était l'effort continuel que
j'avais fait pour me diriger moi-même. Que d'heures
j'avais passées me répétant que sur telle ou telle
circonstance il fallait prendre un parti, me détaillant
tous ceux entre lesquels je devais choisir, m'agitant
entre les incertitudes, tantôt craignant que ma raison
ne fût pas assez éclairée pour apprécier les divers
inconvénients, tantôt ayant la triste prescience que
ma force ne serait pas suffisante pour suivre les
conseils de ma raison! Je me trouvai délivré de
toutes ces peines et de cette fièvre qui m'avait
dévoré. Je me regardai comme un enfant conduit
par un guide invisible. J'isolai chaque événement,
chaque heure, chaque minute, convaincu qu'une
volonté supérieure et inscrutable, que nous ne pouvions ni combattre ni deviner, arrangeait tout pour
le mieux. Mes prières finissaient toutes par ces
mots : « Je fais abnégation complète de toute faculté,
de toute connaissance, de toute raison, de tout jugement. » Et quelquefois, au milieu de ces prières, un
sentiment profond de confiance, une conviction intime que j'étais protégé et que je n'avais aucun
besoin de me mêler de mon sort, s'emparaient de
moi, et je restais insouciant de tous les embarras
qui m'environnaient, comptant sur un miracle pour
m'en tirer et perdu dans une méditation pleine de
douceur.

Cette révolution s'étendit bientôt, comme cela était
naturel, de mon âme jusqu'à mon esprit. La plupart
des dogmes que j'avais rejetés, l'existence de Dieu,
l'immortalité de l'âme, me parurent non pas démon-
trés par la logique, mais prouvés par une sorte d'expérience intérieure. Je n'appliquais point à ces
dogmes l'instrument toujours inexact du raisonnement, mais je les éprouvais vrais et incontestables. Je
n'examinais point s'ils imposaient des devoirs de
culte, je n'en remplissais aucun. « Si Dieu veut, me

disais-je, des adorations pareilles, il me le fera connaître, car je ne veux que ce qu'il veut, et ce qu'il ne me fait pas vouloir, c'est qu'il ne le veut pas. » Je dormais ainsi d'une espèce de sommeil moral, sous l'aile d'un être infini qui veillait sur moi. L'effort que je fis pour m'affranchir tout à coup du joug de Mme de Malbée fut la dernière de mes actions qui ne fut pas d'accord avec ce système; et son résultat ayant été le contraire de ce que j'avais voulu, je renonçai, de fait aussi bien que d'intention, à toute espèce de direction de ma destinée.

Je m'en remis à Dieu de mes engagements avec Cécile. Je le priai de m'inspirer ce qui serait conforme à sa volonté, et je me promis de ne plus faire une démarche qui ne fût la suite de l'inspiration du moment. Quelques jours avant ma course infructueuse à Lausanne, j'avais écrit à Cécile, comme prévoyant une rupture immédiate avec Mme de Malbée, et je l'avais priée de me donner un rendez-vous, dans une ville quelconque.

Revenu avec sa rivale, je lui écrivis une partie de ce qui s'était passé, me disant que ce que je ne lui écrivais pas était ce que Dieu ne voulait pas qui lui fût écrit. Je lui mandai que j'avais consenti à rester auprès de Mme de Malbée deux mois encore, et je finis par une offre et un engagement solennel de me rendre auprès d'elle, partout où elle serait, à l'expiration de ce terme. Il ne m'était point prouvé que je le pusse. J'avais abdiqué tout exercice de ma volonté, de sorte que celle de Mme de Malbée pouvait me faire la loi deux mois plus tard aussi bien qu'alors. Mais je me rassurais en me disant que si Dieu voulait que je revisse Cécile, il ferait en sorte de m'en donner les moyens.

A dater de ce jour, je ne luttai plus contre rien de ce que Mme de Malbée exigea. Je restai chez elle, sans faire une seule visite à ma famille, sans entrer dans aucune explication sur mes projets. Quelquefois Mme de Malbée, surprise de ma douceur si subite, commençait à parler sur notre avenir, pour voir ce que je lui répondrais. Je me renfermais alors dans le silence, ou je cherchais à éluder une conversation qui m'était à la fois pénible et impossible à soutenir, pénible parce qu'elle me faisait sentir plus amèrement les obstacles qui me séparaient de Cécile, impossible à soutenir parce que m'étant de très bonne foi déchargé de ma destinée et de toute responsabilité de ma vie, je n'avais rien à dire sur un avenir dont je ne prétendais plus disposer en rien.

Je ne cachais point à Mme de Malbée l'influence que mes nouvelles idées religieuses avaient sur moi et, bien que rien ne fût plus antipathique à son caractère que la résignation passive et aveugle que j'avais adoptée, cependant, souvent fatiguée d'elle-même et de l'activité qui la consumait, elle était tentée de m'imiter pour trouver quelque repos. Mais bientôt sa nature reprenait le dessus. Sa volonté reparaissait impatiente et rebelle. Sa raison se révoltait contre son propre renoncement; et tout ce que nous gagnions l'un et l'autre à ces disputes théologiques, c'était que le temps s'écoulait, et qu'occupés d'idées générales, nous suspendions les querelles que notre situation réciproque aurait fait naître, et nous ne nous dévorions plus mutuellement.

Cécile qui, d'après mes lettres antérieures, avait attendu au sein de sa famille, avec une entière confiance, que je lui mandasse que j'étais libre, fut fort étonnée quand je lui annonçai que je prolongeais de deux mois mon séjour chez Mme de Malbée. « Je ne détacherai jamais mon sort du vôtre sans votre consentement, m'écrivit-elle, mais je vous conjure de vous consulter et de vous connaître enfin vous-même. Si vous n'êtes pas assez fort, ou si vous vous croyez des devoirs, ou si vous éprouvez des regrets, dites-le moi franchement. Ne me faites

[pas] quitter le dernier asile qui me reste. Ne m'entraînez pas en France sous les yeux de M. de Saint-Elme, dans un pays où je n'ai point de protecteur, si vous ne pouvez être le mien. Je vivrai seule, je ne cesserai pas de vous aimer, je serai à vous quand vous me direz qu'il vous est doux et facile d'être à moi, mais épargnez-moi l'incertitude, le scandale, les angoisses et la honte [1]. »

Je vis dans cette lettre de Cécile que je courais risque de la perdre. Ma passion pour elle s'accrut de cette crainte, sans me donner la force d'essayer autre chose pour la conserver que de la supplier, en réponse, de venir le plus près de moi qu'il lui serait possible, en lui jurant de ne pas l'abandonner. Je pris le désir que j'avais de la revoir pour une inspiration du Ciel; et quand les difficultés qu'opposaient à notre réunion l'ascendant de Mme de Malbée et ma faiblesse, venaient m'alarmer, je m'en remettais au Ciel de lever ces difficultés par quelque miracle. Cécile promit de se soumettre à ma volonté, et fixa l'époque de son arrivée en France dans quelque ville-frontière.

Cette époque était éloignée d'environ six semaines du moment où elle m'écrivait. Je me calmai. Un ouvrage que j'entrepris [2] me fournit une distraction assez efficace. Mme de Malbée, la personne la plus douce à vivre dans les petites choses, quand elle avait triomphé dans les grandes, mit à mon ouvrage un vif intérêt. La sympathie de nos esprits fit disparaître l'opposition de nos sentiments, et notre vie, à l'extérieur, redevint paisible et même agréable.

Vers le milieu de l'automne, Mme de Malbée qui, même avec moi, s'ennuyait à la campagne et se serait bien plus ennuyée pendant l'hiver, forma le dessein d'aller à Vienne. Cette résolution qui facilitait ma réunion avec Cécile, me fortifia dans l'opinion que le Ciel venait au secours de qui savait se résigner. Je redoublai de soumission et je m'exhor-

tai plus que jamais à l'imprévoyance commode dont
je m'étais fait un devoir religieux. Avais-je tort?
D'autres le penseront. Mais aujourd'hui même, je ne
sais si cet abandon complet à la Providence n'est
pas, au milieu de la nuit qui nous entoure, et avec
l'insuffisance d'une raison douteuse et superbe, la
plus sûre ressource de l'homme.

Quoi qu'il en soit, les jours successifs se précipi-
tèrent dans l'irrévocable passé. Je n'étais plus qu'à
un mois du départ de Mme de Malbée, et je me
réjouissais des retards qu'avait éprouvés le voyage
de Cécile, lorsque tout à coup je reçus d'elle une
lettre datée de Besançon, où elle m'attendait. Mon
émotion fut d'abord extrême, ainsi que mon embarras. J'étais plein de reconnaissance de la soumission
avec laquelle, malgré tant d'apparences qui devaient
la décourager et lui faire ombrage, elle revenait se
mettre sous l'empire d'un homme encore dépendant
d'une rivale.

La laisser un mois seule dans une auberge, et dans
une ville complètement étrangère, me semblait impossible. Partir ne l'était pas moins. Sous quel prétexte, et surtout avec quelle force? J'écrivis à Cécile
que j'allais la rejoindre incessamment. Je lui demandai huit à dix jours pour des affaires de famille.
Je m'arrangeai de manière à ce que mes lettres et
ses réponses parussent retardées. En effet, les difficultés que le commencement de la mauvaise saison
apportait aux communications rendirent mes délais
moins étranges aux yeux de Cécile. Son isolement
même et ses incertitudes lui firent une nécessité de
m'attendre. Cet intervalle de quatre semaines qui,
annoncé d'avance, lui aurait paru insupportable, se
subdivisant en petites portions au delà de chacune
desquelles était l'espérance, s'écoula insensiblement.

Le moment que Mme de Malbée avait fixé pour
son voyage étant venu, je l'accompagnai jusqu'à Lausanne [1]. Nous y passâmes quatre jours à nous faire

nos adieux. En quittant cette femme qui quelquefois
me semblait peser sur mon existence, j'éprouvai ce
que j'avais déjà ressenti plusieurs fois : l'approche
de ma liberté diminuait l'amertume de mon esclavage. Des inconvénients prêts à finir perdaient de
leur force, et je regrettais le charme dont j'allais ne
plus jouir. Par une complication bizarre d'impressions diverses, je m'affligeais du départ de Mme de
Malbée, précisément parce que je lui savais gré de
partir. Si tout à coup elle se fût décidée à rester,
j'aurais repris toute mon impatience contre elle.
Mais, certain que je serais bientôt rendu à moi-
même, je me livrais avec sécurité à des mouvements
de tendresse d'autant plus vrais qu'ils étaient sans
conséquence.

Quiconque m'eût observé dans les instants qui pré-
cédaient immédiatement nos séparations eût été persuadé, et Mme de Malbée devait le croire, que je
l'aimais plus que jamais. Il en était ainsi à beaucoup
d'égards, et de la sorte, si je la trompais, c'était en
cédant à ce que j'éprouvais réellement. Ma fausseté ne
consistait point à feindre une sensibilité plus grande
que celle [que] j'avais, mais à laisser croire que cette
sensibilité aurait des suites qu'elle ne devait pas
avoir. Mme de Malbée me quitta donc le 4 décembre
1807, se regardant comme étant toujours l'arbitre
de ma destinée, et je me mis moi-même deux jours
après en route pour Besançon.

SEPTIÈME ÉPOQUE

(6 décembre 1807 - 2 février 1808)

Je me souviens encore aujourd'hui de la profonde
tristesse dont j'étais accablé en voyageant de Lau-

sanne à Besançon. Le temps était affreux, la nuit
obscure; la neige, qui tombait par flocons épais
sur la terre, donnait aux ténèbres mêmes une teinte
blanchâtre qui les rendait plus lugubres. Le vent
mugissait autour de ma voiture et menaçait de la
renverser. Les chevaux n'avançaient qu'avec peine,
s'écartant souvent du chemin et s'enfonçant quelquefois tout à coup comme dans des abîmes. Le
postillon s'arrêtait à chaque instant pour m'annoncer
que plus nous approcherions des montagnes, plus les
obstacles se multiplieraient, et plus la route deviendrait dangereuse.

Mais tout ce désordre extérieur, toute cette hos-
tilité de la nature au dehors de moi, n'étaient rien
en comparaison de la douleur et des combats que je
sentais au fond de mon âme. Cécile m'attendait,
Mme de Malbée était partie. Son absence qui devait
durer six mois, un intervalle de trois cents lieues
qui nous séparait, me laissaient une liberté entière
d'exécuter tous mes projets. Une liaison de treize
ans allait donc se rompre. J'allais renoncer à une
femme à qui j'avais donné, dont j'avais reçu tant
de preuves d'affection. Elle avait été le tyran, mais
elle avait aussi été le but de ma vie. Mille souvenirs
étaient enlacés autour de mon cœur; ce que j'avais
fait pour elle, le dévouement que je lui avais témoigné allait être perdu. J'allais jeter loin de moi tout
ce que j'avais pu faire de bien pendant plus d'un
tiers de mon existence.

Immobile dans un coin de ma voiture, je voyais
s'élever et grandir tous les spectres du passé. Les
difficultés de la route me paraissaient un avertissement du Ciel. J'aurais presque désiré qu'elles
fussent assez fortes pour m'obliger à rétrograder.
Cependant Cécile m'attendait, la bonne, la douce,
l'angélique Cécile qui avait tant souffert, qui s'était
soumise à tant de douleurs, que j'avais fatiguée de
tant de vacillations, qu'enfin j'avais traînée sur une

terre étrangère en promettant de la protéger.

Dans une descente rapide, à quelques lieues de
Besançon, les harnais cassèrent, la voiture se précipita sur les chevaux qui ne pouvaient plus la retenir, et le postillon ne vit de ressource que de les
pousser de toute leur vitesse pour éviter d'être
écrasé. L'expédient, quoique unique, était périlleux,
et tout en galopant avec la rapidité de l'éclair, le
postillon criait que nous étions perdus et que nous
allions verser dans le Doubs [1] qui coulait à deux
cents pieds au-dessous de la route, dont l'un des
côtés était à pic. Je crus en effet que nous péririons,
et j'en éprouvai une grande joie. J'avais besoin de
la mort pour m'arracher aux incertitudes de la vie,
et l'éternité ne me semblait pas trop longue pour
m'y reposer. Mais notre conducteur, qui ne partageait
point mes désirs, aperçut à droite du chemin un
creux assez profond dans lequel il parvint à nous
verser. La voiture fut endommagée, mais les chevaux
s'arrêtèrent.

Nous allâmes à pied jusqu'à Ornans, d'où j'écrivis
à Cécile, exprimant, autant que je le pouvais, ma
joie de me trouver au moment de la revoir, joie
qu'elle devait croire pure et qui cependant était
si troublée. L'on répara ma voiture. Je repartis.
L'orage durait encore et les chemins étaient encom-
brés de neige.

A une lieue de Besançon, je vis tout à coup deux
femmes qui s'avançaient avec peine à travers la
tempête qui à chaque instant les forçait à s'arrêter.
C'était Cécile et sa femme de chambre. Cette vue me
frappa d'un sentiment indéfinissable. Loin de savoir
gré à Cécile de son empressement à venir à ma rencontre, cette manière de braver l'intempérie des
saisons, de marcher au milieu d'un torrent de boue
et de s'exposer aux regards des paysans étonnés de
voir une femme bien mise dans cette situation, me
parut une inconvenance et une folie. Je sautai cepen-

dant à terre, mais mon premier mouvement, en
prenant Cécile par la main, fut de lui dire : « La
tête vous tourne, il fallait au moins choisir une
autre façon d'aller. » Elle me regarda avec surprise,
puis sans me répondre : « Continuez votre route,
me dit-elle, je vous rejoindrai de mon côté. » Je la
pressai inutilement de se placer auprès de moi ou
de me laisser marcher auprès d'elle. Elle résista à ma
double prière, et j'étais encore si abasourdi de tout
ce que j'éprouvais que, sur son refus, je remontai
en voiture; je la laissai à pied et je m'acheminai
vers Besançon.

Mon domestique, vieux Français, familier comme
ils le sont tous avec leurs maîtres, me dit en riant :
« Ah! ah! Monsieur! et Mme de Malbée! » Ce nom
prononcé dans cette circonstance, le rire sarcastique
de cet homme grossier, l'espèce d'approbation qu'il
donnait à ma perfidie, cet outrage que j'attirais sur
la femme que j'avais trompée, tout cela redoubla
mon déchirement intérieur. J'arrivai à Besançon
dans cette disposition. J'y fus plus d'une heure
avant le retour de Cécile, et j'employai cette heure
à écrire à Mme de Malbée la lettre la plus passionnée qu'elle eût jamais reçue de moi.

Cécile vint enfin, mais si abîmée de fatigue et
tellement percée par la pluie qu'elle fut obligée de
s'enfermer longtemps avant de me recevoir. Je réfléchis durant cet intervalle à ce que j'avais à faire.
Le résultat de mes réflexions fut que j'étais engagé
avec Cécile et que, si elle était libre, je devais
l'épouser. L'impression de tristesse que j'avais remarquée sur son visage et que je ne pouvais attribuer
qu'à l'accueil étrange que je lui avais fait, m'avait
pénétré de remords. Ma lettre à Mme de Malbée,
cette lettre dans laquelle tous les témoignages de
regret, d'amour et de dévouement lui étaient prodi-
gués, cette lettre où je désavouais toutes les plaintes
que j'avais pu former contre elle, était encore à la

poste que déjà la résolution contraire était dans mon cœur. Avec cette mobilité funeste, il n'est pas étonnant que l'on m'ait accusé de fausseté.

J'entrai chez Cécile. Nous nous embrassâmes. Tout déterminé que j'étais à m'unir à elle, je n'en étais pas moins triste, ou plutôt j'étais d'autant plus triste que j'étais plus déterminé. Cécile, de son côté, avait conçu dès le premier moment une défiance très naturelle. Nous nous questionnâmes sur ce qui s'était passé durant notre séparation. Cécile me dit que ses parents d'Allemagne lui avaient conseillé de faire casser son mariage en France, les tribunaux allemands ne pouvant s'empêcher de reconnaître ce que les lois de France auraient prononcé sur un mariage avec un Français. Elle revenait en conséquence pour concerter avec M. de Saint-Elme les moyens les plus simples et les moins bruyants. Il s'était engagé à solliciter lui-même le divorce dont ils étaient convenus. Sa liberté était donc sûre et prochaine.

Après m'avoir rendu compte de la sorte de ce qui la regardait, elle se tut, comme attendant ce que j'avais à lui dire. L'idée qu'elle n'était pas encore libre me suggéra celle d'un délai, et mon imagination la saisit. Je ne lui parlai donc que dans ce sens. Toute ma réponse était juste, raisonnable, la seule qui fût possible quant à la situation positive, car il fallait du temps pour que son mariage fût cassé, et il en fallait encore pour qu'après l'annulation ou le divorce, nous pussions nous épouser. J'aurais été le plus passionné, le plus impatient des hommes, que l'état des choses eût été le même. Mais mon langage se ressentit de ma pensée secrète, et Cécile lut facilement au fond de mon âme. Elle m'interrogea sur Mme de Malbée. Elle vit mes incertitudes et les remords qui m'avaient repris. Elle tomba dans la mélancolie la plus profonde, et cette réunion que pendant cinq mois j'avais demandée au Ciel, pour laquelle j'avais eu recours à tant de dissimulation et à tant de ruses, n'était plus pour nous deux, au bout d'une heure, qu'une source de malheur.

Nous gardâmes le silence pendant le reste de la soirée. Je ne fermai pas l'œil de toute la nuit. Ballotté par un orage de pensées contraires, je repassai dans ma mémoire la longue suite d'inconséquences dont je m'étais rendu coupable; je me reprochai le malheur de deux femmes qui, chacune à sa manière, m'aimaient sincèrement, et, réduit à choisir entre des maux inévitables, j'invoquai le Ciel pour me diriger. Tout ce que je souffrais n'avait eu d'autre cause que ma volonté. J'avais voulu me séparer de Mme de Malbée, j'avais voulu m'unir à Cécile, et j'avais marché par des voies souvent obliques à ce but que tant de circonstances rendaient si difficile à atteindre. Je crus sentir que c'était de cette volonté rebelle à ses ordres que Dieu me punissait.

Les paroles de l'homme [1] qui le premier m'avait inspiré des idées religieuses, se représentèrent à mon esprit. Plus d'une fois, soupçonnant mes projets de rupture, sans se douter des nouveaux liens que je voulais contracter : « C'est inutilement, m'avait-il dit, que vous croyez briser des nœuds écrits dans le Ciel. Ni la distance ni les barrières que vous élèverez entre Mme de Malbée et vous, ne vous arracheraient l'un à l'autre. Vous fuiriez au bout du monde que son âme crierait au fond de votre âme. Vous épouseriez une autre femme : cette femme se trouverait avoir épousé non pas vous, mais sa rivale. Mme de Malbée a des défauts. Il y a du malheur pour vous dans cette liaison; mais chacun a sa croix sur cette terre, et Mme de Malbée est la croix que vous devez porter. » Tout ce que je souffrais, le trouble qui s'était élevé au dedans de moi, au moment où tous les obstacles du dehors étaient surmontés, l'impossibilité pour ainsi dire magique, car elle n'avait aucune cause extérieure, l'impossibilité, dis-je, que j'éprouvais subitement de faire un seul pas vers le but que je m'étais proposé, me parurent la confirmation de ces vérités funestes qui m'avaient été déclarées avec autorité, d'un ton prophétique.

La conviction complète que tel était en effet l'arrêt céleste, pesa sur moi d'un poids énorme. Je ne me sentis plus aucune force de résistance. Je demandai pardon à la puissance maîtresse de moi d'avoir osé braver ses indications. Je lui recommandai Cécile et je renonçai à elle au fond de mon cœur. Par cet acte de résignation, je parvins à retrouver un peu de calme; mais les circonstances n'en étaient pas moins graves et embarrassantes. Cécile était seule, à deux cents lieues de tout protecteur, dans une auberge, agitée, désolée, malade. Je ne pouvais la quitter, et rien ne me rassurait sur les suites qu'aurait mon abandon, pour cette âme déjà brisée. Je m'arrêtai au projet suivant. Je demandai à Cécile six mois pour revoir Mme de Malbée, pour me laver d'une dissimulation dont je rougissais, et pour recouvrer le droit de disposer de moi-même. Je lui conseillai d'aller en Suisse, d'y attendre la belle saison et de retourner en Allemagne. Elle était si découragée qu'elle ne disputa sur rien. Silencieuse, la tête baissée, elle consentit à tout; mais son regard fixe, l'espèce de stupeur dans laquelle elle était tombée, l'altération de ses traits et de sa voix, tout me faisait craindre que sa santé ne succombât ou que sa raison ne fût altérée.

Nous partîmes ensemble pour Dole. Je comptais m'arrêter chez mon père, tandis que Cécile continuerait sa route jusqu'à Lausanne. Elle fit en chemin quelques efforts pour causer de choses indifférentes. Je tâchais de lui répondre. Notre situation était affreuse, et tout en parlant d'objets étrangers, nous sentions s'échapper de nos yeux des larmes que nous cherchions à nous cacher mutuellement. Tout à coup Cécile tomba dans un évanouissement si profond que toutes mes tentatives pour la ranimer furent inutiles. Je fus forcé de continuer ma route, la tenant entre mes bras, sans mouvement, sans couleur et sans vie, et quelquefois je mettais en doute si elle existait encore. Nous arrivâmes ainsi à Dole. Je fis appeler un médecin. Cécile revint à elle au bout de quelques heures. Le danger paraissait passé.

Mais le lendemain elle prit des crampes d'estomac si violentes qu'en peu de minutes on la crut menacée d'une inflammation qui eût été sans remède. Les médecins, car j'avais réuni tous ceux qui se trouvaient dans cette ville, me donnèrent très peu d'espoir. Des saignées fréquentes diminuèrent pourtant les symptômes [qui] les alarmaient. La nuit vint. Cécile, épuisée de ce qu'elle avait s[ouffer]t et du sang qu'elle avait perdu, s'évanouit de nouveau.

Elle resta jusqu'au matin dans cet état. L'empreinte de la mort était sur tous ses traits, et le chirurgien qui veillait avec moi auprès d'elle, me montrait dans la contraction de sa bouche, dans ses yeux où l'on n'apercevait plus qu'un peu de blanc, dans la roideur de ses membres et dans ses extrémités déjà glacées, les signes avant-coureurs d'une dissolution inévitable. Cependant elle rouvrit les yeux, mais sans revenir à elle. Le délire succéda à l'insensibilité. Elle parlait à ses parents, comme s'ils l'avaient entourée. Elle se croyait environnée d'objets funèbres. Elle me regardait sans me connaître. Ma voix seule faisait impression sur elle, et cette impression paraissait douloureuse. Ce délire dura longtemps et fut suivi d'un sommeil léthargique. Lorsqu'elle se réveilla dans l'après-dînée du jour suivant, elle était d'une telle faiblesse que les médecins m'assurèrent qu'elle succomberait à la moindre crise. Elle ne pouvait ni prononcer un mot ni soulever la tête, et ce fut avec beaucoup de peine qu'on parvint à lui faire avaler quelques gouttes de lait [1].

DOSSIER

VIE DE BENJAMIN CONSTANT

1767 — *25 octobre :* Naissance de B. C. à Lausanne, dans la maison des Chandieu, place Saint-François. *10 novembre :* Mort de sa mère, née Henriette de Chandieu.

1772-1774 — Benjamin est mis entre les mains d'un premier précepteur, l'Allemand Strœlin, et de Marianne Magnin.

1774-1775 — Son père l'emmène à Bruxelles, et confie son éducation au médecin-major De la Grange. Premières lettres à sa grand-mère Constant.

1775-1776 — Séjour en Suisse avec son père.

1776-1777 — Nouveau précepteur : M. Gobert.

1777-1778 — Avec un quatrième précepteur, le moine défroqué Duplessis, Benjamin vit tantôt à Lausanne, tantôt à Bruxelles, tantôt en Hollande.

1779 — Il compose un roman héroïque en 5 chants : *les Chevaliers.*

1780 — *Janvier-mars :* Premier voyage en Angleterre avec son père. Séjour de 2 mois à Londres et à Oxford.
Mars 1780-septembre 1781 : Son père le remet entre les mains d'un jeune précepteur anglais, M. May, qui suit son disciple en Suisse et en Hollande pendant un an et demi.

1781 — *Octobre :* Retour de Benjamin à Lausanne, avec son père. Leçons du pasteur Ph.-S. Bridel.

1782 — *Février 1782-mai 1783 :* Etudiant à l'université d'Erlangen.

1783 — *8 juillet 1783-mai 1785 :* Séjour à Edimbourg, où il passe près de deux ans, suivant avec zèle les cours de l'Université et prenant une part brillante aux travaux de la *Speculative Society.*

1785 — *Mai-août :* Premier séjour à Paris, chez M. Suard. *Août-novembre :* Séjour à Bruxelles. Premier amour de Benjamin : Mme Johannot. *Novembre 1785-novembre 1786 :* Séjour à Lausanne. Amour pour Mme Trevor (juillet-novembre).

1786 — *15 novembre 1786-juin 1787 :* Second séjour de B. C. à Paris, chez M. Suard. Amour pour Jenny Pourrat. Il se lie avec Mme de Charrière de Zuylen.

1787 — *26 juin-1er octobre :* Escapade d'Angleterre. *Novembre 1787-15 février 1788 :* Séjour en Suisse. *18 novembre :* Duel manqué avec le capitaine Duplessis d'Ependes. *18 décembre :* Retour à Colombier, chez Mme de Charrière.

1788 — *8 janvier :* Duel avec Duplessis à Colombier. *Vers le 15 février :* Départ pour Brunswick, où il va revêtir la dignité de gentilhomme ordinaire du duc. *Août :* Procès militaire intenté au père de Benjamin.

1789 — *8 mai :* Mariage avec Wilhelmine von Cramm. *Juillet-août :* Séjour de Benjamin à Lausanne, avec sa femme. *Septembre 1789-mai 1790 :* Séjour à La Haye pour le procès de son père.

1791 — *Septembre-novembre :* Séjour à Lausanne (sans sa femme).

1792 — *Dès juillet :* Mésintelligence conjugale.

1793 — *11 janvier :* Liaison avec Charlotte de Marenholz, née Hardenberg. *Juin-novembre :* Séjour à Lausanne. *Décembre 1793-avril 1794 :* Séjour à Colombier, chez Mme de Charrière.

1794 — *Avril-juillet :* Dernier séjour à Brunswick. *Fin juillet :* Retour en Suisse.

19 septembre : Benjamin rencontre Mme de Staël.

Fin *décembre :* Demi-rupture avec Mme de Charrière.

1795 — *25 mai :* Arrivée de Benjamin et de Mme de Staël à Paris.

18 novembre : Divorce de Benjamin d'avec Minna von Cramm.

1796 — *Mai :* B. C. publie sa première brochure politique : *De la force du gouvernement actuel de la France et de la nécessité de s'y rallier,* imprimée en Suisse.

Novembre : Acquisition du domaine d'Hérivaux, près de Luzarches.

1797 — *30 mars :* Nouvelle publication de B. C. : *Des réactions politiques.*

Avril : Mme de Staël à Hérivaux.

29 mai : Nouvelle publication de B. C. : *Des effets de la Terreur.*

8 juin : Naissance d'Albertine de Staël, à Paris.

Rôle marquant de B. C. au « Cercle constitutionnel » de l'Hôtel de Salm.

1798 — Pamphlet de B. C. : *Des suites de la contre-révolution de 1660 en Angleterre.*

B. C. est candidat en Seine-et-Oise aux élections du 22 floréal. Echec. Par l'annexion de la Suisse, il devient citoyen français.

1799 — (4 nivôse an VIII) : Nomination de B. C. au Tribunat.

1800 — *Novembre 1800-juin 1801 :* Passion de B. C. pour Anna Lindsay.

(15 nivôse an IX) : B. C. prononce au Tribunat son premier discours d'opposition. Fureur de Bonaparte et attaques des journaux.

1802 — (27 nivôse an X) : B. C. éliminé du Tribunat.

Mars : Vente d'Hérivaux. Achat des Herbages, dans la commune de Saint-Martin-du-Tertre (arrondissement de Pontoise).

9 mai : Mort d'Eric-Magnus, baron de Staël-Holstein, à Poligny.

1803 — *Janvier-mars :* B. C. songe à épouser Amélie Fabri. Il rédige son premier Journal : *Amélie et Germaine.*

Septembre : Mme de Staël à Mafliers, non loin des Herbages.

15 octobre : Elle reçoit un ordre d'exil à 40 lieues de Paris.

19 octobre : B.C. quitte Paris avec Mme de Staël exilée. Ils se dirigent sur Châlons-sur-Marne.

26 octobre : Arrivée à Metz, où ils demeurent une quinzaine.

8 novembre : Départ pour Francfort.

13 décembre : Arrivée de Mme de Staël à Weimar.

1804 — Vers le *1er janvier :* B. C. rejoint Mme de Staël à Weimar, après un séjour à Gœttingue.

1er mars : Départ de Mme de Staël et de Benjamin pour Leipzig.

6 mars : Séparation de Benjamin et de son amie qui part pour Berlin.

10 mars : Retour de B. C. à Weimar.

20 mars : Départ pour la Suisse : Francfort, Ulm et Schaffhouse.

7 avril : Arrivée à Lausanne.

9 avril : Mort de Necker.

11 avril : B. C. part de Lausanne pour aller à la rencontre de Mme de Staël.

22 avril : Il rejoint Mme de Staël à Weimar.

1er mai : B. C. quitte Weimar et ramène Mme de Staël en Suisse.

19 mai : Retour à Coppet.

24-30 juillet : Voyage de B. C. à Soleure. Visite à Mme Talma.

27 novembre : Départ pour Dole.

6-12 décembre : Séjour à Lyon avec Mme de Staël, qui part pour son voyage en Italie.

14-16 décembre : Séjour à Moulins. Visite à Mme Talma.

22 décembre : Retour à Paris.

1805 — *Janvier-juin :* De Paris aux Herbages, et des Herbages à Paris.

5 mai : Mort de Mme Talma.

10 juillet : Retour à Coppet.

14-19 juillet : Court séjour à Lausanne.

19 juillet-20 août : De Coppet à Genève et de Genève à Coppet.

21-27 août : 2ᵉ séjour à Lausanne.

27 août-10 septembre : De Coppet à Genève et de Genève à Coppet.

11-27 septembre : 3ᵉ et 4ᵉ séjours à Lausanne.

22-25 octobre : 5ᵉ séjour à Lausanne.

9 novembre : Déplacement de Coppet à Genève.

27 décembre : Mort de Mme de Charrière de Zuylen, à Colombier.

1806 — *1ᵉʳ-10 janvier :* Séjour à Lausanne.

31 janvier : Départ pour Dole et séjour à Brevans.

14 février : Retour à Genève.

12 avril : Déplacement de Genève à Coppet.

28 avril-28 mai : Séjour à Lausanne.

1ᵉʳ juin : Départ pour Dole.

6-7 juin : Voyage de Dole à Auxerre où B. C. rejoint Mme de Staël.

1ᵉʳ-15 juillet : Séjour à Paris.

24 août : Départ d'Auxerre pour Paris et les Herbages.

18 septembre : B. C. rejoint Mme de Staël à Rouen.

18-28 octobre : Voyage et séjour à Paris. Passion subite de B. C. pour Charlotte Du Tertre née comtesse de Hardenberg.

29 octobre : Retour à Rouen.

30 octobre : B. C. commence « un roman ».

21-28 novembre : 2ᵉ séjour à Paris.

29 novembre : Retour de B. C. auprès de Mme de Staël, au château d'Acosta, près d'Aubergenville.

2-16 décembre : 3ᵉ et 4ᵉ séjours à Paris.

1807 — *6 janvier-18 avril :* D'Acosta à Paris et de Paris à Acosta.

25 avril : Benjamin accompagne jusqu'à Mongeron Mme de Staël refoulée à 40 lieues de Paris.

27-29 juin : Parti de Paris, Benjamin rejoint Charlotte à Bondy et voyage avec elle jusqu'à Châlons-sur-Marne. Arrivés là, ils se quittent. Charlotte prend la route d'Allemagne, et Benjamin celle de Dole.

3-15 juillet : Séjour à Brevans.

17 juillet : Arrivée à Coppet.

29 juillet-30 août : Séjour à Lausanne où B. C. fréquente les mystiques des « Ames intérieures » et subit leur influence.

31 août : Retour à Coppet.

1er septembre : Fuite de B. C. à Lausanne. Il se réfugie à Chaumière chez sa tante Charrière, mais il est bientôt rejoint par Mme de Staël qui le ramène à Coppet.

Septembre-novembre : B. C. compose la tragédie de *Wallstein.*

1er décembre : Il accompagne jusqu'à Lausanne Mme de Staël qui part pour Vienne.

5 décembre : Lecture de *Wallstein* chez Mme de Nassau.

6 décembre : Adieux de Mme de Staël et de Benjamin. De Lausanne, B. C. gagne Besançon où il retrouve Charlotte de Hardenberg.

11 décembre : Départ pour Dole avec Charlotte. Elle tombe gravement malade.

1808 — *Janvier :* Séjour à Brevans avec Charlotte.

9 février : Retour de B. C. et de Charlotte à Paris.

Mars : B. C. suit le cours du docteur Gall.

Fin mai-fin juin : Séjour de B. C. et de Charlotte à Brevans.

5 juin : Leur mariage secret par le pasteur Ebray, de Besançon.

27 juin : Venant de Brevans, Benjamin et Charlotte se quittent à Concise (Vaud). Elle part pour Neuchâtel, tandis que Benjamin rejoint Auguste de Staël pour aller à la rencontre de sa mère qui revient de Vienne.

Début de juillet : Retour de B. C. à Coppet.

19 juillet : Conclusion du contrat avec le libraire Paschoud, de Genève, pour la publication de *Wallstein.*

Fin juillet : Séjour de Charlotte à Genève, avec l'une de ses tantes.

Septembre : Achèvement des « Réflexions sur la tragédie de *Wallstein* et sur le théâtre allemand ».

Septembre-décembre : Impression de *Wallstein.*

15 décembre : B. C. rejoint Charlotte à Brevans.

1809 — *Vers le 15 janvier :* Départ de Brevans pour Paris avec Charlotte.

26 janvier : Mise en vente de *Wallstein.*

25 mars : L'édition de *Wallstein* est épuisée. Projet d'une 2ᵉ édition.

Début de *mai :* Arrivée de Charlotte et de Benjamin à Sécheron, aux portes de Genève. Benjamin se retire à Ferney.

9 mai : Dramatique entrevue de Mme de Staël et de Charlotte chargée par Benjamin de lui annoncer leur mariage secret.

13 mai : B. C. à Coppet.

Fin *mai :* Il rejoint Charlotte à Brevans, où il reçoit de Mme de Staël l'ordre de la rejoindre à Lyon.

7 juin : Arrivée de Mme de Staël à Lyon.

9 juin : Charlotte tente de s'y empoisonner.

Vers le *15 juin :* Départ de B. C. pour Paris, avec Charlotte.

24 juin : Il abandonne sa femme et reprend sa place auprès de Mme de Staël à Lyon et à Coppet.

12 juillet : Juste de Constant fait part à ses parents de Lausanne du mariage de son fils.

19 octobre : B. C. quitte Coppet et part pour Brevans et Paris.

Décembre : Ratification du mariage de Benjamin et de Charlotte à Paris.

1810 — **Vers le *1ᵉʳ février :*** B. C. regagne Coppet.

21 mars : Par acte sous seing privé, B. C. s'engage à réserver par testament une somme de 80 000 fr. en faveur de Mme de Staël ou de ses héritiers.

14 avril : B. C. est de retour à Paris.

10 juin-14 juillet : Séjour de B. C. auprès de Mme de Staël, aux châteaux de Chaumont et de Fossé.

10 octobre : Après la mise au pilon de *De l'Allemagne,* et la lettre d'exil du duc de Rovigo, entrevue de B. C. et de Mme de Staël près de Montargis.

13 octobre : Perte de 20 000 fr. au jeu, suivie de la vente des Herbages.

1811 — *17 janvier :* Benjamin part avec Charlotte pour Lausanne.

Février-mars : Règlement de ses difficultés financières avec son père.

18 avril : Dernier souper de Benjamin à Coppet. Rocca le provoque en duel.

7 mai : Dernière soirée avec Mme de Staël à Lausanne.

9 mai : Adieux de Mme de Staël et de B. C. sur l'escalier de l'auberge de la Couronne, à Lausanne.

15 mai : Départ de Benjamin et de Charlotte pour l'Allemagne.

19 août-1er novembre : Séjour au Hardenberg.

2 novembre : Installation à Gœttingue.

1812 — *Janvier :* Juste de Constant crée de nouvelles difficultés à son fils et met opposition sur ses biens à Paris.

2 février : Mort de Juste de Constant à Brevans.

4-22 février : Séjour de B. C. à Brunswick, où il apprend la nouvelle de la mort de son père.

5 décembre : Départ pour Cassel.

14 décembre : B. C. est nommé membre correspondant de la Société royale des Sciences de Gœttingue.

1813 — *18 janvier :* Retour de B. C. à Gœttingue.

2 mars-3 avril : 2e séjour à Cassel.

19 septembre-2 novembre : Six semaines à Brunswick.

3 novembre : Départ de B. C. pour Hanovre.

22 novembre : Il entreprend un ouvrage politique.

1er-31 décembre : Rédaction et impression de *De l'Esprit de conquête*.

1814 — *30 janvier :* Sortie de presse de *De l'Esprit de conquête et de l'Usurpation*.

6-8 février : Voyage à Buckebourg. Conférences avec Bernadotte.

15-27 février : Séjour à Gœttingue.

28 février : Départ pour Liège.

Mars : 2e édition de *De l'Esprit de conquête*... à Londres.

7 mars-4 avril : Séjour à Liège. Entretiens avec Bernadotte. Rédaction de deux mémoires en faveur du Prince.

5 avril : Départ pour Bruxelles.

13 avril : Départ pour Paris avec Auguste de Staël.

15 avril : Arrivée à Paris. Rapide préparation de la 3e édition de *De l'Esprit de conquête*...

22 avril : Mise en vente de la nouvelle édition.

7 mai : Entretien avec Alexandre, empereur de Russie.

13 mai : Visite à Mme de Staël arrivée à Paris la veille.

24 mai : Sortie de presse des *Réflexions sur les Constitutions, la distribution des pouvoirs et les garanties dans une monarchie constitutionnelle.*

27 mai : Mort de la comtesse de Nassau, tante de Benjamin.

6 juillet : Mise en vente de *De la liberté des brochures, des pamphlets et des journaux considérée sous le rapport de l'intérêt du Gouvernement.*

18 août : Sortie de presse des *Observations sur le discours de S. E. le Ministre de l'Intérieur en faveur du projet de loi sur la liberté de la presse.*

31 août : Coup de foudre : passion soudaine de B. C. pour Juliette Récamier.

6-12 septembre : Séjour avec Mme Récamier à Anger-villiers, chez Mme Catelan.

13-14 septembre : A la demande de Mme Récamier, B. C. rédige un mémoire en faveur de Murat.

21 octobre-12 décembre : Propositions finalement repoussées de Schinina, l'agent de Murat.

13 décembre : B. C. commence son ouvrage sur la responsabilité des ministres.

1815 — *Janvier-février :* B. C. rédige les « Mémoires de Mme Récamier ».

2 février : Sortie de presse de la brochure : *De la responsabilité des ministres.*

6 février : Candidature de B. C. à l'Institut.

5 mars : On apprend à Paris la nouvelle du débarquement de Napoléon au Golfe-Juan.

11 mars : Mme de Staël quitte précipitamment Paris.

19 mars : Violent article de B. C. contre Napoléon dans *Le Journal des Débats.*

23-27 mars : Fuite de B. C. jusqu'en Vendée et retour à Paris.

30 mars : Visite à Joseph Bonaparte.

31 mars : Mémoire pour la paix mis par Joseph Bonaparte dans le *Journal de Paris* du 4 avril.

3 avril : B. C. reprend son grand ouvrage politique de 1806, et le termine en 10 jours.

14 avril : Entrevue très cordiale de B. C. avec l'Empereur qui l'a invité aux Tuileries et le charge de modifier la Constitution de l'Empire.

15 avril : 2ᵉ entrevue avec l'Empereur. Projet constitutionnel.

18-19 avril : 3ᵉ et 4ᵉ entrevues avec l'Empereur.

20 avril : Nomination de B. C. au Conseil d'Etat.

21 avril : Séance chez l'Empereur.

24 avril : B. C. remet l'acte additionnel aux Constitutions de l'Empire.

28 avril : Causerie de B. C. avec l'Empereur.

29 mai : Sortie de presse des *Principes de politique applicables à tous les gouvernements représentatifs...*

21 juin : Nouvelle de la débâcle de Waterloo (18 juin).

24 juin : Visite de B. C. à l'Empereur, après son abdication.

25 juin : Départ de B. C. pour Soissons et Haguenau, en qualité de secrétaire de la Commission chargée de négocier avec les Alliés.

5 juillet : Retour à Paris. Rapport au Gouvernement provisoire.

19 juillet : Ordre d'exil.

20 juillet : B. C. rédige à l'intention du Roi un « mémoire apologétique ».

24 juillet : Message direct du Roi révoquant l'ordre d'exil.

10 août : Plan d'un ouvrage sur l'histoire des Cent-Jours.

12 août : Visite à Labédoyère dans sa prison, huit jours avant son exécution.

Septembre-octobre : Derniers feux de la passion de B. C. pour Juliette Récamier. Influence bienfaisante de Mme de Krüdener.

31 octobre : Dernière entrevue de Benjamin avec Juliette. Il quitte Paris.

3 novembre : Arrivée à Bruxelles.

10 novembre : B. C. rédige une première esquisse de son « Apologie ».

30 novembre : Il refait l' « Apologie » sur un nouveau plan.

1ᵉʳ décembre : Arrivée de Charlotte à Bruxelles.

1816 — *21 janvier :* Benjamin et Charlotte quittent Bruxelles pour se rendre en Angleterre.
24 janvier : Ils s'embarquent à Ostende pour Douvres.
27 janvier : Arrivée à Londres.
14-25 février : Dernières lectures d'*Adolphe*.
Mars-avril : Mise au point du texte de son roman. Plan et rédaction de « Lettres politiques ».
30 avril : B. C. donne son roman à l'impression.
9-15 mai : Il fait une préface à *Adolphe*.
8 mai-vers le 10 juin : Mise en vente du roman.
22 juin : Article « désolant » du *Morning Chronicle* sur *Adolphe*.
25-27 juin : B. C. rédige une nouvelle préface pour le roman.
3 juillet : Walker présente à B. C. une traduction anglaise d'*Adolphe*.
17 juillet : Lettre rassurante de Mme de Staël.
23 juillet : B. C. confie le manuscrit de son *Polythéisme* à son ancien précepteur, M. May, qui habite Leghe, près de Londres.
27 juillet : Il s'embarque à Douvres pour Calais.
1er août : Arrivée à Bruxelles.
5 août-21 septembre : Séjour à Spa.
23 septembre : Retour à Bruxelles.
27 septembre : Départ pour Paris.
Décembre : Grand succès de la brochure de B. C. : *De la doctrine politique qui peut réunir les partis en France.*

1817 — *Janvier-décembre :* Entreprise de B. C. de relever le *Mercure de France*.
14 juillet : Mort de Mme de Staël, à Paris.
Fin de l'année : Publication d'une brochure intitulée : *Des élections prochaines*.

1818 — *Janvier :* Suppression du *Mercure de France* par arrêt du ministre de la Police. il est remplacé presque aussitôt par *La Minerve française*.
Eté : En faisant une chute sur un sentier abrupt, à Meudon, B. C. se casse une jambe. Il ne se remettra jamais tout à fait de cet accident et ne pourra plus marcher sans béquilles.
Octobre : Echec de B. C. aux élections, dans la

circonscription de la Seine, par suite des intrigues du gouvernement.

1818-1819 — Publication de : *Collection complète des ouvrages publiés sur le gouvernement représentatif et la Constitution actuelle de la France formant une espèce de Cours de politique constitutionnelle par M. Benjamin de Constant.*

1819 — *25 mars :* B. C. est élu député de la Sarthe.
Décembre : B. C. publie : *Eloge de Sir Samuel Romilly* prononcé à l'Athénée.

1820 — *Février :* Rôle important de B. C. dans les débats qui suivirent l'assassinat du duc de Berry. Suppression de la *Minerve française* par mesure de police.
Mars : Importants discours de B. C. à l'occasion de la loi sur la presse.
7-8 octobre : Guet-apens de Saumur. B. C. manque d'être lynché par la foule au cours d'une conférence électorale.
Publication à la suite de cet incident : *Lettre à M. le marquis de Latour-Maubourg, ministre de la Guerre, sur ce qui s'est passé à Saumur...*

1820-1822 — *Mémoires sur les Cent-Jours,* 1re et 2e parties.
De la dissolution de la Chambre des députés (1820).

1822 — *Octobre :* Echec de B. C. lors du renouvellement partiel de la Chambre.
14 novembre : Villèle l'ayant fait impliquer de complicité morale dans le complot Berton dirigé contre les Bourbons, B. C. est jugé en cour d'assises et condamné à une amende et à 6 semaines de prison (peine remise). En juin il s'est battu en duel, assis sur une chaise.

1824 — *Mars :* B. C. est élu député de Paris.
Mars-mai : Manœuvres de ses adversaires tendant à son invalidation.
24-26 avril : Brève et dernière visite de B. C. à Lausanne, accompagné de Charlotte, pour y chercher les papiers relatifs à son ascendance maternelle.
Juillet : Publication du 1er tome de : *De la religion*

considérée dans ses sources, sa forme et ses développements.
7 août : Mise en vente de la 3ᵉ édition d'*Adolphe.*

1825 — *13 février* : Grand discours de B. C. sur la loi d'indemnité d'un milliard aux Emigrés.
Septembre : B. C. publie un pathétique *Appel aux nations chrétiennes en faveur des Grecs.*
Début d'octobre. De la religion considérée dans sa source..., t. II.

1827 — *Février et mars* : Importants discours de B. C. sur le projet de loi relatif à la police de la presse.
Août : Voyage triomphal de B. C. en Alsace. Banquet de Strasbourg.
Août : 1ᵉʳ séjour à Bade.
Automne. B. C. est élu dans deux circonscriptions, celles de la Seine et du Bas-Rhin. Il opte pour Strasbourg.
Novembre : De la religion considérée dans sa source..., t. III.

1827-1828 — Publication de : *Discours de M. Benjamin Constant à la Chambre des Députés,* t. I et II.

1828 — Nouvel échec de B. C. à l'Académie.

1829 — *Août* : Publication des *Mélanges de littérature et de politique.*
Août : Réception enthousiaste de Constant en Alsace.
Octobre-novembre : 2ᵉ séjour à Bade.
Octobre : B. C. publie dans la *Revue de Paris* ses *Réflexions sur la tragédie.*

1830 — *Mars* : Rôle important de B. C. dans la courte session du Parlement.
18 mars : Remise au Roi de l'adresse à la rédaction de laquelle B. C. contribua.
Février-juillet : Publication par B. C. dans la *Revue de Paris* de trois importants articles intitulés : *Souvenirs historiques à l'occasion de l'ouvrage de M. Bignon.*
Fin juin : Victoire de la gauche aux nouvelles élections. B. C. est réélu. Malade, il va se soigner à la campagne.
25 juillet : Quatre Ordonnances de Charles X dans

le *Moniteur*. B. C. est rappelé à Paris par un billet de La Fayette.

30 juillet : Avec Sébastiani, B. C. rédige une déclaration en faveur du duc d'Orléans. Il est en litière au premier rang du cortège qui conduit le futur Louis-Philippe à l'Hôtel de Ville. Il est chargé par Guizot de rédiger une poclamation au peuple.

27 août : B. C. est nommé président d'une section du Conseil d'Etat, et reçoit du nouveau Roi 200 000 fr. pour lui permettre de payer ses dettes.

18 novembre : Dernier échec de B. C. à l'Académie. Election de Viennet.

19 novembre : B. C. prononce son dernier discours à la tribune, en faveur des imprimeurs et des libraires. Il voit sa proposition repoussée.

26 novembre : Dernière apparition de B. C. à la Chambre.

8 décembre : Mort de Benjamin Constant.

12 décembre : Funérailles nationales. Cérémonie au temple protestant de la rue Saint-Antoine et inhumation au cimetière du Père-Lachaise.

NOTICES ET NOTES

Adolphe

NOTICE

Il y a peu de temps encore, on ignorait presque tout des circonstances dans lesquelles Benjamin Constant avait écrit son chef-d'œuvre. C'est seulement depuis qu'on a publié une édition correcte et intégrale de ses *Journaux intimes* que le voile s'est un peu levé sur la genèse et sur la publication d'*Adolphe,* qu'on a pu enfin fixer les dates de sa composition et en entrevoir les phases.

Voici brièvement ce que ces *Journaux* nous apprennent à ce sujet.

Au milieu de l'automne 1806, après un morne et orageux été passé à Auxerre et au château de Vincelles, Mme de Staël avait obtenu de Fouché, grâce aux démarches de Benjamin, l'autorisation de se rapprocher de Paris et de venir s'installer à Rouen. Constant y était arrivé avec elle le 18 septembre. Il comptait y passer deux mois tranquilles et y travailler à l'achèvement de « l'ouvrage politique » pour lequel, depuis huit mois, il avait abandonné son interminable *Polythéisme.* Jusqu'au milieu d'octobre, en effet, il consacra à ce travail tous les loisirs de son exil volontaire.

Mais, dès le 10 octobre, il avait décidé de se rendre

à Paris pour y rencontrer une ancienne amie, Mme Dutertre, née comtesse de Hardenberg, dont il venait de
recevoir avec surprise une lettre des plus tendres.

Plantant là « son ouvrage politique », Constant quitta
en effet Rouen le 18 octobre, et dès le lendemain il
courut chez Charlotte qu'il trouva fort embellie et dont
il ne tarda pas à achever la conquête. Ce succès ne le
grisa pas tout de suite. Il n'en éprouva d'abord qu'une
satisfaction de vanité. Mais il se laissa bientôt gagner
complètement par le charme de cette femme bonne,
douce, aimante. Il a le cœur plein d'elle, et la tête lui
tourne. L'amour l'a repris dans toute sa violence. Depuis
dix ans, il n'a rien éprouvé de pareil. Tout est bouleversé.

Mais son esprit ne perd rien de sa lucidité. « Je crois
bien, note Constant dans son *Journal*, que Mme de Staël
y entre pour beaucoup. Le contraste entre son impétuosité, son égoïsme, son occupation constante d'elle-même
et la douceur, le calme, l'humble et modeste manière
d'être de Charlotte, me rend celle-ci mille fois plus
chère. Je suis las de l'homme-femme dont la main de
fer m'enchaîne depuis dix ans, et une femme vraiment
femme m'enivre et m'enchante. »

Pourtant, après quelques jours d'une vie insouciante
et douce, Benjamin était retombé dans une profonde
tristesse en songeant à la complication nouvelle créée
par sa passion pour Charlotte. « Sot animal que je suis,
écrit-il. Je me fais aimer des femmes que je n'aime
pas. Puis tout à coup, l'amour s'élève comme un tour-
billon, et le résultat d'un lien que je ne voulais prendre
que pour me désennuyer, est le bouleversement de ma
vie. Est-ce là la destinée d'un homme d'esprit ? » Mais il
n'en peut plus de l'esclavage de Mme de Staël. Il faut
que cette situation finisse.

Cependant les jours passaient, et Germaine s'impa-
tientait horriblement d'une si longue absence. Constant
dut prendre congé de « cet ange adorable » qu'était
Charlotte, dont il était plus épris que jamais.

Le 29 octobre au soir, Benjamin avait regagné Rouen.
Le voyage, sans affaiblir son amour, avait un peu calmé
ses esprits. Mais en arrivant chez Mme de Staël, il trouva
« une tristesse profonde dans toute la maison ». Son
absence s'était prolongée, et il pouvait difficilement
avouer à Minette les raisons qui l'avaient retenu à Paris.

L'obligation de dissimuler accrut encore le profond embarras qu'il éprouvait. « Je tâche de servir, note-t-il ce jour-là, et je dissimule par affection. Mais tout ce qui ressemble à de la fausseté m'oppresse. »

Si, après ces jours d'exaltation amoureuse, Constant se sentait plus calme, il restait sous le coup du bouleversement que sa passion pour Charlotte venait de causer dans sa vie. Ce nouvel amour, il est vrai, l'avait relevé de « l'abattement sec et froid » où il vivait depuis des mois. Il le ranimait, rendait un espoir et un but à sa vie. Il lui permettait d'entrevoir enfin une destinée plus régulière, plus paisible et plus douce. Mais que d'obstacles sur le chemin !

Il fallait d'abord obtenir du vicomte Dutertre, l'époux de Charlotte, son consentement au divorce, mais surtout il faudrait aviser aux moyens de rompre avec Mme de Staël sans la blesser et sans perdre son amitié.

On conçoit aisément que, chargé de ces graves soucis et le cœur plein du souvenir de Charlotte, Constant n'ait pas eu l'esprit assez libre pour se remettre à « l'ouvrage politique » qu'il était sur le point de finir. Toutes ses pensées le ramenaient à lui-même, aux regrets de sa vie passée, à son inquiétant avenir, à son interminable et douloureuse liaison avec l'ambassadrice, plus encore, peut-être, aux espoirs nés de son nouvel amour. Ce flot montant de souvenirs anciens ou récents cherchait à s'écouler. Dans la maison où il vivait, Constant n'avait pas un seul confident. Aussi, n'y tenant plus, pour ouvrir un passage au bouillonnement de ses sentiments il se décida, assez soudainement, semble-t-il, à leur donner une expression littéraire. Peut-être aussi y fut-il entraîné par l'exemple de toute la maison : Mme de Staël achevait *Corinne*, Elzear de Sabran faisait des vers, et les deux frères Schlegel s'escrimaient sur des dissertations philosophiques.

C'est en effet au lendemain de son retour à Rouen, le 30 octobre 1806, que Constant notait dans son *Journal :* « Lettre de Charlotte. Je ne trouverais nulle part une affection si profonde et si douce. Que d'années de bonheur j'aurai perdues même si je regagne ce que j'avais si follement repoussé. Ecrit à Charlotte. *Commencé un roman qui sera notre histoire.* (C'est nous qui soulignons.) Tout autre travail me serait impossible... »

Ce « roman » ne sera donc pas « mon histoire », comme l'avait fait croire le premier éditeur du *Journal intime*, mais « notre histoire ». Et la petite phrase de Constant replacée dans son véritable contexte, retrouve toute sa clarté. Sans aucun doute possible, c'est sa propre histoire et celle de la douce, de l'angélique Charlotte qu'il a commencé d'écrire.

Nous voilà donc, semble-t-il, bien loin d'*Adolphe*.

Les jours suivants, l'idée de Charlotte continue à être étroitement associée au roman. C'est elle qui guide l'inspiration de Constant, et il semble bien que Charlotte soit d'abord l'héroïne du roman. L'idée de cet ange lui rend ce travail bien doux.

Cependant, deux jours durant, Constant est si abattu par une maladie de Charlotte et par les scènes de jalousie de Mme de Staël qu'il ne peut ajouter une seule ligne à son « roman ». Mais bientôt Germaine se radoucit, Charlotte guérit, et Benjamin, à peine calmé, reprend son autobiographie. Mais il ne la reprend pas sans quelque lassitude.

Tout à coup, le 10 novembre, nous nous rapprochons d'*Adolphe*. Le *Journal* de Constant nous apprend en effet à cette date que sur son « roman » il a greffé un épisode : « Avancé mon épisode d'Ellénore », écrit-il. Nous y sommes donc : le voilà en plein dans l'histoire d'Ellénore et d'Adolphe. Et il ajoute aussitôt : « Je doute que j'aie assez de persistance pour finir le roman. » Il établit ainsi une distinction très nette entre « l'épisode » et le « roman ». C'est d'ailleurs seulement à « l'épisode » que Constant travaille avec goût. Il l'avance si rapidement que dans deux jours il se hasarde à en donner lecture à Mme de Staël et probablement à ses compagnons d'exil : « Lu le soir mon épisode. Je la crois très touchante, mais j'aurai de la peine à continuer le roman. » C'est sans doute à la suite de cette lecture que Mme de Staël put écrire le 16 novembre à son ami Ch.-V. de Bonstetten : « Corinne est au point d'être finie. Benjamin s'est mis à faire un roman, et il est le plus touchant que j'ai lu. J'ai ici les deux frères Schlegel, et M. de Sabran compose aussi. C'est une invasion littéraire à laquelle Rouen ne se croyait pas exposé. »

Bien qu'inachevé, cet épisode d'Ellénore devait être déjà assez étendu et former un tout presque indépendant.

Constant paraît même avoir dès lors songé à le publier, sans attendre l'achèvement du « roman ». Le 13 novembre, en effet, le lendemain de sa lecture à Mme de Staël, Constant avait noté dans son *Journal* : « Avancé beaucoup mon épisode. Il y a quelque raison de ne pas la publier isolée du roman. » L'épisode est presque fini dès le 14. On peut donc croire qu'à cette date il existait déjà au moins une première ébauche d'*Ellénore-Adolphe*.

Cependant Constant n'abandonnait pas tout à fait le « roman » lui-même. Il continuait à y travailler, mais mollement, sans beaucoup de suite et sans goût.

Bientôt, d'ailleurs, tout l'ouvrage fut interrompu par un nouveau séjour que Constant fit à Paris, à la fin de novembre. Sa première visite fut, il va sans dire, pour l'angélique Charlotte qu'il eut la joie de retrouver guérie, toujours aussi tendre, et dont l'amour calma bientôt sa tête fatiguée par les éternelles scènes de Mme de Staël. Dès le lendemain, il se sentait en « beaucoup meilleure disposition », et, son roman en poche, il courut chez son ami Hochet pour lui en donner la primeur : « Lu mon roman à Hochet, note-t-il le 23 novembre. Il en a été extrêmement content. Quel dommage de ne rien faire de mon talent. » Il est clair d'ailleurs que c'est seulement l'épisode d'Ellénore qu'il a lu à Hochet. S'il l'appelle ici son « roman », c'est probablement qu'il n'a de véritable intérêt que pour cette partie de son ouvrage.

Hochet n'était pas sans doute un juge très compétent, mais c'était un ami sûr et qui comptait parmi les familiers de Mme de Staël. Peut-être Constant était-il particulièrement curieux de connaître l'impression que lui ferait la lecture d'un ouvrage dont Minette ne connaissait encore qu'une ébauche fragmentaire. S'il fut flatté de cette amicale approbation, Constant n'en conçut, certes, aucun orgueil, puisqu'il estimait qu'il ne faisait rien de son talent. Il ne paraît pas s'être exagéré les mérites de son « roman », mais avoir pris une conscience plus claire de son talent littéraire.

Cependant Mme de Staël avait déjà quitté Rouen. Avec l'autorisation du ministre de la Police, elle s'était installée au château d'Acosta, près de Meulan, que le comte de Castellane avait mis à sa disposition. Quand Constant l'y eut rejointe, le 1er décembre, il tenta de reprendre son « roman ». « Travaillé un peu à mon roman qui m'ennuie », note-t-il ce jour-là. Aussi l'abandonna-t-il pendant quelques jours pour reprendre son *Polythéisme*.

Un nouveau voyage à Paris interrompt ce travail, et à peine y est-il arrivé qu'il se remet à son « roman ». Il voudrait bien le finir en huit jours, et il en améliore le plan. Après son retour à Acosta, Constant continue à y travailler sans relâche, et il ne l'abandonnera pas avant le dernier jour de décembre. Mais dès le 21, il avait hâte d'en finir. Son *Journal* à cette date : « Travaillé à mon roman. Quand j'en aurai fait encore les deux chapitres qui rejoignent l'histoire et la mort d'Ellénore, je le laisserai là. »

Une semaine plus tard, au château d'Acosta, Constant lit son roman à M. de Boufflers, et Mme de Staël assiste, semble-t-il, à cette lecture. « Lu mon roman à M. de Boufflers. On a très bien saisi le sens du roman. Il est vrai que ce n'est pas d'imagination que j'ai écrit. *Non ignara mali.* Cette lecture m'a prouvé que je ne pouvais rien faire de cet ouvrage en y mêlant une autre épisode de femme. Ellénore cesserait d'intéresser, et si le héros contractait des devoirs envers une autre et ne les remplissait pas, sa faiblesse deviendrait odieuse. Scène inattendue causée par le roman. Ces scènes me font à présent un mal physique. J'ai craché le sang... »

Cette lecture avait bien mal fini. Mme de Staël en avait pris prétexte pour se déchaîner contre Benjamin. Se serait-elle trop bien reconnue dans certaines scènes de ce roman dont elle avait naguère si vivement admiré les premiers chapitres? Deux jours de suite Benjamin dut subir jusqu'à quatre heures du matin le feu roulant de sa colère. Une chose est sûre, c'est que Benjamin se le tint pour dit. Plus jamais, ni à Coppet ni ailleurs, il ne devait relire son roman devant Mme de Staël.

Cependant, les deux derniers jours de l'année, Constant continua à travailler à ce « roman ». Le 31 décembre, enfin, une dernière note très brève y fait allusion : « Travaillé à mon roman. La maladie est amenée trop brusquement. »

Et voilà tout. Dès le 2 janvier, Constant s'était remis à son *Polythéisme*, et désormais, c'est le silence le plus complet sur le « roman ». Il ne le mentionnera plus dans son *Journal* de 1804 à 1807 que pour noter les deux lectures qu'il en a faites au cours de l'année 1807, l'une à Mme de Coigny, l'autre à Fauriel.

Les notes du *Journal abrégé* se rapportant au « roman » sont, on l'a vu, d'un laconisme assez décevant. Elles permettent cependant de redresser quelques grosses erreurs du premier éditeur du *Journal intime* et de fixer très exactement les dates de la composition du « roman » de Benjamin Constant. On peut aussi grâce à elles se rendre compte de l'allure fort inégale à laquelle sa rédaction s'est poursuivie, tantôt extrêmement rapide, tantôt ralentie par la fatigue ou l'ennui, ou même suspendue pendant plusieurs jours par un profond découragement. Ces notes permettent même d'entrevoir les phases de la genèse et le plan primitif du « roman ». Mais on y perçoit encore mieux l'atmosphère horriblement lourde, les états d'agitation, de surexcitation, de délire, suivis d'abattement profond dans lesquels Constant vécut ces deux mois de travail littéraire.

Pris entre deux feux, le cœur plein de son nouvel amour pour Charlotte, en butte aux violentes et interminables scènes de jalousie de Mme de Staël, il est parfois débordant de joie et d'espoir, mais plus souvent malade d'appréhension et d'angoisse, quand il sent que la crise approche. Il souffre cruellement de la gêne qui pèse sur toutes ses conversations avec son ancienne amie, et la dissimulation à laquelle elle le contraint lui cause « une douleur presque physique ». La maladie de Charlotte le jette dans des terreurs incroyables. Le fantôme de l'opinion le poursuit, ébranle ses plus fermes résolutions. Son amour pour Charlotte se rallume par des craintes chimériques, et faiblit dès qu'il est rassuré. Les retours de tendresse par lesquels se terminent fréquemment les scènes de Germaine le mettent dans le plus grand embarras. Il est fort malheureux. La situation où il se trouve lui paraît sans issue. Tourmenté des pires inquiétudes, et fatigué de la vie, il s'en remet au destin.

On ne saurait s'étonner que dans ce tumulte de passions et de sentiments contradictoires, en proie à tant de souffrances morales, Constant se soit souvent senti incapable d'aucun travail. Il est même surprenant qu'il ait pu, dans ce perpétuel orage, concevoir et créer un véritable chef-d'œuvre. Mais on comprend aussi que

ce travail de création littéraire n'était justement pour
Constant qu'un dérivatif, un moyen d'échapper pour
quelques heures aux ennuis et aux misères de sa situation. Il semble pourtant qu'il ne parvint pas à y échapper complètement et que la couleur triste qui est répandue sur tout le roman d'*Adolphe* soit le reflet de ses
souffrances plus encore que de son caractère.

Il s'en faut de beaucoup, comme on l'a vu, que ce
« roman », Constant l'ait écrit en un temps aussi court
qu'on avait pu le croire sur la foi d'un texte peu sûr.
On avait pu lire dans le *Journal intime* publié en 1895
cette petite phrase attribuée à Benjamin : « J'ai fini mon
roman en quinze jours. » Mais on n'en trouve aucune
trace dans le manuscrit autographe du *Journal,* et l'on
ne saurait y voir qu'un de ces raccourcis introduits çà
et là par un éditeur peu scrupuleux pour éviter des répé-
titions qui lui paraissaient fastidieuses. Encore avait-il
bien mal fait son compte puisque c'est du 30 octobre
au 31 décembre 1806 que Constant a écrit son « roman ».

Il faut bien constater aussi que la faible lumière des
notes du *Journal* ne permet pas de se faire une idée
bien claire de ce qu'était ce mystérieux « roman » dont
le manuscrit paraît avoir définitivement disparu. Jusqu'à
il y a peu de temps, on l'avait toujours identifié pure-
ment et simplement avec l'*Adolphe* publié dix ans plus
tard. Le texte tronqué, interpolé et confus de la première
édition du *Journal intime* autorisait cette identification.
Mais en examinant de près les notes du texte intégral,
on aboutit à une tout autre conclusion. On s'aperçoit
que le plan conçu par l'auteur était beaucoup plus large.
Il semble bien que c'était toute l'histoire de leur vie, à
Charlotte et à lui-même, qu'il se proposait d'écrire. Il
a même dû en rédiger une partie assez importante,
puisque le 21 décembre il notait qu'il n'avait plus que
deux chapitres à écrire « pour rejoindre l'histoire et la
mort d'Ellénore ».

Mais sur ce plan principal, au bout de quelques jours,
Constant a greffé un récit qu'il appelle « mon épisode
d'Ellénore ». Cet épisode paraît avoir été écrit très rapidement. Dès le 14 novembre, quinze jours après que
Constant eut commencé son « roman », il pouvait noter
que « cette [*sic*] épisode était presque finie ». Mais il
semble bien que jusqu'au 31 décembre, il ait continué à

travailler non seulement au « roman », mais aussi à l'épisode. C'est à cette dernière date, en effet, qu'il note « que la maladie est amenée trop brusquement », et il semble que cette maladie ne puisse guère être que celle d'Ellénore.

D'ailleurs la distinction que Constant a laissé entrevoir au début entre le « roman » et « l'épisode » ne paraît pas s'être maintenue longtemps dans son esprit. L' « histoire d'Ellénore », qui seule l'avait intéressé et vraiment inspiré, a dû prendre bientôt le pas sur les autres parties du « roman ». Peu à peu l'auteur en est venu à considérer cette « histoire » non plus comme un simple épisode, mais comme son « roman ». Il n'a guère pu lire autre chose à Hochet qui n'était pas dans le secret de ses amours avec Charlotte. Il pouvait encore moins lire tout son « roman » à Boufflers. Mme de Staël paraît bien avoir assisté à cette lecture, et Benjamin ne se serait pas risqué à lire devant elle des chapitres se rapportant à sa liaison avec Charlotte. Il est peu probable aussi que Mme de Coigny et Fauriel aient entendu autre chose que l'histoire d'Ellénore. Or, à chacune de ces lectures, Constant note qu'il a lu « son roman ». Et ce qu'il ne cessera désormais d'appeler ainsi, c'est bien cet épisode d'Ellénore qu'il a détaché du « roman » primitif et débaptisé quelques années plus tard pour l'intituler plus justement *Adolphe*.

Ainsi l'intérêt du « roman » commencé par Constant dans la fièvre de son nouvel amour et la tête pleine de Charlotte, de ce roman qui devait avoir pour thème l'histoire de leur vie et de leur liaison s'était assez vite déplacé. Ellénore n'avait pas tardé à supplanter Charlotte.

Le manuscrit de ce roman primitif, on l'a vu, ne s'est pas retrouvé dans les papiers de Constant, qui pourtant conservait jusqu'aux moindres billets. Cette perte nous prive bien fâcheusement de la première version d'*Adolphe* que nous ne connaîtrons probablement jamais. Plusieurs des érudits qui ont étudié ce roman inclinent à penser qu'elle devait être très différente de celle qui nous est parvenue. Nous avons quelque peine à le croire. En effet, lors de la publication du roman, en 1816, ceux qui l'avaient entendu lire en 1806 ou en 1807, ni Hochet, ni les autres, ni Mme de Staël, ne paraissent avoir été frappés par les changements apportés à ce texte. En

outre, Constant n'a-t-il pas déclaré lui-même, au lendemain de la publication du roman, dans une conversation
avec le poète anglais Samuel Rogers « qu'il ne corrigeait
jamais ses œuvres, sauf qu'il y faisait quelquefois des
additions, ne s'attendant pas à ce que personne les lût
deux fois ». Mais peut-être Constant ne songeait-il, en
disant cela, qu'à ses ouvrages imprimés. Quoi qu'il en
soit, ce mot ne saurait être pris trop à la lettre. Il paraît
sûr que le texte de 1806 a subi plus d'une retouche,
mais elles ne semblent avoir affecté que le détail, et
comporté plus d'additions que de corrections.

D'ailleurs on ignore tout des circonstances dans lesquelles se fit ce travail de révision. Tout ce qu'on sait,
c'est qu'en août 1809, Constant estimait qu'il n'avait pas
encore mis la dernière main à un ouvrage dont un
libraire lui avait offert la somme de 8 000 francs et qui
paraît bien être *Ellénore-Adolphe.* On sait en outre
qu'au cours de l'été suivant, en 1810, ces dernières
retouches avaient été exécutées. Le roman figure, en effet,
avec son nouveau titre et son texte définitif, dans la
copie générale de ses œuvres que Constant fit exécuter
à cette époque. Il se pourrait donc fort bien qu'il ait
laissé son roman dormir quelques années et que la mise
au point de son texte ne soit guère antérieure à cette
date de 1810.

Constant ne se doutait guère, en 1806, qu'il attendrait
dix ans pour publier cette « histoire d'Ellénore » où pour
la première fois il avait mis tout son talent d'écrivain.
N'avait-il pas tout de suite, même avant son achèvement,
songé à sa publication? Mais après les effroyables scènes
provoquées par la lecture de ce roman à M. de Boufflers
et à Mme de Staël, Benjamin comprit à quoi il s'expose-
rait en le publiant. Plus que jamais, son projet de
mariage avec Charlotte prenant corps, il devait ménager
la susceptibilité de son ancienne amie, qu'il espérait
naïvement préparer à une rupture à l'amiable et sans
éclat. Le plus sage était donc de faire le silence sur
Ellénore, et de renvoyer à plus tard la publication du
roman. Les années agitées et douloureuses qui suivirent
n'y furent guère favorables. En 1809 pourtant, séduit
par l'offre mirifique d'un libraire, Constant paraît avoir
songé à l'impression du roman. On devine ce qui le

retint. La rupture n'était qu'à demi consommée, et les susceptibilités encore avivées. Une publication aussi éclatante n'aurait pas manqué d'envenimer les rapports devenus difficiles qu'il entretenait encore avec Mme de Staël.

Pendant ces années qui précédèrent la rupture définitive et pendant celles qui la suivirent immédiatement, Constant évita même la lecture du roman, dont son ex-amie aurait pu prendre ombrage. Il ne recommença à le lire qu'en 1812. Il était alors au fond de l'Allemagne. L'éloignement où il se trouvait de Mme de Staël l'encouragea sans doute. Les situations étaient d'ailleurs si changées que les quelques lectures qu'il fit alors d'*Adolphe* le plongeaient dans l'étonnement de lui-même. « Comme les impressions passent, note-t-il le 8 janvier 1812, quand les situations changent. Je ne saurais plus l'écrire aujourd'hui. » Mais c'est surtout en 1814 et en 1815 que, rentré à Paris, il multiplia dans les salons ces émouvantes lectures où toutes les femmes pleuraient, où il arriva à Constant lui-même de passer nerveusement des sanglots au fou rire. La réputation de cet ouvrage inédit était donc fort établie, du moins dans les cercles mondains de Paris, longtemps avant sa publication en librairie.

A plus d'une reprise, des libraires ou des admirateurs avaient pressé Constant de faire imprimer son roman. Il avait toujours résisté à leurs sollicitations. Jusqu'au printemps 1814, le regret d'avoir rompu avec Mme de Staël avait entretenu ses scrupules. Mais quand il la revit à Paris, après trois ans de séparation, il la trouva changée, sèche, distraite et indifférente à tout ce qui n'était pas elle-même. « C'est un grand poids de moins dans ma vie, écrivait-il non sans amertume dans son *Journal*, que de l'avoir revue. Il n'y a plus d'incertitude sur l'avenir, car il n'y a pas trace d'affection en elle. » Il se crut même, au début de l'année suivante, « bien délivré de tout souvenir ou sentiment pour elle ».

Constant devait se rendre à l'évidence : aucun retour en arrière n'était plus possible. La rupture de 1811 était définitive. Tous les ménagements à l'égard de Mme de Staël étaient désormais inutiles. Aucun scrupule ne pouvait plus le retenir de publier son roman.

Entièrement absorbé par la politique et par son fol amour pour Juliette Récamier jusqu'après les Cent-Jours,

il n'eut guère le loisir d'y songer. Il fut occupé ensuite
à se défendre contre ceux qui voulaient le proscrire, et
à établir le plan de son apologie politique. Aussi est-ce
seulement quand il eut trouvé la force de renoncer à sa
passion pour Mme Récamier et qu'il eut gagné Bruxelles,
qu'il put vraiment penser à son projet de publication
littéraire. Au moins avait-il songé, en prenant le chemin
de l'exil, à emporter dans son coffre un manuscrit
d'*Adolphe*. Son plan n'était pas de s'attarder longtemps
à Bruxelles. Il ne s'y était arrêté que pour y attendre
sa femme qui devait incessamment arriver d'Allemagne.
Aussi ne paraît-il pas avoir songé à y faire imprimer
son roman. Contre toute attente, son séjour à Bruxelles
se prolongea jusqu'au début de l'année suivante, et c'est
seulement à la fin de janvier 1816 qu'après bien des
hésitations, il gagna Londres avec Charlotte. Y arriva-
t-il avec le dessein ferme d'y publier son roman? On
serait tenté de le croire.

A peine débarqué, il en avait fait une première lecture
chez la femme de l'ambassadeur du Danemark à Londres,
et le soir il notait dans son fidèle *Journal* : « Je voudrais
le vendre bien. Il a eu du succès. » Trois jours après,
ayant fait d'*Adolphe* une nouvelle lecture, il décidait de
s'en tenir là et de l'imprimer. Cependant cette ferme
décision ne l'empêcha pas de le lire encore une fois le
25 février, mais le soir il notait catégoriquement : « Lu
mon roman pour la dernière fois chez Miss Berry. »
Cette fois, Constant paraît avoir tenu parole. Au moins
pendant les deux mois suivants ne fait-il plus aucune
allusion à *Adolphe*. Il semble bien pourtant qu'il ait dû
profiter de ces quelques semaines pour mettre la dernière
main à l'ouvrage qu'il avait décidé de donner à l'impression. Mais, en même temps, il travaillait à son *Polythéisme* et surtout à son *Apologie*. Il semblait même
prêt à passer à l'impression de cet ouvrage politique.

Le 30 avril, il y avait encore travaillé, et pris la décision de le publier. Il se rendit en effet ce jour-là chez les
imprimeurs Schulz et Dean pour leur remettre un
manuscrit. Mais au lieu de leur donner son *Apologie*,
c'est « son roman » qu'il leur porta, ce roman dont il
avait différé la publication pendant près de dix ans, et
qu'il avait lu tant de fois dans les salons de Paris, de
Cassel et de Londres. Après avoir soigneusement revisé

son texte, et probablement aussi après bien des courses à la recherche d'un éditeur, Constant avait enfin fait acte de volonté et pris un parti. Il ne semble pourtant pas que ses démarches eussent abouti et qu'il eût dès lors découvert l'éditeur auquel il pourrait « le vendre bien ». Le grand libraire Murray l'avait éconduit malgré la recommandation de Caroline Lamb, et la note du *Journal* qui annonce ce petit événement littéraire ne fait mention d'aucun libraire ou éditeur. Cette note ne saurait d'ailleurs être plus brève ni moins circonstanciée : « Donné mon roman à l'impression. » Elle est trop laconique pour qu'on puisse se représenter clairement dans quelles conditions cette première publication d'*Adolphe* allait se faire. On pourrait croire que c'est sans intermédiaire que Constant avait remis son manuscrit aux imprimeurs. Il faut bien cependant que quelque arrangement provisoire ait été conclu au bout de quelques jours avec le libraire Colburn, puisque à peine un mois plus tard le nom de cet éditeur allait apparaître sur la page de titre d'*Adolphe,* et que, dès le mois de mai, celui-ci avait dû entrer en négociations avec Treuttel et Würtz pour l'édition parisienne.

A la fin de mai, alors que le roman était sur le point de paraître, Constant était fort inquiet de l'effet que son livre allait produire. Il regrettait déjà de l'avoir fait imprimer. Au plus fort de son inquiétude, le 5 juin, à la veille de la mise en vente du roman, il avait imaginé d'informer Mme Récamier. Il lui écrivit combien il se repentait d'avoir donné son livre à l'impression et quelles craintes il éprouvait que Mme de Staël n'en fût blessée. Ainsi son ancienne amie, aussitôt avertie, serait au moins préparée à recevoir le choc de cette publication un peu trop retentissante.

C'est seulement quinze jours plus tard que Constant note dans son *Journal* l'accueil fait à *Adolphe.* Le 19 juin, non sans quelque satisfaction : « Mon roman a beaucoup de succès comme talent. » Mais trois jours plus tard, c'était la catastrophe : « Paragraphe désolant sur *Adolphe* dans les journaux. Que faire ? » Le lendemain il envoyait « un désaveu » au *Morning Chronicle,* mais cette fâcheuse critique le laissait dans « une tristesse mortelle ». Le 24 juin, cependant, Constant relevait la tête : « Grand succès de mon roman. » Il faut croire pourtant que ce succès ne le grisa pas longtemps et que sa réponse au journal ne tarda pas à lui paraître insuffisante. C'est alors, en effet, qu'il se mit à rédiger une préface justificative, sans trop savoir par quel moyen il la mettrait sous les yeux de ses lecteurs. Malgré le silence de Constant sur ce point, il paraît clair que cette préface était bien celle qui allait figurer en tête de la mystérieuse seconde édition d'*Adolphe* dont on ne connaît que quatre exemplaires et qui a si longtemps intrigué les érudits et les bibliographes.

Il est encore plus surprenant d'apprendre par son *Journal*, que c'est le 29 juin seulement, deux mois après le début de l'impression et quelque trois semaines après la mise en vente du roman, que Constant a enfin pu s'entendre avec son éditeur londonien : « Arrangement avec Colburn pour mon roman. J'en aurai 70 louis. » On n'est pas moins étonné qu'il ait cédé à un prix si bas un manuscrit dont il semble bien qu'on lui avait offert quelques années auparavant une somme presque dix fois supérieure. La négociation qui aboutit ainsi au dernier moment paraît d'ailleurs avoir été difficile, et le résultat était loin d'être brillant pour Constant. Peut-être le besoin d'argent le força-t-il à accepter un marché aussi médiocre. Peut-être aussi se laissa-t-il séduire par l'espoir fallacieux d'obtenir de Colburn quelque 300 louis pour son *Apologie*.

On sait que l'édition londonienne d'*Adolphe* fut suivie de très près d'une édition parisienne imprimée par Crapelet pour Treuttel et Würtz et pour Colburn. Cette publication simultanée suppose une sorte de contrat de participation réciproque, Treuttel et Würtz ayant part à l'édition de Londres et Colburn à celle de Paris. Quant au consentement de Constant pour cette édition parisienne, lequel n'était vraisemblablement pas indispensable, il ne semble pas qu'on le lui ait demandé. Il aurait probablement beaucoup hésité à l'accorder : une édition faite bruyamment à Paris présentait pour lui beaucoup plus d'inconvénients qu'une édition discrètement établie à l'étranger. La supposition que Constant n'a été pour rien dans cette édition parisienne est d'ailleurs confirmée par ce passage d'une lettre qu'il écrivit à Londres à La Fayette : « Je viens de publier ici un petit ouvrage qu'on m'informe réimprimé à Paris. »

Cependant le succès du roman s'affirmait à Paris comme à Londres. Dès le début de juillet, une excellente traduction anglaise en était faite par les soins d'un ami de Constant, Alexander Walker, ancien professeur à Edimbourg. Elle dut paraître à la fin du mois suivant, avec la préface justificative de la « seconde édition ».

Enfin et surtout, au milieu de juillet, Benjamin avait reçu de Mme de Staël une lettre aimable et tout à fait rassurante, et il avait pu noter ce jour-là avec un profond soulagement : « Mon roman ne nous a pas brouillés. » Comme il allait se moquer désormais des commentaires des journaux ! *Adolphe* pouvait même se passer maintenant de cette préface justificative présentée si habilement et destinée particulièrement à éloigner toute application à Mme de Staël.

La publication d'*Adolphe,* devant laquelle Constant avait si longtemps reculé et qui pendant des semaines l'avait jeté dans des transes mortelles, n'avait donc pas eu d'inconvénient grave. Le succès avait été plus qu'honorable, mais Constant était loin d'en tirer vanité. Maintenant, les inquiétudes écartées, la fièvre tombée, il ne se souciait plus guère de son petit livre. « Du reste, pourrat-il écrire un mois plus tard à sa cousine Rosalie, j'ai toujours mis bien peu d'importance à cet ouvage, qui est fait depuis dix ans. » Et l'on peut croire qu'en écrivant cela, il était parfaitement sincère. Sans doute avait-il conscience que son roman n'était pas sans mérite. Il croyait bien « qu'il y avait quelque vérité dans les détails et dans les observations ». Mais il était bien loin de le considérer comme un chef-d'œuvre, et ce n'est pas sur ce roman qu'il comptait pour établir sa réputation dans les lettres. Aurait-il pu sans cela noter dans son *Journal,* après avoir mis un manuscrit en dépôt chez un ancien précepteur qui habitait dans les environs de Londres : « Reparti de Lighe. Laissé mon *Polythéisme* à la garde de Dieu. Si je le perds, tout l'intérêt littéraire de ma vie est détruit. » On voit combien peu il comptait sur le succès d'*Adolphe* pour la consécration de son talent.

On doit convenir d'ailleurs que, du vivant de Constant, son roman fut loin de remporter tous les suffrages. *Adolphe* était trop profondément original, trop moderne pour être immédiatement compris et goûté des contemporains. Sainte-Beuve lui-même s'y trompa, et en dépit de son évidente malveillance, l'autorité de son jugement retarda d'un demi-siècle la gloire littéraire de Benjamin Constant. Son étoile ne commença à briller qu'à la fin du xixᵉ siècle quand les belles études de Paul Bourget, d'Emile Faguet et de Maurice Barrès eurent enfin rendu justice à son génie et placé *Adolphe* à son rang, parmi les chefs-d'œuvre de la littérature française.

A. R.

NOTES

M. désigne la copie manuscrite de 1810, que nous n'avons pas eue sous les yeux et dont nous citons les variantes d'après l'édition Rudler (Manchester, 1919).

Nous n'avons retenu que les variantes les plus significatives ; pour leur ensemble, on pourra se reporter à l'édition des *Œuvres* de Benjamin Constant parue dans la « Bibliothèque de la Pléiade ».

Page 25.

1. Cette préface a été écrite par Constant du 25 au 27 juin 1816 pour répondre à « un paragraphe désolant » du *Morning Chronicle*. Avec une nouvelle page de titre, elle devait être jointe au texte de l'édition originale pour constituer cette « seconde édition » d'*Adolphe*, dont on ne connaît que quatre exemplaires.

Page 34.

1. Var. M. : J'y trouvai de plus dans un double fond très difficile à apercevoir, des diamans d'un assez grand prix. Je fis insérer dans les papiers publics un avis détaillé. Trois ans se sont écoulés sans que j'aie reçu aucune nouvelle. Je publie maintenant l'anecdote seule, parce que cette publication me semble un dernier moyen de découvrir le propriétaire des effets qui sont en mon pouvoir. J'ignore si cette anecdote est vraie ou fausse, si l'étranger que j'ai rencontré en est l'auteur ou le héros. Je n'y ai pas changé un mot. La suppression même des noms propres...

Page 36.

1. Var. M. : Malheureusement il y avait dans mon caractère quelque chose à la fois de contraint et de violent que je ne m'expliquais pas, et que... [sic] moins encore. [Phrase couverte de hachures.]

2. Var. M. : Cette disposition eut une grande influence sur [mots biffés]. Ma contrainte avec mon père eut...

Page 37.

1. Cette femme âgée est bien Mme de Charrière de Zuylen, l'auteur de *Caliste*. Mais les faits sont ou imaginaires ou déformés à dessein.

Page 38.

1. Var. M. : ... dans ses...
2. Var. M. : ... elle m'avait présenté...

Page 40.

1. Var. M. : ... j'avais fait rire les sots...

Page 43.

1. Var. M. : Ellénore, c'était son nom, soit imprudence, soit passion, soit malheur de circonstances, avait eu, dans un âge fort tendre, une aventure d'éclat, dont les détails me sont restés inconnus. La mort de sa mère qui avait suivi de près cet événement, avait contribué, en la laissant dans un isolement complet, à la jeter dans une carrière qui répugnait également à son éducation, à ses habitudes et à la fierté qui fesait une partie très remarquable de son caractère. Le comte de P*** en était devenu amoureux. Elle s'était attachée à lui; l'on avait pu croire dans les premiers momens, que c'était calcul. Mais la fortune du comte de P*** ayant été [Passage supprimé à la demande de Lady Charlotte Campbell].

Page 45.

1. Var. M. : La phrase : « On eût dit quelquefois qu'une révolte secrète se mêlait à l'attachement plutôt passionné que tendre qu'elle leur montrait, et les lui rendait en quelque sorte importuns. » manque.

2. Var. M. : La phrase : « Mais le moindre danger, une heure d'absence, la ramenait à eux avec une anxiété où

l'on démêlait une espèce de remords, et le désir de leur donner par ses caresses le bonheur qu'elle n'y trouvait pas elle-même. » manque.

Page 56.

1. Var. M. : ... revoyant ; par quel calcul, pour concilier...

2. Var. M. : ... contre un amour séparé des sens...

Page 58.

1. Var. M. : Son premier amant l'avait entraînée lorsqu'elle était très jeune et l'avait cruellement abandonnée. M. de P*** [second passage retranché à la demande de Lady Charlotte Campbell].

Page 60.

1. Var. M. : Tout ce paragraphe lyrique manque.

Page 63.

1. Var. M. : ... je puis...

Page 66.

1. Var. M. : ... tyrannique. Depuis longtemps tout rapport intime a cessé entre cet homme et moi. Je l'ai suivi...

Page 79.

1. Nom de ville imaginaire forgé par Constant, qui visiblement pensait à Coppet.

Page 82.

1. Var. M. : ... dans l'âge où l'on forme des liens nouveaux...

2. Var. M. : ... sur vous, si vous aviez pour moi de l'amour, je —

Page 83.

1. Var. M. : Mais au point où nous en sommes, toute séparation entre nous serait une séparation éternelle. Vous n'êtes retenu près de moi que par la crainte de ma douleur. Vous ne demanderiez...

Page 84.

1. Var. M. : Mais au point où nous en sommes, toute pu la rassurer. J'aurais voulu partir avec elle, si elle

avait pu convaincre. Mais nous manquions tour à tour
le moment...

2. Var. M. : Nos cœurs ne se rencontraient plus.

Page 86.

1. C'était bien là la manière insinuante et détournée du
père de Benjamin.

Page 90.

1. Var. M. : ...accès de haine...
2. Var. M. : ... cette haine...

Page 99.

1. Ce passage qui va de « Une nouvelle circonstance »
à « Ellénore se croyait de nouveaux droits » se trouvait
déjà dans la copie de 1810. Mais Constant le trouva trop
délicat pour le publier du vivant de Mme de Staël. Il le
supprima dans l'édition de 1816, et ne le rétablit qu'en
1824. — Dans l'édition originale de Londres et la première
édition de Paris cet important passage se trouve résumé
en ces quelques lignes :

« Le bruit de ce blâme universel parvint jusqu'à moi.
Je fus indigné de cette découverte inattendue. J'avais pour
une femme oublié tous les intérêts et repoussé tous les
plaisirs de la vie, et c'était moi que l'opinion condamnait.

Un mot me suffit pour bouleverser de nouveau la situation de la malheureuse Ellénore. Nous rentrâmes dans la
solitude. Mais j'avais exigé ce sacrifice. Ellénore se croyait
de nouveaux droits. Je me sentais chargé de nouvelles
chaînes. »

Page 102.

1. Var. M. : ... que l'opinion...
2. Var. M. : ... s'écriait-elle, Dieu vous pardonne le mal
que vous me faites. Vous l'apprendrez...

Page 106.

1. Le membre de phrase : « Je les remplirai dans trois
jours » a été introduit dans le texte par G. Rudler. Cette
interpolation est fort ingénieuse, mais elle ne paraît pas
indispensable. Aussi avons-nous conservé le texte donné
par les éditions anciennes.

Page 110.

1. On ne peut s'empêcher de rapprocher ce passage du roman de Constant d'une note de son *Journal* du 12 décembre 1807 concernant la maladie de Charlotte de Hardenberg à Dole : « ... dans son délire elle me dit des mots qui me déchirent. J'ai voulu lui parler, elle a frémi à ma voix. Elle a dit : " Cette voix, cette voix, c'est la voix qui fait du mal... " » L'identité n'est pas parfaite, mais la ressemblance des deux textes est grande. Il semble bien que ce passage du roman dérive directement du *Journal*. Ce serait donc une retouche postérieure à 1807.

Page 118.

1. Là s'arrête le manuscrit de 1810. La *Lettre à l'éditeur* et la *Réponse* qui suivent le roman doivent avoir été écrites à Londres au moment de l'impression. Ces deux appendices se présentent dans les deux éditions de 1816 et dans celle de 1824 sans aucune variante.

Le Cahier rouge

NOTICE

L'autobiographie inachevée de Benjamin Constant est restée longtemps inédite. C'est en 1907 seulement qu'elle a vu le jour. Mais tandis que Constant l'avait intitulée simplement : *Ma vie*, la baronne Charlotte de Constant, qui en a donné la première édition, a préféré lui donner un titre plus voyant. Elle l'a appelée « Le Cahier rouge » à cause de la reliure de son manuscrit. Cet ouvrage a paru d'abord dans la *Revue des Deux Mondes* (Livraisons du 1er et du 15 janvier 1907), puis la même année en un petit volume, chez Calmann-Lévy.

Le manuscrit, dont on connaissait l'existence, avait fait partie du lot échu en 1846 à Charles de Rebecque, demi-frère de Benjamin Constant retiré à Poligny (Jura), lors du partage des papiers de B. Constant, à la mort de sa veuve. Après l'avoir conservé précieusement pendant quelque 15 ans, il paraît l'avoir cédé à la fin de sa vie, en 1863 ou 1864, à un parent éloigné, Victor de Constant, qui s'occupait alors à réunir des documents sur l'histoire de sa famille. C'est en effet dans ses archives de Hauterive, à Lausanne, que la baronne de Constant, sa belle-fille, l'a découvert. Aujourd'hui ce manuscrit fait partie, comme ceux de *Cécile* et d'*Adolphe*, du Fonds Constant de Rebecque déposé par feu le baron Marc-Rodolphe de Constant (1885-1953) à la Bibliothèque de Lausanne.

Ce volume de petit format (20 × 16 cm) ne compte que 118 folios, et les quatre derniers sont restés en blanc. Il est entièrement écrit de la main de Benjamin Constant. Les corrections y sont fort peu nombreuses, et le manuscrit très soigné donne l'impression d'une copie. Mais Constant ne devait pas considérer cette copie comme définitive. Il comptait la reprendre un jour. En effet, dans les larges interlignes qu'il a ménagés, il a ajouté quelques notes qui manifestement devaient servir à une nouvelle rédaction.

Quel était le manuscrit de premier jet utilisé par Constant? On l'ignore complètement. Tout au plus est-il permis de supposer qu'il pourrait s'être servi en 1811 des premiers chapitres du « roman » qu'il avait écrit du 30 octobre au 31 décembre 1806. Plus que l'épisode d'Ellénore dont Benjamin fit *Adolphe*, ils paraissent avoir eu un caractère autobiographique, et il serait assez étonnant qu'ils n'aient pas contenu un récit de jeunesse. Ainsi *Le Cahier rouge* pourrait être un simple remaniement des pages que Constant avait écrites cinq ans auparavant à Rouen, au château d'Acosta et à Paris.

La date de la rédaction du *Cahier rouge*, tel que nous le connaissons, ne permet aucun doute. Constant lui-même nous l'apprend. Dans un premier passage, il note qu'au moment où il rédige ses souvenirs, il a quarante-quatre ans, et dans un autre, il dit expressément qu'il les écrit en 1811, mais sans préciser l'époque de l'année. Cependant, comme les premiers mois de cette année 1811, Constant a été entièrement absorbé par les revendications financières de son père, que du milieu de mai au 15 août il fut constamment en voyage et que, dès le début de novembre, il était déjà à Gœttingue, plongé dans ses recherches sur les religions, on peut supposer sans invraisemblance qu'il a profité de son séjour prolongé au Hardenberg, de la mi-août à la fin d'octobre, pour rédiger ses souvenirs.

Il paraît toutefois résulter d'un passage de la fin du *Cahier rouge*, que si sa rédaction générale date bien de 1811, Constant a dû reprendre son texte en 1812 ou plus tard, et probablement le retoucher en le copiant. Dans ce passage, il parle en effet des « 25 dernières années » de la vie de son père. On conviendra qu'il pouvait difficilement s'exprimer en ces termes du vivant de son père. Or, on sait que Juste de Constant ne mourut que le 2 février 1812. Il faut donc conclure que ce passage tout au moins a dû être modifié, et comme il ne porte de correction que sur le chiffre des années (26 corrigé en 25), on doit penser que cette modification a été opérée au cours d'une nouvelle copie, postérieure au 2 février 1812.

La publication de ces souvenirs de jeunesse a été une vraie révélation littéraire. Paraissant quelque 10 ans après le *Journal intime* édité par D. Melegari, lequel avait enfin montré sous son vrai jour le Constant de la quarantaine, *Le Cahier rouge* a projeté la lumière la plus vive sur ses années d'enfance et surtout sur celles de son adolescence. Son intérêt biographique était manifeste, et sa valeur documentaire a aussitôt été reconnue et utilisée par le plus éminent de ses biographes, G. Rudler (*Jeunesse de B. Constant*, Paris 1909). Non pas que Constant se soit toujours astreint dans ce récit à respecter la vérité des faits dans tout leur détail. Il lui importait davantage de demeurer fidèle à la vérité des sentiments et de ne pas fausser la couleur du récit.

Mais tout le mérite du *Cahier rouge* n'est pas dans l'exactitude des faits et dans la sincérité des sentiments. Il réside bien plus encore dans la très grande valeur littéraire de ce récit, dont pas une ligne n'a vieilli. On ne saurait assez louer son style sobre, rapide et varié, sa langue toujours précise et d'une parfaite distinction naturelle. Aussi Charles Du Bos a-t-il pu dire du *Cahier rouge* (*Grandeur et misère de B. Constant*, p. 51) que c'est « un chef-d'œuvre qui dans l'ordre du récit autobiographique, pour l'allure cursive dans la véracité la plus dégagée, n'a pas son analogue ». On peut ajouter aujourd'hui que cet analogue existe pourtant. Mais quand ces lignes ont été écrites, on ne connaissait pas encore *Cécile*, le second chef-d'œuvre autobiographique de Constant, où l'on retrouve, sur un mode plus grave, toutes les qualités du *Cahier rouge*.

N. B. Le texte que nous donnons ici a pu être établi sur
le manuscrit original lui-même. Il ne suit pas la première
édition, mais les notes en signalent les fautes de lecture
et les nombreuses négligences.

A. R.

NOTES

Page 125.

1. A la date du 11 novembre 1767, on lit dans le Registre
des baptêmes de Lausanne (1757-1769) conservé aux Archives cantonales vaudoises sous la cote E^b 71^7 : « Benjamin
Henri, fils de Noble Juste Constant, citoyen de Lausanne
et capitaine suisse au service des Etats Généraux et de
fût Dame Henriette De Chandieu, sa défunte femme, né
le 25e. 8bre a été baptisé en St François le Mecredi 11e Novembre 1767 par Monsr le Ven[érable] Doyen Polier de
Bottens, le lendemain de la mort de Mad^e sa Mère. » On
remarque d'après cet acte que Henriette de Chandieu
mourut non pas 8 jours, mais 15 jours après la naissance
de son enfant, et que son époux n'avait à cette date que
le grade de capitaine. Il ne devint colonel que 12 ans plus
tard. Mais sans doute Benjamin n'avait-il jamais vu l'acte
de son baptême.

2. On peut s'étonner que Constant rappelle la descen-
dance huguenote de sa mère sans ajouter que les Constant
de Rebecque étaient eux aussi une famille française réfugiée à Lausanne dès le XVIe siècle pour cause de religion.

Page 127.

1. Juste de Constant possédait aux environs de Lausanne
deux campagnes contiguës. L'une, La Chablière, qu'il avait
héritée de son père et qu'il louait alors à des étrangers.
L'autre, qu'il avait achetée et qui était plus étendue,
s'appelait primitivement La Maladière, mais Constant
venait de la débaptiser et de l'appeler Le Désert. C'est là
qu'il passait ses périodes de congé militaire, et c'est là
aussi, beaucoup plus qu'à La Chablière, que Benjamin
séjourna le plus souvent soit avec son père, soit seul, sous
la garde de Marianne Magnin, sa future belle-mère.

Page 129.

1. Benjamin devait revoir son précepteur en Angleterre, 35 ans plus tard, le 22 juillet 1816. Sans doute lui conservait-il quelque estime, puisque à cette date il lui confia le précieux manuscrit de son *Polythéisme*.

2. Ce brave homme un peu pédant était sans doute Philippe Sirice, connu sous le nom de Doyen Bridel (1757-1845), qui remplissait alors les fonctions de pasteur suffragant de l'église de Prilly près Lausanne, dont dépendait la campagne du Désert. C'était un homme de mérite et de grand savoir. Par la suite, il devint pasteur de l'église française de Bâle, puis de celle de Montreux. Il s'est fait connaître surtout par la publication des *Etrennes helvétiennes* (1783-1831), recueil de récits historiques ou légendaires, d'anecdotes, de poèmes patriotiques et de chansons patoises. Par là il contribua beaucoup à éveiller en Suisse romande le goût du passé et à répandre le sentiment de la solidarité helvétique dans le domaine des lettres aussi bien que dans celui de la politique.

3. Christian d'Anspach (1736-1806), neveu de Frédéric le Grand, avait épousé une princesse de Saxe-Cobourg, mais elle ne jouait à la cour qu'un rôle très effacé. Le margrave était alors sous l'emprise d'une actrice célèbre, la Clairon, qui y était toute-puissante. Benjamin devait les revoir tous les deux à Paris en 1787. Voir note 1 p. 139.

4. Dès le 6 février, Benjamin était inscrit à l'Université d'Erlangen, et il y demeura jusqu'au 18 juin 1783.

Page 130.

1. Dans l'interligne, l'auteur a ajouté :
    « Le Margrave : Mlle Clairon »
Peut-être Constant aurait-il eu des choses piquantes à raconter sur cette liaison un peu trop affichée.

2. Autre adjonction interlinéaire du manuscrit :
    « Mes duels : Olivayra. »
On ignorait que Constant se fût déjà battu à 15 ans. Mais c'étaient sans doute des affaires peu graves, quelques duels à l'allemande, avec des étudiants ou avec des jeunes gens de la cour. — Quant à l'écrivain Olivayra, Portugais réfugié à Londres, si c'est bien de lui qu'il s'agit ici, il est assez difficile d'imaginer quel rapport il pouvait avoir avec le jeune Constant, étudiant à Erlangen.

3. Sophie-Caroline, princesse de Brunswick-Wolfenbuttel, était la margrave douairière. C'est elle, semble-t-il, que Benjamin prit soin de divertir et qui d'abord le prit en amitié.

Page 131.

1. Benjamin ne semble pas cependant avoir quitté le margrave en mauvais termes, puisque, étant à Paris en 1787, celui-ci l'invita à dîner avec la Clairon. Voir note 1 p. 139.

2. Celle de ces réunions littéraires et philosophiques dans laquelle Benjamin se distingua le plus paraît avoir été la *Speculative Society,* qui existe encore et sur laquelle G. Rudler a pu réunir des documents d'un vif intérêt. (*Jeunesse de Benjamin Constant,* p. 163 et suiv.)

3. James Mackintosh (1765-1832), grand-juge à Bombay. a laissé des *Mémoires* dans lesquels il a rappelé sa joyeuse vie d'étudiant à Edimbourg et le souvenir des membres les plus distingués de la *Speculative Society* parmi lesquels il ne manque pas de ranger le baron Constant de Rebecque, « *a Swiss of singular manner and powerful talents* ».

4. Malcolm Laing (1762-1818). Son *Histoire d'Ecosse* continuait celle de Robertson et l'égalait presque en mérite. Il était, selon Mackintosh, « le fouet des imposteurs et la terreur des charlatans ».

5. John Wilde avait fait de fortes études de droit. Il fut pendant quelques années professeur de droit civil à l'Université d'Edimbourg et ses talents semblaient lui promettre une brillante carrière. Mais, dès 1796, sa raison se troubla. Il dut être interné et termina sa misérable vie dans un asile d'aliénés.

Page 132.

1. Sur ce point, la lecture du manuscrit n'est pas douteuse. Il porte bien « May » et non Mars comme l'a lu par erreur le premier éditeur. Ce premier séjour de Constant à Paris a donc été de deux mois plus court que ses biographes ne l'ont dit. Arrivé en mai chez les Suard, il en repartit au milieu d'août.

2. Jean-Baptiste Suard (1733-1817), homme de lettres et homme du monde, occupait une place en vue dans la société parisienne. Il avait épousé une sœur de l'éditeur

Panckoucke et leur salon était le rendez-vous des philosophes et des écrivains. On y rencontrait Condorcet, Morel-
let, Marmontel, Laharpe et d'autres, dont les principes
rationalistes et l'esprit irréligieux pourraient avoir profondément influé sur les idées de Benjamin Constant. On
sait qu'il fit deux séjours chez les Suard, le premier au
milieu de l'année 1785, qui ne dura guère plus de trois
mois, et le second qui fut de plus de six mois, de décembre 1786 à juin 1787.

Page 133.

1. *Ussel* et non *Anet* comme on l'a imprimé jusqu'ici.
Nous avons rétabli d'après le manuscrit.

Page 134.

1. Marie-Charlotte Johannot, née Aguiton, fille d'un
bourgeois de Genève, était la seconde femme de Joseph-
Jean Johannot (1748-1829), qui fut député du Haut-Rhin
à la Convention, et sur lequel J. Mistler a donné d'intéressants renseignements (*Journal intime* de B. Constant,
p. 51 n. 2).

Page 135.

1. On sait que *Du polythéisme romain considéré dans
ses rapports avec la philosophie grecque et la religion
chrétienne* ne fut publié qu'en 1833, après la mort de
B. Constant.

2. Adjonction interlinéaire du manuscrit :
« Voyage à Berne. Connaissance avec Gibbon, Knecht.
Amours grecs de Berne. »

Il semble bien, d'après le contexte, que c'est à Berne que
Constant a fait la connaissance de Gibbon. On peut s'en
étonner puisque Gibbon était fixé à Lausanne depuis 1783
et que Constant aurait facilement pu l'y rencontrer. Son
oncle Salomon de Sévery était un des amis intimes de Gibbon, et celui-ci goûtait fort la société de Mme Trevor.
Peut-être est-ce après avoir fait la connaissance de cet
illustre historien que Constant songea à traduire son
grand ouvrage, *Histoire de la décadence et de la chute de
l'Empire romain.* — Quant au voyage de Constant à Berne,
nous n'en connaissons ni le motif ni les circonstances.
Peut-être est-ce au cours de ce séjour qu'il fit la connaissance de Johann-Rudolf Knecht, fils de riches bourgeois

de Berne, avec lequel il se lia d'amitié. C'est à son sujet
que Benjamin écrivait à Mme de Charrière en août 1789 :
« Vous souvenez-vous d'un jeune Knecht dont sur votre
canapé, dans votre antichambre, les derniers jours de 1787,
ou les premiers de 1788, je vous lus des lettres qui vous
firent plaisir? Eh bien, ce jeune Knecht à qui tout pro-
mettait une carrière active et une fortune aisée, qui avait
de l'esprit, de l'instruction, du nerf, de la raison, ne
s'est-il pas allé empêtrer dans cette chienne d'affaire
socratique de Berne, et ne voilà-t-il pas qu'au moment
que je veux lui écrire, j'apprends qu'il est banni, flétri,
et ses biens mis en discussion ! »

Page 136.

1. Harriet Trevor, née Burton (1751-1829) avait épousé
en 1773 M. Trevor qui devint ambassadeur d'Angleterre à
Turin. En 1786, elle était installée au Petit-Ouchy, au-dessous de Lausanne. Quelques années plus tard Gibbon
écrivait au sujet de M. Trevor : « Je l'aime pour trois
raisons : 1° parce qu'il est par lui-même un des hommes
les plus essentiels que j'aie connus; 2° parce qu'il nous
laisse toute l'année une très aimable femme qui fait le
charme de nos sociétés... »

Page 137.

1. Adjonction interlinéaire du manuscrit :
« Dîner de Mme Trevor chez moi. Fureur de Marianne. »
On savait que Mme Trevor se prêtait à bien des bizarre-
ries de Benjamin, mais on ignorait qu'elle eût consenti
à lui rendre visite à la campagne du Désert. Le récit de
ce dîner en tête à tête n'aurait sans doute pas manqué
de piquant. Juste de Constant était absent, et l'on ne
s'étonne pas trop que sa gouvernante-maîtresse ait mal
pris la chose.

2. Le manuscrit porte non pas « mon manège », que
donne la 1re édition, mais bien « ma marche ».

Page 138.

1. La 1re édition a négligé ou supprimé ces trois mots :
« que je pris » qui sont dans le manuscrit.

2. Le départ eut lieu le 16 novembre 1786. En même
temps que Benjamin, Juste de Constant emmenait à Paris
son neveu Charles, lequel a donné ses impressions de

voyage et de séjour à Paris dans les lettres qu'il écrivait à
sa sœur Rosalie et dont d'intéressants extraits ont été publiés par Lucie Achard dans son ouvrage sur *Rosalie de
Constant et ses amis* (Genève 1901-1902), t. II, pp. 54-55.

Page 139.

1. Adjonction interlinéaire du manuscrit :
« Départ de mon père. Visite et dîner chez Mlle Clairon
avec le margrave d'Anspach. »

Juste de Constant, obligé de rejoindre son régiment,
quitta Paris dans le courant de mars. Mais, dès avant son
départ, Benjamin avait rencontré le margrave à Paris. Le
6 février, en effet, son cousin Charles écrivait à Rosalie :
« Benjamin va sûrement à la cour d'Anspach. Le margrave lui fait les plus belles promesses. » Mais il se
pourrait que le dîner chez la Clairon ait eu lieu après le
départ du père de Benjamin.

Page 140.

1. Le « quinze » était une sorte de jeu de hasard très
ruineux.

2. Joseph Saurin (1706-1781), poète dramatique français,
né et mort à Paris.

Page 141.

1. La 1re édition a négligé le premier mot de la phrase :
« Tenez » qu'on trouve dans le manuscrit.

Page 142.

1. Le manuscrit porte « redescendirent » et non « des-
cendirent » que donne la 1re édition.

2. Le manuscrit est d'un seul tenant et ne comporte pas
la division en deux parties établie arbitrairement par le
premier éditeur.

3. Mme de Charrière née van Zuylen ou van Tuyll (1740-
1805) avait passé toute sa jeunesse au château de Zuylen.
Mais, dès 1771, son mariage avec un gentilhomme vaudois
l'avait transplantée à Colombier, près de Neuchâtel, en
Suisse. C'est là qu'elle écrivit ses *Lettres neuchâteloises*
et les *Lettres écrites de Lausanne* (dont *Caliste* forme la
seconde partie) qui lui ont valu sa réputation littéraire.
Voir Ph. Godet : *Mme de Charrière et ses amis* (Genève,
1906).

Page 143.

1. Les *Lettres écrites de Lausanne* avaient paru déjà en
1785, sans nom d'auteur, avec l'adresse de Toulouse
[Genève.] Le livre était anonyme comme toutes les éditions publiées du vivant de l'auteur. Celle dont Mme de
Charrière s'occupait alors était sans doute la troisième,
qui porte pour adresse bibliographique : À GENÈVE *p* Et
se trouve *p* à PARIS *p* Chez Prault Imprimeur du Roi,
quai *p* des Augustins, à l'Immortalité *p* 1787.

Page 144.

1. La 1re édition a négligé : « beaucoup de sottises et »
que donne le manuscrit.

2. Le manuscrit donne bien « un père » et non « mon
père » qu'on trouve dans l'édition originale.

3. La 1re édition donnait « ce refus », mais le manuscrit
porte « son refus ».

Page 145.

1. Le complément : « sur des objets indifférents »
manque fâcheusement dans la 1re édition.

2. Jenny Pourrat (ou Pourras, comme l'orthographie
Constant) était la fille cadette d'un banquier d'origine
lyonnaise qui dirigeait à Paris l'importante Compagnie
des Eaux. Elle devait épouser un peu plus tard Gilles
Hocquart, comte de Turtot, qui devint sénateur et pair
de France.

3. Madeleine-Augusta Pourrat, née Boisset (née vers
1740 et morte en 1818), la mère de Jenny Pourrat, était
très répandue dans la société parisienne, et son salon
était fort accueillant aux hommes de lettres. Elle avait
alors pour amant Louis-Claude de Sainte-Croix, officier
de cavalerie. Malgré l'extravagance de la conduite de
Benjamin, Mme Pourrat garda d'excellentes relations
avec lui. Voir *Journaux intimes de Benjamin Constant.*

Page 147.

1. Benjamin Constant n'a pas écrit : « J'avais emporté
dans ma poche », comme on le lit dans l'édition originale, mais bien : « J'avais ce jour-là dans ma poche ».
Faute de lecture presque incroyable !

2. Le 1er éditeur avait lu : « c'était en suite de ma

liaison... » mais le manuscrit porte clairement : « une suite ».

Page 148.

1. Etourderie du 1er éditeur. Le manuscrit porte : « à ma bouche » et non « à mes lèvres ».

2. Le 1er éditeur a corrigé : « et je l'écoutai » du manuscrit en : « que j'écoutai ».

Page 149.

1. C'est le 8 juin 1787 qu'eut lieu la première représentation de *Tarare* de Beaumarchais.

2. D'après certaines lettres de Benjamin Constant à Mme de Charrière, on est tenté de croire, comme l'a fait remarquer G. Rudler, que le rôle de Jenny Pourrat ne fut pas tout à fait aussi passif et qu'elle eût été assez disposée à se laisser enlever. (Cf. *Jeunesse de B. Constant*, p. 336.) Peut-être est-ce par délicatesse que Benjamin a donné le change sur ce point.

Page 150.

1. Le manuscrit porte : « mépris pour l'espèce humaine » et non, comme le donne l'édition originale, « mépris de l'espèce humaine ».

Page 151.

1. Cette jeune personne était Adélaïde Piscatory, qui accompagnait souvent sa mère aux réceptions et aux dîners chez Mme Suard. Elle devait épouser en 1789 M. de Pastoret, futur chancelier et pair de France. Après les quelques aventures dont parle Constant, elle consacra la fin de sa vie aux œuvres de charité.

2. L'histoire de cette aventurière est-elle authentique ? Constant n'aurait sans doute pu l'affirmer. Elle n'est pas invraisemblable, mais elle ne paraît confirmée par aucun document des Archives communales de Lausanne.

3. Omission du premier éditeur : « et l'avait conduite à Paris où ».

Page 152.

1. Le manuscrit ne porte pas « entièrement » qu'on trouve dans la 1re édition, mais « en entier ».

Page 153.

1. Le premier éditeur a remplacé on ne sait pourquoi « route commune » que donne le manuscrit par « loi commune ».

2. Au lieu de lire : « nous nous servirions de sa voiture à une place », le premier éditeur avait lu : « nous nous suivrions dans des voitures à une place », dont l'absurdité était contredite par cette phrase de la suite du récit : « Nous étions horriblement serrés dans le petit cabriolet à une place. »

3. On n'a pas pu identifier jusqu'à ce jour ce chevalier de La Roche Saint-André « grand chimiste ».

Page 156.

1. Phrase déformée par le premier éditeur. Le manuscrit porte : « Je demandai du vin de Champagne » et non « J'en demandai au vin de Champagne ».

Page 158.

1. Adjonction par le premier éditeur du mot « pendant » qui n'est pas dans le manuscrit devant « presque un mois ».

2. Sur cet Edmund Lascelles qui séjournait à Lausanne en 1786, nous n'avons pas le moindre renseignement. Tout au plus, si Constant s'était trompé de prénom, pourrait-on croire qu'il s'agit ici d'un Henry Lascelles, *second earl of Harewood,* qui fut élu député tory au Parlement dans le Yorkshire en 1796 et réélu en 1802 († en 1841).

Page 159.

1. De ce John Mackay on ne sait exactement rien.

2. Quoique médecin à Londres, Richard Kentish n'a pas pu être identifié.

Page 160.

1. C'est bien « enivrés » qu'il faut lire. et non « amusés » qu'on trouve dans la première édition.

2. Hameau de la commune de Gretna ou Graitney, dans le comté de Dumfries (Ecosse), sur la frontière de l'Ecosse et de l'Angleterre. Ce hameau était célèbre par les mariages qu'y célébrait un marchand de tabac : 300 cou-

ples anglais par an, en moyenne, étaient ainsi, malgré l'opposition de leurs parents, déclarés époux légitimes. En vertu de la loi écossaise, le consentement des époux devant témoins suffisait.

3. Brighthelmstone, localité non identifiée.

4. Le manuscrit porte nettement « espérance » et non « expérience » comme l'avait lu le premier éditeur.

Page 161.

1. Dans l'édition originale, on a remplacé « frais », qui est la seule lecture possible, par « prix ».

2. *Newmarket* est une petite ville du comté de Suffolk. Voici d'après G. Rudler (*Jeunesse de B. Constant,* p. 242, n. 1) l'itinéraire suivi par Benjamin :

I. Douvres, 25-26 juin. — Londres, 27 juin. — Londres et environs, un temps indéterminé. — Chesterford, 22 juillet; Newmarket; Brandon; Stoke; Lynn; Wisbeach; Thrapstone; Kettering; Leicester; Derby; Buxton; Chorley; Kendal; Edimbourg, 12 août à 6 heures du soir.

II. Edimbourg, vers le 27 août; Moffat; Carlisle; Keswick; Ambleside, 31 août; Kendal, 1er septembre; Lancaster, *id.;* Garstang, 2 septembre; Bolton; Disley, 3 septembre; Harboroug, 5 ou 6 septembre; Wadenho, 7 septembre; Kimbolton, 11 septembre; Londres — Douvres — Calais, fin septembre.

3. Omission du premier éditeur : « en chemin ».

Page 162.

1. Le *négus* était, paraît-il, une sorte de limonade au vin fort alcoolique et très goûtée alors en Angleterre.

Page 163.

1. Le manuscrit porte nettement « ferait » et non « faisait », comme l'a lu le premier éditeur.

2. Mots fâcheusement omis par l'édition originale : « en mettant pied à terre ».

Page 164.

1. On lit dans l'édition originale : « devaient », mais le manuscrit donne nettement « devraient ».

2. Par négligence sans doute, le premier éditeur a remplacé « de me louer » par « pour me louer ».

Page 165.

1. « Ce » omis dans le manuscrit.
2. Le manuscrit donne « si peu » et non « peu » qui est dans l'édition originale.

Page 166.

1. Le manuscrit porte : « sous le prétexte ». La 1re édition avait omis l'article.

Page 167.

1. Constant avait bien écrit : « Chorley » que le premier éditeur a transformé en « Shortley ».
2. On lit dans le manuscrit « de sorte que » et non « en sorte que », que donne l'édition originale.

Page 168.

1. Le manuscrit donne la date d'année : « 1787 » qui manque dans l'édition originale.
2. Adjonction interlinéaire du manuscrit :
« Laïng absent. Mackintosh, Me Ost, Fleming, Wauchope. »

Page 169.

1. Miss Wauchope, écrit Constant, était « rousse » et non pas « rouge », mauvaise lecture du premier éditeur.

Page 172.

1. Le manuscrit ajoute : « aussi » qui manque dans la 1re édition.

Page 173.

1. Le premier éditeur avait lu : « une scène attendrie », ce qui n'avait guère de sens. Mais le manuscrit porte : « une scène assez vive », dont le sens est tout à fait satisfaisant.

Page 174.

1. L'édition originale donne : « que je fis », mais on lit dans le manuscrit : « que j'ai faites ».
2. Le premier éditeur avait lu : « qui le réunissait » au lieu de « qui l'unissait » que donne le manuscrit.
3. On lit dans le manuscrit : « Au reste » et non « Du reste » qu'on trouve dans la 1re édition.

Page 175.

1. Le premier éditeur a ajouté devant le mot « disposé » l'adverbe « très » qui n'est pas dans le manuscrit.

2. Ici l'édition originale a introduit un « qu'il » qu'on ne trouve pas dans le manuscrit.

3. L'édition originale a remplacé « de ce coquin » que donne le manuscrit, par « du coquin ».

Page 176.

1. Le manuscrit donne « Je me trouvai » et non « Je me trouvais » qu'on lit dans la 1re édition.

2. Constant a bien écrit : « que je me trouverais devoir » et non « que je me trouvais devoir » qu'on trouve dans la 1re édition.

3. Ainsi que nous l'apprend une lettre de Samuel de Constant à sa fille Rosalie, du 30 septembre 1788, c'est l'hôte du *Laboureur* qui avait prêté 3 louis à Benjamin. Après un an passé, Constant ayant oublié de les rendre, l'aubergiste les réclamait à son oncle Samuel.

Page 177.

1. Le manuscrit porte : « sur ma vie future » et non pas « de ma vie future » qu'on trouve dans la 1re édition.

2. Le premier éditeur a lu : « J'espérais », mais le manuscrit donne : « J'espérai ».

3. « N'ayant obtenu » qui est dans le manuscrit a été remplacé dans la 1re édition par « n'avaient obtenu ».

4. Le manuscrit porte nettement : « deux jours » et non « trois jours » que donne l'édition originale.

Page 178.

1. Adjonction interlinéaire du manuscrit :
« Mon cousin Juste. Argent renvoyé et perdu. »
On ne saurait dire à quel créancier cet argent avait été renvoyé, ni s'il y avait un rapport entre cet argent perdu et le cousin Juste, qui était un fils de Samuel de Constant et un frère de Rosalie. Il est vrai qu'à plus d'une reprise, ce Juste Constant, qui était capitaine au service de Hollande, se trouva dans des embarras d'argent.

2. Omission de la 1re édition : « avoir dit » qu'on trouve dans le manuscrit.

3. Le nom de ce pays est laissé en blanc dans le manuscrit. Sans le moindre avertissement, le premier éditeur avait comblé la lacune en ajoutant le nom de « Russie » à côté de celui de Turquie. Il semble s'être non seulement bien aventuré, mais complètement fourvoyé. C'est au despotisme absolu sous lequel la France était courbée en 1811 que devait évidemment songer Benjamin Constant. Il est clair que c'est par prudence qu'il a laissé ce nom en blanc. Quelle raison aurait-il eue de le faire s'il avait voulu désigner la Russie ou toute autre monarchie absolue?

Page 179.

1. Dans le manuscrit, le chiffre 26 a été corrigé en 25. On remarquera que la fin de cette phrase peut difficilement avoir été écrite avant la mort du père de Benjamin : 2 février 1812. Ne faut-il pas en conclure que si, comme il l'a écrit lui-même dans son récit, Constant a rédigé *Le Cahier rouge* en 1811, il l'a sans doute retouché en 1812 ou même plus tard.

2. Le manuscrit porte : « un Bernois » et non « ce Bernois » qu'on trouve dans la 1re édition.

3. La première édition donnait : « contre la politique », mais on lit dans le manuscrit : « contre le privilège en politique », dont le sens s'accorde beaucoup mieux avec la suite de la phrase.

4. Le manuscrit porte : « sur de la justice » et non « sur la justice » que donne la 1re édition.

5. Benjamin Constant avait quitté Mme de Charrière à Paris trois mois auparavant, mais leur amitié n'avait point souffert de cette absence. Durant tout ce temps, une correspondance active s'était établie entre eux. Par un étrange retour, Mme de Charrière recevait les plus folles confidences du jeune Constant, comme elle-même, 20 ans auparavant, avait confié ses secrets les plus intimes à David d'Hermenches, l'oncle de Benjamin.

6. On sait par sa cousine Rosalie que Benjamin s'installa à Beau-Soleil, maison voisine de La Chablière, dans laquelle Juste de Constant avait établi sa gouvernante-maîtresse, Marianne Magnin.

7. Jeanne-Suzanne Magnin (1752-1820) de Bettens (Vaud). Juste de Constant l'ayant prise en affection, l'avait

enlevée à sa famille quand elle avait neuf ans. Il se
chargea de son éducation, la mit en pension à Genève,
puis lui confia la première enfance de Benjamin. En
dépit d'une promesse de mariage qu'il paraît lui avoir
faite en 1772, il en fit d'abord sa maîtresse, eut d'elle un
fils en 1784, puis une fille en 1792. Il finit par l'épouser
à une date qu'on ne peut préciser, et vécut avec elle à
Brevans, près de Dole, jusqu'à sa mort, en 1812.

Page 180.

1. L'état de sa santé et son amitié pour Mme de Charrière retinrent Benjamin en Suisse deux mois encore, et
ce n'est qu'au milieu de février 1788 qu'il prit le chemin
de l'Allemagne.

2. Peut-être le château de Bavois-Dessus (Vaud), qui
appartenait alors à la famille Pillichody.

3. François Duplessis-Gouret (1755-1833), issu d'une
famille huguenote, était entré tres jeune dans le régiment suisse d'Erlach, dont il commandait une compagnie
en 1787.

Nous tirons ces renseignements d'une brochure fort
intéressante publiée il y a quelques années par P.-L.
Pelet et intitulée *Le Premier Duel de Benjamin Constant*
(Lausanne, Rouge, 1947). Cette courte étude basée sur
des documents inédits tirés des Archives de la famille
Duplessis, éclaire d'un jour nouveau l'histoire de ce
duel, qui d'ailleurs n'était pas, semble-t-il, le premier
duel de Benjamin.

4. Charles de Constant, dit le Chinois, à cause des
voyages commerciaux qu'il avait faits en Chine dans sa
jeunesse. Fils de Samuel de Constant, le romancier, il
était frère de Rosalie et cousin germain de Benjamin.

Page 181.

1. On lit dans le manuscrit : « de pareilles informations » et non « des informations » comme l'a donné la
1ʳᵉ édition.

2. François-Georges-Louis Pillichody (1756-1824), sei-
gneur de Bavois-Dessus et bourgeois de Berne, était officier au service de France. Sous la Restauration, il devint
maréchal de camp et chevalier du Mérite militaire.

Page 182.

1. Le premier éditeur avait lu : « Il s'exprimait ainsi » qui était assez plat, au lieu de : « Il se démenait ainsi » que porte le manuscrit et qui s'accorde infiniment mieux avec le contexte.

2. C'était Samuel de Constant, le père de Rosalie et l'auteur du *Mari sentimental.*

3. On a pu longtemps se demander si ce duel avait jamais eu lieu. Pourtant Constant avait noté dans l'un de ses *Journaux,* à la date du 8 janvier 1805 : « Il y a 16 ans aujourd'hui que je me suis battu à Colombier avec Duplessis d'Ependes, et très bien battu. » On pouvait le croire. Aucun doute ne fut d'ailleurs plus permis après la publication d'une copie du procès-verbal du duel. (*Correspondance de Benjamin Constant et d'Anna Lindsay, Paris,* 1933. Appendice IV).

Malgré toute la lumière faite sur ce duel, il reste bien difficile d'expliquer la disparition subite du capitaine Duplessis. Au lieu de se présenter sur le terrain au jour fixé, il avait détalé, passé la frontière et, dans sa course folle, il ne s'était arrêté qu'à Avignon, où son régiment était cantonné. Dans la *Relation de ma querelle avec M. de Constant* que M. P.-L. Pelet a découverte dans les Archives Duplessis, cet officier donne bien une explication de sa fugue. Il explique qu'étant sujet à des fièvres périodiques, il avait été pris d'un accès tel qu'il avait perdu tout contrôle de ses actes. Arrivé à Avignon, il s'était mis entre les mains d'un habile praticien dont les soins l'avaient promptement rétabli. Une fois guéri, il se rendit compte de l'étrangeté de sa conduite et comprit ce qu'exigeait son honneur. A tout prix, il devait en hâte regagner la Suisse, retrouver le jeune Constant et se battre avec lui. Autrement il passerait pour un lâche. Constant n'était ni à Lausanne ni à Neuchâtel. Duplessis finit par l'atteindre à Colombier, chez Mme de Charrière. C'est là qu'eut lieu la rencontre, le 8 janvier 1788. L'offensé était Benjamin Constant. Il avait le choix des armes et choisit le pistolet. Mais les témoins, craignant un malheur, se consultèrent et optèrent pour l'épée. Aussitôt Constant attaque avec fougue et atteint son adversaire d'abord au genou, puis au bras. Mais l'assaut continue, et bientôt Duplessis porte à Constant un coup en pleine poitrine qui le met hors de combat. Les témoins rédigent leur procès-verbal et rendent hommage au courage et à la loyauté des deux adversaires. Heureusement le capitaine Duplessis n'avait pas trop poussé sa pointe et la blessure de Constant n'était pas grave.

Malgré ce succès et la preuve de courage qu'il venait de donner, Duplessis n'était guère satisfait. Il sentait son honneur atteint par sa fuite à Avignon et par l'impossibilité où il se trouvait de justifier sa conduite. Deux jours plus tard, il sollicita et obtint sa démission du régiment d'Erlach. Mais le même jour, il eut la satisfaction de recevoir de Benjamin Constant, dont il avait pris des nouvelles, le billet suivant :

Monsieur,

J'apprends que vous désirez recevoir de mes nouvelles. Je suis très sensible à l'intérêt que vous y prenez, et j'ai cru qu'il était plus simple et plus sûr de vous en donner moi-même que de les faire passer par plusieurs mains. La petite blessure que j'ai reçue n'a point eu de suite, et je me [re]garde comme très heureux de ce que le retard apporté à mon voyage m'a fourni l'occasion de terminer cette affaire de manière qu'il ne reste plus contre moi aucun sentiment pénible dans le cœur d'un galant homme. J'ai l'honneur d'être, Monsieur, avec une parfaite considération

Votre très humble et très obéissant serviteur
De Constant Cha[n]d[ieu]

A Colombier 10 janv[ier] 1787 [par erreur au lieu de 1788].

(Lettre publiée par P.-L. Pelet dans *Le Premier Duel de Benjamin Constant*.)

Ainsi finirent, le plus courtoisement du monde, les démêlés de Benjamin Constant avec le capitaine Duplessis d'Ependes.

Il n'est guère possible d'expliquer pourquoi Constant a arrêté aussi brusquement son récit, sans même terminer l'histoire de son duel avec le capitaine Duplessis. Peut-être est-ce simplement parce qu'au fond il s'intéressait trop peu à lui-même pour achever une autobiographie qu'il jugeait fastidieuse.

Cécile

NOTICE

Pendant plus d'un siècle, *Cécile* demeura introuvable. On en avait vainement cherché la trace dans l'éparpillement des papiers de Benjamin Constant, et depuis longtemps l'ouvrage passait pour définitivement perdu. On en était même venu à se demander s'il avait jamais existé.

Il n'était cependant pas tout à fait inconnu, mais ce qu'on en savait était fort peu de chose. Deux amis intimes de Constant, Pagès de l'Ariège et l'Alsacien J.-J. Coulmann, en avaient parlé, l'un dans une notice biographique, l'autre dans ses souvenirs. Sainte-Beuve croyait même que Pagès était chargé de sa publication. Mais ni l'un ni l'autre n'en avaient eu le manuscrit sous les yeux. Tous les deux, chacun à sa manière, avec plus ou moins de fantaisie, n'avaient fait que rapporter à ce sujet ce que Constant leur avait confié au cours de leurs amicales conversations.

S'il avait pu mettre la main sur cet ouvrage, Constant le leur aurait sans doute montré. Mais il ne le retrouvait pas dans les papiers qu'il avait à Paris. Il l'avait laissé en Allemagne et ne l'avait pas revu depuis son départ de Gœttingue, au début de novembre 1813. Dès lors, il est vrai, il ne s'en était guère soucié. Son *Esprit de conquête*, ses brochures, son activité politique l'avaient entièrement absorbé. Au regard de ces soucis et de ces ambitions, *Cécile* ne comptait guère pour Benjamin Constant.

Il ne l'avait cependant pas tout à fait oubliée. Peut-être s'en souvint-il en 1824 quand il convint par contrat avec l'éditeur Brissot-Thivars de le mettre à même de faire d'*Adolphe* un fort volume in-8° ou deux forts volumes in-12. Songeait-il à publier *Cécile* à la suite d'*Adolphe*? L'absence du manuscrit expliquerait qu'il n'ait pu tenir les clauses du contrat et qu'il ait dû se contenter d'une simple réimpression d'*Adolphe*.

Une chose est sûre, c'est que, de Gœttingue, la caisse de manuscrits et de correspondances qu'il y avait laissée en dépôt vint en 1826 à Lausanne, où Constant se le fit expédier parce qu'il songeait alors à y faire un séjour prolongé et même à y acquérir une campagne. Mais on sait qu'il ne put jamais mettre à exécution ce projet de voyage et d'établissement en Suisse. Quand il mourut, le 8 décembre 1830, il n'avait pu revoir ni sa terre natale ni le contenu de sa fameuse caisse de Gœttingue. Rosalie de Constant à qui il l'avait confiée la remit à leur cousin Auguste d'Hermenches, quand elle quitta Lausanne en octobre 1830 pour aller vivre à Genève avec son frère Charles. Dès lors ce précieux dépôt demeura dans les archives des Constant d'Hermenches, qui le conservèrent longtemps intact. Peut-être en tira-t-on vers 1870 les *Journaux* de Benjamin de 1804 à 1807 dont Adrien de Constant prépara la première édition. Ce qui est sûr, c'est qu'il se rouvrit en 1933 pour la baronne Charlotte de Constant qui y découvrit d'abord les lettres exquises de Julie Talma, puis la correspondance passionnée d'Anna Lindsay et de Benjamin et enfin les lettres de Charlotte de Hardenberg au même Benjamin.

Mais c'est seulement quinze ans plus tard, quand il déposa les archives de sa famille à la Bibliothèque de Lausanne que feu le baron Marc-Rodolphe de Constant, avec qui s'est éteinte la branche des Constant d'Hermenches, retrouva comme par miracle le manuscrit de *Cécile* qu'on croyait perdu pour toujours. La découverte était sensationnelle. Le baron de Constant s'en rendit rapidement compte et comprit que ce texte ne devait pas rester plus longtemps inédit. Il voulut bien en confier la publication à l'auteur de ces lignes et l'ouvrage put paraître en mai 1951.

Le manuscrit de *Cécile* ne se présente pas sous la forme d'un livre ou d'un cahier. Il se compose de dix-neuf feuillets doubles de grand format et d'un feuillet simple tout à fait indépendant les uns des autres. Sauf les neuf derniers feuillets dont le papier est troué en quelques endroits du texte, le manuscrit est fort bien conservé. Comme dans *Le Cahier rouge*, Constant y a ménagé de grands blancs destinés sans doute aux corrections et aux adjonctions qu'il comptait y apporter dans la suite. Bien qu'entièrement autographe, le manuscrit de *Cécile* ne paraît pas être de premier jet. Il a tous les caractères d'une copie. On remarque, dans les premières pages tout au moins, l'effort qu'a fait Constant pour soigner son écriture, et parmi les rares mots biffés ou surchargés, une vingtaine en tout, plusieurs trahissent la distraction d'un copiste.

Ce manuscrit ne porte aucune date. Ni ses *Journaux* ni sa correspondance n'y font la moindre allusion. Ce silence n'a rien de surprenant. On sait le peu d'importance que Constant accordait à ses essais littéraires. Il serait donc assez difficile d'assigner une date à la composition de cet ouvrage si son texte même ne nous en fournissait quelques éléments. Deux passages de *Cécile* permettent d'établir au moins d'une manière approximative à quelle époque ce récit a été écrit.

Voici le premier, qui paraît décisif à lui seul : « La douceur de Cécile, mon goût pour elle et une espèce de sympathie qui nous a toujours unis, qui nous unit encore, et qui fait que je ne suis jamais deux heures auprès d'elle sans me trouver plus heureux, me conduisirent à désirer ce que d'abord, au fond du cœur, j'étais plutôt disposé à craindre. » Passé 1811, Constant aurait difficilement pu exprimer un bonheur conjugal aussi pur. Dès 1812, on le sait par l'un de ses *Journaux*, les chaînes du mariage commencèrent à lui paraître bien lourdes, et la vie intime de son ménage fut bientôt troublée par des bouderies, des querelles incessantes, suivies de réconciliations momentanées. Il paraît donc fort peu probable, d'après ce passage, que *Cécile* ait été écrite après 1811.

Ce récit ne saurait d'autre part avoir été composé à une date très antérieure. Preuve en soit ce second passage de *Cécile* : « Hélas ! qui l'eût dit à la pauvre Cécile, lorsqu'elle trouvait une année un terme insupportable, que près de trois ans se passeraient avant que nous fussions réunis paisiblement ! » Comme cette phrase fait allusion à une exigence que le vicomte du Tertre, le second mari de Charlotte de Hardenberg, formula à la fin de l'année 1806, il est clair qu'elle ne peut avoir été écrite avant 1809.

Il paraît même probable qu'au milieu de l'année 1810,

le récit de *Cécile* n'était pas encore composé, puisqu'il ne figure pas dans la copie générale de ses œuvres que Constant a fait exécuter à cette époque.

De tout ce qui précède, il ne paraît pas trop téméraire de conclure que c'est bien en Allemagne que Constant a écrit ce fragment, et très probablement dans les derniers mois de l'année 1811, à la même époque que *Le Cahier rouge.*

L'histoire de *Cécile,* qui commence à la date du 11 janvier 1793 et se poursuit jusqu'au 13 décembre 1807, comprend toutes les péripéties des amours de Benjamin Constant et de Charlotte de Hardenberg jusqu'à quelques mois de leur mariage. L'auteur a divisé son récit en huit époques dont la dernière est demeurée incomplète. Les limites de chacune d'elles sont fixées par des dates très précises qui semblent avoir été relevées sur un journal ou sur un carnet de notes.

Pour les années 1804 à 1807, son récit peut être contrôlé par les *Journaux* qui nous sont parvenus, mais nous ne disposons pour la période antérieure que des lettres de Benjamin et de celles que lui a adressées Charlotte de Hardenberg. Là où le contrôle est possible, on ne relève que quelques inexactitudes de dates. Mais il ne semble pas, et rien ne l'y obligeait dans une œuvre de caractère littéraire, qu'il se soit cru tenu de respecter la vérité des faits jusque dans ses moindres détails. Il a dû s'attacher, comme dans *Le Cahier rouge,* à ne pas fausser la couleur du récit et à respecter la vérité des sentiments. Néanmoins l'intérêt biographique de *Cécile* est grand, particulièrement dans ses premières parties, celles des années pour lesquelles on ne peut recourir ni au *Cahier rouge* ni aux *Journaux intimes.* Elle nous apprend l'histoire des années du divorce de Constant et de son idylle avec Charlotte alors baronne de Marenholz. Cette période de sa vie ne nous était connue que par les lettres qu'il écrivait alors à Mme de Charrière de Zuylen. Le ton de Benjamin y était fort libre, mais le caractère même de l'amitié qui l'unissait à cette dame ne lui permettait pas une entière sincérité. Et pour la connaissance psychologique de Constant, les pages où il décrit l'explosion de sa nouvelle passion pour Charlotte, en l'automne 1806, puis les tristes « vacillations » de sentiments qui la suivirent bientôt, sont particulière-

ment précieuses. C'est aussi dans *Cécile*, mieux encore
que dans ses lettres à Prosper de Barante, que Constant
a le plus clairement montré l'influence profonde, sinon
durable, que, durant l'été 1807, son cousin Charles de
Langallerie et les piétistes lausannois ont exercée sur
ses dispositions religieuses.

Dans *Le Cahier rouge*, Constant n'avait pas jugé nécessaire de mettre le moindre masque aux personnages de
son récit en leur donnant des noms d'emprunt. Dans
Cécile, au contraire, il a estimé prudent de jeter un
léger voile sur Charlotte à laquelle il donne le nom de
Cécile de Walterbourg, sur Mme de Staël, qui prend celui
de Mme de Malbée, et sur ses autres personnages qu'il
a affublés de noms à peine déguisés ou tout à fait imaginaires. Ce récit, plus que *Le Cahier rouge*, était sans
doute destiné à être publié un jour. Or, le sujet de
Cécile était délicat, et la plupart des acteurs de ce petit
drame vivaient encore. Constant devait ménager leurs
susceptibilités.

Mais *Cécile* n'est pas seulement un document biographique du plus vif intérêt. Ce récit sobre, rapide et
varié est un chef-d'œuvre de narration animé par la
passion la plus vive et la plus changeante. Le grand
talent du narrateur est soutenu par son habileté à bros-
ser en quelques touches sûres les portraits psycholo-
giques de ses personnages. Celui de Mme de Staël est
d'une vérité saisissante. Les traits angéliques du caractère de Cécile ont moins de relief. Mais surtout il s'est
peint lui-même dans ce fragment avec un détachement,
un désintéressement de soi-même poussé à un degré dont
il n'y a guère d'autre exemple. Ici encore, comme dans
Adolphe et dans *Le Cahier rouge*, c'est l'auteur qui est
au centre du récit. L'imperturbable lucidité de son intelligence explorant les recoins les plus obscurs de son
cœur fait aussi de cette *Cécile*, tout inachevée qu'elle
est, une œuvre fortement marquée par le génie de Benjamin Constant.

Cent cinquante ans se sont écoulés depuis qu'il a écrit
ces pages. Il n'y paraît guère. *Cécile* n'a pas plus vieilli
que ses autres œuvres littéraires. L'écrivain s'est effacé
devant l'homme. Il s'est interdit tout artifice, toute
recherche d'effet, tout procédé, tout sacrifice à la mode
et au goût du jour. Il n'a pas écrit *Cécile* pour le public

de son temps. Aussi n'a-t-elle pas eu de peine à recueillir
les suffrages des lecteurs du xx⁰ siècle, et sa publication
en 1951 a-t-elle été un véritable événement littéraire.
D'un coup ce petit roman autobiographique, accueilli
avec la plus grande faveur par la critique, a conquis sa
place à côté d'*Adolphe* et du *Cahier rouge,* parmi les
chefs-d'œuvre de Benjamin Constant.

A. R.

NOTES

Page 183.

1. Virgile, *Enéide,* III, vers 523.
On pourrait songer à mettre cette épigraphe assez
énigmatique en relation avec un projet de voyage à
Rome que Constant a noté dans son *Journal* à la date
du 7 décembre 1811, à l'époque de la composition de
Cécile. Mais on doit penser plutôt que cette citation
poétique évoque l'aspiration de Constant à toucher enfin
un rivage depuis longtemps espéré, celui d'un hymen
heureux et tranquille.

Page 185.

1. Georgina-Charlotte-Augusta de Hardenberg (1769-
1845), la seconde femme de Benjamin, était née à Londres où son père, le comte Hanz-Ernst de Hardenberg,
remplissait les fonctions de conseiller intime de la léga-
tion de Hanovre. Elle était mariée depuis cinq ans, et
non deux, au baron de Marenholz, à Brunswick, quand
Constant fit sa connaissance.

2. Guillaume-Chrétien de Marenholz, premier mari de
Charlotte de Hardenberg et de vingt ans plus âgé qu'elle,
remplissait à la cour de Brunswick les fonctions de
chambellan.

3. Amélie de Hardenberg, qui avait épousé M. de Staff-
horst, officier à la cour de Brunswick.

4. C'est en mars 1788 que B. Constant était entré au

service du duc Charles-Guillaume-Ferdinand de Bruns-
wick-Lünebourg, en qualité de gentilhomme de sa chambre. Le 8 mai de l'année suivante, il avait épousé
Wilhelmine von Cramm, dame d'honneur de la duchesse
de Brunswick.

Page 187.

1. Le texte de sa réponse, ainsi que la plus grande
partie de ses lettres à Benjamin, a été publié par la
baronne Charlotte de Constant-Rebecque dans *La Revue
des Deux Mondes* du 1er mai 1934.

Page 189.

1. Le nom de l'amant de Minna von Cramm n'est pas
connu, mais il paraît douteux qu'il porte ici son nom
véritable. Comme tous les personnages de *Cécile,* Constant
l'aura affublé d'un nom d'emprunt.

Page 193.

1. Cette phrase, Constant ne peut guère l'avoir écrite
après 1811, car dès le début de l'année suivante, l'harmonie du ménage n'était plus parfaite.

2. Pyrmont est en effet une station balnéaire de la
principauté de Waldeck. Mais d'après les lettres de Charlotte, c'est en réalité aux bains de Dribourg, près de
Cassel, que Benjamin avait séjourné.

3. Mot omis dans le manuscrit.

Page 195.

1. Le manuscrit porte : *l'avoir.*

Page 196.

1. La banqueroute du notaire lausannois Jean-Abram
Blondel, qui fit en effet faillite en mai 1793.

2. Ce nom déguise à peine celui de Mme de Charrière
de Zuylen, l'auteur de *Caliste,* qui vivait à Colombier,
près de Neuchâtel.

3. Elle n'avait encore que 53 ans.

Page 198.

1. La veuve de Jacob Mauvillon. Celui-ci, de souche
doublement française, était né à Leipzig en 1748. Par
ses traductions, il avait fait connaître en Allemagne les

œuvres de Raynal et de Turgot, mais son nom est surtout resté attaché à celui de Mirabeau, dont il fut l'ami
et avec lequel il écrivit ce livre célèbre : *De la monarchie
prussienne sous Frédéric le Grand* (Londres, 1788).

Page 200.

1. Mme de Staël, que Benjamin rencontra pour la première fois près de Nyon (canton de Vaud) le 19 septembre 1794, si l'on en croit le *Journal intime* et le *Carnet*.

Page 201.

1. A une lieue de Lausanne, au château de Mézery, que
Mme de Staël avait loué et où elle passa l'hiver 1794-
1795, entourée d'une cour d'émigrés illustres : Mathieu
de Montmorency, Mme de Laval, Narbonne, Jaucourt et
d'autres.

Page 203.

1. Le vicomte Alexandre du Tertre, que Charlotte de
Hardenberg épousa en second mariage, en 1798.

Page 206.

1. A Mafliers, au nord de la forêt de Montmorency et
non loin des Herbages, la petite campagne de B. Constant.

Page 219.

1. On voit d'après cette phrase que la composition de
Cécile ne saurait être antérieure à 1809.

Page 220.

1. Dès la fin de novembre, Mme de Staël avait quitté
Rouen pour se rapprocher de Paris, et s'était installée
au château d'Acosta, près de Meulan (Seine-et-Oise).

Page 221.

1. Le *Journal* qui nous est parvenu ne contient que
cette brève mention : « Bal de l'Opéra. J'y ai erré
2 heures sans trouver Charlotte. Je l'ai trouvée enfin.
J'ai passé trois heures délicieuses. Je ne connais rien
de plus doux, de plus agréable, de plus angélique
qu'elle. »

Page 223.

1. Ce factotum de Mme de Staël est bien connu. Son nom était Uginet, mais, à Coppet, on ne l'appelait guère qu'Eugène.

Page 224.

1. Allusion à Prosper de Barante, la nouvelle passion de Mme de Staël.

Page 225.

1. A Brevans, près de Dole (Jura), où s'était retiré le colonel Juste de Constant après la perte de ses procès et des grands biens qu'il possédait au Pays de Vaud.

2. Auguste Schlegel, que Mme de Staël avait ramené d'Allemagne en 1804.

Page 226.

1. Mme de Nassau, sa tante, et sa cousine Rosalie, qui vivaient à Lausanne, s'étaient ouvertement déclarées contre Mme de Staël.

Page 228.

1. On sait par le *Journal* que c'est à Chaumière, aux portes de Lausanne, chez Mme de Charrière de Bavois, qu'eut lieu cette scène dramatique du 1er septembre 1807. Rosalie de Constant, qui y a joué son rôle, l'a décrite avec beaucoup de verve et de détails dans une lettre à son frère Charles. (B. Constant, *Lettres à sa famille,* éd. Menos, p. 40.)

2. Cette secte, dite aussi des « *Ames intérieures* », fondée à Lausanne, au milieu du XVIIIe siècle, par le pasteur Jean-Philippe Dutoit-Membrini, était alors dirigée par un cousin germain de Benjamin, le chevalier Charles de Langallerie. Parmi ses plus fervents adeptes, on comptait Lisette de Constant, la sœur de Rosalie, qui, elle, condamnait sévèrement les doctrines quiétistes.

Page 229.

1. Le chevalier de Langallerie.

Page 234.

1. Cette lettre si parfaitement noble et touchante ne figure pas dans la correspondance de Charlotte publiée

par la baronne C. de Constant. Voir note 1, p. 187. Mais
cette noblesse d'accent ne rappelle-t-elle pas plutôt
Ellénore?

2. Sa tragédie de *Wallstein,* qu'il acheva presque durant
le séjour forcé qu'il fit à Coppet du début de septembre
à la fin de novembre 1807.

Page 235.

1. On constate dans le manuscrit du *Journal* de Benjamin Constant une lacune qui s'étend du 20 novembre
au 10 décembre de cette année 1807. Un feuillet a été
supprimé on ne sait par qui, mais peut-être bien par
Benjamin lui-même. *Cécile* comble en partie cette lacune.
Sans ce récit, nous ne saurions rien des journées d'adieux
de Mme de Staël et de Constant avant le départ pour
Vienne, ni du voyage de Benjamin de Lausanne à Besançon, ni de sa rencontre avec Charlotte.

Page 238.

1. La suite du voyage montre que Constant a traversé
le Jura par Jougne et Pontarlier, et la descente rapide
où se produisit l'accident ne peut être que celle qui
aboutit à Moutiers, au-dessus des gorges profondes de
la Loue, et non du Doubs.

Page 241.

1. Son cousin, Charles de Langallerie. Voir n. 1, p. 228.

Page 243.

1. Le 13 décembre, Constant note dans son *Journal* :
« Elle est tellement faible qu'on dirait qu'elle ne peut
vivre une heure. Le danger est moindre, mais n'est pas
passé. Son estomac supporte le lait. Le spasme est revenu
ce soir, moins violent... » C'est donc, semble-t-il, aussi
à cette date qu'il a suspendu son récit de *Cécile,* alors
qu'il a continué son *Journal* jusqu'au 27 décembre.

Les dates indiquées en tête de cette dernière « Epoque »
montrent bien que, dans l'intention de l'auteur, cette
partie devait comporter le récit du long séjour qu'il fit
avec Charlotte à Brevans, chez son père, et se terminer
par leur départ pour Paris, au début de février 1808.

Préface de Marcel Arland   7

ADOLPHE

PRÉFACE DE LA SECONDE ÉDITION   25
PRÉFACE DE LA TROISIÈME ÉDITION   30
AVIS DE L'ÉDITEUR   33
CHAPITRE PREMIER   35
CHAPITRE II   41
CHAPITRE III   52
CHAPITRE IV   60
CHAPITRE V   68
CHAPITRE VI   78
CHAPITRE VII   85
CHAPITRE VIII   95
CHAPITRE IX   102
CHAPITRE X   107
LETTRE A L'ÉDITEUR   119
RÉPONSE   121

LE CAHIER ROUGE

MA VIE (1767-1787)   125

CÉCILE

PREMIÈRE ÉPOQUE : 11 janvier-31 mai 1793   185
SECONDE ÉPOQUE : 31 mai 1793-18 août 1794   196
TROISIÈME ÉPOQUE : 3 juin-1795-4 août 1796   200
QUATRIÈME ÉPOQUE : 7 août 1803-27 décembre
1804   203
CINQUIÈME ÉPOQUE : 28 décembre 1804-
11 octobre 1806   208
SIXIÈME ÉPOQUE : 12 octobre 1806-3 décembre
1807   213
SEPTIÈME ÉPOQUE : 6 décembre 1807-2 février
1808   236

DOSSIER

Vie de Benjamin Constant   247
Notices et notes   261

COLLECTION FOLIO

Dernières parutions

845. John Hawkes — *Les oranges de sang.*
846. Honoré de Balzac — *La Duchesse de Langeais.*
847. René Barjavel — *La faim du tigre.*
848. Gérard de Nerval — *Les Illuminés.*
849. Raymond Queneau — *Loin de Rueil.*
850. Tolstoï — *Les Cosaques.*
851. Céline — *Nord.*
852. Forsyth — *Le dossier Odessa.*
853. Ernst Jünger — *Le lance-pierres.*
854. Saint-Exupéry — *Lettres de jeunesse.*
855. Jules Laforgue — *Moralités légendaires.*
856. Carlos Fuentes — *La mort d'Artemio Cruz.*
857. Erich Maria Remarque — *Les camarades, tome I.*
858. Erich Maria Remarque — *Les camarades, tome II.*
859. Rudyard Kipling — *Les bâtisseurs de ponts.*
860. Jean Genet — *Notre-Dame-des-Fleurs.*
861. John Steinbeck — *Les naufragés de l'autocar.*
862. Elsa Triolet — *Le Monument.*
863. Pierre Viallet — *La foire.*
864. Joseph Kessel — *L'équipage.*
865. Guy de Maupassant — *Bel-Ami.*
866. Jean-Paul Sartre — *Le sursis.*
867. Sempé — *Tout se complique.*
868. Jean-Paul Sartre — *La P... respectueuse* suivi de *Morts sans sépulture.*
869. Jean-Paul Sartre — *Le diable et le bon Dieu.*
870. Jean-Paul Sartre — *L'âge de raison.*
871. D.-H. Lawrence — *L'amant de lady Chatterley.*
872. Jean Giono — *Le chant du monde.*

873. Sempé — *Rien n'est simple.*
874. Jean Anouilh — *La sauvage suivi de L'invitation au château.*

875. André Gide — *Si le grain ne meurt.*
876. Voltaire — *Romans et contes.*
877. Jacques Prévert — *Fatras.*
878. Jean-Paul Sartre — *Le mur.*
879. André Gide — *Les faux-monnayeurs.*
885. Aragon — *Aurélien, tome I.*
886. Aragon — *Aurélien, tome II.*
892. George Sand — *La Mare au Diable.*
893. Dostoïevski — *Le Joueur.*
894. Choderlos de Laclos — *Les Liaisons dangereuses.*
897. John Steinbeck — *Tortilla Flat.*
899. Vladimir Nabokov — *Lolita.*
900. Marcel Proust — *Le côté de Guermantes, tome I.*
903. Georges Duhamel — *Le notaire du Havre.*
904. Guy de Maupassant — *Boule de suif, La Maison Tellier suivi de Madame Baptiste et de Le Port.*

906. Émile Ajar — *Gros-Câlin.*
907. Erskine Caldwell — *Jenny toute nue.*
908. Jean Cocteau — *Antigone suivi de Les mariés de la Tour Eiffel.*

909. Louis Guilloux — *Le pain des rêves.*
910. Barbey d'Aurevilly — *L'Ensorcelée.*
911. Paul Claudel — *L'échange.*
912. Marcel Aymé — *Le nain.*
913. Junichiro Tanizaki — *La confession impudique.*
914. Samuel Butler — *Ainsi va toute chair, tome I.*
915. Samuel Butler — *Ainsi va toute chair, tome II.*
916. Nathaniel Hawthorne — *La Lettre écarlate.*
917. Jean Anouilh — *La Grotte.*
918. L.-F. Céline — *Féerie pour une autre fois.*
919. Victor Hugo — *Le Dernier Jour d'un Condamné précédé de Bug-Jargal.*

920. William Faulkner — *Sartoris.*
921. Marguerite Yourcenar — *Mémoires d'Hadrien.*
922. James M. Cain — *Mildred Pierce.*
923. Georges Duhamel — *Suzanne et les jeunes hommes.*
924. Jacques-Laurent Bost — *Le dernier des métiers.*

925. Dostoïevski   *Souvenirs de la maison des morts.*
926. Léo Ferré   *Poète... vos papiers !*
927. Paul Guimard   *Le mauvais temps.*
928. Robert Merle   *Un animal doué de raison, tome I.*
929. Robert Merle   *Un animal doué de raison, tome II.*
930. Georges Simenon   *L'aîné des Ferchaux.*
931. Georges Simenon   *Le bourgmestre de Furnes.*
932. Georges Simenon   *Le voyageur de la Toussaint.*
933. Georges Simenon   *Les demoiselles de Concarneau.*
934. Georges Simenon   *Le testament Donadieu.*
935. Georges Simenon   *Les suicidés.*
936. Pascal   *Pensées, tome I.*
937. Pascal   *Pensées, tome II.*
938. Jean-Paul Sartre   *Les séquestrés d'Altona.*
939. Claire Etcherelli   *Élise ou la vraie vie.*
940. Cesare Pavese   *Le métier de vivre, tome I.*
941. Cesare Pavese   *Le métier de vivre, tome II.*
942. Nathalie Sarraute   *Portrait d'un inconnu.*
943. Marguerite Duras   *Le marin de Gibraltar.*
944. Jean Rhys   *La prisonnière des Sargasses.*
945. Guy de Maupassant   *Mademoiselle Fifi.*
946. Romain Gary   *Les têtes de Stéphanie.*
947. Norman Mailer   *Rivage de Barbarie.*
948. Émile Zola   *La Bête humaine.*
949. Albert Cossery   *Les fainéants dans la vallée fertile.*
950. Armand Salacrou   *Les fiancés du Havre.*
951. Honoré de Balzac   *La Femme de trente ans.*
952. Trotsky   *Journal d'exil.*
953. Patrick Modiano   *Villa Triste.*
954. Carlo Levi   *Le Christ s'est arrêté à Eboli.*
955. René Barjavel   *Colomb de la lune.*
956. Émile Zola   *Nana.*
958. Madeleine Chapsal   *Un été sans histoire*
959. Michel Tournier   *Vendredi ou les limbes du Pacifique.*
960. Simone de Beauvoir   *La femme rompue.*
961. Marcel Aymé   *Le passe-muraille.*
962. Horace Mac Coy   *On achève bien les chevaux.*
963. Sade   *Les Infortunes de la vertu.*
964. Charles Baudelaire   *Les Paradis artificiels.*
965. Richard Wright   *Black Boy.*

966. Henri Bosco — *Hyacinthe.*
967. E. M. Remarque — *Après.*
968. Chen Fou — *Récits d'une vie fugitive.*
969. Michel Déon — *Le rendez-vous de Patmos.*
970. Elsa Triolet — *Le grand jamais.*
971. Henriette Jelinek — *Portrait d'un séducteur.*
972. Robert Merle — *Madrapour.*
973. Antoine Blondin — *Quat' saisons.*
974. Ernest Hemingway — *Îles à la dérive*, tome I.
975. Ernest Hemingway — *Îles à la dérive*, tome II.
976. Peter Handke — *Le malheur indifférent.*
977. André Gide — *La séquestrée de Poitiers.*
978. Joseph Conrad — *La flèche d'or.*
979. Alphonse Daudet — *Le Petit Chose.*
980. Alfred Jarry — *Ubu roi.*
981. Alejo Carpentier — *Le Siècle des Lumières.*
982. Prosper Mérimée — *Chronique du règne de Charles IX.*
983. Henri Guillemin — *Jeanne, dite « Jeanne d'Arc ».*
984. André Stil — *Beau comme un homme.*
985. Georges Duhamel — *La passion de Joseph Pasquier.*
986. Roger Nimier — *Le hussard bleu.*
987. Don Leavy — *Les béatitudes bestiales.*
988. Franz Kafka — *Préparatifs de noce à la campagne.*
989. Angelo Rinaldi — *L'éducation de l'oubli.*
990. Claude Faraggi — *Le maître d'heure.*
991. Alexis de Tocqueville — *Souvenirs.*
992. Jean-Pierre Chabrol — *Le Bout-Galeux.*
993. Jacques Laurent — *Histoire égoïste.*
994. Jacques de Bourbon Busset — *La Nature est un talisman.*
995. Michel Mohrt — *Deux Indiennes à Paris.*
996. Molière — *Les Fourberies de Scapin précédé de L'Amour médecin, Le Médecin malgré lui, Monsieur de Pourceaugnac.*
997. Nathalie Sarraute — *« disent les imbéciles ».*
998. Simenon — *Le locataire.*
999. Michel Déon — *Un taxi mauve.*
1000. Raymond Queneau — *Les fleurs bleues.*
1001. Zola — *Germinal.*
1002. Cabu — *Le grand Duduche.*
1003. Cavanna — *4, rue Choron.*
1004. Gébé — *Berck.*
1005. Reiser — *On vit une époque formidable.*

1006. Willem — *Drames de famille.*
1007. Wolinski — *Les Français me font rire.*
1008. Copi — *Et moi, pourquoi j'ai pas une banane ?*
1009. Germaine Beaumont — *Le chien dans l'arbre.*
1010. Henri Bosco — *Sylvius.*
1011. Jean Freustié — *Marthe ou les amants tristes.*
1012. Jean Giono — *Le déserteur.*
1013. Georges Simenon — *Le blanc à lunettes.*
1014. H. G. Wells — *L'histoire de M. Polly.*
1015. Jules Verne — *Vingt mille lieues sous les mers.*
1016. Michel Déon — *Tout l'amour du monde.*
1017. Chateaubriand — *Atala, René. Les Aventures du dernier Abencerage.*
1018. Georges Simenon — *Faubourg.*
1019. Marcel Aymé — *Maison basse.*
1020. Alejo Carpentier — *Concert baroque.*
1021. Alain Jouffroy — *Un rêve plus long que la nuit.*
1022. Simone de Beauvoir — *Tout compte fait.*
1023. Yukio Mishima — *Le tumulte des flots.*
1024. Honoré de Balzac — *La Vieille Fille.*
1025. Jacques Lanzmann — *Mémoires d'un amnésique.*

Achevé d'imprimer
le 4 avril 1978.
Firmin-Didot S.A.
Paris - Mesnil
Imprimé en France
N° d'édition : 23600
Dépôt légal : 2e trimestre 1978. — 2521

elected "President for Life"; Enson
Sermander born, Vesp.

234	2010	Constr. begins on Tom- and Bobfleet, on assumption FTL drive will be discovered; Koman's viroid intr. into Confed.
247	2023	MacDougall Olson-Bear born, survey vessel *Gordon Kahl*.
248	2024	YD-038 born, Vesp.
250	2026	Confed. devel. inertialess tachyon FTL drive; 1st "contact" with Gunjj.
251	2027	On Sodde Lydfe, Bucketeer-Inquirer Agot Edmoot *Mav* conducts his 1st murder invest.
253	2029	*Tom Paine Maru (TPM)* discovers 1st intell. alien life (the lamviin of Sodde Lydfe); 11-D3 born, Vesp.; Lucille Olson-Bear "killed" by savages, enters stasis.
258	2034	Obsidia discovered.
267	2043	Elsie Nahuatl born, Cody, N.A.C.
272	2048	"The Final War" ends, Vesp.
276	2052	Heller Effect weapons; *TPM* discovers Vesp., 1st lost Hamil. col. to re-devel. FTL.
299	2075	Clarissa Olson-Bear contracts mitochondriasis, is placed in stasis.
343	2119	Win Bear awakens from stasis; time-travel in Confed.
428	2204	Bernard M. Gruenblum born, Okla. City, Tex., U.S. var.
445	2221	Gruenblum graduates from Ochs. Mem. Acad.
506	2282	Ochs. Mem. Acad. "discovers" intell. life, region of Yamaguchi W523. Dornaus and Dixon begin deliv. Bren Ten *magazines*.

About the Author

Self-defense consultant and former police reservist, L. Neil Smith has also worked as a gunsmith and a professional musician. Born in Denver in 1946, he traveled widely as an Air Force "brat," growing up in a dozen regions of the United States and Canada. In 1964, he returned home to study philosophy, psychology, and anthropology, and wound up with what he refers to as perhaps the lowest grade-point average in the history of Colorado State University.